RIO ESCURO

John Twelve Hawks

RIO ESCURO

Tradução
Alyda Sauer

Título original
THE DARK RIVER
The Fourth Realm Trilogy: book#2

Copyright © 2007 by John Twelve Hawks
Todos os direitos reservados.

Edição brasileira publicada mediante acordo com a Doubleday,
uma divisão da Random House, Inc.

Este livro é uma obra de ficção. Nomes, personagens, organizações comerciais,
lugares, acontecimentos e incidentes são produto da imaginação do autor
ou foram usados de forma fictícia. Qualquer semelhança com pessoas reais,
vivas ou não, acontecimentos ou lugares é mera coincidência.

Direitos para a língua portuguesa reservados
com exclusividade para o Brasil à
EDITORA ROCCO LTDA.
Av. Presidente Wilson, 231 – 8º andar
20030-021 – Rio de Janeiro – RJ
Tel.: (21) 3525-2000 – Fax: (21) 3525-2001
rocco@rocco.com.br
www.rocco.com.br

Printed in Brazil/Impresso no Brasil

preparação de originais
FÁTIMA FADEL

CIP-Brasil. Catalogação-na-fonte.
Sindicato Nacional dos Editores de Livros, RJ.

T92r	Twelve Hawks, John
	Rio escuro / John Twelve Hawks; tradução de Alyda Sauer. – Rio de Janeiro: Rocco, 2009.
	Tradução de: The dark river. ISBN 978-85-325-2408-9
	1. Ficção norte-americana. I. Sauer, Alyda Christina. II. Título.
09-0365	CDD–813 CDU–821.111(73)-3

PARA MEUS FILHOS

Nota do autor

Rio Escuro é uma obra de ficção inspirada no mundo real.
Um leitor aventureiro pode tocar no relógio de sol escondido sob as ruas de Roma, viajar até a Etiópia e ficar na frente do santuário sagrado em Axum, ou caminhar pelo terminal Grand Central em Nova York e ver o mistério na confluência do teto.
Os aspectos da Imensa Máquina descritos no livro também são reais ou estão sendo desenvolvidos. No futuro próximo, os sistemas totais de informação, tanto do governo como os privados, vão monitorar tudo nas nossas vidas. Um computador central lembrará aonde vamos, o que compramos, o e-mail que escrevemos e os livros que lemos.
Cada ataque à privacidade é justificado pela cultura do medo entranhada na sociedade e que fica mais forte a cada dia. A principal consequência desse medo se exprime na minha visão do Primeiro Mundo. A sua escuridão existirá para sempre e será combatida – para sempre – pela compaixão, pela coragem e pelo amor.

– JOHN TWELVE HAWKS

Dramatis Personae

Em *O Peregrino*, John Twelve Hawks apresentou aos leitores um conflito antigo que acontece sob a superfície do nosso mundo cotidiano. Esse conflito envolve três grupos: a Irmandade, os Peregrinos e os Arlequins.

Kennard Nash é o líder da Irmandade, um grupo de indivíduos poderosos que se opõe a qualquer mudança na estrutura social estabelecida. *Nathan Boone* é o responsável pela segurança da organização secreta. A Irmandade é chamada de "Tábula" pelos seus inimigos porque consideram a consciência da humanidade e de cada indivíduo uma tábula rasa – uma lousa em branco na qual podem gravar suas mensagens de intolerância e de medo. No século XVIII, o filósofo britânico Jeremy Bentham desenhou o Panóptico: uma prisão-modelo em que um observador podia monitorar centenas de prisioneiros e permanecer invisível. Tanto Nash como Boone acreditam que o sistema de supervisão computadorizada que está sendo criado no mundo industrial vai possibilitar a operação de um Panóptico virtual.

Há séculos a Irmandade vem tentando exterminar os Peregrinos, homens e mulheres que têm o poder de enviar sua energia para um dos seis mundos. Esses mundos são realidades paralelas que foram descritas por visionários de todas as crenças. Peregrinos retornam para este mundo com novos conhecimentos e revelações que desafiam a ordem estabelecida, e a Irmandade acredita que eles são a principal fonte de instabilidade social. Um dos últimos Peregrinos sobreviventes era *Matthew Corrigan*, mas ele desapareceu quando os mercenários da Irmandade atacaram a casa dele. Os seus dois filhos, que sobreviveram, *Michael* e *Gabriel Corrigan*, viveram à margem da rede até descobrirem que eles também tinham o poder de se tornarem Peregrinos.

Os Peregrinos podiam ter sido exterminados há anos, mas foram protegidos por um pequeno grupo de lutadores dedicados chamados Arlequins. Matthew Corrigan era protegido por um Arlequim nascido na Alemanha, chamado *Thorn*, que foi morto em Praga por Nathan Boone. A filha de Thorn, *Maya*, foi enviada para os Estados Unidos a fim de encontrar os irmãos Corrigan. Maya tem o apoio de um Arlequim francês chamado *Linden*, e ela muitas vezes pensa na lendária Arlequim *Madre Blessing*, que desapareceu. Quando Maya foi a Los Angeles, ela encontrou dois aliados: um professor de artes marciais, *Hollis Wilson*, e uma jovem chamada *Vicki Fraser*.

Na continuação da história, Michael Corrigan se bandeou para a Irmandade, enquanto o irmão mais novo, Gabriel, está escondido com Maya, Hollis e Vicki. Em Nova Harmonia, a comunidade do Arizona criada por Matthew Corrigan, nuvens de tempestade cobrem o céu e a neve começa a cair...

Prelúdio

Flocos de neve começam a cair do céu escuro quando os membros da Nova Harmonia voltam para as suas casas, para jantar. Os adultos que trabalham num muro de contenção perto do centro comunitário assopram nas mãos e falam sobre frentes frias, de tempestades, enquanto as crianças inclinam a cabeça para trás, abrem a boca e ficam rodando, tentando pegar os cristais de gelo com a língua.

Alice Chen era uma menina miúda e séria de calça jeans, botas de trabalho e um casaco de náilon azul. Tinha acabado de completar onze anos, mas suas melhores amigas, Helen e Melissa, já tinham doze, quase treze. Ultimamente as duas meninas mais velhas andavam tendo longas conversas sobre comportamento infantil e sobre quais meninos da Nova Harmonia eram burros e imaturos.

Alice queria provar os flocos de neve, mas resolveu que isso não era muito maduro, ficar rodando com a língua de fora como os bebês da Escola Básica. Pôs o gorro de lã e seguiu as amigas por um dos caminhos que passavam pelo desfiladeiro. Era difícil ser adulta. Ficou aliviada quando Melissa tocou em Helen e gritou:

– Está com você! – E saiu correndo.

As três amigas dispararam desfiladeiro abaixo, rindo e perseguindo umas às outras. Fazia frio naquela noite, o ar cheirava a pinho, a terra molhada, e havia o odor fraquinho de uma fogueira perto da estufa. Quando passaram por uma clareira, a neve parou de cair por um momento e rodopiou formando um círculo, como se uma família de espíritos tivesse parado ali para brincar entre as árvores.

Havia um barulho mecânico distante, cada vez mais alto, e as meninas pararam de correr. Segundos depois um helicóptero com letreiro do Serviço de Florestas do Arizona rugiu sobre elas e continuou subindo o desfiladeiro. Elas tinham visto helicópteros como aquele, mas sempre no verão. Era estranho avistar um em fevereiro.

– Devem estar procurando alguém – disse Melissa. – Aposto que algum turista saiu por aí procurando as ruínas dos índios e se perdeu.

– E agora está escurecendo – disse Alice.

Devia ser terrível ficar sozinho assim, ela pensou, cansado e assustado, caminhando com dificuldade na neve.

Helen se inclinou para a frente e deu um tapa no ombro de Alice.

– Agora está com *você*! – ela disse, e as três começaram a correr.

Um equipamento de visão noturna e um sensor térmico de imagens foram montados na parte de baixo do helicóptero. O EVN coletava a luz visível, assim como a porção inferior do espectro infravermelho, enquanto o sensor térmico detectava o calor emitido por diferentes objetos. Os dois aparelhos enviavam os dados para um computador que combinava tudo em uma única imagem de vídeo.

A quase trinta quilômetros de Nova Harmonia, Nathan Boone estava sentado na traseira de uma caminhonete de entregas que tinha sido convertida em veículo de vigilância. Bebia café, sem açúcar e sem creme, e observava uma visão em preto e branco de Nova Harmonia que aparecia num monitor.

O chefe da segurança da Irmandade era um homem bem-vestido, de cabelo grisalho e curto, que usava óculos com armação de aço. Havia algo de severidade, quase autoritário, na postura dele. Policiais e guardas de fronteira diziam "sim, senhor" quando o viam pela primeira vez, e os civis costumavam baixar os olhos quando ele fazia alguma pergunta.

Boone tinha usado equipamento de visão noturna quando era militar, mas a nova câmera dupla representava um avanço significativo. Agora podia ver os alvos dentro e fora ao mesmo tempo: uma pessoa passeando sob as árvores e outra lavando pratos na cozinha. Mais útil ainda era o fato de o computador poder avaliar cada fonte de luz e tirar uma conclusão bem baseada se o objeto era um ser humano ou uma frigideira quente. Boone encarava a nova câmera como prova de que ciência e tecnologia, na verdade o próprio futuro, estavam do lado dele.

George Cossette, a outra pessoa dentro da caminhonete, era um especialista em vigilância que tinha sido trazido de Genebra. Era um jovem pálido, alérgico a diversos alimentos. Durante os oito dias de vigilância ele de vez em quando usava a conexão do computador com a internet para dar seus lances em bonecos de plástico de heróis das revistas em quadrinhos.

– Dê-me a contagem – disse Boone, observando os dados ao vivo do helicóptero.

Concentrado no monitor, Cossette começou a digitar comandos.

– Todas as fontes de calor ou só seres humanos?

– Só os humanos. Obrigado.

Clique. Clique. Dedos se movendo sobre o teclado. Alguns segundos depois, as sessenta e oito pessoas que viviam em Nova Harmonia estavam delineadas na tela.

– Qual é a precisão disso?

– Noventa e oito a noventa e nove por cento. Podemos ter perdido uma ou duas pessoas que estavam na margem da zona de varredura.

Boone tirou os óculos, limpou-os com um pequeno pedaço de flanela e olhou para o vídeo outra vez. Havia anos que os Peregrinos e seus mestres, os Desbravadores do Caminho, pregavam sobre a suposta Luz que existia dentro de todas as pessoas. Mas a verdadeira luz, não a do tipo espiritual, tinha se transformado em um novo método de detecção. Era impossível se esconder, mesmo no escuro.

Alice tinha flocos de neve grudados no cabelo quando entrou na cozinha, mas derreteram antes de ela tirar o casaco. A casa da sua família tinha sido construída no estilo sudoeste, com telhado chato, janelas pequenas e pouca decoração externa. Como todas as outras construções no desfiladeiro, a casa era feita de palha, os fardos empilhados formando as paredes, alinhados com vergalhões de aço e depois cobertos com argamassa à prova de água. O andar térreo era dominado por uma grande área com cozinha, sala de estar e uma escada livre que subia para um quarto de dormir. Uma porta dava para o quarto de Alice, um escritório e um banheiro. Por causa das paredes grossas, havia uma alcova em volta de cada janela. A da cozinha continha uma cesta com abacates ainda verdes e alguns ossos antigos encontrados no deserto.

Uma panela fervendo no fogão elétrico soltava vapor que embaçava o vidro da janela. Numa noite fria como aquela, Alice tinha a sensação de estar vivendo numa cápsula espacial mergulhada no fundo de uma lagoa tropical. Se limpasse a umidade da janela, provavelmente veria um peixe-piloto deslizando entre os corais.

Como de costume, a sua mãe deixou a cozinha um caos, potes e colheres sujas, talos de manjericão cortados e uma lata de farinha aberta só esperando os camundongos. A trança negra de Alice balançava de um lado para outro enquanto ela se movimentava pela cozinha, guardando alimentos e limpando as migalhas. Lavou os potes e as colheres, depois os colocou sobre uma toalha limpa como se fossem bisturis numa mesa cirúrgica. Quando estava guardando a farinha, sua mãe desceu a escada carregando uma pilha de revistas de medicina.

A dra. Joan Chen era uma mulher miúda, de cabelo preto e curto. Era médica e tinha se mudado para Nova Harmonia com a filha depois que o marido morreu num acidente de carro. Toda noite, antes do jantar, Joan tirava a calça jeans e a camisa de flanela e vestia uma saia comprida e blusa de seda.

– Obrigada, querida. Mas não precisava limpar tudo. Eu teria feito tudo isso...

Joan sentou numa cadeira entalhada perto da lareira e pôs as revistas no colo.

– Quem vem para jantar? – perguntou Alice.

As pessoas em Nova Harmonia sempre partilhavam as refeições umas com as outras.

– Martin e Antonio. O comitê orçamentário precisa tomar uma decisão sobre alguma coisa.

– Você trouxe pão da padaria?

– Ora, claro que trouxe – disse Joan. Então ela balançou a mão direita como se procurasse uma lembrança. – Quer dizer, acho que trouxe. Acho que sim.

Alice procurou na cozinha e encontrou um pão que parecia ser de três dias atrás. Ela acendeu o forno, cortou o pão ao meio, passou alho fresco nas duas metades e espalhou um pouco de azeite. Enquanto o pão torrava numa bandeja de aço ela pôs a mesa e pegou o prato para servir macarrão. Quando terminou tudo, pretendia passar pela mãe sem dizer nada, como forma de protesto por todo o trabalho que teve de fazer. Mas, assim que se aproximou da cadeira, Joan estendeu a mão e tocou na mão da filha.

– Obrigada, querida. Tenho muita sorte de ter uma filha tão maravilhosa.

Os batedores estavam em suas posições nos limites de Nova Harmonia e o resto dos mercenários tinha acabado de sair de um motel em San Lucas. Boone mandou uma mensagem por e-mail para Kennard Nash, o atual diretor da Irmandade. Alguns minutos depois recebeu a resposta: *A ação previamente combinada agora está confirmada.*

Boone ligou para o motorista da van que levava a primeira equipe.

– Vá para o Ponto Delta. Os empregados agora devem tomar os comprimidos de EPT.

Cada mercenário levava um saco plástico que continha dois comprimidos de estresse pré-traumático. Os empregados de Boone apelidaram os comprimidos de "epetês" e engoli-los antes da ação era "tomar seus epetês". O remédio imunizava temporariamente qualquer um que entrasse numa situação violenta contra sensações fortes de culpa ou remorso.

A pesquisa original dos EPT foi feita na Universidade de Harvard, quando neurologistas descobriram que vítimas de acidentes que tomavam uma droga cardíaca chamada propanolol tinham menos traumas psicológicos. Cientistas a serviço do grupo de pesquisa da Irmandade, a Fundação Sempre-Verde, entenderam as implicações dessa descoberta. Obtiveram o patrocínio do Departamento de Defesa dos Estados Unidos para estudar a droga quando usada por soldados em combate. O EPT inibia as reações hormonais do cérebro ao choque, à repulsa e ao medo. Isso diminuía a formação de lembranças traumáticas.

Nathan Boone jamais tomou um comprimido de EPT, nem qualquer outro tipo de inibidor de trauma. Se você acredita no que está fazendo, se sabe que tem razão, então não existe esse negócio de sensação de culpa.

Alice ficou no quarto até o resto do comitê orçamentário aparecer para jantar. Martin Greenwald chegou primeiro, batendo de leve na porta da cozinha e esperando Joan ir saudá-lo. Martin era um homem mais velho, de pernas curtas e grossas, e óculos fundo de garrafa. Tinha sido um empresário bem-sucedido em Houston, até seu carro enguiçar na autoestrada uma tarde e um homem chamado Matthew Corrigan parar para ajudá-lo. Acontece que Matthew era um Peregrino, um mestre espiritual com o poder de sair do seu corpo e viajar para outras realidades. Ele passou algumas semanas conversando com a família Greenwald e amigos deles, depois abraçou a todos na última reunião e foi embora. Nova Harmonia era o reflexo das ideias do Peregrino, uma tentativa de criar um novo modo de vida, longe da Imensa Máquina.

Alice tinha aprendido sobre os Peregrinos com outras crianças, mas não sabia direito como tudo funcionava. Sabia que havia seis mundos diferentes. Este mundo, com seu pão fresco e pratos sujos, era o Quarto Mundo. O Terceiro Mundo era uma floresta com animais amigáveis e parecia ótimo. Mas havia também um mundo de fantasmas famintos e outro lugar em que as pessoas estavam sempre brigando.

O filho de Matthew, Gabriel, era um jovem de vinte e poucos anos que também era Peregrino. Em outubro ele passou uma noite em Nova Harmonia com uma guarda-costas Arlequim chamada Maya. Agora estavam no início de fevereiro e os adultos ainda falavam de Gabriel, enquanto as crianças discutiam sobre a Arlequim. Ricky Cutler disse que Maya devia ter matado dezenas de pessoas e que ela conhecia uma coisa chamada de Variação da Garra do Tigre: um soco no coração e o cara estava morto. Alice decidiu que a Variação da Garra do Tigre era uma grande invenção da internet. Maya era uma pessoa muito real, uma jovem com cabelo preto e grosso e olhos azul-claros quase transparentes que carregava sua espada dentro de um tubo pendurado no ombro.

Poucos minutos depois da chegada de Martin, Antonio Cardenas bateu à porta e entrou sem pedir licença. Antonio era um homem fanfarrão e atlético que já tinha sido empreiteiro em Houston. Quando o primeiro grupo se mudou para o desfiladeiro, ele construiu na chapada três moinhos de vento, que forneciam a energia elétrica para a comunidade. Todos em Nova Harmonia gostavam de Antonio. Alguns meninos até usavam seus cintos de ferramentas caídos de lado, igual a ele.

Os dois homens sorriram para Alice e perguntaram sobre as suas aulas de violoncelo. Todos sentaram à mesa de carvalho –

que como a maior parte da mobília na casa tinha sido feita no México. O macarrão foi servido e os adultos começaram a tratar do problema do comitê orçamentário. Nova Harmonia tinha economizado dinheiro suficiente para comprar um sistema sofisticado de bateria para armazenar energia elétrica. O sistema atual permitia que cada família tivesse um fogão, uma geladeira e dois aquecedores de ambiente. Mais baterias significariam mais aparelhos, mas talvez não fosse uma boa ideia.

– Eu acho que é mais eficiente manter as máquinas de lavar no centro comunitário – disse Martin. – E não acho que precisamos de máquinas de café expresso e fornos de micro-ondas.

– Eu discordo – disse Joan. – Fornos de micro-ondas gastam menos energia.

Antonio meneou a cabeça.

– E eu gostaria de tomar cappuccino de manhã.

Alice estava tirando a mesa e olhou para o relógio de parede sobre a pia. Era tarde da noite de quarta-feira no Arizona, então era quinta-feira à tarde na Austrália. Tinha uns dez minutos para se arrumar para sua aula de música. Os adultos a ignoraram quando vestiu rapidamente seu casaco longo de inverno, pegou seu violoncelo na caixa e saiu.

Ainda estava nevando. As solas de borracha das suas botas de trabalho faziam um barulho arranhado quando caminhava da porta da frente até o portão. Um muro de dois metros de altura cercava a casa e a horta. Servia para manter os cervos longe no verão. No ano anterior Antonio tinha instalado um grande portão com cenas do Jardim do Éden esculpidas. Se ficasse bem perto da madeira escura de carvalho, dava para ver Adão e Eva, uma árvore florida e uma serpente.

Alice empurrou o portão e passou por baixo do arco. O caminho pelo desfiladeiro até o centro comunitário estava coberto de neve, mas isso não a incomodava. O lampião de querosene que carregava balançava para lá e para cá enquanto a neve continuava caindo, cobrindo os pinheiros e mognos da montanha. Transformava uma pilha de lenha num monte que mais parecia um urso dormindo.

O centro comunitário era formado por quatro prédios grandes em volta de um pátio. Um deles era a Escola Superior para alunos mais velhos, oito salas projetadas para aprendizado on-line. Um roteador no depósito era conectado com um cabo que o ligava a uma parabólica de satélite na chapada acima deles. Não havia linhas telefônicas em Nova Harmonia, e telefones celulares não funcionavam no desfiladeiro. As pessoas usavam a internet ou o telefone por satélite que ficava no centro comunitário.

Alice ligou o computador, tirou o violoncelo da caixa e pôs uma cadeira de encosto reto de frente para a câmera virtual. Conectou com a internet e, um segundo depois, a professora de violoncelo apareceu no grande monitor do computador. A srta. Harwick era uma mulher mais velha que já tinha tocado com a Ópera de Sidney.

– Você estudou, Alice?
– Sim, senhora.
– Vamos começar com "Greensleeves" hoje.

Alice puxou o arco para trás e seu corpo absorveu a profunda vibração da primeira nota. Tocando o violoncelo ela se sentia maior, mais real, e podia manter esse poder algumas horas depois de parar de tocar.

– Muito bom – disse a srta. Harwick. – Agora quero ouvir a seção B de novo. Dessa vez concentre-se na altura da entonação no terceiro compasso e...

A tela do monitor ficou preta. Primeiro Alice pensou que havia alguma coisa errada com o gerador. Mas a luz elétrica estava acesa e dava para ouvir o ronronar baixinho do cooler do computador.

Ela verificou os cabos. Uma porta rangeu e Brian Bates entrou na sala. Brian era um menino de quinze anos que tinha olhos castanho-escuros e cabelo louro comprido até os ombros. Helen e Melissa achavam que ele era bonitinho, mas Alice não gostava de falar sobre esse tipo de coisa. Ela e Brian eram amigos pela música. Ele tocava trompete e tinha aulas com professores de Londres e de Nova Orleans.

– Oi, Celoíssima. Não sabia que estava estudando esta noite.

– Eu devia estar tendo uma aula, mas o computador acabou de apagar.

– Você mudou alguma coisa?

– É claro que não. Entrei on-line e contatei a srta. Harwick. Estava tudo bem até uns segundos atrás.

– Não se preocupe. Vou consertar isso. Tenho aula daqui a quarenta minutos com um novo professor de Londres. Ele toca no Jazz Tribe.

Brian largou sua caixa com o trompete e tirou o casaco de náilon.

– Como estão indo suas aulas, Celoíssima? Ouvi você estudando na quinta-feira. Pareceu muito bom.

– Eu tenho de arrumar um apelido para você – disse Alice. – Que tal Brianíssima?

Brian sorriu e sentou diante do computador.

– Íssima é uma terminação feminina. Tem de ser alguma coisa diferente.

Alice vestiu o casaco e resolveu deixar o violoncelo no centro comunitário e voltar para casa. Uma porta da sala de audição dava para um depósito. Ela deu a volta numa roda de oleiro e deixou o instrumento encostado na parede num canto, protegido por duas sacolas de plástico com argila de cerâmica. Foi então que ouviu uma voz de homem vindo da sala de audição.

Alice voltou para a porta meio aberta, espiou pela fresta e prendeu a respiração. Um homem grande, de barba, apontava um rifle para Brian. O desconhecido usava roupa camuflada marrom e verde como os caçadores de cervos que Alice tinha visto na estrada para San Lucas. Tinha graxa verde-escura espalhada no rosto e óculos especiais presos com uma tira de borracha. Os óculos estavam para cima, na testa dele, as duas lentes se combinavam em uma só, fazendo-a se lembrar do chifre de um monstro.

– Como é seu nome? – o homem perguntou para Brian, com a voz sem modulação e neutra.

Brian não respondeu. Empurrou a cadeira para trás e se levantou lentamente.

– Fiz uma pergunta para você, amigo.
– Sou Brian Bates.
– Tem mais alguém aqui neste prédio?
– Não. Só eu.
– E o que está fazendo?
– Tentando entrar na internet.

O homem barbado riu baixinho.

– Está perdendo seu tempo. Acabamos de cortar o cabo da chapada.
– E quem é o senhor?
– Eu não me preocuparia com isso, amigo. Se quer crescer e transar, ter um carro, coisas assim, então é melhor responder às minhas perguntas. Onde está o Peregrino?
– Que peregrino? Ninguém visita este lugar desde a primeira nevasca.

O homem gesticulou com o rifle.

– Não seja engraçadinho. Você sabe do que estou falando. Um Peregrino ficou aqui com uma Arlequim chamada Maya. Para onde eles foram?

Brian mudou o pé de apoio como se fosse partir em disparada para a porta.

– Estou esperando a resposta, amigo.
– Vá para o inferno...

Brian pulou para a frente e o homem de barba disparou o rifle. Os estampidos dos tiros foram tão altos que Alice recuou de perto da porta. Ficou no escuro um minuto inteiro com o barulho ainda vibrando em seu corpo, depois voltou para a luz. O homem com o rifle não estava mais lá, mas Brian estava caído de lado, como se dormisse no chão, encolhido em volta de uma poça de sangue.

O corpo dela era o mesmo, mas a pessoa Alice, a menina que tinha dado risada com as amigas e tocado o violoncelo, de repente ficou muito menor. Era como se vivesse dentro de uma estátua oca e espiasse o mundo dali.

Vozes. Alice recuou de novo para o escuro do depósito quando o assassino de Brian retornou com mais seis homens. Todos usavam roupa camuflada e fones de ouvido de rádio com pequenos microfones curvos do lado do rosto até a boca. Cada um carregava um rifle diferente, mas todas as armas tinham um dispositivo de mira a laser presa ao cano. O líder, um homem mais velho de cabelo curto e óculos com armação de aço, falava baixinho no seu microfone. Ele meneou a cabeça e desligou o transmissor preso ao cinto.

– Muito bem, Summerfield e Gleason estão em posição com os sensores térmicos. Vão impedir que qualquer pessoa fuja, mas não quero que isso aconteça.

Alguns homens concordaram, balançando a cabeça. Um deles estava testando sua mira a laser e um pontinho vermelho dançava na parede branca.

– Lembrem que as armas que receberam foram registradas com o nome das pessoas que vivem aqui. Se por algum motivo vocês tiverem de usar uma arma não registrada, por favor anotem a localização, o alvo e o número de disparos feitos. – O líder esperou até todos sinalizarem que tinham entendido. – Muito bem. Vocês sabem o que fazer. Vamos.

Os seis homens foram embora, puseram os óculos especiais, mas o líder permaneceu na sala. Ficou andando de um lado para outro e falava de vez em quando ao microfone. *Sim. Confirmado. Próximo objetivo.* O líder ignorava o corpo de Brian, quase como se nem tivesse notado, mas, quando uma linha fina de sangue escorreu pelo chão, ele pulou por cima tranquilamente e continuou andando.

Alice sentou num canto do depósito, dobrou os joelhos de encontro ao peito e fechou os olhos. Tinha de fazer alguma coisa, encontrar a mãe, avisar os outros... mas seu corpo não se mexia. O cérebro de Alice continuava produzindo ideias, pensamentos, e ela os observava passivamente, como imagens embaçadas numa tela de televisão. Alguém estava chorando, falando alto... então ela reconheceu uma voz.

– Onde estão meus filhos? Quero ver meus filhos...

Alice voltou pé ante pé para a porta e viu que o líder tinha levado Janet Wilkins para a sala. A família Wilkins vinha da Inglaterra; tinham acabado de chegar a Nova Harmonia, poucos meses atrás. A sra. Wilkins era uma mulher gorda e nervosa que parecia ter medo de tudo, de cascavéis, de deslizamento de terra e de relâmpagos.

O líder agarrava o braço da sra. Wilkins com força. Ele a guiou pela sala e fez com que sentasse na cadeira de encosto reto.

– Pronto, Janet. Fique à vontade. Quer que eu traga um copo com água?

– Não. Não é necessário. – A sra. Wilkins viu o rapaz morto e virou para o outro lado. – Eu... eu... quero ver meus filhos.

– Não se preocupe, Janet. Eles estão bem. Vou levá-la até eles em poucos minutos, mas preciso que faça uma coisa antes. – O líder enfiou a mão no bolso e tirou um pedaço de papel, que entregou para a sra. Wilkins – Pegue. Leia isso.

Tinham posto uma câmera de vídeo sobre um tripé na sala. O líder ajustou a câmera a um metro e meio de distância da sra. Wilkins e certificou-se de que ela estava enquadrada no visor.

– Tudo bem – ele disse. – Pode ler.

As mãos da sra. Wilkins tremiam quando ela começou a ler:

– "Nessas últimas semanas, membros da Nova Harmonia receberam mensagens de Deus. Não podemos duvidar dessas mensagens. Sabemos que são verdadeiras..."

Ela parou de ler e balançou a cabeça. *Não. Não posso fazer isso.* Atrás da câmera o líder sacou uma pistola do coldre pendurado no ombro.

– "Mas há entre nós pessoas que não acreditam" – continuou a sra. Wilkins. – "Pessoas que seguiram os ensinamentos do Mal. É importante executar uma purificação para que todos nós entremos no Reino dos Céus."

O líder abaixou a arma e desligou a câmera.

– Obrigado, Janet. Esse primeiro passo foi bom, mas ainda não basta. Você sabe por que estamos aqui e o que estamos procurando. Eu quero informação sobre o Peregrino.

A sra. Wilkins começou a chorar, seu rosto se contorceu numa máscara de tristeza e de medo.

– Eu não sei de nada. Eu juro...

– Todos sabem de alguma coisa.

– O rapaz não está mais aqui. Ele foi embora. Mas meu marido disse que Martin Greenwald recebeu uma carta de um Peregrino algumas semanas atrás.

– E onde está essa carta?

– Deve estar na casa do Martin. Ele tem um pequeno escritório lá.

O líder falou pelo microfone:

– Vá para a casa de Greenwald no setor cinco. Vasculhe o escritório e encontre uma carta do Peregrino. Isso é prioridade nível um.

Ele desligou o rádio e se aproximou da sra. Wilkins.

– Tem mais alguma coisa para me dizer?

– Eu não apoio os Peregrinos, nem os Arlequins. Não estou do lado de ninguém. Só quero os meus filhos.

– É claro. Eu compreendo. – Mais uma vez o líder falou com voz suave e simpática. – Por que não vai se juntar a eles?

Ele levantou a arma e atirou nela. O corpo da sra. Wilkins caiu para trás com estrondo. O líder olhou para a mulher morta como se ela fosse lixo jogado no chão, depois guardou a arma no coldre e saiu da sala.

Alice teve a sensação de que o tempo havia parado e recomeçado a correr de forma confusa e aleatória. Levou séculos para empurrar a porta do depósito e para andar pela sala de ensaios. Quando chegou ao corredor o tempo passou tão depressa que ela só teve consciência de algumas coisas. Das paredes de concreto, da porta de saída bem-vinda, do homem de óculos com armação de aço na outra extremidade do corredor, que apontou a arma e gritou para ela.

Alice foi para o lado oposto, empurrou a porta para abrir e correu noite adentro. Ainda nevava e fazia muito frio, mas a escuridão a envolveu como uma capa mágica. O rosto e as mãos descobertas pareciam queimar quando ela saiu do bosque de zimbros e se aproximou de casa. As luzes ainda estavam acesas. Isso tinha de ser um bom sinal. Ela passou por baixo do arco, estendeu a mão e tocou na árvore florida que Antonio tinha esculpido no portão.

A porta da frente estava destrancada. Alice entrou em casa e viu que os pratos do jantar ainda estavam na mesa.

– Oi – ela disse baixinho.

Ninguém respondeu. Fazendo o mínimo barulho possível, ela examinou a cozinha e depois foi para a sala de estar. Para onde devia ir? Onde é que os adultos estavam escondidos?

Ela ficou imóvel e atenta ao som de vozes, qualquer coisa que indicasse o que devia fazer. O vento soprava os flocos de neve contra as janelas e o aquecedor de ambiente ronronava baixinho. Deu um passo para a frente e ouviu um som de alguma coisa pingando, como água vazando de algum cano da cozinha. Ouviu de novo, um pouco mais alto, depois deu a volta no sofá e viu uma poça de sangue. Uma gota de sangue pingou do jirau e bateu no chão.

O corpo dela recomeçou a se mover e ela subiu lentamente a escada até o segundo pavimento. Eram apenas catorze degraus, mas pareceu a mais longa caminhada da sua vida. Um degrau. Outro degrau. Ela queria parar, mas as pernas continuavam subindo.

– Por favor, mamãe – ela sussurrou como se implorasse por um favor especial. – Por favor...

Então chegou ao segundo andar e parou ao lado do corpo da mãe.

A porta da frente da casa abriu com estrondo. Alice se abaixou no escuro, a poucos centímetros da cama. Um homem entrou na casa. Falava alto no seu microfone:

– Sim, senhor. Estou de novo no setor nove...

Ela ouviu o barulho de líquido jorrando e espiou pela beira do jirau. Um homem com roupa camuflada jogava um líquido transparente nos móveis. O cheiro forte de gasolina encheu o ar.

– Não há crianças aqui, só os alvos do meu setor. Raymond pegou duas pessoas correndo para as árvores, mas eram adultos. Afirmativo. Trouxemos os corpos para dentro.

O homem jogou a lata de combustível vazia no chão, voltou para a porta e acendeu um fósforo de madeira. Segurou o fósforo aceso por um instante na frente da cara dele e Alice viu não crueldade nem ódio, mas simplesmente obediência. O homem jogou o fósforo aceso no chão e a gasolina incendiou imediatamente. Satisfeito, o homem saiu e fechou a porta.

Uma fumaça preta tomou a sala inteira e Alice desceu aos tropeços a escada. Havia uma única janela no lado norte da casa, a uns dois metros do chão. Ela empurrou a mesa de trabalho da mãe contra a parede, abriu o fecho da janela e passou por ali, caindo na neve.

Tudo que ela queria era se esconder como um pequeno animal, todo encolhido, numa toca. Tossindo e chorando por causa da fumaça, Alice passou pelo portão esculpido pela última vez. Um odor de produto químico encheu o ar. Era como o cheiro de lixo incinerado no depósito de lixo. Ela seguiu ladeando o muro até uma área de grama-pelo-de-urso onde começou a escalar a encosta pedregosa que dava na vertente acima do desfiladeiro. Quanto mais alto subia, via que todas as casas estavam pegando fogo, as chamas fluíam como um rio luminoso. O desfiladeiro ficou mais íngreme e ela teve de se agarrar a galhos e tufos de capim para subir.

Perto do topo daquela escarpa Alice ouviu um estampido e uma bala atingiu a terra coberta de neve bem na sua frente. Jogou-se de lado e rolou a encosta, cobrindo o rosto com as mãos. Seu corpo desceu uns seis metros, bateu num arbusto com espinhos e parou. Quando ela começou a se levantar, lembrou o que o líder tinha dito no centro comunitário: *Summerfield e Gleason estão em posição. Sensores térmicos.* E o que queria dizer a palavra térmico? Calor. O atirador podia vê-la porque o corpo dela era quente.

Deitada de costas, Alice cavou a neve com as mãos nuas. Cobriu as pernas de neve, depois empurrou mais neve sobre a barriga e o peito. Por fim enterrou o braço esquerdo e usou o direito para cobrir o pescoço e o rosto, deixou só uma pequena abertura na boca. A pele em contato com a neve começou a formigar e a queimar, mas ela ficou quieta ali perto do arbusto e procurou não se mexer. Conforme o frio foi penetrando no seu corpo, a última partícula da pessoa Alice bruxuleou, apagou e morreu.

1

Michael Corrigan estava sentado numa sala sem janelas no Centro de Pesquisa da Fundação Sempre-Verde, ao norte da cidade de Nova York. Observava uma jovem francesa que passeava pela loja Printemps em Paris. As câmeras de segurança da loja reduziam tudo a preto e branco e tons de cinza, mas dava para ver que ela era morena, bastante alta e muito atraente. Ele gostou da saia curta, da jaqueta de couro preta e dos sapatos dela, de salto alto com tiras finas em volta dos tornozelos.

A sala de vigilância parecia uma sala particular para exibição de filmes. Tinha uma grande tela plana de vídeo e alto-falantes embutidos nas paredes. Mas havia apenas um lugar para sentar, uma poltrona marrom-clara de couro com um monitor e teclado de computador num braço móvel de aço. Quem estivesse usando aquela sala podia digitar comandos para o sistema ou pôr um fone de cabeça e falar com a equipe no novo centro de informática em Berlim. A primeira vez que Michael sentou na poltrona, teve de ser orientado sobre o uso dos programas de varredura e os canais ocultos de acesso aos sistemas de vigilância. Agora ele podia executar operações simples de busca sozinho.

A jovem morena andava pela seção de cosméticos. Michael tinha verificado a loja de departamentos alguns dias antes e esperava que seu alvo subisse na escada rolante até a seção Printemps de la Mode. As câmeras de vigilância não eram permitidas nos vestiários individuais, mas havia uma escondida na área pública, no fim do corredor. De vez em quando as francesas saíam dos cubículos só com a roupa de baixo para poderem se ver no espelho de corpo inteiro.

A presença de Michael na sala de vigilância era apenas mais um sinal da influência crescente que ele exercia sobre a Irmandade. Era um Peregrino como seu pai, Matthew, e como seu irmão mais novo, Gabriel. No passado os Peregrinos eram vistos como profetas ou místicos, loucos ou libertadores. Tinham o poder de se libertarem do próprio corpo e de enviar sua energia consciente – sua "Luz" – para outras realidades. Quando voltavam, tinham visões e faziam descobertas que transformavam o mundo.

Os Peregrinos sempre se deparavam com a resistência das autoridades, mas na era moderna um grupo de homens chamado de Irmandade passara a identificar os Peregrinos e a matá-los antes de eles poderem desafiar a ordem estabelecida. Inspirada nas ideias de Jeremy Bentham, filósofo inglês do século XVIII, a Irmandade queria instalar um Panóptico virtual, uma prisão invisível que controlaria todos no mundo industrial. A Irmandade acreditava que, quando a população concluísse que estava sendo vigiada a todo instante, seguiria automaticamente as regras.

O verdadeiro símbolo daquela época era a câmera de vigilância de circuito fechado. Sistemas de informação computadorizada formavam a Imensa Máquina que era capaz de associar imagens com dados para monitorar as grandes populações. Por milhares de anos os que detinham o poder tentaram garantir a permanência do seu sistema particular. Finalmente esse sonho de controle social tinha se tornado uma possibilidade real.

A Irmandade entrou na vida de Michael e de Gabriel quando eles moravam numa fazenda na Dakota do Sul. Uma equipe de mercenários que estava à procura do pai deles atacou a casa da família e incendiou todas as construções. Os irmãos Corrigan sobreviveram, mas o pai deles desapareceu. Anos mais tarde, depois de serem criados pela mãe à margem da Grade, os Corrigan foram parar em Los Angeles. Nathan Boone e seus homens capturaram primeiro Michael e depois Gabriel. Transportaram os dois irmãos para o Centro de Pesquisa da Fundação Sempre-Verde.

Os cientistas da Irmandade tinham construído um poderoso computador quântico e as partículas subatômicas no coração da máquina permitiam a comunicação com os outros mundos que apenas os Peregrinos tinham sido capazes de explorar. O novo computador quântico devia rastrear a passagem de um Peregrino pelas quatro barreiras até os outros mundos, mas uma jovem Arlequim chamada Maya destruiu o equipamento quando resgatou Gabriel.

Sempre que Michael avaliava essa nova mudança de status, tinha de admitir que o ataque de Maya ao Centro de Pesquisa foi o passo crucial para a sua transformação pessoal. Ele demonstrou lealdade, não ao irmão, mas à Irmandade. Depois que limparam os estragos e estabeleceram um novo perímetro de segurança, Michael retornou ao centro. Continuava prisioneiro deles, mas com o passar do tempo todos no mundo seriam parte de uma enorme prisão. A única distinção mesmo era o seu nível de consciência. Iria haver um novo alinhamento de poder no mundo, e ele planejava estar do lado vencedor.

Foram necessárias apenas algumas poucas sessões na sala de vigilância para Michael ser seduzido pelo poder da Imensa Máquina. Havia alguma coisa no ato de sentar naquela poltrona que dava a sensação de que ele era Deus, observando lá de cima do céu. Naquele momento a jovem de jaqueta de couro tinha parado num balcão que vendia maquiagem e estava conversando com a vendedora. Michael pôs o fone de cabeça e apertou um botão. No mesmo instante falava com o computador central em Berlim:

– Aqui é Michael. Quero falar com Lars.

– Um minuto, por favor – disse uma mulher com sotaque alemão.

Alguns segundos depois Lars entrou na linha. Ele era sempre solícito e nunca fazia perguntas impertinentes.

– Muito bem. Estou na Printemps em Paris – disse Michael. – O alvo está no balcão de maquiagem. Como consigo as informações pessoais dela?

– Deixe-me dar uma espiada – disse Lars.

Uma pequena luz vermelha apareceu no canto inferior direito da tela. Queria dizer que Lars tinha acesso à mesma imagem. Muitas vezes, vários técnicos observavam o mesmo sistema de vigilância, ou você se conectava às atividades de algum guarda de segurança entediado, sentado em uma sala de monitoramento em um lugar qualquer. Os guardas, que supostamente eram a primeira linha de defesa contra terroristas e criminosos, passavam muito tempo perseguindo mulheres pelos shoppings e depois quando saíam para o estacionamento. Quando se ligava o áudio, dava para ouvir um conversando com outro e as risadas quando uma mulher de saia justa ia sentar num carro esporte.

– Podemos reduzir o rosto dela a um logaritmo e compará-lo com as fotografias do banco de dados dos passaportes franceses – explicou Lars. – Mas é muito mais fácil pegando o número do cartão de crédito dela. Olhe para o seu computador pessoal e clique na opção telecomunicações. Digite o máximo de informações que puder: localização do fone, data, hora... que é agora, é claro. O Programa Carnívoro vai filtrar o número dela assim que for transmitido.

A vendedora passou o cartão da jovem num scanner e apareceram os números na tela.

– Aí está – disse Lars, como se fosse um mágico que tivesse ensinado ao seu aprendiz um novo truque. – Agora dê dois cliques...

– Eu sei o que fazer.

Michael moveu o cursor para o botão de remissão recíproca e, quase imediatamente, mais informações começaram a aparecer. O nome da mulher era Clarisse Marie du Portail. Vinte e três anos de idade. Nenhum problema de crédito. Este é o número do telefone dela. Este é o endereço da casa dela. O programa traduzia do

francês para o inglês uma lista de itens que ela comprara com seu cartão de crédito nos últimos três meses.
– Olhe só isso – disse Lars.
Uma janela no canto superior direito da tela exibia uma imagem granulada de uma câmera de vigilância da rua.
– Está vendo esse prédio? É onde ela mora. Terceiro andar.
– Obrigado, Lars. Posso cuidar do resto.
– Se você rolar para baixo a conta do cartão de crédito, vai ver que ela pagou uma consulta numa clínica de saúde da mulher. Quer ver se ela obteve pílulas anticoncepcionais ou se fez um aborto?
– Obrigado, mas isso não é necessário – disse Michael.
A luzinha vermelha desapareceu da tela e mais uma vez Michael ficou sozinho com Clarisse. A jovem, segurando um pequeno saco plástico que continha os cosméticos, continuou andando pela loja e pegou a escada rolante. Michael digitou alguns comandos e passou para outra câmera. Uma mecha de cabelo castanho na testa de Clarisse quase chegava aos seus olhos. Ela afastou o cabelo e examinou em volta as mercadorias expostas. Michael imaginou se ela procurava um vestido para usar numa ocasião especial. Com mais uma ajuda de Lars, ele podia acessar o e-mail dela.
A porta ativada eletronicamente abriu deslizando para o lado e Kennard Nash entrou na sala. Nash tinha sido general do exército e consultor nacional de segurança, e atualmente dirige o comitê executivo da Irmandade. Havia alguma coisa no corpo atarracado e modos bruscos que fazia Michael se lembrar de um treinador de futebol americano.
Michael mudou para outra câmera de vigilância – adeus, Clarisse –, mas o general já tinha visto a jovem. Ele sorriu como um tio que acabou de pegar o sobrinho folheando uma revista para homens.
– Qual é a localização? – ele perguntou.
– Paris.
– Ela é bonitinha?
– Muito.

Nash se aproximou de Michael e o tom de voz ficou mais sério.

– Tenho uma notícia que pode lhe interessar. O sr. Boone e seus associados acabaram de concluir uma tomada de campo bem-sucedida da comunidade de Nova Harmonia no Arizona. Parece que seu irmão e a Arlequim visitaram esse lugar alguns meses atrás.

– E onde eles estão agora?

– Não sabemos exatamente, mas estamos cada vez mais perto. Uma análise das mensagens de e-mail guardadas num laptop indica que Gabriel deve estar a poucos quilômetros daqui... na cidade de Nova York. Ainda não temos o poder virtual para vigiar o mundo inteiro, mas agora podemos nos concentrar neste local específico.

Ao se tornar um Peregrino, Michael adquiriu certas habilidades que o ajudavam a sobreviver. Se relaxasse de certo modo, não pensasse, apenas observasse, podia desacelerar suas percepções de maneira a poder ver mudanças de fração de segundo nas expressões faciais de alguém. Michael sabia dizer quando alguém mentia, era capaz de detectar os pensamentos e as emoções que todos escondiam no dia-a-dia.

– Quanto tempo levarão para encontrar o meu irmão? – ele perguntou.

– Não sei dizer. Mas esse foi um passo muito positivo. Até agora estávamos procurando os dois no Canadá e no México. Nunca pensei que iriam para Nova York. – Nash riu baixinho. – Essa jovem Arlequim é maluca.

E o mundo começou a desacelerar na cabeça de Michael. Ele viu uma hesitação no sorriso de Nash. Uma olhada rápida para a esquerda. Depois um movimento de fração de segundo nos lábios, como um sorriso de deboche. Talvez o general não estivesse mentindo, mas estava com toda certeza escondendo algum fato que fazia com que se sentisse superior.

– Deixe que outro termine o serviço no Arizona – disse Michael. – Eu acho que Boone devia ir para Nova York imediatamente.

Mais uma vez Nash sorriu como se tivesse o maior jogo numa mesa de pôquer.
— O sr. Boone ficará lá mais um dia avaliando informações adicionais. A equipe dele encontrou uma carta numa busca feita no local.
O general Nash parou de falar e deixou essa informação pairando no ar.
Michael observou os olhos dele.
— E por que isso é importante?
— A carta é do seu pai. Ele tem se escondido de nós há muito tempo, mas parece que está vivo.
— O quê? Tem certeza?
Michael pulou da cadeira e quase saiu correndo pela sala. Nash estava dizendo a verdade ou isso era apenas mais um teste de lealdade? Examinou a cara do general e os movimentos dos olhos. Nash parecia superior e arrogante, como se gostasse de exibir sua autoridade.
— Então onde ele está? Como podemos encontrá-lo?
— No momento não posso dizer. Não sabemos quando a carta foi escrita. Boone não achou o envelope com carimbo do correio nem endereço do remetente.
— Mas o que diz a carta?
— Seu pai inspirou a formação de Nova Harmonia. Ele queria dar coragem aos amigos e avisá-los sobre a Irmandade. — Nash observou Michael andar de um lado para outro da sala. — Você não parece muito feliz com essa notícia.
— Depois que quatro homens incendiaram a nossa casa, Gabriel e eu alimentamos essa fantasia. Convencemos um ao outro de que nosso pai tinha sobrevivido e que estava procurando por nós enquanto rodávamos pelo país. Quando fiquei mais velho, descobri que meu pai não ia me ajudar. Que eu estava sozinho.
— Então resolveu que ele estava morto?
— Para onde quer que meu pai tivesse ido, ele não ia mais voltar. Podia muito bem estar morto mesmo.

— Quem sabe? Talvez possamos organizar uma reunião da família.

Michael quis empurrar Nash contra a parede e desfazer o sorriso dele com um tapa. Mas virou de costas para o general e recuperou a calma. Ainda era prisioneiro, mas havia como contornar isso. Precisava se afirmar e orientar a Irmandade em certa direção.

— Vocês mataram todo mundo em Nova Harmonia, certo?

Nash ficou irritado com a linguagem direta de Michael.

— A equipe de Boone atingiu seus objetivos.

— A polícia já sabe o que aconteceu? Já virou notícia?

— Por que você se preocupa com isso?

— Estou explicando como vão achar o Gabriel. Se a mídia não sabe disso, Boone deve cuidar para que fique sabendo.

Nash meneou a cabeça.

— Isso é definitivamente parte do plano.

— Eu conheço meu irmão. Gabriel foi a Nova Harmonia e conheceu as pessoas que viviam lá. Esse acontecimento vai afetá-lo muito. Ele terá de reagir, fazer alguma coisa impulsivamente. Temos de estar preparados.

2

Gabriel e seus amigos estavam morando na cidade de Nova York. Um pastor da igreja de Vicki chamado Oscar Hernandez tinha providenciado para eles ficarem num loft industrial vazio em Chinatown. A quitanda no térreo aceitava apostas de esportes, por isso tinha cinco linhas telefônicas, todas registradas em nomes diferentes, e mais uma máquina de fax, um scanner e conexão a cabo de internet. Por um preço módico, o quitandeiro permitia que eles usassem esses recursos eletrônicos para concretizar suas novas identidades. Chinatown era um bom lugar para essas transações porque todos os lojistas preferiam dinheiro aos cartões de crédito e cartões ATM (de caixa eletrônica de bancos) que eram monitorados pela Imensa Máquina.

O resto do prédio era ocupado por firmas diferentes que usavam mão-de-obra imigrante, sem documentação. Uma loja de roupas esportivas ficava no primeiro andar, um homem fabricava DVDs piratas no segundo. Desconhecidos entravam e saíam do prédio durante o dia, mas à noite não havia ninguém.

O quarto andar era uma sala comprida e estreita, com assoalho de madeira encerada e janelas nas duas pontas. Já tinha sido usada como fábrica de bolsas falsificadas que imitavam as grifes mais famosas e ainda havia uma máquina de costura industrial pregada no chão perto do banheiro. Poucos dias depois que eles chegaram, Vicki pendurou pedaços de lona encerada em corda de varal para criar um quarto dos homens para Gabriel e Hollis, e um quarto das mulheres para ela e Maya.

Maya tinha sido ferida no ataque ao Centro de Pesquisa Sempre-Verde e sua recuperação foi uma série de pequenas vitórias. Gabriel ainda se lembrava da primeira noite que ela conseguiu sentar numa cadeira para jantar e a primeira manhã que tomou uma chuveirada sem a ajuda de Vicki. Dois meses depois da chegada a Nova York, Maya pôde sair do prédio com os outros e foi mancando pela rua Mosco até a Hong Kong Cake Company. Ficou esperando do lado de fora da barraca, cambaleante, mas determinada a se manter de pé sozinha, enquanto uma chinesa idosa fazia biscoitos como crepes numa chapa preta de ferro.

Dinheiro não era problema. Eles já tinham recebido duas remessas de notas de cem dólares enviadas por Linden, um Arlequim que vivia em Paris. Seguindo as instruções de Maya, criaram identidades falsas que incluíam certidões de nascimento, passaportes, carteiras de motorista e cartões de crédito. Hollis e Vicki encontraram um apartamento de retaguarda no Brooklyn e alugaram malotes e caixas postais. Quando todos do grupo tivessem os documentos necessários para duas identidades falsas, sairiam de Nova York e viajariam para uma casa segura no Canadá ou na Europa.

Às vezes Hollis dava risada e chamava o grupo de "os quatro fugitivos", e Gabriel sentia que tinham se tornado amigos. Algumas noites cada um dos quatro residentes do loft cozinhava um prato para uma grande refeição, depois sentavam à mesa jogando cartas e fazendo piada de quem ia lavar os pratos. Até Maya sorria de vez em quando e tornou-se parte do grupo. Gabriel podia deixar de lado suas preocupações naqueles momentos, esquecer que era um Peregrino e que Maya era uma Arlequim... e que a sua vida comum tinha acabado para sempre.

Quarta-feira à noite, tudo mudou. O grupo tinha passado duas horas num clube de jazz no West Village. Quando voltavam caminhando calmamente para Chinatown, um motorista de caminhão jogou pilhas de tabloides amarrados na calçada. Gabriel deu uma olhada na manchete e parou.

MATARAM OS PRÓPRIOS FILHOS!
67 pessoas morrem em culto suicida no Arizona

O artigo da primeira página era sobre Nova Harmonia, onde Gabriel tinha estado poucos meses atrás, para visitar a Desbravadora do Caminho, Sophia Briggs.

Compraram três jornais diferentes e correram para o loft. Segundo a polícia do Arizona, a matança foi motivada por fanatismo religioso. Repórteres já tinham entrevistado os antigos vizinhos das famílias mortas. Todos concordavam que as pessoas que viviam em Nova Harmonia tinham de ser loucas. Elas largaram bons empregos e casas lindas para morar no deserto.

Hollis leu o artigo do *New York Times*.

– De acordo com esse aqui, as armas estavam registradas em nome das pessoas que moravam lá.

– Isso não prova nada – disse Maya.

– A polícia encontrou um vídeo feito por uma mulher inglesa – disse Hollis. – Segundo eles, ela fez um discurso sobre destruir o Mal.

– Martin Greenwald enviou um e-mail para mim semanas atrás – disse Maya. – Não mencionou nenhum problema.

– Eu não sabia que você tinha notícias do Martin – disse Gabriel, surpreso, e então viu o rosto de Maya mudar.

Gabriel soube no mesmo instante que ela estava escondendo alguma coisa importante deles todos.

– É, eu recebi o e-mail.

Maya procurou evitar os olhos de Gabriel e foi até a área da cozinha.

– O que ele disse para você, Maya?

– Eu tomei uma decisão. Achei que era melhor...

Gabriel se levantou e foi na direção dela.

– Conte-me o que ele disse!

Maya estava perto da porta que dava para a escada. Gabriel ficou imaginando se ela ia fugir em vez de responder às suas perguntas.

– Martin recebeu uma carta do seu pai – disse Maya. – Ele perguntava sobre os moradores de Nova Harmonia.

Gabriel sentiu, por alguns segundos, que o loft, o prédio, a cidade, tinham desaparecido. Ele era um menino, parado na neve vendo uma coruja voar em círculos sobre as ruínas fumegantes da casa da sua família. Seu pai tinha desaparecido para sempre.

Então ele piscou e voltou para o agora. Hollis estava furioso, Vicki parecia magoada, e Maya parecia desafiar a todos quanto à sua decisão.

– Meu pai está vivo?

– Está.

– Então o que aconteceu? Onde ele está?

– Eu não sei – disse Maya. – Martin teve o cuidado de não enviar essa informação pela internet.

– Mas por que você não me contou...

Maya interrompeu, as palavras saíram aos borbotões da sua boca:

– Porque eu sabia que você ia querer voltar para Nova Harmonia e que isso era perigoso. Planejei retornar ao Arizona sozinha depois que saíssemos de Nova York e vocês estivessem a salvo na casa segura.

– Pensei que estávamos nisso juntos – disse Hollis. – Sem segredos. Todos na mesma equipe.

Como sempre, Vicki se adiantou em seu papel de pacificadora.

– Nós não somos Arlequins, e isso quer dizer que, para ela, não estamos no mesmo nível. Ela tem nos tratado como um bando de crianças.

– Não foi um erro! – disse Maya. – Todas aquelas pessoas de Nova Harmonia estão mortas. Se Gabriel estivesse lá, estaria morto também.

– Acho que tenho o direito de tomar as minhas decisões – disse Gabriel. – Agora Martin morreu e não temos mais qualquer informação.

– Você ainda está vivo, Gabriel. De uma forma ou de outra, eu o protegi. Essa é a minha obrigação como Arlequim. Minha única responsabilidade.

Maya deu meia-volta, abriu a porta e saiu zangada do apartamento, batendo a porta com força.

3

A palavra *zumbi* pairava na mente de Boone como um sussurro. Parecia deslocada na sala de estar do terminal particular do aeroporto perto de Phoenix, Arizona. A decoração era de mobília em tons pastel e fotografias emolduradas de dançarinos hopis. Uma jovem simpática chamada Cheryl tinha acabado de fazer biscoitos de chocolate com pedacinhos de chocolate e café fresco para o pequeno grupo de passageiros executivos.

Boone sentou numa área de trabalho e ligou seu laptop. Fora do terminal o tempo estava fechado, tempestuoso, e a biruta na pista ficava batendo de um lado para outro. Os homens da equipe dele já tinham embarcado latões selados contendo as armas e equipamentos de proteção no jato alugado. Assim que a tripulação de terra local acabasse de abastecer o avião, Boone e seus homens voariam para o leste.

Tinha sido fácil manipular a polícia e a mídia quanto ao que parecia que tinha acontecido em Nova Harmonia. Os técnicos que trabalhavam para a Irmandade já tinham violado os computadores do governo e registrado uma lista de armas de fogo nos nomes de Martin Greenwald e de outros membros da comunidade. As provas balísticas e o depoimento em vídeo de Janet Wilkins sobre mensagens de Deus convenceram as autoridades de que Nova Harmonia era um culto religioso que tinha se destruído. A tragédia foi sob medida para o noticiário daquela noite e nenhum dos repórteres se inspirou para averiguar melhor os fatos. Fim da história.

Havia um relatório de um dos mercenários sobre uma criança correndo perto do perímetro de contenção, e Boone ficou imaginando se era a mesma menina asiática que ele tinha visto no centro comunitário. Isso poderia ter sido um problema, mas a polícia não encontrou ninguém vivo. Se a menina tinha escapado do ataque inicial, devia ter morrido de exposição no deserto ou então estava escondida em uma das casas destruídas pelos incêndios.

Ele ativou um sistema codificado, entrou na internet e começou a ler seus e-mails. Havia uma notícia promissora sobre a busca de Gabriel Corrigan em Nova York, e Boone respondeu imediatamente a essa mensagem. No meio das outras ele também encontrou três e-mails de Michael perguntando sobre a busca do seu pai. *Por favor, envie notícia sobre o progresso da busca*, escreveu Michael. *A Irmandade quer ação imediata sobre esse assunto.*

– Filho-da-mãe insistente – resmungou Boone, depois olhou para trás para ver se alguém tinha ouvido.

O chefe de segurança da Irmandade achava constrangedor que um Peregrino lhe desse ordens. Michael agora estava do lado deles, mas, no que dizia respeito a Boone, continuava sendo o inimigo.

Os únicos dados biométricos disponíveis do pai dele eram a foto da carteira de motorista tirada há vinte e seis anos e uma única impressão digital do polegar ao lado de uma assinatura autenticada. Isso queria dizer que era uma perda de tempo verificar os bancos de dados comuns do governo. Os programas de busca da Irmandade teriam de monitorar e-mails e telefonemas à procura de qualquer tipo de comunicação que mencionasse o nome de Matthew Corrigan, ou que tratasse dos Peregrinos.

Nos últimos meses a Irmandade acabara de construir um novo centro de computação em Berlim, mas Boone não tinha permissão para usá-lo em suas operações de segurança. O general Nash fazia muito mistério sobre os planos da diretoria para o centro de Berlim, mas era óbvio que se tratava de um avanço importante dos objetivos da Irmandade. Eles estavam testando lá algo chamado

Programa Sombra, que seria o primeiro passo para estabelecer o Panóptico virtual. Quando Boone reclamou da sua falta de recursos, a equipe de Berlim sugeriu uma solução temporária: em vez de usar o centro de computação, eles introduziriam zumbis para ajudar na busca.

Zumbi era o apelido de qualquer computador infectado por um vírus ou cavalo de Tróia que permitisse que ele fosse secretamente controlado por um usuário externo. Os mestres zumbis direcionavam as ações de computadores por todo o mundo, usando esses computadores para enviar spam ou para extorquir dinheiro de sites vulneráveis. Se os donos dos sites se recusassem a pagar, seus servidores eram sobrecarregados com milhares de pedidos enviados ao mesmo tempo.

Redes de zumbis chamadas de *bot nets* podiam ser compradas, roubadas ou negociadas no mercado negro da internet. No último ano a equipe técnica da Irmandade tinha comprado *bot nets* de diferentes grupos criminosos e havia desenvolvido um novo programa que forçava os computadores cativos a executar tarefas mais elaboradas. Apesar de esse sistema não ter poder suficiente para monitorar todos os computadores do mundo, era capaz de fazer uma busca de um alvo específico.

Boone começou a digitar comandos para o centro de informática de Berlim. *Se o sistema auxiliar está operacional, inicie a busca por Matthew Corrigan.*

– Com licença, sr. Boone...

Assustado, ele levantou a cabeça. O piloto do jato, um jovem elegante de uniforme azul-marinho, estava parado a um metro da área de trabalho.

– Qual é o problema?

– Nenhum problema. Já abastecemos e estamos prontos para decolar.

– Acabei de receber informações novas – disse Boone. – Mude o seu destino para o aeroporto de Westchester County e entre em contato com o serviço de transporte. Diga que quero veículos suficientes para levar minha equipe para a cidade de Nova York.

– Sim, senhor. Vou falar com eles agora mesmo.

Boone esperou até o piloto se afastar, depois recomeçou a digitar. Que os computadores cacem esse fantasma, ele pensou. Vou encontrar Gabriel nos próximos dois dias.

Terminou de escrever a mensagem um minuto depois e enviou para Berlim. Quando chegou à pista do aeroporto os programas ocultos despertaram nos computadores invadidos em todo o mundo. Fragmentos da consciência dos computadores começaram a se juntar como um exército de zumbis parados e quietos num salão enorme. Eles ficavam assim esperando, sem resistir, sem consciência do tempo, até que um comando os forçava a iniciar a busca.

Nos subúrbios de Madri, um menino de catorze anos jogava um jogo on-line. Em Toronto, um inspetor de obras aposentado postava comentários sobre seu time favorito num fórum de hóquei. Alguns segundos depois esses dois computadores passaram a funcionar um pouco mais devagar, mas nenhum dos dois internautas notou a mudança. Na superfície tudo continuou igual, mas agora os servos eletrônicos obedeciam a um novo dono, com uma nova ordem.

Encontrem o Peregrino.

4

Gabriel apertou um botão no telefone celular e verificou a hora. Uma hora da madrugada, mas a rua ainda estava barulhenta. Ouviu a buzina de um carro e uma sirene de polícia ao longe. Um veículo com sistema de som possante dava voltas no quarteirão e o baixo vibrante de uma música de rap parecia a batida de um coração abafado.

O Peregrino abriu o zíper da parte de cima do seu saco de dormir e sentou. A luz de um poste de rua entrava pelas janelas caiadas, e ele viu Hollis Wilson deitado numa cama de armar a dois metros dele. O ex-professor de artes marciais respirava normalmente e Gabriel concluiu que estava dormindo.

Tinham passado vinte e quatro horas desde que ele soube que as pessoas de Nova Harmonia estavam mortas e que seu pai ainda estava vivo. Gabriel ficou pensando como ia encontrar alguém que desaparecera de sua vida havia quinze anos. O pai estava neste mundo ou será que tinha cruzado para outro? Gabriel deitou-se de novo na cama de armar e levantou a mão esquerda. Tarde da noite sentia que ficava receptivo às atrações... e perigos... do seu novo poder.

Concentrou-se na Luz de dentro do seu corpo por alguns minutos. Então veio o momento difícil: ainda concentrado na Luz, tentou mover a mão sem pensar conscientemente nisso. Às vezes, isso parecia impossível. Como podia resolver mover seu corpo e então ignorar essa opção? Gabriel respirou profundamente e os dedos da mão dobraram para a frente. Pequenos pontos de Luz, como estrelas de uma constelação, flutuaram no escuro enquanto sua mão física ficou inerte e sem vida.

Moveu o braço e a Luz foi reabsorvida pelo corpo. Gabriel estava tremendo e respirando com dificuldade. Sentou de novo, tirou as pernas do saco de dormir e pôs os pés descalços no chão frio de madeira. Você está agindo feito um idiota, pensou. Isso não é um truque de salão. Atravesse logo ou então fique neste mundo.

De camiseta e calça de moletom, Gabriel passou entre dois pedaços de lona e foi para a parte central do loft. Usou o banheiro, depois foi até a parte da cozinha para beber um pouco de água da pia. Maya estava sentada no sofá perto da área de dormir das mulheres. Quando a Arlequim se recuperava do ferimento a bala, passava a maior parte do tempo dormindo. Agora que podia andar pela cidade, estava cheia de energia e inquieta.

– Está tudo bem? – ela sussurrou.

– Está. Só estou com sede.

Ele abriu a torneira de água fria e bebeu dali mesmo. Uma das coisas que gostava na cidade de Nova York era a água. Quando morava em Los Angeles com Michael, a água da torneira sempre tinha gosto de produtos químicos.

Gabriel atravessou o loft e foi sentar ao lado de Maya. Mesmo depois da discussão sobre o seu pai, continuava gostando de olhar para ela.

Maya tinha o cabelo preto como o de sua mãe sique e as feições fortes do pai alemão. Os olhos eram de um azul claro diferente, como dois pontos desbotados de aquarela flutuando num fundo branco. Na rua, ela protegia os olhos com óculos escuros e uma peruca cobria seu cabelo. Mas a Arlequim não conseguia disfarçar os movimentos do corpo. Ela entrava numa quitanda ou parava num trem do metrô com a postura equilibrada de uma lutadora que podia levar o primeiro soco e não cair.

Quando se encontraram pela primeira vez em Los Angeles, ele achou Maya a pessoa mais incomum que tinha conhecido na vida. A Arlequim era uma mulher moderna em muitas coisas, uma especialista em todos os aspectos da tecnologia de vigilância. Mas também carregava o peso de centenas de anos de tradição sobre os ombros. O pai de Maya, Thorn, tinha ensinado para a filha quando era bem pequena que os Arlequins eram *Amaldiçoados pela carne. Salvos pelo sangue.* Maya parecia acreditar que era culpada de algum erro fundamental que só podia ser corrigido arriscando sua vida.

Maya via o mundo com clareza. Qualquer tolice ou empecilho em suas percepções tinham sido destruídos anos atrás. Gabriel sabia que ela jamais quebraria as regras e se apaixonaria por um Peregrino. E naquele momento o futuro dele era tão incerto que ele achava que seria também irresponsabilidade mudar o relacionamento dos dois.

Ele e Maya tinham seus papéis definidos como Peregrino e Arlequim, no entanto ele sentia atração física por ela. Quando ela se recuperava do tiro que tinha levado, ele a pegou no colo e carregou da cama para o sofá, sentindo o peso do corpo dela, sentindo o cheiro da pele e do cabelo dela. Às vezes a lona não ficava totalmente fechada e ele a via conversando com Vicki enquanto tirava a roupa. Não existia nada entre eles, mas havia tudo. Até sentar ao lado dela no sofá era uma sensação agradável e desconfortável ao mesmo tempo.

– Você devia dormir um pouco – ele disse gentilmente.

– Não consigo fechar os olhos. – Quando Maya estava cansada, o sotaque britânico ficava mais pronunciado. – O cérebro não para.

– Eu entendo isso. Às vezes parece que tenho pensamentos demais e lugares de menos para colocá-los.

Ficaram um tempo em silêncio de novo e ele reparou na respiração dela. Gabriel lembrou que Maya tinha mentido sobre o seu pai. Será que havia mais segredos? O que mais ele precisava saber? A Arlequim afastou-se alguns centímetros de Gabriel, para não ficarem tão próximos. O corpo de Maya ficou tenso e ele ouviu um grande suspiro, como se ela estivesse prestes a fazer alguma coisa muito perigosa.

— Eu também andei pensando na discussão que tivemos ontem – disse Gabriel.

— Eu estava tentando protegê-lo. Não acredita nisso?

— Ainda não estou satisfeito. – Gabriel inclinou-se para o lado dela. – Tudo bem... então meu pai mandou uma carta para o povo de Nova Harmonia. Tem certeza de que não sabe de onde veio essa carta?

— Já falei para você do Carnívoro. O governo está constantemente monitorando os e-mails. Martin jamais enviaria informação crucial pela internet.

— Como posso saber se você está dizendo a verdade?

— Você é um Peregrino, Gabriel. Pode olhar para o meu rosto e ver que não estou mentindo.

— Não pensei que precisava fazer isso. Não com você.

Gabriel levantou do sofá e voltou para a sua cama de armar. Deitou-se, mas foi difícil dormir. Gabriel sabia que Maya se preocupava com ele, mas não entendia bem o quanto ele queria encontrar o pai. Só seu pai poderia dizer o que ele devia fazer agora que era um Peregrino. Sabia que estava mudando, tornando-se uma pessoa diferente, mas não sabia por quê.

Ele fechou os olhos e sonhou com o pai descendo uma rua escura na cidade de Nova York. Gabriel gritou e foi atrás dele, mas o pai estava longe demais para ouvir. Matthew Corrigan dobrou uma esquina e, quando Gabriel chegou lá, o pai tinha desaparecido.

Dentro do sonho, Gabriel ficou parado embaixo de um poste numa calçada escura e brilhante por causa da chuva. Olhou em volta e viu uma câmera de vigilância no telhado de um prédio. Havia outra câmera no poste de luz e mais meia dúzia em diversos pontos da rua. Foi então que soube que Michael também estava procurando, mas seu irmão tinha as câmeras e o equipamento de varredura e toda a aparelhagem da Imensa Máquina. Era como uma competição, uma terrível corrida dos dois, e ele não podia vencer de jeito nenhum.

5

Os Arlequins às vezes se consideravam os últimos defensores da história, mas o conhecimento que tinham da história era mais baseado na tradição do que nos fatos encontrados nos livros educativos. Criada em Londres, Maya havia decorado a localização dos locais tradicionais de execução espalhados pela cidade. Seu pai mostrara cada um desses lugares em suas aulas diárias sobre armas e briga de rua. Tyburn era para execução de assaltantes, a Torre de Londres para os traidores, os corpos murchos de piratas mortos pendiam anos nas Docas de Execução em Wapping. Diversas vezes as autoridades mataram judeus, católicos e uma longa lista de dissidentes que adoravam um deus diferente ou que pregavam uma versão diferente do mundo. Certo lugar em West Smithfield era usado para as execuções de hereges, bruxas e mulheres que tinham matado os maridos, assim como Arlequins anônimos que morreram protegendo os Peregrinos.

Maya teve a mesma sensação de sofrimento acumulado quando entrou no prédio da Corte Criminal no sul de Manhattan. Parada na entrada principal, ela olhou para cima, para o relógio pendurado no teto de dois andares. As paredes de mármore branco, as luminárias *art déco* e os corrimãos trabalhados nas escadas sugeriam a grandiosa sensibilidade de uma era antiga. Então, ela olhou para baixo e examinou o mundo que a cercava: a polícia e os criminosos, os meirinhos e advogados, as vítimas e testemunhas... todos arrastando os pés no chão sujo até o detector de metais que os esperava.

Dimitri Aronov era um homem mais velho e gordo, com três mechas de cabelo preto oleoso grudadas no topo da careca. O imigrante russo se aproximou do detector de metais com sua pasta de couro surrada. Quando entrou no equipamento, parou um segundo e olhou para trás, para Maya.

– Qual é o problema? – perguntou o guarda. – Continue andando...

– É claro, seu guarda. Claro.

Aronov passou pelo detector, deu um suspiro e rolou os olhos nas órbitas como se tivesse acabado de lembrar que tinha deixado uma pasta importante no carro. Passou de novo pelo ponto de controle e seguiu Maya para a rua pela porta giratória. Ficaram um instante no topo da larga escadaria e olharam para o horizonte do sul de Manhattan. Eram umas quatro horas da tarde. Nuvens cinza e pesadas pairavam sobre a cidade e o sol era um facho embaçado de luz no horizonte oeste.

– E então? O que acha, srta. Strand?

– Não acho nada... ainda.

– A senhorita viu. Nenhum alarme. Nenhuma prisão.

– Vamos dar uma olhada no seu produto.

Desceram juntos os degraus, ziguezaguearam pelo trânsito lento que lotava a rua Centre e foram andando para o pequeno parque no meio da praça. O parque Collect Pond tinha sido uma imensa vala a céu aberto de esgoto quando Nova York surgia. Ainda era um lugar escuro, sombreado pelos prédios altos que cercavam aquele pedaço de terra. Havia várias placas pedindo para os nova-iorquinos não alimentarem os pombos, mas um bando desses pássaros adejava de um lado para outro, ciscando o chão.

Eles sentaram num banco de madeira além do alcance das duas câmeras de vigilância do parque. Aronov pôs a pasta em cima do banco e remexeu os dedos.

– Por favor, examine a mercadoria.

Maya abriu os fechos da tampa da pasta. Espiou lá dentro e viu uma arma que parecia uma automática nove milímetros. A pistola tinha tambores em cima e embaixo e o punho texturizado. Quando a segurou, descobriu que era muito leve, quase como um brinquedo de criança.

Aronov começou a falar com a cadência de um vendedor:

– A base, a empunhadura e o gatilho são de plástico de alta densidade. Os tambores, as partes corrediças e o cão são de cerâmica superdura, forte como aço. Como a senhorita acabou de ver, a arma montada passa por qualquer detector de metal padrão. Nos aeroportos não é fácil. A maioria tem scanners ou máquinas de ondas milimétricas. Mas pode dividir a arma em duas ou três partes e escondê-las no laptop.

– Qual é a munição?

– As balas são sempre um problema. A CIA desenhou esse mesmo tipo de arma com um sistema sem estojo. Engraçado, não? Eles devem combater o terrorismo, por isso criaram a perfeita arma terrorista. Mas meus amigos em Moscou optaram por uma solução menos sofisticada. Posso?

Aronov pôs a mão dentro da pasta. Afastou o fundo e revelou o que parecia um cigarro gordo e marrom com a ponta preta.

– Esta é uma cápsula de papel com uma bala de cerâmica. Pense como se fosse o equivalente moderno do sistema usado por um mosquete do século XVIII. O propulsor detona em dois estágios e empurra a bala para fora do cano. É lento para recarregar, de modo que... – Aronov segurou a arma com a mão esquerda e encaixou o segundo tambor no lugar. – Você tem dois tiros rápidos, mas é tudo que vai precisar. A bala atravessa o seu alvo como um estilhaço.

Maya se afastou um pouco da pasta e olhou em volta para ver se alguém os observava. A fachada cinza do prédio da Corte Criminal lançava sua sombra sobre eles. Carros da polícia e os ônibus azuis e brancos usados para transportar prisioneiros estavam estacionados em fila dupla na rua. Ela podia ouvir o trânsito circulan-

do o pequeno parque, sentia o cheiro da água-de-colônia floral de Aronov, misturada com o odor escorregadio de folhas molhadas.
– Impressionante, não? A senhorita deve concordar.
– Quanto é?
– Doze mil dólares. Em dinheiro.
– Por uma pistola? Isso é loucura.
– Minha querida srta. Strand... – O russo sorriu e balançou a cabeça. – Seria difícil, se não impossível, encontrar outra pessoa vendendo esta arma. Além do mais, já fizemos negócios. A senhorita sabe que a minha mercadoria é da melhor qualidade.
– Eu nem sei se essa arma atira mesmo.
Aronov fechou a pasta e a pôs na calçada, ao lado dos pés dele.
– Se quiser, podemos ir até uma garagem de um amigo meu em Nova Jersey. Não tem vizinhos. As paredes são grossas. As cápsulas são caras, mas deixo a senhorita usar duas delas antes de me dar o dinheiro.
– Deixe-me pensar.
– Passarei de carro na entrada da rua do Lincoln Center às sete esta noite. Se estiver lá, fará um negócio especial de apenas uma noite: dez mil dólares e seis cápsulas.
– Um negócio especial é oito mil dólares.
– Nove.
Maya meneou a cabeça, concordando.
– Pago isso se tudo funcionar conforme o prometido.
Quando saiu do parque e atravessou a rua Centre, Maya ligou para Hollis pelo celular. Ele atendeu imediatamente, mas não disse nada.
– Onde você está? – ela perguntou.
– Columbus Park.
– Estarei aí em cinco minutos.
Maya pôs o celular na bolsa e pegou um gerador de números aleatórios, um aparelho elétrico do tamanho de uma caixa de fósforos que pendia de um cordão no pescoço dela.
Maya e os outros Arlequins chamavam seus inimigos de Tábula porque esse grupo considerava a consciência uma tábula rasa,

uma lousa em branco que podia ter escritas nela ideias de ódio e de medo. Enquanto a Tábula acreditava que tudo podia ser controlado, os Arlequins cultivavam a filosofia do acaso. Às vezes, faziam suas escolhas com dados ou com o gerador de números.

Um número ímpar é virar à esquerda, pensou Maya. Número par, direita. Ela apertou um botão no aparelho, apareceu 365 na telinha e ela seguiu para a esquerda pela Hogan Place.

Maya levou uns dez minutos para chegar ao Columbus Park, um pedaço retangular de asfalto com árvores tristonhas, alguns quarteirões a leste de Chinatown. Gabriel gostava de visitar o parque à tarde, quando estava cheio de chineses e chinesas mais velhos. Os idosos formavam alianças complexas baseadas na província ou aldeia de onde vinham. Batiam papo e comiam salgadinhos que levavam em potes de plástico enquanto jogavam *mah-jongg* e, de vez em quando, uma partida de xadrez.

Hollis Wilson estava sentado num banco do parque, com uma jaqueta de couro preta que escondia uma automática calibre 45 comprada de Dimitri Aronov. Quando Maya conheceu Hollis em Los Angeles, ele usava cabelo rastafári até os ombros e roupas finas. Em Nova York, Vicki cortou o cabelo dele bem curto e ele aprendeu a regra Arlequim de disfarce: sempre usar ou levar alguma coisa que crie uma nova identidade. Aquela tarde ele prendeu dois buttons na jaqueta que diziam: QUER PERDER PESO? EXPERIMENTE A SOLUÇÃO DE ERVAS! Assim que os nova-iorquinos viam os broches na lapela dele, olhavam para o outro lado.

Enquanto protegia Gabriel, Hollis lia uma cópia xerox de *O caminho da espada*, a meditação sobre combate escrita por Sparrow, o lendário Arlequim japonês. Maya cresceu lendo aquele livro, e o seu pai sempre repetia a famosa afirmação de Sparrow, que os Arlequins deviam "cultivar o acaso". Ela ficava irritada com o fato de Hollis querer se apossar daquela parte essencial do seu treinamento.

– Há quanto tempo vocês estão aqui? – ela perguntou.

– Umas duas horas.

Olharam para o outro lado do parque, para outra fileira de bancos onde Gabriel jogava xadrez numa mesa do parque com um chinês idoso. O Peregrino também tinha mudado de aparência em Nova York. Vicki cortou o cabelo dele bem curto e ele costumava usar um gorro de lã e óculos escuros. Quando se conheceram em Los Angeles, Gabriel tinha cabelo castanho comprido e o jeito casual de um jovem que passava o tempo esquiando no inverno e surfando no verão. Tinha perdido peso nos últimos meses e agora estava com a aparência de alguém que acabara de se recuperar de uma longa doença.

Hollis tinha escolhido uma boa posição defensiva, com linhas claras de visão de quase toda a área do parque. Maya se permitiu relaxar um momento e aproveitar o fato de ainda estarem vivos. Quando era pequena, chamava esses momentos de suas "joias". As joias eram aqueles raros instantes em que ela se sentia suficientemente segura para apreciar algo agradável ou belo... o céu cor-de-rosa do pôr do sol, ou as noites em que sua mãe cozinhava algum prato especial, como o carneiro *rogan josh*.

– Aconteceu alguma coisa esta tarde? – Maya perguntou.

– Gabe leu um livro na área de dormir, depois conversou um pouco sobre o pai.

– O que ele disse?

– Ele ainda quer encontrá-lo – disse Hollis. – Agora entendo como ele se sente.

Maya observou atentamente três mulheres idosas que se aproximaram de Gabriel. As mulheres eram videntes que ficavam sentadas no limite do parque e que se ofereciam para ver o futuro por dez dólares. Sempre que Gabriel passava por elas, estendiam um pouco as mãos, com as palmas para cima, a mão direita embaixo da esquerda, como mendigas pedindo esmola. Aquela tarde as videntes estavam apenas demonstrando respeito. Uma delas pôs um copo de papel com chá na mesa dobrável usada para jogar xadrez.

– Não se preocupe – disse Hollis. – Elas já fizeram isso antes.

– As pessoas vão falar disso.

— E daí? Ninguém sabe quem ele é. As videntes apenas sentem que ele tem algum tipo de poder.

O Peregrino agradeceu às mulheres pelo chá. Elas se curvaram para ele e depois voltaram para seu posto perto da cerca. Gabriel voltou para sua partida de xadrez.

— Aronov compareceu ao encontro? – perguntou Hollis. – A mensagem de texto dele dizia que estava oferecendo mercadoria nova.

— Ele tentou me vender uma pistola de cerâmica que pode passar por detector de metais. Deve ter sido fabricada pela agência de segurança russa.

— O que disse para ele?

— Ainda não decidi. Devo encontrá-lo às sete horas esta noite. Vamos até Nova Jersey para eu poder atirar com ela algumas vezes.

— Uma arma como essa pode ser útil. Quanto ele quer por ela?

— Nove mil dólares.

Hollis deu risada.

— Acho que não vamos conseguir um desconto de "bons fregueses".

— Devemos comprar?

— Nove mil em dinheiro é muita grana. Você deve falar com a Vicki. Ela sabe quanto nós temos e quanto estamos gastando.

— Ela está no loft?

— Está. Preparando o jantar. Vamos para lá quando Gabriel terminar o jogo.

Maya se levantou do banco e atravessou a grama morta para ir até onde Gabriel jogava xadrez. Quando se descuidava das próprias emoções, queria ficar perto dele. Não eram amigos... isso era impossível. Mas a sensação que tinha era de que ele olhava para o seu coração e a via com toda a clareza.

Gabriel levantou a cabeça, olhou para ela e sorriu. Foi só um instante que passou entre eles, mas ela se sentiu feliz e zangada ao mesmo tempo. *Não seja boba*, Maya disse a si mesma. Lembre-se sempre, você está aqui para tomar conta dele, não para gostar dele.

Ela atravessou a Chatham Square e seguiu pela East Broadway. A calçada estava cheia de turistas e chineses fazendo compras para o jantar. Pato assado e frango com cebolinha pendiam de ganchos em vitrines aquecidas e ela quase deu uma trombada num jovem carregando um leitão embrulhado com plástico transparente. Quando ninguém estava olhando, Maya destrancou a porta e entrou no prédio da rua Catherine. Mais chaves. Mais trancas. E então entrou no loft.

– Vicki?

– Estou aqui.

Maya puxou um dos pedaços de lona e encontrou Victory From Sin Fraser sentada numa cama de armar, contando notas de dinheiro de diversos países. Em Los Angeles, Vicki se vestia modestamente e era membro da Igreja Divina de Isaac T. Jones. Agora ela usava o que chamava de fantasia de artista: calça jeans bordada, camiseta preta e um colar de Bali. O cabelo era todo de pequenas tranças com contas nas pontas.

Vicki desviou os olhos da pilha de notas e sorriu.

– Chegou mais um carregamento do apartamento do Brooklyn. Eu queria verificar quanto temos ao todo.

As roupas das mulheres eram guardadas em caixas de papelão ou penduradas em uma arara de loja para vestidos que Hollis tinha comprado na Sétima Avenida. Maya tirou seu sobretudo e pendurou num cabide de plástico.

– O que aconteceu quando encontrou o russo? Hollis disse que ele devia estar querendo vender alguma outra pistola para você.

– Ele me ofereceu uma arma especial, mas é muito cara.

Maya sentou na sua cama de armar e descreveu a arma de cerâmica.

– Semente para broto – disse Vicki enquanto prendia um maço de notas de cem dólares com um elástico.

Àquela altura Maya já conhecia várias frases da coleção de cartas de Isaac Jones, o fundador da igreja de Vicki. *Semente para broto, broto para a árvore* queria dizer que você sempre devia levar em conta as consequências possíveis dos seus atos.

— Temos o dinheiro, mas é uma arma perigosa — continuou Vicki. — Se cair nas mãos de criminosos, podem usá-la para ferir pessoas inocentes.

— Isso acontece com qualquer arma.

— Você promete destruí-la quando finalmente estivermos num lugar seguro?

Harlekine versprechen nichts, Maya pensou em alemão. Os Arlequins não prometem nada. Foi como se ouvisse a voz do pai dela.

— Vou considerar destruir a arma — ela disse para Vicki. — É tudo que posso dizer.

Vicki continuou contando o dinheiro e Maya trocou de roupa. Se ia encontrar Aronov perto das salas de concerto do Lincoln Center, tinha de parecer que ia para um programa chique. Exigia botas curtas, calça preta fina, suéter azul e blazer de lã. Como tinha de levar muito dinheiro, ela resolveu levar uma arma pequena, um revólver Magnum .357 cano curto de alumínio. As calças eram suficientemente largas para esconder o coldre de tornozelo.

A faca de arremesso de Maya ficava presa com uma bandagem elástica no braço direito, a outra no braço esquerdo, perto do pulso. Esta faca tinha uma lâmina triangular muito afiada e o cabo em forma de T. Segurando o cabo com a mão fechada, dava para esfaquear o alvo com toda a sua força.

Vicki parou de contar o dinheiro. Parecia encabulada, um pouco constrangida.

— Eu tenho um problema, Maya. E pensei que talvez pudéssemos conversar sobre isso.

— Pode falar...

— Estou me aproximando muito de Hollis. E não sei o que fazer. Ele teve muitas namoradas e eu não tenho muita experiência. — Ela balançou a cabeça. — Na verdade, não tenho experiência nenhuma.

Maya já tinha observado a atração crescente entre Hollis e Vicki. Foi a primeira vez que ela notou a evolução de duas pessoas se apaixonando. Primeiro seguiam o outro com os olhos, quando um deles se levantava da mesa. Depois inclinavam o corpo um pouco para a frente quando o outro falava. Quando estavam separados, falavam um do outro de um jeito infantil e bobo. Toda a experiência fez Maya entender que seu pai e sua mãe nunca foram apaixonados um pelo outro. Eles se respeitavam e tinham um compromisso muito forte com a aliança do casamento. Mas não era amor. Os Arlequins não se interessavam por essa emoção.

Maya pôs o revólver no coldre preso ao tornozelo. Certificou-se de que a tira de velcro estava bem firme, depois puxou a perna da calça para baixo de modo que a bainha encostasse na bota.

– Você está falando com a pessoa errada – disse para Vicki. – Não posso lhe dar nenhum conselho.

A Arlequim pegou nove mil dólares de cima da cama e foi para a porta. Sentia-se forte naquele momento, pronta para o combate, mas o ambiente familiar a fez lembrar a ajuda de Vicki durante sua recuperação. Vicki alimentou Maya, trocou os seus curativos e sentou no sofá ao lado dela quando sentia dor. Ela era uma amiga.

Malditos amigos, pensou Maya. Os Arlequins aceitavam assumir obrigações uns com os outros, mas amizade com cidadãos era considerada perda de tempo. Durante a breve tentativa de levar uma vida normal em Londres, Maya saiu com homens e socializou com as mulheres que trabalhavam com ela num estúdio de design. Mas nenhuma dessas pessoas era sua amiga ou amigo. Elas jamais entenderiam seu jeito peculiar de ver o mundo, nem que ela era caçada constantemente e que estava sempre preparada para atacar.

Ela pôs a mão no fecho, mas não abriu a porta. *Olhe para os fatos*, pensou. *Abra seu coração e disseque seus sentimentos. Você tem inveja de Vicki. É isso. Tem inveja da felicidade dela.*

Maya voltou para a área de dormir.

– Desculpe ter dito aquilo, Vicki. É que há muitas coisas acontecendo agora.

– Eu sei. Foi errado falar desse assunto.

– Respeito você e o Hollis. Quero que os dois sejam felizes. Vamos conversar sobre isso quando eu voltar para casa hoje à noite.

– Está bem. – Vicki relaxou e sorriu. – Podemos fazer isso.

Maya se sentiu melhor quando finalmente saiu do prédio. Sua hora favorita estava se aproximando, da transição entre o dia e a noite. Antes dos postes da rua acenderem, o ar parecia cheio de pequenos pontinhos pretos da escuridão. As sombras perdiam seus limites definidos e as fronteiras esmaeciam. Como a lâmina de uma faca, afiada e limpa, ela passou pelos vãos da multidão nas ruas e atravessou a cidade.

6

Das ruazinhas de Chinatown, Maya foi para o norte, para as largas avenidas do centro de Manhattan. Aquela era a cidade visível, onde a Imensa Máquina detinha seu controle. Mas Maya sabia que havia um mundo intrincado sob o calçamento, um labirinto de linhas de metrô, de trem, passagens esquecidas e túneis cheios de cabos elétricos. Metade de Nova York ficava fora de vista, enterrada bem fundo no leito de pedra que sustentava os prédios do Spanish Harlem, assim como as torres de vidro da avenida Park. E havia um mundo paralelo de seres humanos que também ficava escondido, grupos diferentes de hereges e verdadeiros crentes, de imigrantes ilegais com documentos falsos e cidadãos respeitáveis com vidas secretas.

Uma hora depois ela estava nos degraus de mármore que iam dar no Lincoln Center de Artes Performáticas. Os prédios do teatro e de concertos ficavam na borda de uma grande praça com uma fonte iluminada no centro. A maior parte dos espetáculos ainda não tinha começado, mas músicos vestidos de preto e carregando caixas com seus instrumentos subiam apressados os degraus e atravessavam a praça para as diversas salas de concerto. Maya passou o dinheiro para um bolso com zíper na parte de dentro do blazer e olhou para trás. Havia duas câmeras de vigilância bem à vista, mas elas miravam a multidão perto da fonte.

Um táxi parou na entrada. Aronov estava sentado no banco de trás. Ele fez um gesto com a mão, Maya desceu os degraus e sentou ao lado do russo.

— Boa-noite, srta. Strand. Que prazer vê-la de novo.
— A arma tem de funcionar, senão não tem venda.
— É claro.

Aronov deu instruções ao motorista, um jovem de cabelo arrepiado, e o táxi partiu. Poucos quarteirões à frente entraram na Nona Avenida, indo para o sul.

— Trouxe o dinheiro? — ele perguntou.
— Apenas o que combinamos.
— A senhorita é uma pessoa muito desconfiada. Acho que devia contratá-la como minha assistente.

Quando cruzaram com a rua Quarenta e Dois, Aronov tirou uma caneta e um caderno com capa de couro do bolso como se fosse escrever um memorando. O russo começou a falar da sua boate preferida em Staten Island e da dançarina exótica de lá que tinha sido membro do balé de Moscou. Era um bate-papo inócuo, algo que um vendedor de carros diria enquanto mostrava os modelos para o freguês. Maya ficou pensando se a arma de cerâmica era falsa e se Aronov planejava roubar o dinheiro. Mas talvez não fosse nada. *Ele sabe que tenho uma arma*, pensou Maya. *Foi ele que vendeu para mim.*

O motorista virou à direita na rua Trinta e Oito e seguiu as placas até o túnel Lincoln. O trânsito naquela hora de rush convergia para a entrada do túnel e depois se espalhava por diversas pistas. Três túneis separados, cada um com duas pistas, passavam por baixo do rio para ir para Nova Jersey. Havia muito tráfego, mas os carros rodavam a cerca de sessenta quilômetros por hora. Maya espiou pela janela e observou um cabo de energia subir e descer na parede de ladrilhos brancos do túnel.

Maya virou na hora que o russo mudou de posição ao lado dela. Ele apertou a mola da caneta e apareceu uma agulha na ponta. Naquele instante Maya viu cada detalhe com total clareza. Ela agarrou o pulso de Aronov. Em vez de enfrentar o ataque dele, ela foi na direção da força dele, guiando-o um pouco para baixo e depois forçando o braço dele para a esquerda.

Aronov se espetou na perna. Ele gritou de dor e então Maya usou toda a sua força, socou o rosto dele enquanto segurava a agulha enfiada na perna dele. O russo ofegou como um afogado, depois ficou inerte e caiu contra a porta do táxi. Maya pôs a mão no pescoço dele e viu que estava vivo. A droga que havia na caneta falsa era apenas um tranquilizante. Ela vasculhou o bolso de fora da capa de Aronov, achou a arma de cerâmica e guardou na sua bolsa.

Havia uma separação de plástico resistente e transparente entre o banco de trás e o da frente do táxi, e Maya pôde ver que o motorista falava num fone de ouvido com microfone acoplado. As duas portas estavam trancadas. Ela tentou abrir as janelas, mas também estavam trancadas. Olhou para trás e percebeu que uma van escura seguia o táxi bem de perto. Dois homens sentados na frente e o mercenário no banco do carona também usava fone com microfone.

Maya sacou seu revólver e bateu com o cano na barreira de plástico. – Destranque as portas! – ela gritou. – Depressa!

O motorista viu a arma mas não obedeceu. Na cabeça de Maya havia um centro de calma, como um círculo de giz desenhado na calçada e ela ficou dentro desses limites. A barreira entre os bancos podia ser à prova de bala. Ela podia quebrar a janela do carro, mas seria difícil sair pela pequena abertura. A saída mais segura era pela porta trancada.

Ela pôs a arma na cintura, pegou a faca e forçou a ponta afiada entre a moldura da janela e o painel de plástico. O painel não saiu do lugar mais de um centímetro, por isso ela pegou a outra faca e enfiou na pequena abertura. Forçou as duas lâminas para baixo, abriu o plástico e expôs um painel interno que era de aço, suficientemente espesso para resistir a balas, mas as presilhas pareciam frágeis.

Maya se ajoelhou no chão do táxi, apontou o revólver para o prendedor de cima e disparou. O estampido do tiro foi dolorosamente alto. Seus ouvidos ficaram zunindo. Ela puxou o painel de aço e expôs a fechadura, um pino de aço e a tranca automática.

Agora era fácil. Enfiou a faca no ponto em que o pino e a tranca se conectavam e puxou para cima. A tranca abriu.

Tinha superado o primeiro obstáculo, mas ainda não estava livre. O táxi ia rápido demais para ela poder pular em segurança. Maya respirou fundo e tentou expulsar o medo pelos pulmões. Estavam a uns quinze metros da saída do túnel. Quando saíssem, todos iam desacelerar um pouco para mudar de pista. Maya calculou que tinha dois ou três segundos para sair antes de o táxi acelerar de novo.

O motorista sabia que a porta estava destrancada. Ele espiou pelo espelho retrovisor e disse alguma coisa no microfone. Assim que o táxi saiu do túnel, Maya se agarrou à porta e pulou. A porta abriu. Ela se agarrou com força quando o táxi passou sobre uma saliência na pista e ela foi jogada contra a porta. Carros desviaram e frearam quando o motorista começou a costurar entre as pistas. Ele olhou para Maya um instante e o táxi colidiu com a lateral de um ônibus azul de ligação. Maya foi atirada da porta e caiu na pista.

Ficou de pé e olhou em volta. A entrada do túnel do lado de Nova Jersey parecia um desfiladeiro feito pelo homem. Havia um muro alto de concreto à direita dela, com casas empoleiradas numa encosta íngreme mais acima. Do lado esquerdo ficavam as cabines de pedágio para os carros que iam entrar no túnel. A van tinha parado a uns seis metros do táxi, um homem de terno e gravata desceu e olhou direto para ela. Ele não sacou nenhuma arma. Havia testemunhas demais e três carros de polícia estacionados perto das cabines de pedágio. Maya começou a correr para uma rampa de saída.

Cinco minutos depois ela estava em Weehawken, uma cidade-dormitório decadente, com ruazinhas sujas que separavam casas de compensado de três andares. Quando teve certeza de que ninguém estava olhando, escalou o muro de pedra que formava o pátio dos fundos de uma igreja católica deserta e pegou seu celular. O telefone de Hollis tocou cinco ou seis vezes e só depois ele atendeu.

— Saída alta! Crianças mais puras!

Naqueles últimos três meses ela inventara planos de fuga. "Saída Alta" significava que quem quer que estivesse no loft devia usar a saída de incêndio para chegar ao telhado. "Crianças Mais Puras" queria dizer que deviam se encontrar na Tompkins Square Park, no Lower East Side.

— O que houve? – perguntou Hollis.

— Apenas façam o que eu disse! Saiam daí!

— Não podemos, Maya.

— O que você está...

— Chegaram visitas. Venha o mais depressa que puder.

Maya pegou um táxi e voltou rapidamente para Manhattan. Abaixada no banco de trás, ela pediu para o motorista passar devagar pela rua Catherine. Um grupo de adolescentes jogava basquete no conjunto habitacional, mas nenhum parecia vigiar o prédio onde ficava o loft. Ela desceu do táxi, atravessou a rua correndo e destrancou a porta verde.

Maya sacou sua arma assim que entrou no prédio. Ouvia o barulho dos carros passando pela rua e um ruído baixinho dos degraus da escada de madeira que rangiam. Assim que chegou à porta do loft bateu uma vez e levantou a arma.

Com cara de medo, Vicki abriu a porta e Maya entrou. Hollis estava a poucos metros dela, apontando uma arma.

— O que aconteceu? – ele disse.

— Era uma armadilha – disse Maya. – A Tábula sabe que estamos em Nova York. Por que vocês ainda estão aqui?

— Como eu disse, temos visitas.

Hollis apontou para a direita. Alguém tinha puxado para trás as lonas que separavam a área de dormir dos homens. Oscar Hernandez, o reverendo que tinha alugado o loft, estava sentado numa cama de armar junto com um jovem latino de blusão vermelho.

— Maya! Graças a Deus você está bem!

Hernandez se levantou e deu um grande sorriso. Ele era motorista de ônibus na cidade e sempre usava seu colarinho de padre quando tratava de assuntos da Igreja.

– Bem-vinda de volta. Estávamos começando a ficar preocupados com você.

A voz de uma mulher mais velha soou da área de dormir das mulheres. Maya correu para lá e puxou uma das lonas. Sophia Briggs, a Desbravadora do Caminho que vivia num silo de mísseis abandonado perto da Nova Harmonia, estava conversando com Gabriel. Sophia era a professora que tinha ensinado para Gabriel como usar sua habilidade de passar para mundos diferentes.

– Ah, a Arlequim está de volta. – Sophia examinou Maya como se fosse uma espécie rara de réptil. – Boa-noite, minha querida. Não pensei que ia vê-la de novo.

Alguma coisa se moveu no escuro perto do aquecedor. Seria um cachorro? Sophia tinha trazido um animal de estimação com ela? Não, era uma menina, sentada no chão, com os joelhos para cima, abraçando as pernas. Quando Maya deu um passo na direção dela, viu o rostinho pequeno que não exibia emoção alguma. Era a menina asiática de Nova Harmonia. Alguém tinha sobrevivido.

7

Gabriel observou os olhos de Maya quando ela olhou para a menina e depois para Sophia.

– Pensei que tinham matado todos...

– Todos menos Alice Chen, filha da Joan. Eu a encontrei no fundo do meu silo de mísseis, protegida pelas minhas adoráveis serpentes. Os mercenários da Tábula foram nos procurar, mas só exploraram o andar principal.

– Como vieram para Nova York?

– A dra. Briggs foi de carro até Austin, no Texas, e entrou em contato com um membro da nossa igreja – explicou Hernandez. – Alguns de nós ainda acreditam na "Dívida Não Paga". Nós vamos proteger Peregrinos, Arlequins e os amigos deles.

– Mas por que elas estão *aqui*?

– Alice e eu somos testemunhas – disse Sophia. – Fomos passadas de igreja para igreja até que alguém falou com o reverendo Hernandez.

– Bem, vocês vieram para o lugar errado. Não posso aceitar nenhum compromisso de proteger vocês duas. – Maya foi para perto de Alice Chen. – Você tem avós? Uma tia, um tio?

– Alice parou de falar – disse Sophia. – É óbvio que ela passou por uma experiência traumática.

– Ouvi Alice falar em Nova Harmonia. – Maya parou na frente da menina e falou bem devagar: – Dê-me um nome. Preciso do nome de alguém que possa cuidar de você.

– Deixe-a em paz, Maya. – Gabriel se levantou da cama de armar e se abaixou ao lado da menina. – Alice... – ele sussurrou e, então, sentiu a aura de sofrimento que a envolvia.

O sentimento era tão poderoso e tão sombrio que ele quase caiu de joelhos. Por um momento desejou jamais ter se tornado um Peregrino. Como é que o pai dele suportava tanto sofrimento dos outros?

Gabriel ficou de pé e encarou Maya.

– Ela fica conosco.

– Essas duas pessoas vão nos expor. Precisamos sair daqui *agora*.

– Ela fica conosco – repetiu Gabriel. – Senão eu não saio deste loft.

– Não teremos de tomar conta delas por muito tempo – disse Vicki. – O reverendo Hernandez tem amigos que moram numa fazenda em Vermont.

– Eles vivem completamente fora da Grade, sem cartões de crédito, sem telefones, nenhuma ligação – disse Hernandez. – Vocês podem ficar lá o tempo que quiserem.

– E como é que vamos fazer essa viagem? – perguntou Maya.

– Peguem o metrô até o terminal Grand Central. Um trem parte na linha Harlem às 11:22 esta noite. Desçam numa cidade chamada Ten Mile River e esperem na plataforma. Um membro da igreja vai pegá-los de carro e levá-los para o norte.

Maya balançou a cabeça.

– A situação toda mudou agora que a Tábula sabe que estamos em Nova York. Eles vão monitorar tudo. É perigoso ficar andando por aí. Há câmeras de vigilância na rua e em cada estação de metrô e os computadores vão procurar nossas imagens e mapear nossa exata localização.

– Eu sei das câmeras – disse Hernandez. – Por isso trouxe um guia para vocês.

Hernandez levantou um pouco a mão e o jovem latino caminhou lentamente até o centro do quarto. Usava um boné de beisebol e roupa de atletismo larga, com os nomes de vários times esportivos. Embora tentasse parecer calmo, ele parecia nervoso e preocupado em agradar.

– Este é meu sobrinho, Nazarene Romero. Ele trabalha na divisão de manutenção do Departamento de Trânsito de Nova York.

Nazarene arrumou suas calças largas como se fizessem parte da apresentação.

– Quase todo mundo me chama de Naz.

– Prazer em conhecê-lo, Naz. Eu sou Hollis. E então, como vai nos levar até a Grand Central?

– Tenho de falar outras coisas primeiro – disse Naz. – Não sou da igreja do meu tio. Compreendem? Vou tirá-los da cidade, mas quero pagamento por isso. É mil para mim e mais mil para meu amigo Devon.

– Só para ir até uma estação de trem?

– Vocês não serão rastreados. – Naz levantou a mão direita como se jurasse só dizer a verdade num julgamento. – Eu garanto.

– Isso não é possível – disse Maya.

– Vamos para uma estação que não tem câmeras e vamos viajar num trem sem passageiros. Tudo que vocês têm de fazer é seguir minhas instruções e pagar quando chegarem lá.

Hollis levantou e se aproximou de Naz. Apesar de segurar a arma com a mão esquerda, não precisava dela para provocar medo.

– Hoje em dia não sou mais membro da igreja, mas ainda me lembro de muitos sermões. Na sua Terceira Carta do Mississippi, Isaac Jones disse que qualquer um que pegar o caminho errado vai atravessar um rio escuro para uma cidade de noite eterna. Não me parece o tipo de lugar em que você gostaria de passar a eternidade...

– Não vou entregar ninguém, cara. Só quero ser seu guia.

Todos olharam para Maya e esperaram que ela tomasse uma decisão.

– Levaremos você e a menina até a fazenda em Vermont – ela disse para Sophia. – A partir daí, estarão por sua conta.

– Como quiser.

– Partimos em cinco minutos – disse Maya. – Cada um pode levar uma mochila ou uma bagagem só. Vicki, distribua o dinheiro para não ficar todo só com você.

Alice continuou no chão, em silêncio, mas observou todos rapidamente juntando suas coisas. Gabriel enfiou duas camisetas e cuecas numa bolsa de lona com seu novo passaporte e um maço de notas de cem dólares. Não sabia o que fazer com a espada japonesa que Thorn tinha dado para o pai dele, mas Maya tirou a arma dele. Ela pôs o talismã cuidadosamente dentro do tubo preto de metal que usava para levar sua espada de Arlequim.

Enquanto os outros continuavam arrumando as coisas, Gabriel levou uma xícara de chá para Sophia Briggs. A Desbravadora do Caminho era uma senhora forte e resistente que passou a maior parte da vida sozinha, mas parecia exausta com a longa travessia do país para chegar a Nova York.

– Obrigada.

Sophia estendeu a mão e tocou em Gabriel. Ele teve a sensação de estar de volta no silo de mísseis abandonado no Arizona e que ela estava ensinando como libertar a Luz do seu corpo.

– Pensei muito em você nesses últimos meses, Gabriel. O que está acontecendo aqui em Nova York?

– Eu estou bem. Eu acho... – Gabriel baixou a voz. – Você me ensinou a atravessar as barreiras, mas ainda não sei como *ser* um Peregrino. Vejo o mundo de forma diferente, mas não sei como posso mudar as coisas.

– Você fez mais alguma exploração? Chegou aos outros mundos?

– Encontrei meu irmão no mundo dos espíritos famintos.

– É perigoso?

– Conto sobre isso mais tarde, Sophia. Agora eu quero saber do meu pai. Ele enviou uma carta para Nova Harmonia.

– Eu sei. Martin mostrou a carta quando fui à casa dele jantar. Seu pai queria saber como estava a comunidade.

– Havia algum endereço para responder? Como ele esperava que Martin entrasse em contato com ele?

— Havia um endereço no envelope, mas Martin disse que ia destruí-lo. Só dizia "Convento Tyburn, Londres".

Para Gabriel foi como se o loft escuro se enchesse de luz. Convento Tyburn. Londres. Seu pai devia estar morando lá. E tudo que tinham de fazer era viajar para a Inglaterra para encontrá-lo.

— Ouviram isso? – ele disse para os outros. – Meu pai está em Londres. Escreveu uma carta de um lugar chamado Convento Tyburn.

Maya deu a automática .45 para Hollis e tirou um punhado de balas do revólver dela. Olhou para Gabriel e balançou a cabeça discretamente.

— Vamos primeiro para um lugar seguro, depois conversamos sobre o futuro. Está todo mundo pronto?

O reverendo Hernandez concordou em ficar no loft mais uma hora, usando o fogão, com as luzes acesas, como se ainda estivesse habitado. O resto do grupo saiu pela janela para a escada de emergência e subiu para o telhado. Parecia que estavam numa plataforma sobre a cidade. Nuvens passavam sobre Manhattan e a lua era uma mancha de giz no céu.

Passaram sobre uma série de muros baixos e chegaram ao telhado de um prédio mais adiante, na rua Catherine. A porta de segurança tinha tranca, mas Maya não considerou isso um obstáculo. A Arlequim pegou um pedaço fino de aço chamado de chave de tensão, inseriu na fechadura e girou um pouco. Então, forçou outra ferramenta chamada de segredo sobre a chave de tensão e usou para empurrar para cima os pinos da fechadura. Quando o último pino encaixou e fez clique, ela empurrou a porta e desceu na frente dos outros até o térreo do prédio, que era um armazém. Hollis abriu a porta e eles saíram para uma ruazinha lateral que ia dar na rua Oliver.

Eram mais ou menos dez horas da noite. As ruas estreitas estavam cheias de rapazes e moças que queriam comer o pato Pequim e alguns rolinhos de ovos antes de passar a noite dançando nas boates. Pessoas desciam de táxis ou paravam na calçada, examinando os cardápios expostos nas vitrines dos restaurantes. Gabriel e os outros estavam protegidos no meio da multidão, mas ele tinha a sensação de que todas as câmeras de vigilância da cidade estavam rastreando seus movimentos.

Essa sensação ficou mais forte quando seguiram pela rua Worth até a Broadway. Naz ia na frente, Hollis ao lado dele. Vicki logo atrás, seguida por Sophia e Alice. Gabriel podia ouvir Naz explicando como o sistema do metrô estava sendo convertido para usar trens controlados por computador. Em algumas linhas, o motorneiro ficava seu turno inteiro sentado na cabine do vagão da frente, olhando para os controles que trabalhavam sozinhos.

– Um computador no Brooklyn faz o metrô andar e parar – disse Naz. – Basta apertar um botão a cada duas ou três paradas para mostrar que você não está dormindo.

Gabriel olhou para trás e viu que Maya devia estar a uns dois metros dele. As alças da bolsa e do tubo com as espadas formavam um X preto no meio do peito dela. Os olhos se moviam para um lado e para outro como uma câmera varrendo continuamente uma zona de perigo.

Viraram à esquerda, entraram na Broadway e se aproximaram de uma praça triangular. O prédio da prefeitura ficava a poucos quarteirões dali, uma construção enorme que tinha uma escadaria larga que dava em colunas coríntias. Esse falso templo grego, por sua vez, ficava a poucas dezenas de metros do Prédio Woolworth, uma catedral gótica de comércio, com um espigão que se erguia bem alto no céu noturno.

– Pode ser que as câmeras tenham nos rastreado – disse Naz. – Mas não faz diferença nenhuma. A próxima câmera fica mais à frente. Está vendo? Ela está no poste de luz perto do sinal de pedestres. Eles nos viram subindo a Broadway, mas agora desaparecemos.

Ele saiu da calçada e guiou o grupo pelo parque deserto da praça. Havia poucas luzes de segurança nos caminhos asfaltados, brilhando com energia fraca, mas o pequeno grupo ficava no escuro.

– Para onde estamos indo? – perguntou Gabriel.

— Há uma estação de metrô deserta bem aqui embaixo. Construíram há cem anos e fecharam logo depois da Segunda Guerra. Não tem câmeras. Nem policiais.

— E como vamos chegar ao terminal Grand Central?

— Não se preocupem com isso. Meu amigo vai aparecer daqui a quinze minutos.

Passaram por um agrupamento de pinheiros secos e se aproximaram de um prédio de manutenção de tijolos aparentes. Havia uma grade de ventilação no lado oeste do prédio, e Maya sentiu o cheiro de poeira do subterrâneo. Naz os fez dar a volta no prédio até uma porta de segurança de aço. Tirou da mochila um molho de chaves, ignorando as diversas placas de aviso — PERIGO! PROIBIDA A ENTRADA DE PESSOAS NÃO AUTORIZADAS!

— Onde foi que arrumou isso? — perguntou Hollis.

— No armário do meu supervisor. Peguei emprestado o chaveiro dele duas semanas atrás e fiz cópias.

Naz abriu a porta e os levou para dentro do prédio. Eles entraram numa sala com piso de aço, cercado de caixas de circuitos e condutores elétricos; uma abertura em um canto dava para uma escada. A porta fechou atrás deles com um barulho muito alto que ecoou no cômodo pequeno. Alice deu dois passos rápidos para a frente antes de conseguir controlar o medo. Parecia um animal meio selvagem que acabavam de pôr de volta na jaula.

A escada em caracol descia como um enorme saca-rolhas até um patamar em que ardia uma única lâmpada sobre uma segunda porta de segurança. Naz foi testando as chaves do seu chaveiro, resmungando sozinho enquanto tentava destrancar a porta. Finalmente encontrou a chave certa, mas mesmo assim a porta não abria.

— Deixe-me tentar.

Hollis levantou o pé esquerdo e mirou um chute frontal na fechadura. A porta abriu.

Eles entraram um por um, na abandonada estação City Hall. As luminárias originais não tinham lâmpadas, mas alguém tinha prendido um fio elétrico na parede e ligado a uma dúzia de lâmpadas. Havia uma cabine para compra das passagens no centro do saguão de entrada. Tinha um pequeno telhado arredondado de cobre e parecia pertencer a um cinema antiquado, com lanterninhas e cortina de veludo vermelho. Depois dessa cabine havia borboletas de madeira e uma plataforma de concreto ao lado dos trilhos do metrô.

Uma camada de poeira branco-acinzentada cobria o chão. O ar era viciado e cheirava a óleo de máquina. Gabriel teve a impressão de estar preso num túmulo, até olhar para cima, para o teto abobadado. Aí lembrou de uma igreja medieval, o interior com arcos altos que saíam do chão e se encontravam nos pontos centrais. O próprio túnel era outro conjunto de arcos, iluminado por candelabros de latão azinhavrado que sustentavam globos de vidro fosco. Não havia nenhum anúncio. Nenhuma câmera de vigilância. As paredes e o teto eram decorados com ladrilhos brancos, vermelhos e verde-escuros que formavam desenhos geométricos intrincados. Aquele ambiente subterrâneo era como um santuário, um refúgio da desordem que acontecia em cima deles.

Gabriel sentiu ar quente na pele e então ouviu um ronco distante, que ia crescendo. Segundos depois um trem do metrô apareceu na curva e passou pela estação sem parar.

– Esse é o trem local, número seis – disse Naz. – Ele dá a volta por aqui e volta para o norte.

– É assim que vamos chegar à Grand Central? – perguntou Sophia.

– Não vamos viajar no seis. É muito público. – Naz olhou para o relógio de pulso. – Teremos um trem particular, sem ninguém nos ver. Espere só. Devon deve estar aqui em poucos minutos.

Naz andou de um lado para outro na frente da cabine, então demonstrou alívio quando apareceram dois faróis no túnel.

– Aí vem ele. Preciso receber os primeiros mil dólares. Agora.

Vicki deu um maço de notas de cem para Naz, o guia passou por uma borboleta de madeira e foi para a plataforma. Fez sinal com os braços no alto e um único vagão de metrô chegou à estação, puxando um vagão aberto cheio de sacos de lixo. Um negro magro, com bem mais de um metro e oitenta, operava os controles na cabine do trem. Ele fez o vagão parar e abrir as portas duplas. Naz apertou a mão dele, trocou algumas palavras e deu o dinheiro para o amigo.

– Rápido! – ele gritou. – Outro trem vai passar daqui a um minuto.

Maya liderou o grupo para o vagão do metrô e disse para sentarem nas extremidades, longe das janelas. Todos obedeceram, até Alice. A menina parecia consciente de tudo que acontecia, mas seu rosto não demonstrava qualquer expressão.

Devon ficou na porta da pequena cabine.

– Bem-vindos a bordo do trem do lixo – ele disse. – Temos de mudar de trilho umas duas vezes, mas estaremos no Grand Central em cerca de quinze minutos. Vamos parar na plataforma de manutenção porque não há câmeras de vigilância naquela área.

Naz sorriu de orelha a orelha, como se tivesse feito um truque de mágica.

– Viram? O que foi que eu disse?

Devon puxou o controle para baixo e o trem deu um pulo para a frente e foi ganhando velocidade, deixando a estação abandonada para trás. O vagão balançava de um lado para outro, seguindo para o norte por baixo das ruas de Manhattan. Devon parou na estação da rua Spring, mas não abriu as portas. Esperou até uma luz verde acender dentro do túnel, então puxou o controle de novo.

Gabriel levantou e ficou de pé perto de Maya. A janela da porta estava aberta alguns centímetros e um ar quente entrava no vagão. Quando mudaram de trilhos foi como se viajassem por uma parte secreta da cidade. Aparecia uma luz ao longe, refletida nos trilhos. Ouviram um barulho metálico e então deslizaram lentamente pela estação da rua Bleecker. Gabriel tinha viajado na linha leste algumas vezes antes, mas essa experiência era diferente. Estavam a salvo num mundo de sombras, um passo além do escrutínio da Imensa Máquina.

Astor Place. Union Square. E então a porta da cabine de controle se abriu. O vagão continuava avançando, mas Devon não tocava nos controles.

— Está acontecendo alguma coisa...

— Qual é o problema? — perguntou Maya.

— Este trem é de manutenção — disse Devon. — Eu devia estar controlando tudo. Mas o computador assumiu esse controle quando saímos da última estação. Tentei entrar em contato com o centro de comando, mas o rádio está mudo.

Naz deu um pulo e levantou as duas mãos, como se quisesse interromper uma discussão.

— Não é nada de mais. Deve ter outro trem na linha.

— Se for isso, então eles nos fariam parar na Bleecker.

Devon voltou para a cabine de controle e moveu a manete de novo. O vagão do metrô ignorou o comando e passou pela estação da rua Trinta e Três com a mesma velocidade moderada.

Maya sacou a arma de cerâmica que tinha tirado de Aronov. Ficou apontando para o chão.

— Quero que o trem pare na próxima estação.

— Ele não pode fazer isso — disse Naz. — O computador está controlando tudo.

Estavam todos de pé agora, até Sophia Briggs e a menina. Seguravam nos postes no meio do carro enquanto as luzes passavam pelas janelas e as rodas clicavam nos trilhos como o tiquetaque de um relógio.

— Tem um freio de emergência? — Maya perguntou para Devon.

— Tem, mas não sei se vai funcionar. O computador está mandando o vagão seguir.

— Você consegue abrir as portas?

— Só se o trem parar. Posso soltar a tranca de segurança e vocês poderão abri-las manualmente.

— Ótimo. Então faça isso já.

Todos espiaram pela janela enquanto passavam pela estação da rua Vinte e Oito. Os poucos nova-iorquinos parados na plataforma pareciam imobilizados naquele instante do tempo.

Maya virou para Hollis.

– Abra a porta. Quando chegarmos à rua Quarenta e Dois, vamos pular.

– Eu fico no trem – disse Naz.

– Você vem conosco.

– Pode esquecer. Não preciso do dinheiro de vocês.

– Eu não me preocuparia com o dinheiro agora. – Maya levantou um pouco a arma e apontou para o joelho de Naz. – Quero ficar longe das câmeras e chegar ao terminal de trens Grand Central.

Devon desligou a tranca de segurança quando saíram da estação da rua Trinta e Três. Hollis forçou duas portas laterais e as manteve abertas. A cada intervalo de alguns metros eles passavam por um vergalhão de aço que sustentava o teto do túnel. Parecia que viajavam por uma passagem sem fim e sem saída.

– Atenção! – gritou Devon. – Preparem-se!

Havia um manete vermelho na parede da cabine do vagão. Devon agarrou o manete, puxou para baixo com força e ouviu o barulho agudo de aço raspando em aço. O vagão do metrô começou a tremer, mas continuou rodando. Quando se aproximaram da rua Quarenta e Dois, as pessoas que estavam na estação recuaram da beira da plataforma.

Alice e Sophia pularam primeiro, depois Vicki, Hollis e Gabriel. O vagão ia bastante devagar, por isso Gabriel conseguiu cair de pé. Olhou para o lado da plataforma de concreto e viu Maya empurrar Naz porta afora. As rodas do trem continuaram guinchando e ele desapareceu no túnel. As pessoas na plataforma ficaram assustadas e um homem digitou um número no seu celular.

– Vamos! – gritou Maya, e eles saíram correndo.

A van deu a volta na barreira de segurança de cimento e parou na entrada do terminal Grand Central pela avenida Vanderbilt. Um membro da Guarda Nacional que estava na frente da estação de trem falou com eles, mas Nathan Boone apontou para um dos seus mercenários, um detetive da cidade de Nova York chamado Ray Mitchell. Ray abaixou o vidro da janela e mostrou seu distintivo para o soldado.

– Recebi um chamado sobre dois traficantes de droga que estão no terminal – ele disse. – Alguém disse que tinham uma menininha chinesa com eles. Dá para acreditar? É muito doido... se você vai vender crack, arrume uma babá...

O soldado deu um enorme sorriso e abaixou o rifle.

– Estou na cidade há seis dias – ele disse. – Todo mundo aqui é meio maluco.

O motorista, um mercenário da África do Sul chamado Vanderpoul, ficou na direção enquanto Boone descia da van com Mitchell e o parceiro dele, o detetive Krause. Ray Mitchell era um homem pequeno que falava rápido e gostava de usar roupas de grife. Krause era o oposto. Um policial grandalhão e desajeitado de cara vermelha, que parecia estar sempre zangado. Boone pagava uma quantia mensal para os policiais e de vez em quando um bônus por trabalho extra.

– E agora? – perguntou Krause. – Para onde eles foram depois que pularam do vagão?

– Espere aí – disse Boone.

O fone de ouvido passava informações sem parar, de duas equipes de mercenários, além do centro de computação da Irmandade em Berlim. Os técnicos tinham invadido a rede do sistema de vigilância de trânsito de Nova York e estavam usando seus programas de varredura para procurar os fugitivos.

– Eles ainda estão na estação do metrô no nível de trânsito – disse Boone. – As câmeras estão recebendo dados diretos enquanto eles caminham para o trem de superfície.

– Então vamos para o trem? – perguntou Mitchell.

– Ainda não. Maya sabe que a estamos rastreando e isso vai influenciar o comportamento dela. A primeira coisa que vai fazer será ficar longe das câmeras.

Sorrindo, Mitchell olhou para o parceiro.

– E é por isso que vamos pegá-la.

Boone estendeu o braço para a parte de trás da van e pegou a pasta de alumínio que continha o equipamento de rastreamento de rádio e três óculos de raios infravermelhos.

– Vamos entrar. Eu vou falar com a equipe que está na Quinta Avenida.

Os três entraram no terminal e desceram uma das largas escadas de mármore feitas para parecer parte da antiga ópera de Paris. Mitchell alcançou Boone quando chegaram ao salão principal.

– Preciso deixar clara uma coisa – ele disse. – Nós vamos guiá-lo por Nova York e usar nossa influência, mas não vamos apagar ninguém.

– Não estou pedindo para vocês fazerem isso. Só para tratar com as autoridades.

– Sem problema. Vou verificar com a polícia de trânsito e dizer que estamos no terminal.

Mitchell pegou seu distintivo, prendeu no paletó e saiu apressado por um dos corredores. Krause ficou com Boone como um guarda-costas gigante. Eles foram para a cabine central de informações que tinha um relógio de quatro faces em cima. O tamanho daquele salão principal, suas janelas em arco, chão de mármore branco e paredes de pedra confirmaram a crença dele de que o seu lado venceria essa guerra secreta. Milhões de pessoas passavam pelo terminal todos os anos, mas eram poucas as que sabiam que o próprio prédio era uma demonstração sutil do poder da Irmandade.

Um dos maiores apoiadores da Irmandade na América do Norte no início do século XX era William K. Vanderbilt, o magnata das estradas de ferro que encomendou a construção do terminal Grand Central. Vanderbilt exigiu que o teto abobadado do salão principal fosse decorado com as constelações do zodíaco, cinco andares acima do piso de mármore da estação. As estrelas deviam ser distribuídas como se estivessem num céu do Mediterrâneo na época em que Cristo viveu. Mas ninguém, nem mesmo os astrólogos egípcios do século I, jamais tinha visto aquela combinação: o zodíaco no teto estava exatamente ao contrário.

Boone achava divertido ler as diversas teorias sobre o motivo de as estrelas estarem desse jeito. A ideia mais popular era que o pintor tinha duplicado um desenho encontrado num manuscrito medieval e que as estrelas eram mostradas do ponto de vista de alguém de fora do nosso sistema solar. Ninguém jamais explicou por que os arquitetos de Vanderbilt permitiram que esse conceito estranho aparecesse num prédio tão importante.

A Irmandade sabia que o desenho do teto não tinha nada a ver com o conceito medieval do céu. As constelações estavam na posição correta para alguém escondido dentro do teto oco, olhando para baixo, para os viajantes que correm para pegar seus trens. A maior parte das estrelas era de lâmpadas piscando num céu azul-claro, mas havia também uma dúzia de furos pelos quais se podia vigiar. No passado os policiais e guardas de segurança da estrada de ferro usavam binóculos para seguir os movimentos de cidadãos que pareciam suspeitos. Agora toda a população está sendo vigiada com scanners e outros equipamentos eletrônicos. O zodíaco ao contrário sugeria que apenas os observadores lá de cima viam o universo corretamente. Todos os outros supunham que as estrelas estavam no lugar certo.

Chegou um chamado no fone por satélite de um ex-soldado britânico chamado Summerfield que sussurrou no ouvido de Boone. A equipe de reação tinha chegado à entrada da Vanderbilt e estacionado atrás da van. Para essa operação a equipe era composta principalmente dos mesmos homens que tinham feito o trabalho no Arizona. A operação Nova Harmonia foi boa para levantar o moral. A violência necessária havia unificado o grupo de mercenários com diferentes nacionalidades e histórias de vida.

– E agora? – perguntou Summerfield.

– Dividam-se em pequenos grupos e depois entrem por portas diferentes.

Boone examinou o quadro de horários.

– Vamos nos encontrar perto da linha trinta, do trem que vai para Stamford.

– Pensei que eles iam pegar o trem circular.

– Tudo que Maya quer é proteger o Peregrino. Vai se esconder o mais depressa possível. E isso significa descer para algum túnel ou encontrar uma área de manutenção.

– O objetivo ainda é o mesmo?

– Todos, menos Gabriel, agora estão na categoria extermínio imediato.

Summerfield desligou seu aparelho e Boone recebeu outra chamada da equipe da internet. Maya e os outros fugitivos tinham chegado à área dos trens circulares, que fazem viagens curtas de ida e volta, mas estavam parados na plataforma. Boone tinha matado o pai de Maya, Thorn, em Praga, no ano anterior, e sentia uma estranha ligação pessoal com a jovem. Ela não era tão durona como o pai, talvez por ter resistido a se tornar Arlequim. Maya já tinha cometido um erro e a próxima escolha ia destruí-la.

9

Naz tinha guiado Maya e o resto do grupo por uma série de escadas e passagens até o trem da Times Square. A plataforma era uma área bem iluminada de onde o trem partia de um dos três trilhos paralelos. O piso de cimento cinza estava pontilhado de pedaços enegrecidos de chiclete que formavam um mosaico abstrato. A uns três metros dali, um grupo de homens das Índias Orientais tocava um calipso em seus tambores de aço.

Até ali tinham conseguido evitar os mercenários, mas Maya tinha certeza de que estavam sendo observados pelo sistema de vigilância subterrâneo. Agora que a presença deles em Nova York tinha sido descoberta, ela sabia que todos os recursos da Tábula seriam usados para encontrá-los.

De acordo com Naz, só precisavam andar pelo túnel do metrô e descer uma escada para o nível abaixo do terminal Grand Central. Infelizmente, um policial de trânsito patrulhava a área e, mesmo se ele desaparecesse, alguém podia dizer para as autoridades que um grupo de pessoas tinha pulado nos trilhos.

A única rota segura para entrar no túnel era através de uma porta trancada onde estava escrito com letras douradas KNICKERBOCKER. Numa época mais festeira, havia uma passagem que ia direto da plataforma do metrô para o bar do antigo Hotel Knickerbocker. O hotel agora era um prédio de apartamentos, mas a porta continuava lá, sem ser notada pelos milhares de usuários que passavam por ela todos os dias.

Maya ficou parada na plataforma se sentindo visível demais, enquanto as pessoas corriam para pegar o trem circular. Quando o trem saiu da estação, Hollis se aproximou e disse em voz baixa:

– Você ainda quer pegar o trem que vai para Ten Mile River?

– Vamos avaliar a situação quando chegarmos à plataforma. Naz diz que lá não há câmeras.

Hollis fez que sim com a cabeça.

– Os scanners da Tábula devem ter nos detectado quando saímos do loft e fomos andando por Chinatown. Então alguém concluiu que estávamos usando a velha estação de metrô e invadiu o computador de trânsito.

– Tem outra explicação. – Maya olhou para Naz.

– É, eu pensei nisso também. Mas fiquei olhando para a cara dele no trem do metrô. Ele ficou realmente com medo.

– Fique perto dele, Hollis. Se começar a correr, faça-o parar.

Chegou outro trem circular, pegou uma nova multidão de passageiros e partiu para o oeste, na direção da Oitava Avenida. Parecia que eles iam ficar ali para sempre. Finalmente, o policial de trânsito recebeu um chamado no rádio e foi embora às pressas. Naz correu para a porta Knickerbocker e testou as chaves do chaveiro. Quando a tranca fez clique ele sorriu e abriu a porta.

– A excursão subterrânea especial venha por aqui – ele anunciou e algumas poucas pessoas viram o grupo desaparecer por ali.

Quando Naz a fechou, eles ficaram bem juntos, numa passagem curta e escura. Ele os levou por uma tampa de bueiro e depois desceram quatro degraus de concreto até o túnel subterrâneo.

Eles ficaram entre dois trilhos e Naz apontou para um terceiro com corrente elétrica passando no meio.

– Cuidado com essa cobertura de madeira – disse para eles. – Se quebrar e vocês encostarem no trilho, é morte certa.

O túnel era preto de fuligem e cheirava a esgoto. A água corria pela valeta de drenagem. Escorria pela parede de cimento e tornava a superfície brilhante como óleo. A estação City Hall estava toda empoeirada, mas relativamente limpa. O túnel para a Times Square estava cheio de lixo. Havia ratos por todo lado, daqueles cinzaescuros, com quase trinta centímetros de comprimento. Aquele era o mundo deles e não tinham medo de gente. Quando intrusos apareciam, continuavam a vasculhar o lixo, guinchando uns para os outros ou subindo pelas paredes para se esconder.

– Não são perigosos – disse Naz. – Mas atenção onde pisam. Se caírem, eles vão para cima.

Hollis ficou perto do guia.

– Onde fica essa porta da qual você fala?

– Fica logo ali. Juro por Deus. Vamos procurar uma luz amarela.

Eles ouviram um ronco baixo, como trovão distante, e viram os faróis de um trem se aproximando.

– Trilho ao lado! Para o trilho ao lado! – gritou Naz.

Sem esperar pelos outros, ele pulou por cima do terceiro trilho para o próximo.

Todos o seguiram, menos Sophia Briggs. Ela parecia exausta e um pouco confusa. Quando os faróis do trem se aproximaram, ela se arriscou e pisou direto em cima da cobertura de madeira do terceiro trilho. A madeira aguentou. Um segundo depois ela passou através da escuridão e juntou-se aos outros.

Naz saiu correndo pelo meio dos trilhos e depois voltou animado.

– Muito bem. Acho que encontrei a porta para a escada. É só me seguir e...

O trem passando no trilho ao lado absorveu o resto do que ele disse. Maya viu rapidamente passageiros emoldurados pelas janelas. Um velho com gorro de lã, uma jovem de tranças, e o trem foi embora. Um papel de bala flutuou no ar e caiu como uma folha morta.

Continuaram andando até uma bifurcação que seguia em três direções. Naz pegou o trilho da direita e levou-os até uma porta aberta, iluminada por uma única lâmpada. Ele subiu três degraus de metal e entrou num túnel de manutenção, seguido por Alice e Vicki. Hollis chegou ao topo dos degraus e balançou a cabeça.

– Precisamos ir mais devagar. Sophia está ficando cansada.

– Encontrem um lugar seguro e esperem por nós – disse Maya. – Gabriel e eu vamos junto com ela.

Maya sabia que seu pai teria traído o resto do grupo para salvar o Peregrino, mas ela não podia recorrer a essa estratégia. Gabriel não deixaria ninguém para trás naqueles túneis, menos ainda a mulher que foi sua Desbravadora do Caminho. Ela olhou para trás e viu que Gabriel tinha pegado a mochila de Sophia e pendurado no ombro dele. Quando ele ofereceu o braço, Sophia balançou a cabeça vigorosamente, como se dissesse "não preciso da ajuda de ninguém". Sophia deu alguns passos e então apareceu um raio laser vermelho na escuridão.

– Para baixo! – gritou Maya. – Para...

Ouviram um estalo muito alto e uma bala atingiu as costas de Sophia. A Desbravadora do Caminho caiu para a frente, tentou se levantar e caiu de novo. Maya sacou o revólver e atirou no túnel enquanto Gabriel pegava Sophia no colo e corria para os degraus. Maya foi atrás dele e parou na porta para atirar de novo. O raio laser desapareceu quando quatro sombras recuaram para a escuridão.

Maya abriu a arma e usou o ejetor para tirar os cartuchos usados. Estava recarregando quando entrou no túnel de manutenção, que tinha paredes de tijolos. Encontrou Gabriel de joelhos, abraçando o corpo inerte de Sophia. A jaqueta de couro marrom dele estava coberta de sangue.

– Ela está respirando?

– Está morta – disse Gabriel. – Eu a segurei, ela estava morrendo e senti a Luz deixar seu corpo.

– Gabriel...

– Eu senti quando ela morreu – Gabriel repetiu. – Foi como água escorrendo entre os dedos. Não consegui segurar... não pude impedir...

Ele estremeceu violentamente.

– A Tábula está muito perto – disse Maya. – Não podemos ficar aqui. Você vai ter de deixá-la.

Ela tocou no ombro de Gabriel, e ele abaixou gentilmente o corpo de Sophia até ficar estendido no chão. Alguns segundos

depois correram pelo túnel até um patamar de uma escada onde os outros os esperavam. Vicki deu um grito abafado ao ver o sangue na jaqueta de Gabriel e Alice parecia que ia sair correndo. A cabeça da menina balançava para a frente e para trás. Maya percebeu o que Alice estava pensando: Quem vai me proteger agora?
— O que aconteceu? — perguntou Vicki. — Onde está Sophia?
— A Tábula a matou. Eles estão logo atrás de nós.
Vicki pôs a mão na boca e Naz ficou apavorado.
— Para mim, chega — ele disse. — Eu estou fora. Não vou tomar parte nisso.
— Você não tem escolha. No que diz respeito à Tábula, você é apenas mais um alvo. Aqui nós estamos bem embaixo da estação de trem. Você tem de nos tirar dessa área e nos levar para a rua. — Ela virou para os outros. — Isso vai ser difícil, mas precisamos ficar juntos. Se nos separarmos, nos encontramos em Crianças mais Puras às sete horas, amanhã de manhã.

Muito assustado, Naz levou o grupo para baixo até um túnel com cabos elétricos no teto. Parecia que o peso do terminal os empurrava para baixo, para o fundo da terra. Apareceu mais uma escada, muito estreita, e Naz desceu por ela. O ar nesse novo túnel era quente e úmido. Havia dois canos brancos presos às paredes, cada um com diâmetro de sessenta centímetros.

— É a tubulação de vapor — disse Naz. — Não encostem neles.

Seguindo esses canos, passaram por duas portas de segurança de aço e entraram numa sala de manutenção com nove metros de pé-direito. Quatro canos enormes de vapor, de partes diferentes do subterrâneo, se juntavam naquela sala. A pressão era monitorada com manômetros de aço inoxidável e distribuída com válvulas reguladoras. Água estagnada escorria de uma rachadura no teto e pingava no chão. A sala tinha um cheiro fétido e bolorento, como o de uma estufa de plantas tropicais.

Maya fechou a porta de segurança e olhou em volta. Seu pai teria chamado aquilo de "caixa-desfiladeiro", um lugar com uma entrada e sem saída.

— E agora? — ela disse.

– Eu não sei – disse Naz. – Estou apenas tentando fugir.
– Não é verdade – disse Maya. – Você nos trouxe para cá.

Ela sacou uma faca e segurou o cabo em forma de T. Antes de Naz poder reagir, Maya agarrou a jaqueta dele e jogou-a contra a parede. Encostou a ponta da faca na pequena cavidade logo acima do esterno no peito dele.

– Quanto foi que pagaram para você?
– Nada! Ninguém pagou nada!
– Não há câmeras de vigilância nesses túneis. Mas eles nos seguiram mesmo assim. E agora você nos trouxe para mais uma armadilha.

Gabriel foi para perto dela.
– Solte-o, Maya.
– Isso foi tudo planejado. A Tábula não queria atacar um prédio em Chinatown. Era público demais e havia muitos policiais na área. Mas aqui embaixo eles podem fazer o que quiserem.

Uma gota de água bateu em um dos canos e fez o barulho de água fervendo. Gabriel chegou para a frente e olhou bem concentrado para a cara de Naz.

– Você está trabalhando para a Tábula, Naz?
– Não. Juro por Deus. Eu só queria ganhar algum dinheiro.
– Eles podem ter nos rastreado de outra maneira – disse Vicki. – Vocês se lembram do que aconteceu em Los Angeles? Puseram um rastreador num dos meus sapatos.

Esses rastreadores eram rádios em miniatura que transmitiam a localização de um alvo. Maya tinha sido muito cuidadosa com todos os objetos levados para o loft nos últimos meses. Ela inspecionou cada peça de mobília e de roupa como uma fiscal de alfândega desconfiada. Concentrada na faca, teve uma sensação de dúvida e hesitou. Era como se um espírito tivesse entrado no seu corpo. Havia um objeto que ela não tinha examinado, uma maçã dourada jogada no seu caminho, tão tentadora, tão irresistível, que a Tábula sabia que ela pegaria.

Maya se afastou de Naz, guardou a faca na bainha e tirou a arma de cerâmica da bolsa. Relembrou a luta com Aronov e analisou cada momento. Por que não a mataram quando ela entrou no táxi? Porque estava tudo planejado, pensou. Porque sabiam que ela os levaria até Gabriel.

Ninguém falou enquanto ela examinava a arma de cerâmica. O tambor e o chassi não eram suficientemente espessos para ocultar um rastreador, mas o cabo de plástico da pistola era perfeito. Maya enfiou o cabo no espaço estreito entre dois canos na parede e usou o cano da arma como alavanca. Forçou o cano para baixo com força e o cabo abriu ao meio com um forte estalido. Um rastreador cinza-perolado caiu no chão. Ela pegou e sentiu que estava quente, como uma brasa de fogueira, brilhando na sua mão.

– Que merda é essa? – perguntou Naz. – O que está acontecendo?

– Foi assim que nos rastrearam no túnel – disse Hollis. – Eles estão seguindo o transmissor de rádio.

Maya pôs o rastreador numa superfície estreita de concreto e o esmagou com o revólver. Sentiu a presença do pai naquela sala, olhando para ela com desprezo. Ele teria falado em alemão, dito alguma coisa agressiva e dura. Quando ela era pequena, ele tentou ensinar o jeito de o Arlequim ver o mundo, sempre desconfiado, sempre com a guarda levantada, mas ela resistiu. E agora, graças ao seu impulso impensado de pegar aquela arma, era responsável pela morte de Sophia e tinha levado Gabriel para uma armadilha.

Maya olhou em volta procurando uma saída. A única possível era uma escada da manutenção, presa na parede paralela a um cano de vapor vertical. O cano subia por um buraco no teto e talvez desse para passar pelo espaço estreito naquele ponto.

– Subam naquela escada e vão para o andar de cima – ela disse para os outros. – Vamos encontrar uma saída pela estação de trem.

Naz subiu a escada correndo e se espremeu pelo buraco até o patamar de cima. Gabriel foi logo atrás, depois Hollis e Vicki.

Desde a saída do loft em Chinatown, Alice Chen sempre ficava na frente do grupo, para escapar da Tábula. Dessa vez ela subiu a escada e parou. Maya observou a menina que procurava pensar na melhor maneira de se proteger.

— Ande logo — Maya disse para ela. — Você tem de ir atrás deles.

Maya ouviu um ruído surdo quando uma das portas de aço do túnel bateu. Os homens que tinham matado Sophia estavam no túnel e cada vez mais perto. Alice desceu da escada e desapareceu embaixo de um dos canos de vapor. Maya sabia que era inútil tentar pegar a menina. Ela ia ficar escondida até a Tábula sair da área.

Parada no meio da sala de manutenção, Maya analisou as opções com a clareza cruel de um Arlequim. A Tábula avançava rápido e não devia estar esperando um contra-ataque. Até ali ela tinha falhado em proteger Gabriel, mas havia um modo de compensar seus erros. Os Arlequins eram amaldiçoados por seus atos, mas redimidos pelo sacrifício.

Maya tirou a bolsa do ombro e jogou no chão. Usou os manômetros e válvulas como apoio, subiu num cano de vapor e depois se içou para o de cima. Agora estava a cinco metros do chão, do lado oposto ao da entrada da sala. O ar estava muito quente, era difícil respirar. Ela ouviu um ruído baixo no túnel. Sacou o revólver do coldre e esperou. As pernas tremiam por causa do esforço. Seu rosto estava coberto de suor.

A porta abriu com estrondo e um homem grande, de barba, surgiu abaixado na abertura. O mercenário segurava uma pistola com mira a laser sob o tambor. Ele olhou rápido em volta da sala e deu alguns passos para a frente. Maya pulou lá de cima e começou a atirar. Uma bala atingiu o mercenário na base da garganta e ele caiu.

Maya se jogou no chão, rolou para a frente e ficou de pé de um pulo. Viu que o corpo do homem morto mantinha a porta aberta. Raios laser vermelhos brilharam no túnel escuro e ela correu para se proteger. Uma bala ricocheteou nas paredes e atingiu um dos manômetros. Provocou um jato de vapor no ar. Ela se abaixou, pensando onde ia se esconder, e então viu a mão de Alice estendida, embaixo de um dos canos.

Quando outra bala atingiu a parede, Maya deitou no concreto e se arrastou de lado para baixo do cano. Ela ficou deitada bem atrás de Alice e a menina olhou para a Arlequim. Alice não parecia assustada nem com raiva. Parecia mais um animal do zoológico analisando um recém-chegado à sua jaula. O tiroteio parou e os raios laser sumiram. Silêncio. Maya segurava seu revólver com as duas mãos, a direita apoiada na esquerda. Preparou-se para se levantar, estender os braços e atirar.

– Maya?

Uma voz de homem veio de algum lugar no túnel escuro. Sotaque americano. Calmo, sem medo.

– Sou Nathan Boone. Chefe de segurança da Fundação Sempre-Verde.

Ela sabia quem era Boone. O mercenário da Tábula que matara seu pai em Praga. Maya imaginou por que Boone falava com ela. Talvez quisesse deixá-la com raiva para ela resolver atacar.

– Tenho certeza de que está aí – disse Boone. – Você acabou de matar um dos meus empregados.

Era lei para os Arlequins nunca falar com o inimigo, a menos que representasse alguma vantagem. Ela queria ficar em silêncio, mas então se lembrou de Gabriel. Se distraísse Boone, o Peregrino teria mais tempo para escapar.

– O que você quer? – ela perguntou.

– Gabriel será morto se você não deixar que ele saia desta sala. Prometo não machucar Gabriel, Vicki ou o seu guia.

Maya se perguntou se Boone sabia da existência de Alice. Ele a mataria também se soubesse que a menina tinha sobrevivido à destruição da Nova Harmonia.

– E o Hollis? – ela perguntou.

– Vocês dois tomaram a decisão de lutar contra a Irmandade. Agora têm de assumir as consequências.

– Por que eu devia confiar em você? Você matou meu pai.

– Foi escolha dele. – Boone parecia irritado. – Eu lhe dei uma alternativa, mas ele foi teimoso demais para aceitar.

– Precisamos conversar sobre isso. Dê-nos alguns minutos.

– Vocês não têm alguns minutos. Não há alternativa. Nada de negociação. Se for uma verdadeira Arlequim, vai querer salvar o Peregrino. Mande os outros para o túnel, senão todos aí nessa sala vão morrer. Nós temos vantagem técnica.

Do que ele estava falando?, pensou Maya. Que vantagem técnica? Alice Chen continuava olhando para ela. A menina tocou o cano de vapor quente com a palma da mão e depois a estendeu; tentava passar alguma mensagem para Maya.

– O que está querendo dizer? – Maya sussurrou.

– Já tomaram sua decisão? – berrou Boone.

Silêncio.

Uma bala atingiu uma das duas lâmpadas fluorescentes que pendiam do teto. Uma segunda rajada de balas e toda a luminária explodiu com uma chuva de fagulhas. Quicou num dos canos e bateu no chão.

Agora que a sala estava mais escura, Maya entendeu o que a menina estava tentando dizer. Boone e seus mercenários tinham equipamento de visão noturna. O único modo de se esconder dos aparelhos de infravermelho era ficar muito frio ou encostar o corpo em um objeto quente. Alice sabia disso e era por isso que tinha ficado para trás e se escondido embaixo do cano de vapor.

Os tiros recomeçaram. Dois raios laser miraram na segunda luminária. Alice rolou para fora da proteção do cano e ficou olhando para o homem morto perto da porta.

– Fique aqui! – Maya gritou.

Mas a menina deu um pulo e correu para a porta. Abaixou-se quando chegou ao mercenário morto, ficou toda encolhida, depois pegou alguma coisa que estava presa ao cinto do homem. Quando Alice voltou, Maya viu que ela levava os óculos de visão noturna com uma tira para prender na cabeça e uma bateria do tamanho da mão. Alice jogou os óculos para Maya e voltou para seu esconderijo embaixo do cano.

Uma bala acertou a segunda lâmpada e a sala ficou na escuridão. Parecia que estavam numa caverna nas profundezas da terra. Maya pôs os óculos de visão noturna. Apertou o botão para ligar o iluminador e imediatamente o lugar se transformou em vários tons de verde. Qualquer coisa quente, os canos de vapor, as válvulas de pressão, a pele da sua mão esquerda, brilhava cor de esmeralda, como se fosse radioativa. As paredes de concreto e o piso eram de um verde mais claro, que fez Maya se lembrar de folhas novas.

Maya espiou por cima de um cano de vapor e viu uma luz verde ficando mais brilhante, de alguém que caminhava lentamente do túnel para a porta aberta. A luz tremeu um pouco, então apareceu um mercenário usando os óculos de visão noturna. Ele passou por cima do homem morto com cuidado e carregava uma arma de cano serrado.

Ela se moveu atrás do cano e encostou no metal quente. Era impossível prever a posição do mercenário enquanto ele andava pela sala. Maya só podia planejar a direção geral do seu ataque. Ela sentiu a energia fluindo dos seus ombros, pelos braços, até a arma que segurava. Respirou fundo, prendeu a respiração e deu a volta no cano.

Um terceiro mercenário, com uma submetralhadora, tinha aparecido na porta. A Arlequim acertou o peito dele. Houve um clarão quando a força da bala o empurrou para trás. Antes mesmo de esse mercenário morto chegar ao chão, Maya rodou e matou o homem que tinha a arma de cano serrado. Silêncio. O cheiro leve de pólvora se misturou com o cheiro podre da sala. Os canos de vapor brilharam verdes em volta dela.

Maya guardou os óculos de visão noturna dentro da bolsa, encontrou Alice e segurou a mão dela.

– Suba – ela murmurou. – Vá subindo.

Elas galgaram apressadas a escada de manutenção, passaram pelo buraco e chegaram a uma área logo abaixo de um bueiro aberto. Maya parou alguns segundos e então decidiu que era perigoso demais entrar na área dos trilhos. Ainda segurando a mão da menina, puxou-a para baixo, por um túnel que se afastava da estação.

10

Agarrado ao corrimão da escada com a mão esquerda, Naz usou a direita para empurrar a tampa de ferro fundido de um bueiro. Depois de muito gemido e suor, ele finalmente conseguiu mover o pino na ponta do prendedor e afastou-o para um lado. Gabriel seguiu Naz pela abertura que dava no nível mais baixo do terminal Grand Central. Eles estavam entre uma parede de cimento coberta de fuligem e um dos trilhos da linha férrea.

Naz estava com cara de quem ia fugir em qualquer direção.

– O que está havendo? – ele perguntou. – Onde estão Vicki e Hollis?

Gabriel espiou dentro do bueiro e viu o topo da cabeça de Vicki. Ela estava seis metros abaixo dele, subindo a escada com todo o cuidado.

– Estão logo atrás de mim. Podem levar um minuto.

– Nós não temos um minuto.

Naz ouviu um barulho metálico, deu meia-volta e viu as luzes do farol de um trem que se aproximava.

– Temos de sair daqui!

– Vamos esperar os outros.

– Eles nos alcançam no terminal. Se o motorneiro nos vir nos trilhos, informará à polícia de trânsito pelo rádio.

Gabriel e Naz atravessaram os trilhos correndo, pularam na plataforma dos passageiros e subiram uma rampa de cimento na direção das luzes. Gabriel tirou rapidamente sua jaqueta coberta de sangue e a vestiu do lado do avesso. O salão mais baixo da estação de trem tinha sido transformado numa praça de alimentação, cercada de lanchonetes. Só havia um café e bar aberto e um punhado de pessoas cochilava nos bancos enquanto esperavam os trens noturnos. Os dois sentaram a uma mesa do café e esperaram os outros saírem da área dos trilhos.

– O que aconteceu? – perguntou Naz. – Você os viu, certo?

– Vicki estava subindo a escada. Hollis estava poucos metros atrás dela.

Naz deu um pulo e começou a andar de um lado para outro.

– Não podemos ficar aqui.

– Senta aí. São só uns minutos. Temos de esperar mais um pouco.

– Boa sorte, cara. Eu fui.

Naz correu para a escada rolante e desapareceu no nível superior do terminal. Gabriel tentou imaginar o que tinha acontecido com os outros. Será que estavam presos lá embaixo? Será que a Tábula os tinha alcançado? O fato de haver o rastreador escondido na arma de cerâmica tinha mudado tudo. Gabriel ficou pensando se Maya ia correr algum risco desnecessário para se punir pelo que aconteceu.

Ele saiu da praça de alimentação e ficou parado na porta aberta que dava nos trilhos. Uma câmera de vigilância focalizava a plataforma e Gabriel já tinha notado outras quatro câmeras presas ao teto do salão. A Tábula devia ter invadido o sistema de segurança do terminal e seus computadores estavam varrendo os filmes ao vivo, à procura da imagem dele. Fiquem juntos. Foi isso que Maya disse, mas também providenciou um plano B. Se houvesse algum problema, eles deviam se encontrar no dia seguinte de manhã no Lower East Side, em Manhattan.

Gabriel retornou para a praça de alimentação e se escondeu atrás de uma pilastra de concreto. Alguns segundos depois quatro homens com fones de ouvido desceram a escada rolante e correram pela porta para a área dos trilhos. Assim que desapareceram, Gabriel foi para o outro lado, subiu uma escada para o salão principal, passou por uma porta e foi para a rua. O ar frio do inverno fez seus olhos se encherem de lágrimas e o rosto arder. O Peregrino abaixou a cabeça e saiu noite adentro.

No tempo que ficaram em Nova York, Maya insistiu para que todos decorassem rotas seguras pela cidade e uma lista de hotéis residenciais que estavam fora da Grade. Um deles era o Hotel Efficiency, na Décima Avenida, em Manhattan. Por vinte dólares em dinheiro tinha-se doze horas dentro de um casulo de fibra de vidro sem janelas, com dois metros e meio de comprimento e um e meio de altura. Os quarenta e oito casulos ficavam alinhados dos dois lados de um corredor e faziam o hotel parecer um mausoléu.

Antes de entrar no hotel, Gabriel tirou sua jaqueta de novo e a dobrou, para esconder as manchas de sangue. O funcionário do hotel era um chinês idoso que ficava sentado atrás de uma divisória à prova de balas e esperava os hóspedes porem o dinheiro numa fenda estreita. Gabriel pagou a ele os vinte dólares para usar um casulo e mais cinco dólares por um colchonete de espuma e um cobertor de algodão.

Recebeu uma chave e foi pelo corredor até o banheiro comum. Dois empregados de um restaurante latino estavam de peito nu diante das pias, batendo papo em espanhol enquanto lavavam a gordura da cozinha do rosto e dos braços. Gabriel se escondeu num cubículo sanitário até os dois irem embora, depois saiu e lavou a jaqueta na pia. Quando terminou, subiu uma escada para seu espaço alugado e entrou engatinhando. Cada casulo tinha uma luz fluorescente e um pequeno ventilador para manter o ar circulando. Havia um único pendurador para pôr a jaqueta e o couro molhado começou a pingar devagar, como se ainda estivesse encharcado de sangue.

Deitado no colchonete de espuma, Gabriel não conseguia parar de pensar em Sophia Briggs. Ele sentiu a Luz dentro dela subindo e se movendo como uma onda poderosa de água, que depois fluiu através das mãos dele. Dava para ouvir vozes abafadas pelas paredes finas do casulo e parecia que ele estava vagando nas sombras, cercado de fantasmas.

Maya tinha ensinado para Gabriel que a Grade não era absoluta. Ainda havia espaços e áreas invisíveis onde se podia mover em segurança pela cidade. Na manhã seguinte, ele levou cerca de uma hora para evitar as câmeras de vigilância e ir a pé até o Tompkins Square Park. No bairro financeiro e na área do centro, o leito de rocha de Manhattan ficava perto da superfície, oferecia um alicerce para os arranha-céus que dominavam a cidade. Mas no Lower East Side a rocha ficava a centenas de metros da superfície e os prédios naquelas ruas tinham apenas quatro ou cinco andares.

Tompkins Square Park tinha sido um local tradicional de protesto político por mais de um século. Na geração anterior, um grupo de sem-teto armou acampamento ali até a polícia acabar fechando e cercando o parque com um grande número de policiais. Os policiais foram andando para o centro, destruindo os abrigos improvisados e espancando qualquer um que se recusasse a sair. Agora imensos olmos davam sombra ao parque no verão e grades pretas de ferro cercavam cada pedaço de terra. Havia apenas duas câmeras de vigilância ali. Ambas filmavam os playgrounds das crianças e era fácil evitá-las.

Gabriel caminhou com cuidado pelo parque e foi para perto do pequeno prédio de tijolos aparentes que era ocupado pela equipe de jardinagem. Passou por alguns portões abertos e parou na frente de uma estela de mármore branco com uma fonte pequena de cabeça de leão no centro. No mármore, havia rostos de crianças delineados suavemente e as palavras ERAM AS CRIANÇAS MAIS PURAS DA TERRA, JOVENS E BELAS. Era o memorial de um desastre ocorrido em 1904, quando uma barca chamada *General Slocum* deixou o porto de Nova York levando um grupo de imigrantes alemães para um piquenique dominical da igreja. A barca pegou fogo e afundou sem salva-vidas, e mais de mil mulheres e crianças morreram.

Maya usava o memorial como um dos três pontos de mensagens em Manhattan. Esses suportes de mensagens davam ao pequeno grupo deles uma alternativa de comunicação para os celulares que eram facilmente monitorados. Do lado de trás da estela, na base de mármore, Gabriel encontrou um desenho como grafite que Maya havia deixado semanas atrás. Era um símbolo de Arlequim: oval, com três linhas, que simbolizava o alaúde. Ele olhou em volta, para a quadra de basquete ali perto e para o pequeno jardim. Eram sete horas da manhã e não havia ninguém ali. Todas as possibilidades negativas que ele tinha tirado da cabeça aquela manhã voltaram com um poder assustador. Todos estavam mortos. E, de algum modo, ele era a causa daquilo tudo.

Gabriel se ajoelhou como se fosse rezar. Tirou uma caneta pilot da jaqueta e escreveu no monumento: *G. aqui. Onde vocês?*

Saiu do parque imediatamente, atravessou a avenida A e foi para um pequeno café cheio de mesas velhas, cadeiras bambas e duas carteiras de escola que pareciam que tinham sido encontradas na rua. Gabriel comprou um café e sentou no salão dos fundos, de olho na porta. A sensação de desesperança era quase insuportável. Sophia e as famílias de Nova Harmonia tinham sido assassinadas. E agora era muito possível que a Tábula tivesse matado Maya e seus amigos.

Ficou olhando para o tampo arranhado da mesa e tentou aquietar a voz raivosa em seu cérebro. Por que ele era um Peregrino? E por que havia causado tanto sofrimento? Só o seu pai podia responder a essas perguntas. E talvez Matthew Corrigan estivesse vivendo em Londres. Gabriel sabia que havia mais câmeras de vigilância em Londres do que em qualquer outra cidade do mundo. Era um lugar perigoso, mas seu pai devia ter ido para lá por algum motivo importante.

Ninguém prestou atenção quando Gabriel abriu sua bolsa a tiracolo e contou o dinheiro no pacote que Vicki tinha lhe dado na noite anterior. Parecia haver o suficiente para comprar a passagem de avião para a Inglaterra. Como Gabriel tinha passado a vida inteira fora da Grade, os dados biométricos no chip do passaporte dele não podiam ser comparados com qualquer identidade prévia. Maya tinha certeza de que ele não teria problema se viajasse para outro país. Para as autoridades, ele era um cidadão chamado Tim Bentley que trabalhava como agente comercial de imóveis em Tucson, Arizona.

Acabou de tomar seu café e voltou para o memorial no Tompkins Square Park. Com um pedaço de jornal limpou a mensagem anterior e escreveu G2LONDRES. Sentia-se como o sobrevivente de um naufrágio que acabara de raspar algumas palavras num pedaço de madeira. Se seus amigos ainda estivessem vivos, saberiam o que aconteceu. Iriam para Londres e o encontrariam no Convento Tyburn. Se estavam todos mortos, aquela mensagem não servia para ninguém.

Gabriel saiu do parque sem olhar para trás e foi andando para o sul pela avenida B. Ainda fazia muito frio, mas o céu estava claro, quase azul demais. Ele estava a caminho.

II

Michael bebeu seu segundo café, levantou da mesa de carvalho e foi até as janelas góticas numa extremidade da sala de estar. Os batentes das janelas impunham uma grade quadriculada preta ao mundo lá fora. Ele estava no oeste de Montreal, numa ilha no meio do rio Saint Lowrence. Tinha chovido na noite anterior e uma camada espessa de nuvens ainda cobria o céu.

Havia uma reunião do conselho executivo da Irmandade que devia começar às onze da manhã, mas o barco que conduzia os membros do conselho ainda não havia chegado. A viagem de Chippewa Bay até a Dark Island levava cerca de quarenta minutos. Se houvesse ondas e o rio estivesse batido, as pessoas desciam no cais muito pálidas. Um voo de helicóptero de qualquer cidade no estado de Nova York teria sido muito mais eficiente, mas Kennard Nash rejeitara a proposta de construir um heliponto perto da casa de barcos.

– A viagem pelo rio é uma boa experiência para a Irmandade – explicou Nash. – Faz com que sintam que estão saindo do mundo comum. Eu acho que estimula certo tipo de respeito pela natureza exclusiva da nossa organização.

Michael concordava com Nash. Dark Island era um lugar especial. Um industrial americano muito rico que fabricava máquinas de costura tinha construído um castelo na ilha no início do século XX. Blocos de granito foram levados para lá através do gelo do inverno para erigir uma torre com relógio de quatro andares, uma casa de barcos e um castelo. O castelo tinha torreões e torres, além de lareiras suficientemente grandes para assar um boi inteiro.

Atualmente Dark Island pertencia a um grupo de alemães ricos. Alguns meses no outono permitiam a entrada de turistas, mas a Irmandade usava o castelo o resto do ano. Michael e o general Nash tinham chegado havia três dias, com a equipe técnica da Fundação Sempre-Verde. Os homens instalaram microfones e câmeras de televisão para que os membros do mundo inteiro pudessem participar daquela reunião do conselho executivo.

No primeiro dia na ilha, deixaram Michael sair do castelo e andar sozinho até os penhascos. Dark Island tinha esse nome por causa da quantidade enorme de abetos que estendiam seus galhos sobre os caminhos, filtrando a luz e criando túneis escuros e verdes. Michael encontrou um banco de mármore à beira do penhasco e passou algumas horas lá, sentindo o cheiro forte de pinho e admirando o rio.

Aquela noite ele jantou com o general Nash, depois tomaram uísque na sala de estar com lambris de carvalho. Tudo no castelo era enorme, a mobília entalhada à mão, os quadros emoldurados, os armários de bebidas. Havia cabeças de animais nas paredes da sala de estar e Michael teve a impressão de que um alce olhava para ele sem parar.

Nash e o resto da Irmandade consideravam Michael sua fonte de informações sobre os diferentes mundos. Michael sabia que a posição dele ainda era delicada. A Irmandade costumava matar os Peregrinos, mas ele sobreviveu. Estava procurando se fazer o mais indispensável possível, sem demonstrar o alcance da sua ambição. Se o mundo ia se tornar uma prisão invisível, então uma pessoa tinha de controlar tanto os guardas como os prisioneiros. E por que essa pessoa não podia ser um Peregrino?

A Irmandade, no início, tinha ligado Michael ao seu computador quântico e tentou entrar em contato com civilizações mais avançadas nos outros mundos paralelos. Apesar do computador ter sido destruído, Michael garantiu para o general Nash que podia, com o tempo, obter qualquer informação que eles quisessem.

Achou melhor não mencionar os seus objetivos. Se encontrasse seu pai e ampliasse seu conhecimento, pretendia usar como vantagem própria. Michael se sentia como alguém que escapara do pelotão de fuzilamento.

Naquele último mês, Michael tinha saído do seu corpo em duas ocasiões diferentes. Era a mesma coisa sempre, primeiro algumas fagulhas de Luz saíam dele e depois toda a sua energia parecia fluir para fora, para uma escuridão fria. Para encontrar o caminho para qualquer outro mundo, tinha de passar pelas quatro barreiras: um céu azul, uma planície deserta, uma cidade de fogo e um mar infinito. Essas barreiras no início pareciam obstáculos intransponíveis, mas agora ele conseguia atravessá-las quase imediatamente, descobrindo as pequenas passagens pretas que o levavam adiante.

Michael abriu os olhos e se viu numa praça de uma cidade com árvores, bancos e um coreto de banda. Era fim de tarde e homens e mulheres de roupas escuras e casacão caminhavam pelas calçadas, entrando nas lojas bem iluminadas e saindo minutos depois, sem nada nas mãos.

Ele já tinha estado ali antes. Aquele era o Segundo Mundo, dos fantasmas famintos. Era parecido com o mundo real, mas tudo naquele lugar era uma promessa vazia para aqueles que nunca se satisfaziam. Todos os pacotes no mercado estavam vazios. As maçãs na barraca da esquina e os cortes de carne no açougue eram madeira ou louça pintados. Até os livros com capas de couro na biblioteca da cidade pareciam reais, mas quando Michael tentou lê-los descobriu que não havia nada escrito nas páginas.

Era perigoso ficar ali. Ele era a única criatura viva numa cidade de fantasmas. As pessoas que viviam naquele mundo pareciam saber que ele era diferente. Queriam falar com ele, tocar nele, sentir seus músculos e o sangue quente que circulava sob sua pele. Michael tentara se esconder nas sombras enquanto espiava pelas janelas e examinava as ruas à procura do pai. Com o tempo, ele acabou encontrando a passagem que o levou de volta para o seu mundo.

Quando fez a travessia dias depois, foi parar na mesma praça da cidade, como se sua Luz se recusasse a ir a qualquer outra direção.

O relógio de pé na sala começou a tocar e Michael foi para a janela de novo. Uma lancha tinha acabado de chegar de Chippewa Bay e os membros do conselho executivo da Irmandade estavam desembarcando no cais. Fazia frio e ventava, mas o general Nash ficou parado no cais como um político, cumprimentando e apertando as mãos.

— O barco chegou? — perguntou uma voz de mulher.

Michael virou e viu a sra. Brewster, membro do conselho que tinha chegado na véspera.

— Sim, eu contei oito pessoas.

— Ótimo. Quer dizer que não houve atraso no voo do dr. Jensen.

A sra. Brewster foi até o aparador e se serviu de uma xícara de chá. Tinha cinquenta e poucos anos, era uma inglesa muito ativa, que usava uma saia de *tweed*, um suéter e aquele tipo de sapatos de sola grossa e muito práticos que são úteis para uma caminhada por um pasto lamacento. Apesar de não ter um cargo definido, os outros membros do conselho reconheciam o poder da personalidade dela e ninguém a chamava pelo primeiro nome. Agia como se o mundo fosse uma escola caótica, e ela, a nova diretora. Tudo tinha de ser reorganizado. Desleixo e maus hábitos não seriam tolerados. Não importavam as consequências, ela ia organizar tudo.

A sra. Brewster pôs um pouco de creme na xícara de chá e sorriu com simpatia.

— Está ansioso para participar da reunião do conselho, Michael?

— Estou, sim senhora. Tenho certeza de que será muito interessante.

— E tem toda a razão. O general Nash contou o que vai acontecer?

— Não.

— O homem encarregado do nosso centro de computação em Berlim vai apresentar uma importante inovação tecnológica que nos ajudará a estabelecer o Panóptico. Precisamos da aprovação unânime do conselho para avançar nesse projeto.

— Tenho certeza de que vão conseguir.

A sra. Brewster bebeu um gole de chá e pôs a xícara de porcelana no pires.

— O conselho executivo tem algumas peculiaridades. Os membros costumam votar sim numa reunião e depois traem esse voto. É por isso que você está aqui, Michael. Alguém disse para você que a sua participação foi ideia minha?

— Pensei que tinha sido do general Nash.

— Eu li sobre os Peregrinos – disse a sra. Brewster. – Alguns deles conseguem olhar para o rosto de uma pessoa e ver o que ela está pensando. Você tem essa habilidade específica?

Michael sacudiu os ombros. Ficava com receio de revelar muita coisa sobre as suas habilidades.

— Eu sei quando uma pessoa está mentindo.

— Ótimo. É isso que quero que faça durante essa reunião. Seria muito útil se você observasse quem está votando sim, mas pensando não.

Michael seguiu a sra. Brewster até a sala de banquetes, onde o general Nash fez um breve discurso de boas-vindas a todos na Dark Island. Tinham montado três telas planas de vídeo numa extremidade da sala, diante de um semicírculo de poltronas de couro. A tela de televisão do meio era branca, mas nas telas dos monitores dos dois lados aparecia uma grade quadriculada. Membros da Irmandade de todos os cantos do mundo sentaram diante de seus computadores e se juntaram à reunião. Alguns tinham câmeras de vídeo, por isso seus rostos apareciam na tela, mas em geral cada quadrado descrevia apenas a localização geográfica da pessoa: Barcelona, Cidade do México, Dubai.

– Ah, aqui está ele – disse Nash quando Michael entrou na sala. – Senhoras e senhores, este é Michael Corrigan.

Nash pôs a mão no ombro de Michael e o levou para conhecer os outros. Michael se sentiu como um adolescente rebelde que finalmente era autorizado a participar de uma reunião de adultos.

Depois que todos se sentaram, Lars Reichhardt, o diretor do centro de computação em Berlim, foi até o pódio. Era um homem grande, ruivo, bochechas vermelhas e uma gargalhada trovejante que enchia a sala.

– É uma honra falar diante de todos vocês – disse Reichhardt. – Como sabem, nosso computador quântico ficou danificado no ataque que sofreu nosso centro de pesquisa em Nova York. Neste momento, ele continua sem funcionar. Nosso novo centro de computação em Berlim usa a tecnologia convencional, mas é bastante poderoso. Também criamos *bot nets*, redes de computadores, que colaboram conosco em todo o mundo, que obedecem aos nossos comandos sem que o internauta saiba...

Linhas de códigos de informática apareceram no monitor do meio, atrás do pódio. Enquanto Reichhardt falava, o código de computador ia ficando menor, menor, até se condensar num quadrado preto.

– Também estamos expandindo o uso de imunologia da computação. Criamos programas de computador que são autossustentáveis e autorreplicadores, que se movimentam pela internet como os glóbulos brancos no corpo humano. Em vez de procurar vírus e infecções, esses programas buscam ideias infecciosas que possam atrasar a instalação do Panóptico.

Na tela, o quadradinho de código entrou em um computador. Ele se reproduziu e depois foi transmitido para um segundo computador. Com muita rapidez, começou a dominar todo o sistema.

– No início, usamos a imunologia da computação como ferramenta para descobrir os nossos inimigos. Devido aos problemas que tivemos com o computador quântico, transformamos nossos ciberleucócitos em vírus ativos que danificam computadores cheios de informações consideradas antissociais. O programa não requer manutenção depois que é lançado no sistema.

"Mas agora eu vou para o *Hauptgericht*, o prato principal do nosso banquete. Nós o chamamos de Programa Sombra..."

O monitor escureceu e depois exibiu a imagem computadorizada de uma sala de estar. Havia uma pessoa, que parecia aqueles manequins que usam em testes de segurança de automóveis, sentada numa cadeira de espaldar reto. O rosto e o corpo eram feitos de figuras geométricas, mas era nitidamente humano: um homem.

– O uso de vigilância e monitoramento eletrônicos atingiu um ponto crucial de fusão. Recorrendo aos recursos do governo e das empresas, temos todos os dados necessários para rastrear um indivíduo o dia inteiro. Simplesmente combinamos as duas coisas em uma só: o Programa Sombra. O Sombra cria uma realidade cibernética paralela que muda constantemente para refletir os atos de cada indivíduo. Para os membros da Irmandade que quiserem mais informação depois desta palestra, já vou avisando... o Programa Sombra é... – Reichhardt parou, procurando a palavra. – Eu chamaria de *verführerich*.

– Que significa atraente – explicou a sra. Brewster. – Sedutor.

– Sedutor. Excelente palavra.

– Para mostrar o que o Programa Sombra pode fazer, escolhi um membro da Irmandade como o nosso sujeito. Sem que ele soubesse, criei uma duplicata dele dentro do nosso sistema. Os dados das fotografias do passaporte e da carteira de motorista são convertidos numa imagem tridimensional. Com registros médicos e outros dados pessoais, pudemos estabelecer o peso e a altura.

Michael tinha visto rapidamente o dr. Anders Jensen antes de a reunião começar. Era um homem magro, de cabelo louro já rareando, que tinha algum cargo no governo dinamarquês. Jensen ficou surpreso quando seu rosto apareceu no homem feito no computador. Informações médicas apareceram na tela e esses dados se transformaram na constituição física dele. Informação obtida de um computador de loja de roupas virou um terno cinza e gravata azul. Quando a figura apareceu vestida, ela se levantou da cadeira do computador e andou.

– E pronto! – anunciou Reichhardt. – Dr. Jensen, conheça a sua sombra!

Todo o grupo aplaudiu o feito, inclusive Michael, e o dr. Jensen deu um sorriso forçado. O dinamarquês não parecia contente de ver sua imagem dentro do sistema.

– Pelos registros habitacionais podemos recriar o apartamento do professor Jensen na rua Vogel. Com as informações dos cartões de crédito, especialmente de firmas de venda pelo correio, podemos até distribuir as diferentes peças da mobília nos cômodos.

Enquanto o professor computadorizado andava de um lado para outro, um sofá, uma poltrona e uma mesa de centro apareceram na sala. Michael olhou para os outros. A sra. Brewster meneou a cabeça para ele e deu um sorriso cúmplice.

– Isso não está perfeitamente correto – disse Jensen. – O sofá fica encostado na parede, perto da porta.

– Perdão, professor.

Reichhardt disse alguma coisa pelo microfone preso ao seu fone de ouvido. O sofá-sombra se desintegrou e apareceu na posição correta.

– Agora quero lhes mostrar o registro de algumas horas na vida do professor Jensen. O Programa Sombra observou o professor nove dias atrás, durante um teste bem-sucedido do sistema. Como o professor tem um sistema de segurança em casa, sabemos exatamente quando ele sai do apartamento. O telefone celular do professor Jensen e o sistema GPS do carro dele nos permitem rastrear seu caminho para uma área de um shopping do bairro. Há duas câmeras de vigilância no estacionamento. O professor é fotografado e um logaritmo facial confirma sua identidade. O cartão de desconto do shopping na carteira de Jensen vem com um chip RFID embutido. Ele informa ao computador quando o sujeito entra numa loja específica. Aqui é uma loja que vende livros, filmes e jogos de computador...

Na tela, o sombra de Anders Jensen começou a andar pelo corredor de uma loja, passando por outros indivíduos-sombras.

– Quero que entendam que o que estão vendo na tela não é hipotético. Corresponde à experiência concreta do professor Jensen. Nós sabemos como é a loja porque a maior parte das empresas modernas foi transformada em ambiente eletrônico para monitorar o comportamento dos consumidores. Sabemos como são os outros consumidores porque escaneamos seus cartões de identidade e encontramos imagens dos rostos deles em diversos bancos de dados.

"A maioria dos produtos agora tem chips RFID como proteção contra furto. Também permitem que as lojas rastreiem seus carregamentos. Empresas na Dinamarca, França e Alemanha têm sensores na forma de chips nas prateleiras para saber se os consumidores são atraídos por promoções e pela embalagem. Isso vai ser padrão em tudo nos próximos anos. Agora observem. O professor Jensen vai para a sua prateleira específica e..."

– Já chega – murmurou Jensen.

– Ele pega o produto e devolve à prateleira. Hesita, então resolve comprar um DVD chamado *Pecado tropical III*.

O general Nash deu risada e os outros imitaram. Alguns membros da Irmandade em seus computadores também riram. Arrasado, Jensen abaixou e balançou a cabeça.

– Eu... eu comprei para um amigo – ele disse.

– Peço perdão, professor, por qualquer constrangimento que isso possa ter provocado.

– Mas todos conhecem as regras – retorquiu a sra. Brewster. – Todos somos iguais no Panóptico.

– Exatamente – disse Reichhardt. – Devido à nossa limitação de recursos no momento, temos poder de computação suficiente para instalar o Programa Sombra em apenas uma cidade: Berlim. O programa estará operando completamente dentro de quinze dias. Quando tivermos o sistema funcionando, então as autoridades enfrentarão...

– Uma ameaça terrorista – disse Nash.

– Ou alguma coisa desse tipo. Nesse ponto, a Fundação Sempre-Verde oferecerá o Programa Sombra para os nossos amigos no governo alemão. Assim que for instalado, nossos aliados políticos garantirão que se torne um sistema universal. Esta não é apenas uma ferramenta contra o crime e o terrorismo. As empresas vão gostar da ideia de um sistema que pode determinar exatamente a localização e os atos de um funcionário. O funcionário bebe bebida alcoólica na hora do almoço? Ele vai à biblioteca à noite e pega livros impróprios das estantes? O Programa Sombra permite que um certo número de livros e filmes controversos exista no mercado. A reação do público a esses produtos nos dá mais informações para criar a nossa realidade duplicada.

Fez-se um breve silêncio e Michael aproveitou a oportunidade.

– Eu queria dizer uma coisa.

O general Nash foi pego de surpresa.

– Não é hora nem lugar, Michael. Você pode passar suas observações para mim depois da reunião.

– Eu discordo – disse a sra. Brewster. – Eu gostaria de ouvir o que pensa o nosso Peregrino.

Jensen balançou a cabeça rapidamente. Estava louco para passar para outro tópico de conversa que não envolvesse o professor duplicado na tela da televisão.

– Às vezes é bom ter um ponto de vista diferente.

Michael se levantou e ficou de frente para a Irmandade. Cada pessoa sentada diante dele usava uma máscara criada por uma vida inteira de mentiras, os rostos adultos escondiam as emoções que um dia expressaram quando crianças. O Peregrino olhou para todos e as máscaras foram se dissolvendo em pequenos fragmentos de realidade.

– O Programa Sombra é uma conquista brilhante – disse Michael. – Assim que obtiver sucesso em Berlim, poderá ser facilmente estendido a outros países. Mas há uma ameaça que pode destruir todo o sistema. – Ele fez uma pausa e olhou em volta. –

Há um Peregrino ativo no mundo. Uma pessoa que pode criar resistência aos seus planos.

– O seu irmão não é um problema significativo – disse Nash.

– Ele é um fugitivo que não tem apoio nenhum.

– Não estou falando do Gabriel. Estou falando do meu pai.

Michael viu surpresa nos rostos e então a raiva de Kennard Nash. O general não tinha contado para eles sobre Matthew Corrigan. Talvez não quisesse parecer fraco ou despreparado.

– Perdão. O que disse? – Parecia que a sra. Brewster tinha acabado de achar um erro numa conta de restaurante. – O seu pai não desapareceu anos atrás?

– Ele continua vivo. Neste momento, pode estar em qualquer lugar do mundo, organizando a resistência ao Panóptico.

– Estamos investigando – Nash cuspiu. – O sr. Boone está cuidando do problema e ele me garantiu que...

Michael interrompeu:

– O Programa Sombra vai fracassar... todos os seus programas fracassarão, a menos que encontrem meu pai. Vocês sabem que ele deu início à comunidade Nova Harmonia no Arizona. Quem sabe quantos outros centros de resistência ele já criou... ou está criando agora mesmo?

Um silêncio tenso dominou a sala. Olhando para os rostos dos membros da Irmandade, Michael soube que tinha conseguido manipular o medo deles.

– Então o que devemos fazer? – perguntou Jensen. – Você tem alguma ideia?

Michael abaixou a cabeça como um servo humilde.

– Só um Peregrino pode encontrar outro Peregrino. Deixem-me ajudá-los.

12

Na avenida Flatbush, no Brooklyn, Gabriel encontrou uma agência de viagens que tinha uma coleção empoeirada de brinquedos de praia exposta na vitrine. A agência era administrada pela sra. Garcia, uma senhora dominicana que pesava pelo menos cento e cinquenta quilos. Falando com uma mistura de inglês e espanhol, ela dava impulso com os pés no chão e rodava pela loja numa cadeira de escritório com rodinhas que guinchavam. Quando Gabriel disse que queria comprar uma passagem só de ida para Londres, pagando em dinheiro, a sra. Garcia parou de rodar e olhou bem para seu novo freguês.

– Você tem passaporte?

Gabriel pôs seu novo passaporte na mesa. A sra. Garcia examinou como uma fiscal de alfândega e resolveu que era aceitável.

– Uma passagem só de ida gera perguntas na *immigración y la policía*. Talvez perguntas não boas. *Sí?*

Gabriel se lembrou da explicação de Maya sobre viagens de avião. As pessoas que eram revistadas eram avós carregando tesourinhas de unha e outros passageiros que violavam regras simples. Enquanto a sra. Garcia rolava para a mesa dela, ele verificou o dinheiro na carteira. Se comprasse ida e volta ficaria com apenas cento e vinte dólares.

– Está bem – disse ele. – Compro uma passagem de ida e volta. No primeiro voo.

A sra. Garcia usou seu cartão de crédito pessoal para comprar a passagem e deu a Gabriel a informação sobre um hotel em Londres.

– Você não fica lá – ela explicou. – Mas precisa dar para *el oficial del pasaporte* um endereço e número de telefone.

Gabriel admitiu que não tinha bagagem além da bolsa que levava, a agente de viagens vendeu-lhe uma bolsa de lona por vinte dólares e encheu com algumas roupas velhas.

– Agora você é um turista. E o que quer ver na Inglaterra? Podem fazer essa pergunta.

O Convento Tyburn, pensou Gabriel. É onde meu pai está. Mas ele deu de ombros e olhou para o linóleo todo arranhado do chão.

– A Ponte de Londres, eu acho. O Palácio de Buckingham...
– *Bueno*, sr. Bentley. Cumprimente a rainha.

Gabriel nunca viajou para o exterior antes, mas tinha visto a experiência em filmes e comerciais de televisão. Pessoas bem-vestidas eram mostradas sentadas em bancos confortáveis e conversavam com outros passageiros atraentes. A experiência em si o fez se lembrar do verão em que Michael e ele trabalharam numa fazenda de gado na periferia de Dallas, Texas. Os animais tinham etiquetas de barras coloridas pregadas nas orelhas e grande parte do tempo eles passavam separando os bois que estavam lá tempo demais, inspecionando-os, pesando, dividindo em currais, encaminhando para corredores estreitos e forçando-os a subir nos caminhões.

Onze horas depois, ele estava na fila da alfândega no aeroporto de Heathrow. Quando chegou a sua vez, Gabriel se aproximou do fiscal de passaporte, um sique de barba espessa. O fiscal pegou o passaporte de Gabriel e examinou-o um tempo.

– Já esteve alguma vez no Reino Unido?

Gabriel deu para o homem o seu sorriso mais calmo.

– Não. É a primeira vez.

O fiscal passou o passaporte por um scanner e ficou olhando para a tela na frente dele. A informação biométrica no chip RFID combinava com a fotografia e a informação já inseridas no sistema.

Como a maioria dos cidadãos com uma função entediante, o fiscal confiava na máquina mais do que nos próprios instintos.

– Bem-vindo à Inglaterra – ele disse, e de repente Gabriel estava num novo país.

Eram quase onze horas da noite quando ele trocou seu dinheiro, saiu do terminal e pegou o metrô para Londres. Gabriel desceu na estação King's Cross e ficou andando por ali até encontrar um hotel. O quarto de solteiro era do tamanho de um closet e havia cristais de gelo por dentro do vidro da janela, mas ele ficou de roupa, se enrolou na colcha fina e tentou dormir.

Gabriel havia completado vinte e sete anos de idade poucos meses antes de sair de Los Angeles. Fazia quinze anos que não via o pai. Suas lembranças mais fortes eram do período em que sua família vivia sem eletricidade nem telefones, numa fazenda na Dakota do Sul. Ainda se lembrava do pai ensinando para ele como trocar o óleo da picape, e da noite em que seus pais dançaram ao lado da lareira na sala de estar. Lembrava-se de ter descido escondido à noite, quando devia estar na cama, de ter espiado pela porta e visto seu pai sentado sozinho à mesa da cozinha. Matthew Corrigan parecia pensativo e triste naqueles momentos, como se tivessem posto um imenso peso nas suas costas.

Mais do que tudo, lembrava-se de quando tinha doze anos e Michael, dezesseis. Numa forte tempestade de neve, os mercenários da Tábula atacaram a casa da fazenda. Os meninos e a mãe se esconderam no porão onde guardavam a colheita enquanto o vento rugia lá fora. Na manhã seguinte, os irmãos Corrigan acharam quatro corpos na neve. Mas o pai tinha desaparecido, sumiu da vida deles. Gabriel teve a sensação de que alguém havia enfiado a mão no seu peito e arrancado um pedaço dele. Havia um vazio ali, uma sensação profunda que nunca passou.

Quando acordou, Gabriel pegou informações com o empregado do hotel e saiu andando para o sul, na direção do Hyde Park. Estava nervoso e deslocado naquela cidade nova. Alguém tinha pintado OLHE PARA A ESQUERDA ou OLHE PARA A DIREITA nos cruzamentos, como se os estrangeiros que lotavam Londres estivessem prestes a ser atropelados pelos táxis pretos e pelas vans brancas de entregas. Gabriel procurava andar em linha reta, mas sempre se perdia nas ruazinhas estreitas de paralelepípedos que seguiam em ângulos aleatórios. Nos Estados Unidos se carregavam notas de dólares na carteira, mas agora o bolso dele estava cheio de moedas.

Em Nova York, Maya tinha falado sobre a visão de Londres que ela aprendeu com seu pai. Havia um pedaço de terra perto da Goswell Road onde milhares de vítimas da praga foram jogadas numa fossa. Talvez sobrassem alguns ossos, uma ou duas moedas, uma cruz de metal que estivera pendurada no pescoço de um homem morto, mas aquele cemitério agora era um estacionamento decorado com cartazes. Havia lugares parecidos espalhados por toda a cidade, locais de morte e de vida, grandes fortunas e pobreza ainda maior.

Os fantasmas continuavam lá, mas uma mudança fundamental estava ocorrendo. Havia câmeras de vigilância por toda parte, nos cruzamentos das ruas e dentro das lojas. Havia scanners de rostos, rastreadores de veículos e sensores de portas para as carteiras de identidade com frequência de rádio que a maioria dos adultos tinha. Os londrinos saíam em massa das estações do metrô e andavam rápido para o trabalho enquanto a Imensa Máquina absorvia suas imagens digitais.

Gabriel imaginava que o Convento Tyburn seria uma igreja de pedra cinza com hera nas paredes externas. Em vez disso, ele encontrou um par de casas idênticas do século XIX com janelas de vitrais e telhado de ardósia preta. O convento ficava na Bayswater Road, de frente para a rua do Hyde Park. O tráfego roncava indo para Marble Arch.

Uma escada de metal dava numa porta de carvalho com argola de bronze. Gabriel tocou a campainha e uma freira beneditina idosa, com um hábito branco imaculado e véu preto, atendeu.

– Você chegou cedo demais – anunciou a freira.

Ela tinha um forte sotaque irlandês.

— Cedo para quê?
— Ah. Você é americano. — A nacionalidade de Gabriel parecia ser a única explicação necessária. — As visitas ao santuário começam às dez, mas acho que alguns minutos não farão diferença.

Ela o levou para uma antessala que parecia uma cela pequena. Uma porta dessa cela dava acesso a uma escada que descia para o porão. Outra porta ia para a capela do convento e para os aposentos das freiras.

— Sou a irmã Ann.

A freira usava óculos com armação de ouro, antiquados. O rosto dela, emoldurado pela touca preta, era liso, forte, quase imutável.

— Tenho parentes em Chicago — ela disse. — Você é de Chicago?
— Não. Sinto muito.

Gabriel tocou nas barras de ferro que os cercavam.

— Nós somos beneditinas enclausuradas — explicou a irmã Ann. — Por isso passamos o tempo rezando e em estado de contemplação. Há sempre duas irmãs que lidam com o público. Eu sou a permanente e depois nos revezamos, a cada mês mais ou menos.

Gabriel meneou a cabeça educadamente, como se aquela informação fosse útil para alguma coisa. Ficou pensando como ia perguntar sobre o seu pai.

— Eu o levaria até a cripta, mas tenho de fazer o livro das contas.

A irmã Ann puxou um grande molho de chaves de um bolso e destrancou um dos portões.

— Espere aqui. Vou chamar a irmã Bridget.

A freira desapareceu por um corredor e deixou Gabriel sozinho na cela. Havia um aparador com folhetos religiosos encostado na parede e um pedido de dinheiro no quadro de avisos. Algum burocrata que trabalhava na prefeitura de Londres tinha resolvido que as freiras tinham de gastar trezentas mil libras para tornar o convento acessível a usuários de cadeiras de rodas.

Gabriel ouviu o farfalhar de tecido e então apareceu a irmã Bridget flutuando pelo corredor até as grades de ferro. Ela era bem mais jovem do que a irmã Ann. O hábito beneditino escondia tudo, menos as bochechas gorduchas e os olhos castanho-escuros.

— Você é americano.

A irmã Bridget tinha um jeito leve e quase ofegante de falar.

— Recebemos muitos americanos aqui. Eles em geral deixam doações generosas.

A irmã Bridget entrou na cela e destrancou a segunda porta. Enquanto Gabriel seguia atrás da freira por uma escada de metal em caracol, ele ficou sabendo que centenas de católicos tinham sido enforcados ou decapitados nas masmorras de Tyburn mais adiante, naquela mesma rua. Na era elisabetana parecia existir uma forma de imunidade diplomática, porque o embaixador espanhol podia assistir a essas execuções e levar com ele cachos de cabelo dos mortos. Mais relíquias tinham surgido nos tempos modernos, quando a área das masmorras foi escavada para a construção de um trevo na rua.

A cripta parecia um grande porão num prédio industrial. Tinha chão de cimento preto e teto branco abobadado. Alguém tinha feito recipientes de vidro para exibir fragmentos de ossos e pedaços de roupas manchadas de sangue. Havia até uma carta escrita por um dos mártires, emoldurada.

— Então eram todos católicos? — perguntou Gabriel.

Ele olhava para um osso da perna e duas costelas amareladas.

— Sim. Católicos.

Gabriel olhou para o rosto da freira e percebeu que ela estava mentindo. Perturbada com aquele pecado, ela lutou com sua consciência um pouco e depois disse, meio sem jeito:

— Católicos e... alguns outros.

— Quer dizer Peregrinos?

Ela levou um susto.

— Não sei do que está falando.

— Eu estou procurando o meu pai.

A freira deu-lhe um sorriso simpático.

— Ele está em Londres?

— Meu pai é Matthew Corrigan. Acho que ele enviou uma carta daqui.

A irmã Bridget pôs a mão no peito como se quisesse se defender de um soco.

– Não é permitida a entrada de homens neste convento.

– Meu pai está se escondendo de pessoas que querem destruí-lo.

A ansiedade da freira se transformou em pânico. Ela tropeçou para trás, indo para a escada.

– Matthew nos disse que ia deixar um sinal aqui na cripta. É tudo que eu posso dizer.

– Eu preciso encontrá-lo – disse Gabriel. – Por favor, diga-me onde ele está.

– Sinto muito, não posso dizer mais nada – sussurrou a freira.

Ela foi embora, batendo com os sapatos pesados nos degraus de metal da escada.

Gabriel deu a volta na cripta como alguém preso num prédio prestes a desabar. Ossos. Santos. Uma camisa manchada de sangue. Como é que aquilo ia levá-lo até seu pai?

Passos na escada. Ele esperava ver a irmã Bridget voltando, mas era a irmã Ann. A freira irlandesa parecia zangada. A luz refletida brilhava nas lentes dos óculos dela.

– Posso ajudá-lo, meu jovem?

– Pode. Estou procurando o meu pai, Matthew Corrigan. E a outra freira, irmã Bridget, disse...

– Já chega. Você tem de ir embora.

– Ela disse que ele deixou um sinal...

– Saia imediatamente. Senão eu chamo a polícia.

A expressão da freira mais velha não permitia nenhuma objeção. As chaves no anel de ferro produziram um alegre tilintar quando ela seguiu Gabriel escada acima e depois para fora do convento. Ele ficou lá fora no frio enquanto irmã Ann estava fechando a porta.

– Irmã, por favor. A senhora tem de compreender...

– Nós sabemos o que aconteceu nos Estados Unidos. Eu li no jornal como aquelas pessoas foram assassinadas. Crianças também. Não pouparam nem os pequeninos. Não temos esse tipo de coisa aqui!

RIO ESCURO

Ela fechou a porta, com força, e Gabriel ouviu o barulho das trancas. Teve vontade de gritar e de socar aquela porta, mas isso só serviria para atrair a polícia. Sem saber o que fazer, o Peregrino olhou para o trânsito e para as árvores sem folhas do Hyde Park. Estava numa cidade desconhecida, sem dinheiro, sem amigos e ninguém para defendê-lo da Tábula. Estava sozinho, completamente sozinho, dentro da prisão invisível.

13

Depois de andar sem rumo algumas horas, Gabriel descobriu um cibercafé na rua Goodge, perto da Universidade de Londres. O café era de um grupo de coreanos simpáticos que só falavam algumas palavras de inglês. Gabriel comprou um cartão e passou por uma fila de computadores. Algumas pessoas viam pornografia, enquanto outras compravam passagens baratas de avião. O adolescente louro sentado ao lado dele jogava um jogo on-line em que seu avatar se escondia num prédio e matava qualquer desconhecido que aparecesse sozinho.

Gabriel entrou em diferentes salas de bate-papo, procurando Linden, o Arlequim francês que tinha enviado dinheiro para eles em Nova York. Depois de duas horas sem sucesso, deixou uma mensagem num site de colecionadores de espadas antigas. *G. em Londres. Precisando de fundos.* Ele pagou o tempo no computador para os coreanos e passou o resto do dia na sala de leitura da biblioteca da Universidade de Londres. Quando a biblioteca fechou, às sete horas da noite, ele voltou para o cibercafé e descobriu que ninguém tinha respondido à sua mensagem. De novo na rua, onde fazia tanto frio que sua respiração virava uma nuvem de vapor. Um grupo de estudantes esbarrou nele, rindo de alguma coisa. Gabriel tinha menos de dez libras no bolso.

Estava frio demais para dormir ao relento e havia câmeras de vigilância no metrô. Enquanto passava pelas lojas bem iluminadas que vendiam televisores e computadores na Tottenham Court

Road, lembrou-se de Maya dizendo para ele que havia um lugar em West Smithfield onde hereges, rebeldes e Arlequins eram executados pelas autoridades. Uma vez ela usou a língua do pai ao mencionar esse local, chamando de *Blutacker*. A palavra alemã originalmente denotava o cemitério perto de Jerusalém, comprado com o dinheiro dado para Judas, mas depois adquiriu um sentido mais geral. Se aquele era realmente um lugar Arlequim, então talvez houvesse alguma mensagem na área, ou alguma indicação de onde ele podia encontrar ajuda.

Seguiu na direção do leste de Londres, pedindo informação de pessoas que pareciam bêbadas ou perdidas. Um homem que mal conseguia andar em linha reta começou a balançar os braços como se espantasse moscas. Mas finalmente Gabriel subiu a rua Giltspur, passou pelo Hospital St. Bartholomew e encontrou dois memoriais que ficavam a poucos metros um do outro. Um era em memória do rebelde escocês William Wallace, e a outra placa ficava pouco afastada de onde a Coroa queimara católicos empalados. *Blutacker*, pensou Gabriel. Mas não havia sinais de Arlequins em lugar nenhum.

Ele deu as costas para os memoriais e se aproximou de uma pequena igreja normanda, a St. Bartholomew the Great. As paredes de pedra da igreja tinham sido lascadas e escurecidas com o tempo e o caminho de tijolos estava com manchas de lama. Gabriel passou por um arco e se viu num cemitério. Bem à sua frente havia uma porta pesada de madeira com dobradiças de ferro que dava na igreja. Havia alguma coisa rabiscada na parte de baixo da porta. Ele chegou mais perto e viu quatro palavras escritas com caneta pilot preta: ESPERANÇA POR UM PEREGRINO.

Será que a igreja era um refúgio? Gabriel bateu à porta, depois a socou de punhos cerrados, mas ninguém atendeu. Talvez as pessoas estivessem esperando um Peregrino, só que ele estava com frio, cansado e precisava de ajuda. Parado no cemitério, teve um desejo muito forte de se livrar do corpo e abandonar aquele mundo para sempre. Michael estava certo. A batalha tinha terminado e a Tábula havia vencido.

Quando ia embora lembrou-se de como Maya tinha usado os locais de mensagens que estabeleceu em Nova York. O que ela escreveu parecia grafite, mas cada letra e cada traço com a caneta eram uma informação. Ele se ajoelhou diante da porta e viu que a palavra ESPERANÇA estava sublinhada. Talvez fosse apenas por acaso, mas a linha preta tinha uma sequência inclinada na ponta, quase como uma flecha.

Quando Gabriel passou de novo sob o arco, notou que a flecha, se é que era uma flecha, apontava para o Smithfield Market. Um homem grande, com avental branco de açougueiro, passou pela rua carregando uma sacola de compras cheia de latas de cerveja.

– Com licença – disse Gabriel. – Onde fica... Esperança? É o nome de um lugar?

O açougueiro não riu nem o chamou de tolo. Inclinou a cabeça na direção do mercado.

– É só seguir a rua, camarada. Não fica longe daqui.

Gabriel atravessou a Long Lane e se aproximou do mercado de carnes Smithfield. Por quatrocentos anos aquele bairro sempre foi um dos mais perigosos de Londres. Mendigos, prostitutas e batedores de carteira se misturavam com os transeuntes enquanto manadas de gado eram conduzidas a chicotadas pelas ruas estreitas até o matadouro. Sangue quente escorria pelas sarjetas e emanava um vapor branco no ar frio de inverno. Bandos de corvos esvoaçavam sobre o açougue e mergulhavam para lutar por restos de carne.

Esse tempo era passado, pois agora a praça central era cercada de restaurantes e livrarias. Mas à noite, quando todos iam para as suas casas, o espírito do antigo Smithfield voltava. Era um lugar escuro, sombrio, dedicado à matança.

A praça principal entre a Long Lane e a rua Charterhouse era dominada pelo prédio de dois andares usado para distribuir carne por toda Londres. Esse imenso mercado tinha o comprimento de vários quarteirões e era dividido em seções por quatro ruas. Um toldo moderno de plástico transparente e resistente rodeava todo o prédio para proteger os motoristas dos caminhões quando carregavam a mercadoria no trem, mas o mercado propriamente dito era um exemplo renovado da força vitoriana. As paredes eram arcos de pedra branca preenchidos com tijolos londrinos. Havia portões enormes de ferro pintados de roxo e verde em cada extremidade da construção.

Gabriel deu uma volta no prédio, depois mais outra, procurando alguma coisa escrita em forma de grafite. Parecia absurdo procurar a palavra "esperança" num lugar como aquele. Por que o homem com avental de açougueiro tinha dito para ele simplesmente seguir pela rua? Exausto, Gabriel sentou num banco de cimento numa pequena praça do outro lado da rua do mercado. Pôs as mãos em concha na frente da boca e tentou aquecer os dedos soprando, depois olhou em volta da praça. Estava no cruzamento das ruas Cowcross e St. John. O único comércio ainda aberto era um pub com fachada de madeira a uns seis metros dali.

Gabriel leu o nome na placa e riu pela primeira vez em muitos dias. Esperança. Era o Pub Esperança. Ele levantou do banco, foi até as luzes quentes que brilhavam através do vidro chanfrado e estudou a placa que balançava sobre a porta. Era uma pintura tosca de dois marinheiros cujo navio havia naufragado, agarrados a uma jangada num mar turbulento. Um barco à vela aparecia ao longe e os dois acenavam desesperadamente. Outra placa menor indicava que um restaurante chamado Sirloin funcionava no segundo andar, mas que tinha parado de servir uma hora atrás.

Ele entrou no bar quase esperando um grande momento. *Você matou a charada, Gabriel. Bem-vindo ao lar.* Em vez disso, encontrou o proprietário se coçando e uma garçonete de mau humor limpando o balcão com um trapo. Havia mesas pretas pequenas na frente e bancos no fundo. Um expositor de vidro numa prateleira alta exibia faisões recheados ao lado de quatro garrafas de champanhe empoeiradas.

Havia apenas três fregueses: um casal de meia-idade discutindo baixinho e um velho que olhava fixo para seu copo vazio. Gabriel comprou uma caneca de cerveja com algumas moedas que sobraram e retirou-se para uma alcova com bancos estofados e painel de madeira escura. O álcool foi absorvido pelo estômago vazio e amorteceu a fome. Gabriel fechou os olhos. Só um minuto, pensou. Só isso. Mas ele se entregou ao cansaço e dormiu.

Seu corpo sentiu a mudança. Uma hora antes o salão estava frio e imóvel. Agora estava cheio de energia. Quando Gabriel começou a acordar, ouviu o som de risadas e vozes, sentiu uma rajada de vento frio quando a porta rangeu para lá e para cá.

Abriu os olhos. O pub estava lotado de homens e mulheres mais ou menos da sua idade, todos se cumprimentando como se não se vissem há semanas. De vez em quando alguém discutia de bom humor com outra pessoa, e depois os dois davam dinheiro para um homem alto, de óculos escuros com prendedor de borracha.

Será que eram torcedores de futebol?, pensou Gabriel. Ele sabia que os ingleses eram apaixonados por futebol. Os homens no pub usavam casacos com capuz e calça jeans. Alguns tinham tatuagens, desenhos elaborados que apareciam sob a camiseta e rodeavam o pescoço. Nenhuma mulher usava vestido ou saia; todas tinham o cabelo muito curto, ou preso atrás, como se fossem guerreiras amazonas.

Ele analisou algumas pessoas perto do bar e percebeu que tinham apenas uma coisa específica em comum – os tênis. Os tênis esportivos que não eram os convencionais criados para basquete ou corrida pelo parque. Tinham cores berrantes, amarração de cadarço elaborada e o tipo de solado que se usa para correr em qualquer tipo de terreno.

Outra rajada de ar frio e mais um freguês entrou. Falava mais alto, era mais simpático e definitivamente mais gordo do que os outros que estavam lá. O cabelo preto e oleoso estava parcialmente coberto por um gorro de lã com um pompom branco ridículo em cima. A jaqueta de náilon estava aberta, revelava a barriga proeminente e uma camiseta com um desenho em silk-screen de uma câmera de vigilância com uma faixa vermelha por cima.

O homem de gorro comprou uma caneca de cerveja e deu uma passada rápida pelo bar, batendo nas costas e apertando mãos como se fosse candidato a alguma coisa. Prestando mais atenção, Gabriel viu um sinal de tensão nos olhos dele. Depois de cumprimentar algumas pessoas, o homem sentou no canto de um cubículo e discou um número no seu celular. Ninguém atendeu do outro lado e ele deixou um recado:

– Dogsboy! É Jugger! Estamos no Esperança e Sirloin. Todas as equipes aqui. Onde é que você está, amigo? Ligue para mim.

O homem de gorro fechou o celular e notou Gabriel sentado ao lado dele.

– Você é de Manchester?

Gabriel balançou a cabeça.

– Então de que equipe você é?

– O que é equipe?

– Ah, você é dos Estados Unidos. Sou Jugger. Como é seu nome?

– Gabriel.

Jugger apontou para a turma.

– Todas essas pessoas são Free Runners, Corredores Livres. Há três equipes de Londres aqui esta noite e mais uma que veio de Manchester.

– E o que são Corredores Livres?

– Ora! Eu sei que eles também existem nos Estados Unidos. Eu comecei na França com dois caras que só se divertiam nos telhados. É uma maneira de ver a cidade como uma enorme corrida de obstáculos. Você sobe em muros e pula de um prédio para outro. Você se liberta. É disso que se trata, de se libertar. Entendeu?

– Então é um esporte?

– Para alguns. Mas as equipes que estão aqui esta noite são radicais clandestinas. Significa que corremos por onde queremos. Não há limite. Não existem regras. – Jugger olhou para a esquerda e para a direita, como se fosse contar um segredo. – Já ouviu falar da Imensa Máquina?

Gabriel resistiu ao impulso de concordar, meneando a cabeça.

– O que é isso?

– É o sistema de computador que nos observa com programas de varredura e câmeras de vigilância. Os Corredores Livres se recusam a fazer parte da Imensa Máquina. Nós corremos sobre tudo isso.

Gabriel olhou para a porta quando mais um grupo de Corredores Livres entrou no bar.

– Então isso é uma espécie de reunião semanal?

– Sem reuniões, amigo. Estamos aqui para uma corrida em linha reta. Dogsboy é o nosso homem, mas ele ainda não apareceu.

Jugger continuou sentado, e sua equipe foi se reunindo no cubículo. Ice era uma menina de quinze ou dezesseis anos, pequena, muito séria, com as sobrancelhas pintadas que faziam com que parecesse uma gueixa menor de idade. Roland era um homem de Yorkshire que falava devagar. Sebastian era estudante em meio período que tinha livros nos bolsos de sua capa de chuva puída.

Gabriel nunca esteve na Inglaterra e achava difícil entender tudo que eles diziam. Jugger já tinha sido motorista de um *juggernaut* – nome que os ingleses davam a um certo tipo de caminhão, que não chamavam de *truck*, como os americanos, e sim de *lorry*. Batatas fritas eram *crisps* e um copo de cerveja, *bitter*. Jugger era o líder informal da equipe, mas era provocado sem parar por causa do peso e do seu gorro, que chamavam de *bobble hat*.

Além das palavras inglesas, havia também o vocabulário dos Corredores Livres. Os quatro membros da equipe batiam papo normalmente sobre saltos macaco, pulos de gato e corridas em muros. Eles não subiam na lateral de um prédio, simplesmente. Eles "assassinavam" ou "devoravam".

As pessoas estavam sempre falando do melhor corredor – Dogsboy –, mas ele ainda não tinha chegado. Finalmente, o celular de Jugger começou a tocar e ele fez sinal para todos ficarem quietos.

– Onde você está? – perguntou Jugger.

A conversa continuou e ele foi ficando irritado, depois zangado.

– Você prometeu, cara. Essa é a sua equipe. Você está prejudicando a equipe... Largar isso por um jogo de soldados... Você não pode simplesmente... Porra!

Jugger fechou o celular e começou a xingar. Gabriel mal entendia metade do que ele dizia.

– Suponho que Dogsboy não vai comparecer – disse Sebastian.

– O filho-da-mãe disse que está com a perna ruim. Aposto dez libras que está na cama com algum rabo de saia.

O resto da equipe começou a reclamar da traição do amigo, mas se acalmaram quando o homem de óculos escuros se aproximou.

– Esse é o Mash – Roland cochichou para Gabriel. – Ele está com todas as apostas por fora desta noite.

– Onde está seu corredor?

– Acabei de falar com ele – disse Jugger. – Ele... ele está procurando um táxi.

Mash deu um sorriso debochado para a equipe de Jugger como se já soubesse a verdade.

– Se ele não aparecer em dez minutos, vocês perdem as apostas por fora e mais as cem libras de desistência.

– Talvez ele... pode ser, é possível... que esteja com a perna ruim.

– Você conhece a regra. Sem corredor, paga multa.

– Filho-da-mãe imbecil – resmungou Jugger.

Ele olhou para a equipe depois que Mash voltou para o bar.

– Muito bem. Quem vai ser o corredor? Preciso de um voluntário.

– Eu faço só técnica, não linha reta – disse Ice. – Você sabe disso.

– Estou com uma gripe danada – disse Roland.

– Você tem essa gripe há três anos!

– Então por que *você* não corre, Jugger?

Gabriel sempre gostou de subir em árvores e de correr pelas vigas do celeiro da família. Ele continuou a se superar na Califórnia com corridas de motocicleta e saltos de paraquedas. Mas sua força e agilidade tinham sido elevadas a um novo nível em Nova York quando Maya se recuperou do ferimento. À noite, eles faziam exercícios de quendô. Em vez de brandir pedaços de bambu,

Maya usava sua espada Arlequim e ele lutava com sua espada-talismã. Foi a única vez que os dois olharam livremente para o corpo um do outro. O relacionamento intenso que tinham parecia se expressar num combate infindável. No fim dos exercícios de quendô, os dois ficavam ofegantes e encharcados de suor.

Gabriel inclinou-se para a frente e olhou para Jugger.

– Eu vou – ele disse. – Eu corro pela sua equipe.

– E quem é você? – perguntou Ice.

– Este é o Gabriel – Jugger anunciou logo. – Um Corredor Livre americano. Especialista.

– Se não tiver um corredor, você perde cem libras – disse Gabriel. – Então pague a mim o dinheiro da multa. De qualquer forma, será a mesma coisa. E eu posso ganhar suas apostas para vocês.

– Você sabe o que tem de fazer? – perguntou Sebastian.

Gabriel fez que sim com a cabeça.

– Participar de uma corrida. Subir nas paredes.

– Você tem de correr o telhado do Smithfield Market, atravessar para o velho matadouro, descer para a rua e chegar ao pátio da igreja de St. Sepulchre-without-Newgate – disse Ice. – Se cair, é um tombo de vinte metros até a rua.

O momento era aquele. Ele ainda podia mudar de ideia. Mas Gabriel teve a sensação de que estava se afogando num rio e que de repente aparecia um barco. Tinha apenas alguns segundos para segurar a corda.

– Quando começamos?

Assim que tomou a decisão, Gabriel sentiu que estava cercado por um novo grupo de amigos do peito. Quando admitiu que estava com fome, Sebastian foi correndo até o bar e voltou com uma barra de chocolate e vários sacos de batatas fritas com sal e vinagre. Gabriel comeu tudo depressa e sentiu uma onda de energia. Resolveu ficar longe do álcool, apesar de Roland ter se oferecido para comprar uma caneca de cerveja para ele.

Jugger demonstrava estar mais seguro agora que sua equipe tinha um corredor. Circulou o bar uma segunda vez, e Gabriel ouviu suas bravatas mais altas do que o barulho do bar. Em poucos minutos, metade do pessoal acreditava que Gabriel era um Corredor Livre famoso dos Estados Unidos que tinha ido para Londres por amizade à equipe de Jugger.

Gabriel comeu mais uma barra de chocolate e foi ao banheiro dos homens para passar água no rosto. Quando saiu, Jugger estava à sua espera. Ele abriu uma porta e levou Gabriel para um pátio externo que era usado pelo pub no verão.

– Estamos só nós dois agora – disse Jugger.

Toda a animação dele tinha desaparecido, ele estava sem graça e inseguro, o garoto gordo que era provocado na escola.

– Diga francamente, Gabriel. Você já fez isso antes?

– Não.

– Uma coisa como essa não é para o cidadão comum. É uma maneira certa e rápida de se matar. Se quiser, podemos escapar aqui pelos fundos.

– Eu não vou fugir – disse Gabriel. – Posso fazer isso...

A porta abriu. Sebastian e outros três Corredores Livres apareceram no pátio.

– Ele está aqui! – alguém gritou. – Vamos logo! É hora de ir!

Quando saíram do pub, Jugger foi absorvido pela multidão, mas Ice ficou ao lado de Gabriel, agarrou o braço dele com força e falou em voz baixa:

– Preste atenção nos seus pés, mas não olhe mais para baixo.

– Está bem.

– Se estiver escalando uma parede, não tente abraçá-la. Afaste um pouco o corpo. Ajuda a equilibrar seu centro de gravidade.

– Mais alguma coisa?

– Se ficar com medo, não vá adiante. Apenas pare que nós o tiramos do telhado. Quando as pessoas ficam com medo elas caem.

Não havia ninguém na rua a não ser os Corredores Livres, e alguns começaram a se mostrar. Pulavam na beirada do concreto das barreiras do trânsito e davam saltos-mortais de costas. Iluminado pelas luzes de segurança, o Smithfield Market parecia um imenso templo de pedra e tijolo jogado no centro de Londres. Havia pedaços de plástico pendurados sobre as portas de aço que cobriam as saídas de carregamento dançando com o vento da noite.

Mash levou-os até o mercado e explicou a rota da corrida em linha reta. Depois de chegar ao telhado tinham de correr toda a extensão do prédio e usar um toldo de metal para atravessar a rua até um matadouro abandonado. Deviam de alguma forma chegar até a rua e subir a Snow Hill até a St. Sepulchre-without-Newgate. O primeiro corredor a chegar ao pátio cercado da igreja era o vencedor.

Todos foram caminhando de volta para a rua e Ice apontou os outros que iam disputar a corrida. Cutter era um líder de equipe bem conhecido, de Manchester. Usava tênis que pareciam caros e uma roupa de corrida vermelha feita com um tecido acetinado que brilhava com as luzes. Ganji era um dos corredores londrinos, um imigrante persa de vinte e poucos anos, magro e atlético. Malloy era o quarto corredor, baixo, musculoso, de nariz quebrado. Segundo Ice, trabalhava como atendente de bar em meio expediente nas boates de Londres.

Chegaram ao lado norte do mercado e ficaram do outro lado da rua, perto de um açougue que se especializava em entranhas. A fome de Gabriel tinha sido saciada e ele estava muito consciente daquele ambiente novo. Ouviu risadas e pessoas conversando, sentiu um cheiro fraco de alho que vinha do restaurante tailandês mais adiante na rua. Os paralelepípedos estavam molhados e pareciam pedaços de obsidiana, pretos e brilhantes.

– Sem medo – sussurrou Ice como um encantamento. – Sem medo... Sem medo...

O prédio do mercado se erguia à frente dos Corredores Livres como um muro enorme. Gabriel percebeu que teria de escalar o portão de ferro fundido até o toldo de plástico que ficava uns dez metros acima da rua de paralelepípedos. O toldo era preso por postes de aço que saíam da parede em ângulo de quarenta e cinco graus. Ele ia ter de oscilar poste acima para chegar ao telhado.

De repente ficou tudo quieto, as pessoas observavam os quatro corredores. Jugger se pôs na frente de Gabriel e deu-lhe um par de luvas sem dedos, de alpinista.

– Calce essas luvas – ele disse. – O aço fica muito gelado à noite.

– Quero o dinheiro quando terminar.

– Não se preocupe, camarada. Pode deixar. – Jugger deu um tapa no ombro de Gabriel. – Você é durão. Sem dúvida que é.

A roupa vermelha de Cutter brilhava sob as luzes de segurança. Ele se aproximou de Gabriel e inclinou a cabeça.

– Você é dos Estados Unidos?

– Sou.

– Sabe o que é um *splat*?

Jugger ficou constrangido.

– Ora, vamos. A corrida já vai começar.

– Só estou querendo ajudar – disse Cutter. – Um pouco de educação para o nosso primo americano. Um *splat* é quando você não sabe o que está fazendo e cai de um telhado.

Gabriel ficou imóvel e olhou bem nos olhos de Cutter.

– Há sempre a possibilidade de cair. A questão é: você pensa nisso? Ou consegue tirar da cabeça?

A bochecha de Cutter tremeu perto do canto da boca, mas ele controlou o medo e cuspiu no chão.

– Acabaram as apostas – disse uma voz. – Acabaram as apostas.

Então a multidão se abriu e Mash se pôs na frente deles.

– Isto está acontecendo porque Manchester desafiou as equipes londrinas. Que vença o melhor corredor e toda aquela baboseira. Mas o que fazemos é mais do que uma corrida. A maioria já sabe disso. Muros e cercas não nos detêm. A Imensa Máquina não consegue nos rastrear. Fazemos o nosso próprio mapa desta cidade.

Mash levantou a mão direita e contou:

– Um, dois...

Cutter saiu em disparada, atravessou a rua e os outros o seguiram. Os portões de ferro fundido eram feitos para parecer flores e vinhas. Usando os buracos para apoio dos pés, Gabriel começou a escalar.

Quando chegaram ao topo do portão, o magro Ganji se enfiou entre o toldo e a parede. Cutter foi atrás, depois Gabriel e Malloy. Os tênis deles fizeram um barulho surdo no plástico transparente e o toldo tremeu. Gabriel agarrou um dos postes de sustentação que saía de cima da parede. O poste de aço era fino como uma corda e difícil de segurar.

Uma mão depois da outra, pendurado no poste, Gabriel içou o corpo até o fim do poste e encontrou um espaço de um metro entre o prendedor do poste na fachada de pedras brancas e o topo da mureta que percorria a beirada do telhado. Como é que vou subir aqui?, ele pensou. Não dá.

Gabriel olhou para a esquerda e observou os outros três homens tentando conseguir fazer a perigosa transição para o telhado. Malloy tinha braços e ombros mais fortes. Ele deu impulso de modo a ficar em cima do poste, olhando para baixo. Ainda agarrado com força, tentou passar o peso do seu corpo para as pernas. Quando os pés estavam na posição correta, soltou as mãos do poste, tentou se pendurar no topo da fachada e caiu. Malloy bateu no toldo de plástico e começou a rolar, mas se agarrou na beirada e parou. Ainda vivo.

Gabriel se esqueceu dos outros e se concentrou nos próprios movimentos. Imitou a estratégia de Malloy, girou o corpo e ficou com os pés plantados quase no final do poste inclinado, as mãos só alguns centímetros mais acima. Encolheu-se como um homem dentro de uma caixa, pôs todo o peso do corpo nos pés e se jogou para cima. Gabriel agarrou a pedra branca da fachada. Era como uma pequena mureta em volta da borda do telhado. Com toda a força que tinha nos braços, puxou o corpo para cima e passou da mureta.

O telhado de ardósia do Smithfield Market estava diante dele como uma estrada cinza-escura. O céu noturno estava limpo, as estrelas eram pontos definidos de luz branco-azulada. A mente de Gabriel começava a deslizar na consciência de um Peregrino.

Ele observou a realidade à sua volta como se fosse uma imagem numa tela.

Cutter e Ganji passaram correndo por ele, e Gabriel voltou ao momento. As placas soltas do telhado estalavam quando ele corria atrás dos dois oponentes. Alguns segundos depois chegou à primeira falha do telhado: um vão de quase dez metros onde uma rua transversal dividia o prédio. Arcos de concreto sustentavam folhas de fibra de vidro marfim por cima do vão, mas a fibra de vidro parecia frágil demais para aguentar o seu peso. Movendo-se como quem anda numa corda bamba, Gabriel pisou no arco e atravessou para o outro lado do telhado. Cutter e Ganji estavam se afastando bastante dele. Seus olhos foram dos dois para as estrelas e pareceu que todos corriam para a expansão negra do espaço.

No segundo vão as folhas de fibra de vidro tinham sido arrancadas e só havia os arcos de concreto entre os dois lados do telhado. Gabriel se lembrou do que Ice tinha dito, concentrou-se nos pés e procurou não olhar para a rua, onde um bando de Corredores Livres curiosos olhava para cima, acompanhando o progresso dos competidores.

Gabriel estava relaxado e se movia com facilidade, mas perdia a corrida. Teve de parar e atravessar um terceiro conjunto de arcos. Na metade da travessia, viu Cutter e Ganji pulando para um toldo de metal íngreme, com um ângulo bem fechado, que passava por cima da Long Lane, até o prédio de tijolos cercado de tapumes que tinha sido o matadouro do mercado.

Cutter tinha corrido para valer pelo telhado. Agora ele seguia cauteloso, passou sentado pelo topo do toldo e andava devagar. Ganji estava uns cinco metros à frente e resolveu assumir a liderança. Pisou no lado esquerdo do toldo, correu três passos e perdeu o equilíbrio. Foi caindo, rolando, gritando quando suas pernas caíram pela beirada e ele se agarrou ao cano de escoamento.

Ganji ficou pendurado no ar. A equipe dele estava na rua, bem embaixo, berrando para ele se agarrar – segure firme! – que iam subir para salvá-lo. Mas Ganji não precisou da ajuda deles. Subiu um pouco no cano, passou uma perna por cima do toldo de metal escorregadio e depois o corpo inteiro. Quando Gabriel chegou, o Corredor Livre estava deitado de barriga para baixo. Empurrando com os dedos dos pés e estendendo as mãos, ele conseguiu chegar a um lugar seguro.

– Tudo bem com você? – gritou Gabriel.

– Não se preocupe comigo. Continue! O orgulho londrino!

Cutter já estivera bem à frente de Gabriel, mas a vantagem desapareceu no telhado plano do matadouro. O Corredor Livre voava de um lado para outro procurando uma saída de incêndio ou escada de emergência que o levaria até a rua. Seguindo para o canto sudoeste do prédio, Cutter engatinhou sobre um muro baixo, agarrou um cano de escoamento, balançou e se lançou no espaço. Gabriel correu para aquele canto e olhou para baixo. Cutter estava deslizando pelo cano, centímetro por centímetro, controlando seus movimentos com as laterais dos tênis de alpinismo. Ao ver Gabriel, Cutter parou um segundo e cumprimentou o concorrente com um movimento de cabeça.

– Desculpe o que eu disse antes de começar a corrida. Só queria deixá-lo nervoso...

– Eu compreendo.

– Ganji ficou por pouco ali atrás. Ele está bem?

– Está. Tudo bem com ele.

– Londres trabalhou bem, camarada. Mas Manchester vai vencer desta vez.

Gabriel imitou os movimentos de Cutter e desceu pelo cano de escoamento no canto do prédio. Abaixo dele Cutter manobrava para desviar de um arbusto, empurrando os galhos com os braços, e finalmente chegou ao chão.

Assim que Cutter pôs os pés na rua, Gabriel resolveu arriscar. Afastou-se da parede, largou o cano e caiu seis metros, no meio dos arbustos. Os galhos estalaram e quebraram, mas ele acompanhou o impulso, rolou para um lado e aterrissou de pé.

Alguns Corredores Livres tinham aparecido naquele local, como público assistindo a uma maratona pela cidade. Cutter demonstrava suas habilidades, corria por cima de uma fila de carros estacionados. Com um pulo caía no capô; dois passos, cobria o teto e um pulo de um passo na traseira o impulsionava para o próximo veículo. Os alarmes dos carros começaram a tocar por causa do impacto dos pés dele, e o barulho agudo e penetrante ecoava nas paredes. Cutter gritou:

– Avante, Manchester!

E levantou os dois braços em triunfo.

Gabriel correu em silêncio pelo calçamento de pedras. Cutter não via seu oponente, e Gabriel começou a reduzir a distância entre eles. Estavam no início da Snow Hill, na base da ladeira estreita que ia dar na St. Sepulchre e na silhueta imponente do antigo tribunal de Old Bailey. Cutter deu um salto-mortal por cima de um carro e viu Gabriel. Surpreso, ele disparou subindo a rua. Quando estavam a cerca de duzentos metros da igreja, Cutter não resistiu ao próprio medo. Começou a olhar para trás muitas vezes, esquecendo-se de tudo, menos do seu oponente.

Um táxi preto londrino apareceu saído do escuro e entrou na rua. O motorista viu a roupa vermelha de corrida e meteu o pé no freio. Cutter pulou, mas suas pernas bateram no para-brisa do carro e ele quicou como um boneco de palha na rua.

O táxi parou cantando pneus. A equipe de Manchester chegou correndo, mas Gabriel continuou subindo a ladeira e passou por cima da grade pontiaguda, chegando ao jardim vazio da St. Sepulchre. Abaixou-se, pôs as mãos nos joelhos e procurou recuperar o fôlego. Um Corredor Livre na cidade.

14

Maya foi andando pela East Tremont e virou na avenida Puritan. Bem à frente, do outro lado da rua, ficava seu esconderijo atual – o tabernáculo do Bronx da Igreja Divina de Isaac T. Jones. Vicki Fraser tinha procurado o ministro dali, e ele permitiu que os fugitivos ficassem na igreja até arquitetarem outro plano.

Embora Maya preferisse sair de Nova York, a parte East Tremont do Bronx era muito mais segura do que Manhattan. Era um bairro de operários, com a periferia malcuidada, o tipo de região que não tinha nenhuma grande loja de departamentos e apenas alguns bancos. Havia câmeras de vigilância em East Tremont, mas era fácil despistá-las. As câmeras do governo protegiam parques e escolas. As particulares ficavam dentro de bares e lojas que vendiam bebidas, visivelmente apontadas para o balcão da frente.

Três dias atrás, Alice e ela tinham escapado do mundo subterrâneo sob o terminal Grand Central. Durante o dia podiam ter encontrado pessoas que trabalhavam na cidade, mas era cedo demais e os túneis estavam frios, escuros e vazios. As trancas e os cadeados das portas eram modelos-padrão, fáceis de abrir com a pequena coleção de segredos e chaves de tensão de Maya. A única outra ferramenta que tinha era o gerador de números aleatórios que pendia de um cordão no pescoço. Em diversas encruzilhadas ela apertava o botão e escolhia a direção com base no número que aparecia na tela.

Elas passaram por baixo das ruas do centro da cidade e seguiram o túnel da linha de trem que seguia pelo lado oeste de Manhattan. Quando saíram do túnel, já era um novo dia. Alice não tinha comido nada nem dormido desde que saíram do loft, mas a menininha continuava ao lado dela. Maya fez sinal para um táxi cigano e disse para o motorista para levá-las até o Tompkins Square Park.

Aproximou-se do local onde deixavam mensagens no memorial das Crianças mais Puras e viu que não havia ninguém à sua espera. Teve uma sensação desagradável, quase de medo. Será que Gabriel estava morto? Será que a Tábula o tinha capturado? Maya se ajoelhou na calçada fria e leu a mensagem: G2LONDRES. Sabia que Gabriel queria encontrar o pai, mas naquele momento a decisão dele foi como uma traição. O pai dela tinha razão, um Arlequim não devia nunca ter qualquer ligação com um Peregrino.

Quando saiu do parque, viu Alice parada ao lado do táxi cigano, acenando aflita para ela. Maya ficou irritada com a desobediência da menina, mas então viu Hollis e Vicki, que tinham acabado de chegar em outro táxi. Perguntaram onde estava Gabriel e explicaram que tinham se separado dele também, que acabaram saindo do metrô e se registrado num hotel fora da Grade, no Spanish Harlem. Nenhum dos dois comentou o que tinha acontecido no hotel, mas Maya percebeu que o guerreiro e a virgem tinham finalmente se tornado amantes. O constrangimento de Vicki perto de Hollis havia desaparecido por completo. Quando ela encostava nele no loft de Chinatown, era sempre um gesto rápido e furtivo. Agora ela punha a palma da mão no braço dele ou no ombro, como se reafirmasse a união dos dois.

O tabernáculo do Bronx da Divina Igreja era um nome pomposo para dois quartos alugados sobre o restaurante Happy Chicken. Quando atravessou a rua, Maya espiou pelo vidro embaçado do Happy Chicken e viu dois cozinheiros entediados montando guarda atrás de um bufê de pratos. Tinha comprado o jantar ali na véspera e descobriu que a carne não era simplesmente cozida no restaurante que vendia quentinhas para levar; era congelada, descongelada, fatiada, socada e depois mergulhada em óleo até criar uma casca, dura feito pedra.

Poucos metros além do restaurante havia uma porta que dava no tabernáculo. Maya destrancou a porta e subiu a escada íngreme. Uma fotografia emoldurada do Profeta, Isaac Jones, pendia sobre a entrada do tabernáculo e Maya usou uma segunda chave para entrar. Era um cômodo comprido e cheio de bancos. Na frente dos bancos, havia um púlpito para o ministro e uma pequena plataforma para os músicos da igreja. Logo atrás do púlpito ficavam as janelas que davam para a rua.

Hollis tinha empilhado alguns bancos contra a parede. Seus pés descalços faziam ruídos de guincho no assoalho polido enquanto ele se exercitava com suas "formas" – uma série graciosa de movimentos que exibiam os elementos básicos das artes marciais. Enquanto isso Vicki estava sentada num banco com um exemplar com capa de couro da *Coletânea de Cartas de Isaac T. Jones* no colo. Ela fingia ler, pois só observava Hollis chutando e socando o ar.

– Como foi? – perguntou Vicki. – Encontrou um cibercafé?

– Acabei numa sorveteria Tasti D-Lite na avenida Arthur. Eles têm quatro computadores com acesso à internet.

– Conseguiu contato com Linden? – perguntou Hollis.

Maya olhou em volta do tabernáculo.

– Onde está Alice Chen?

– No quarto das crianças – disse Vicki.

– O que ela está fazendo?

– Eu não sei. Fiz um sanduíche de manteiga de amendoim com geleia para ela, uma hora atrás, mais ou menos.

Havia culto na igreja a manhã quase inteira de domingo, por isso o tabernáculo mantinha uma sala atapetada com brinquedos para as crianças menores. Maya foi até a porta que dava nessa sala e espiou por uma janela. Alice tinha colocado um estandarte da igreja sobre a mesa, depois cercado a mesa com todas as peças de mobília que havia na sala. Maya imaginou que a menina devia estar sentada no centro escuro daquele forte improvisado. Se a Tábula invadisse a igreja, ia levar mais alguns segundos para encontrá-la.

– Parece que ela andou ocupada.

– Ela está tentando se proteger – disse Vicki.

Maya voltou ao centro do tabernáculo.

– Se Gabriel pegou um avião para Londres no sábado, então já está lá há setenta e duas horas. Tenho certeza de que ele foi direto para o Convento Tyburn, para saber do pai. Linden disse que os Arlequins nunca se relacionaram com esse grupo de freiras. Ele não tem ideia se Matthew Corrigan está lá.

– Então o que fazemos agora? – perguntou Hollis.

– Linden acha que devemos viajar para Londres e ajudá-lo a procurar Gabriel, mas há dois problemas envolvendo identificação. Como Gabriel foi criado fora da Grade, o passaporte falso que conseguimos para ele combina com os fatos que inserimos na Imensa Máquina. Quer dizer que ele tem o passaporte "mais limpo", o que tem mais chances de ser aceito pelas autoridades.

Vicki balançou a cabeça lentamente.

– Mas a Tábula deve ter a informação biométrica de Hollis e a minha.

– E também tem informação sobre Maya – disse Hollis. – Não esqueça que ela passou dois anos em Londres vivendo dentro da Grade.

– Linden e eu temos recursos para obter identificação limpa e não rastreável quando estamos na Europa, mas é arriscado demais nós todos usarmos os passaportes atuais numa viagem de avião. A Tábula tem apoiadores nas diversas agências de segurança do governo. Se souberem das nossas falsas identidades, porão um alerta de terrorista nas nossas fichas.

Hollis balançou a cabeça.

– Qual é o segundo problema?

– Alice Chen nem tem passaporte. Não há como levá-la no avião para a Europa.

— Então o que podemos fazer? – perguntou Hollis. – Deixá-la aqui?

— Não. Não queremos envolver a igreja. O plano mais fácil é nos registrarmos em um hotel, esperar até ela dormir e depois ir embora.

Vicki ficou chocada. Hollis, zangado. Eles nunca vão entender, pensou Maya. Foi isso que Thorn disse mil vezes para ela. O cidadão comum que anda pela rua jamais compreenderia o modo de ver o mundo de um Arlequim.

— Você ficou louca? – disse Hollis. – Alice é a única testemunha do que aconteceu em Nova Harmonia. Se a Tábula souber que ela continua viva, eles vão matá-la.

— Há um plano alternativo. Mas vocês têm de aceitar que, a partir deste ponto, será Linden ou eu a tomar todas as decisões.

Maya falava com voz dura e fria de propósito, mas Hollis não se intimidou. Ele olhou para Vicki e depois deu uma risadinha.

— Eu acho que vamos ouvir a resposta para os nossos problemas.

— Linden providenciou para sairmos daqui num navio mercante e ir para a Inglaterra. A travessia do Atlântico levará mais ou menos uma semana, mas vamos poder entrar no país sem passaporte. Eu protegerei Alice da Tábula aqui em Nova York, mas não podemos continuar cuidando dela. Quando chegarmos a Londres, ela receberá nova identificação e será abrigada num ambiente seguro.

— Está certo, Maya. Você já explicou muito bem – disse Hollis. – Os Arlequins querem estar no comando. Agora dê-nos um minuto para conversar sobre isso.

Hollis e Vicki sentaram num banco, Maya foi até a janela e ficou olhando para o cemitério St. Raymond. O imenso cemitério era apinhado e cinza como a própria cidade. As lápides, colunas e anjos tristes se amontoavam como numa liquidação de velharias.

O fato de Hollis e Vicki estarem namorando mudava tudo. Implicava uma vida juntos. Se eles forem inteligentes, pensou Maya, fogem os dois, tanto da Tábula quanto dos Arlequins. Não existe futuro nessa guerra infindável.

– Nós tomamos uma decisão – disse Vicki.

Maya voltou para o meio da sala e notou que os namorados agora estavam sentados separados.

– Eu vou com você e Alice no navio para a Inglaterra.

– E eu fico em Nova York algumas semanas – disse Hollis. – Vou fazer a Tábula pensar que Gabriel continua na cidade. Quando eu fizer tudo, vocês arrumam outro jeito de me tirar do país.

Maya meneou a cabeça, aprovando. Hollis não era Arlequim, mas estava começando a pensar como um.

– É uma boa ideia – ela disse. – Mas tome cuidado.

Hollis ignorou Maya e olhou nos olhos de Vicki.

– É claro que vou tomar cuidado. Prometo.

15

No banco de trás de um Mercedes, Michael espiava o campo alemão pela janela. Aquela manhã tinha tomado café em Hamburgo e agora viajava pela Autobahn com a sra. Brewster para ver o novo centro de computação em Berlim. Um segurança de terno preto estava no banco da frente, ao lado do motorista turco. O segurança devia ficar de olho no Peregrino para evitar que ele fugisse, mas isso não ia acontecer. Michael não tinha vontade nenhuma de voltar para o mundo comum.

Assim que entraram no carro ele viu que tinham posto uma caixa de madeira polida com gavetinhas no banco. Michael supôs que a caixa devia ter informação supersecreta envolvendo a Irmandade, mas na verdade continha um dedal folheado a ouro, uma tesoura de prata e fio de seda usados para bordados.

A sra. Brewster pôs fones nos ouvidos e pegou uma tela onde tinha impresso o desenho de uma rosa. Fez diversas ligações, falou baixinho com os membros da Irmandade, enquanto os dedos fortes enfiavam a agulha na tela. Sua expressão favorita era "brilhante", mas Michael estava começando a entender os diversos significados que ela dava à palavra. Alguns membros da Irmandade mereciam o elogio. Mas se ela dizia "brilhante" devagar, secamente ou num tom que indicava tédio, alguém ia ser punido por ter fracassado.

Michael tinha aprendido muita coisa sobre a Irmandade na conferência do fim de semana em Dark Island. Todos os membros estavam ansiosos para estabelecer o Panóptico virtual, mas havia grupos internos diferentes baseados em nacionalidade e relacionamentos pessoais. Apesar de ser o chefe do conselho executivo e encarregado da Fundação Sempre-Verde, alguns membros consideravam Kennard Nash americano demais. A sra. Brewster era encarregada de uma organização chamada Programa dos Jovens Líderes do Mundo e tinha se tornado responsável pela facção europeia.

Na Dark Island, Michael deu à sra. Brewster sua avaliação particular de cada membro do conselho executivo. Quando a conferência terminou, Brewster anunciou que queria que Michael a acompanhasse quando fosse verificar o progresso do Programa Sombra. O general Nash ficou irritado com esse pedido e também com o fato de Michael ter mencionado o pai dele na reunião.

— Está bom, pode levá-lo — disse Nash para a sra. Brewster. — Só não o perca de vista.

No dia seguinte, os dois estavam em Toronto, embarcando num jatinho particular para ir para a Alemanha. Viajar com a sra. Brewster foi uma aula rápida de poder. Michael começou a achar que os políticos que faziam discursos e projetos de leis novas não passavam de atores numa peça muito elaborada. Apesar de esses líderes aparentarem estar no comando, tinham de seguir um roteiro escrito por terceiros. A mídia se distraía com a cultura da fama e enquanto isso a Irmandade se esquivava dos holofotes. Eram donos do teatro, contavam as entradas e resolviam as cenas que iam ser desempenhadas para a plateia.

— Por favor, faça o acompanhamento e me informe de qualquer mudança — disse a sra. Brewster para alguém em Cingapura.

Ela tirou os fones dos ouvidos, largou o bordado e apertou um botão no braço do banco. Surgiu uma divisória de vidro na parte de trás do banco da frente que se encaixou no lugar. Agora o motorista não podia mais escutar a conversa.

— Quer chá, Michael?

— Obrigado.

Havia um armário na frente deles, e a sra. Brewster pegou duas xícaras e dois pires, creme e açúcar, e uma garrafa térmica com chá quente.

— Um cubo ou dois?

— Sem açúcar. Só creme.

— Ora, isso é interessante. Pensei que você fosse uma formiga para doces.

A sra. Brewster serviu uma xícara de chá para Michael e depois se serviu de dois cubos de açúcar.

A louça balançou um pouco quando o carro passou numa irregularidade da estrada, mas tomar chá dava ao banco de trás uma atmosfera de domesticidade. A sra. Brewster nunca teve filhos, mas gostava de agir como uma tia rica que mimava o sobrinho preferido. Nos últimos dias, Michael tinha observado quando ela seduzia e adulava homens de uma dezena de países. Os homens falavam demais quando estavam com a sra. Brewster, e essa era uma das fontes do seu poder. Michael tinha decidido não cometer esse erro.

— E então, Michael... está gostando?

— Acho que sim. Nunca estive na Europa antes.

— Como avalia nossos três amigos aqui em Hamburgo?

— Albrecht e Stoltz estão do seu lado. Gunter Hoffman é cético.

— Não sei como pode julgar assim. O dr. Hoffman não disse mais do que seis palavras em todo o tempo que durou a reunião.

— As pupilas dos olhos dele se contraíam um pouco sempre que vocês falavam do Programa Sombra. Hoffman é uma espécie de cientista, não é? Talvez ele não entenda as implicações políticas e sociais do programa.

— Ora, Michael, você tem de ser mais caridoso com os cientistas. — A sra. Brewster recomeçou a bordar. — Eu me formei em física em Cambridge e considerava a ciência como uma carreira.

— E o que aconteceu?

— No último ano na faculdade, comecei a ler sobre uma coisa chamada teoria do caos, que é o estudo do comportamento errático em sistemas dinâmicos não lineares. As turmas faladeiras se apossaram desse termo e o usam com a mais completa ignorância para justificar o anarquismo romântico. Mas os cientistas sabem que até o caos matemático é determinista; ou seja, o que ocorre no futuro é provocado por uma sequência passada de acontecimentos.

— E a senhora queria influenciar esses acontecimentos?

A sra. Brewster desviou a atenção do bordado para olhar para Michael.

— Você é um jovem muito inteligente. Digamos apenas que percebi que a natureza prefere a estrutura. O mundo ainda terá de lidar com furacões, acidentes de avião e outros desastres imprevisíveis. Mas se instalarmos o nosso Panóptico virtual, a sociedade vai evoluir na direção certa.

Passaram por uma placa que dizia Berlim e o carro pareceu ir um pouco mais rápido. Não havia limite de velocidade naquela estrada.

— Será que a senhora pode ligar para Nathan Boone depois da reunião no centro de computação? – disse Michael. – Eu gostaria de saber se ele descobriu alguma coisa sobre o meu pai.

— Claro.

A sra. Brewster escreveu um memorando para si mesma no computador.

— E digamos que o sr. Boone tenha sucesso e encontremos seu pai. O que pretende dizer para ele?

— O mundo está passando por uma grande mudança tecnológica. O Panóptico é inevitável. Ele precisa entender isso e ajudar a Irmandade a atingir seus objetivos.

— Brilhante. Isso é brilhante. – Ela parou de olhar para o teclado e virou para ele. – Não precisamos de nenhuma ideia nova dos Peregrinos. Temos apenas de seguir as regras.

Quando Michael terminou sua segunda xícara de chá, já estavam em Berlim, passando pela avenida de três faixas de Unter den Linden. Os poucos grupos de turistas na rua pareciam deslumbrados com os prédios barrocos e neoclássicos. A sra. Brewster apontou para uma pilha de livros enormes com os nomes dos escritores alemães nas lombadas. O memorial tinha sido montado na Bebelplatz, onde os nazistas tinham esvaziado as bibliotecas e queimado livros na década de 1930.

– Há muito mais gente morando em Tóquio ou em Nova York – ela explicou. – Berlim sempre dá a sensação de ser uma cidade grande demais para a sua população.

– Imagino que muitos prédios foram destruídos na Segunda Guerra Mundial.

– Isso mesmo. E os russos explodiram grande parte dos que permaneceram. Mas esse passado desagradável já ficou para trás.

O Mercedes virou à esquerda no Portão de Brandemburgo e seguiu beirando um parque, na direção da Potsdamer Platz. O muro que dividia a cidade no passado tinha desaparecido, mas a sua presença ainda era sentida naquela área. Quando derrubaram o muro, o espaço vazio deixado por ele criou uma oportunidade para as construtoras. A zona da morte era agora uma faixa distinta de arranha-céus projetados com um estilo moderno.

Uma longa avenida chamada Voss Strasse tinha sido o local da Chancelaria do Reich durante a Segunda Guerra Mundial. Boa parte estava cercada e em obras, mas o motorista estacionou diante de um enorme prédio de cinco andares que parecia vir de uma época anterior.

– Este era originalmente o prédio de escritórios da estrada de ferro do Reich alemão – explicou a sra. Brewster. – Quando o muro caiu, a Irmandade obteve o controle da propriedade.

Desceram do carro e se aproximaram do centro de computadores. As paredes externas do prédio estavam cheias de grafites e a maior parte das janelas coberta por grades metálicas de segurança, mas Michael pôde ver traços de uma grandiosa fachada do século XIX. Havia cornijas com arabescos e rostos de deuses gregos esculpidos acima das grandes janelas de sacada que davam para a rua. Por fora o prédio era como uma limusine cara que tinham depenado e jogado para fora da estrada.

– Há duas seções neste prédio – explicou a sra. Brewster. – Vamos primeiro para a área pública, por isso seja discreto.

Ela se aproximou de uma porta de aço sem janela, guardada por uma câmera de vigilância. Havia uma pequena placa de plástico de um lado que dizia que o prédio era a sede de uma empresa chamada Personal Customer.

– É uma firma inglesa? – perguntou Michael.
– Não, é bem alemã.

A sra. Brewster apertou o botão para abrir a porta.

– Lars recomendou que déssemos um nome em inglês. Faz o pessoal pensar que está envolvido em algo moderno e internacional.

A porta abriu com um clique e eles entraram numa sala de recepção muito bem iluminada. Uma jovem de vinte e poucos anos, com argolas nas orelhas, nos lábios e no nariz olhou para eles e sorriu.

– Bem-vindos à Personal Customer. Em que posso ajudá-los?

– Sou a sra. Brewster e este é o sr. Corrigan. Somos consultores técnicos e viemos ver o computador. Creio que o sr. Reichhardt sabe que viríamos hoje.

– Sim. É claro. – A jovem deu para a sra. Brewster um envelope fechado. – Os senhores vão para...

– Eu sei, querida. Já estive aqui antes.

Foram até um elevador ao lado de uma sala de conferências toda envidraçada. Um grupo de funcionários da empresa, a maioria na faixa dos trinta anos, estava sentado em torno de uma grande mesa, almoçando e conversando.

A sra. Brewster rasgou a ponta do envelope, tirou um cartão plástico e acenou com ele para o sensor do elevador. A porta se abriu, eles entraram na cabine, e ela passou o cartão uma segunda vez.

– Vamos descer até o porão. É a única entrada para a torre.

– Posso fazer uma pergunta?
– Pode. Estamos fora da área pública.
– O que os funcionários pensam que estão fazendo?
– Ah, é tudo perfeitamente legítimo. Dizem para eles que a Personal Customer é uma firma de marketing que está coletando dados demográficos. Claro que anunciar para grupos de pessoas ficou completamente antiquado. No futuro, toda a propaganda será direcionada para cada consumidor individualmente. Quando você olhar para um cartaz na rua, ele lerá o chip RFID no seu chaveiro e exibirá o seu nome. Os jovens cheios de energia que você viu lá fora estão ocupados, descobrindo todas as fontes de dados sobre os berlinenses e pondo no computador.

A porta do elevador abriu e eles entraram num porão imenso, sem paredes internas. Michael achou que aquele salão enorme parecia uma fábrica sem os operários. Era cheio de máquinas e equipamento de comunicação.

– Esse é o gerador de segurança – disse a sra. Brewster, apontando para a esquerda. – Aquele é o sistema de ar-condicionado e filtragem porque parece que o nosso computador não gosta de ar poluído.

Tinham pintado um caminho branco no chão e seguiram por ele até o outro lado do salão. Todas as máquinas eram impressionantes, mas Michael continuava curioso sobre as pessoas que tinha visto na sala de conferências.

– Então os empregados não sabem que estão ajudando a implantar o Programa Sombra?

– É claro que não. Quando chegar a hora, Lars dirá que os dados de marketing vão ajudar a derrotar o terrorismo. Daremos gratificações e promoções. Tenho certeza de que ficarão muito satisfeitos.

O caminho branco terminava numa segunda mesa de recepção, esta dominada por um segurança corpulento de paletó e gravata. O guarda observava o progresso dos dois num pequeno monitor. Olhou para eles quando chegaram à mesa.

– Boa-tarde, sra. Brewster. Estão à sua espera.

Uma porta sem maçaneta ficava logo atrás da mesa da recepção, mas o segurança não fez nada para abri-la. Em vez disso, a sra. Brewster chegou perto de uma pequena caixa de aço com uma abertura numa ponta. Ela estava sobre uma prateleira perto da porta.

– O que é isso? – perguntou Michael.

– Um scanner de veias da palma da mão. Você põe sua mão dentro e uma câmera fotografa com luz infravermelha. A hemoglobina no seu sangue absorve a luz, por isso suas veias aparecem pretas numa fotografia digital. O desenho é comparado com uma amostra guardada no computador.

Ela enfiou a mão na abertura, uma luz brilhou e a tranca da porta abriu com um clique. Brewster empurrou a porta e Michael a seguiu para a segunda ala do prédio. Ele ficou surpreso de ver que o interior tinha sido completamente esvaziado, com vigas e tijolos aparentes. Dentro dessa concha sem janelas havia uma grande torre de vidro dentro de uma estrutura de aço. A torre continha três andares de equipamento para armazenagem interligado, computadores centrais e servidores empilhados em gabinetes. Todo o sistema era acessível por uma escada de aço e passarelas elevadas.

Havia dois homens sentados diante do painel de controle do outro lado do salão. Estavam separados do ambiente fechado da torre, como acólitos proibidos de entrar numa capela. Uma grande tela plana de monitor pendia diante deles, mostrando quatro figuras geradas por computador num carro-sombra, passando por uma avenida de três pistas.

Lars Reichhardt se levantou e falou em voz alta:

– Bem-vindos a Berlim! Como podem ver, o Programa Sombra está rastreando vocês desde que chegaram à Alemanha.

Michael olhou para cima, para a tela, e viu que, realmente, o carro no monitor era o Mercedes, com imagens geradas pelo computador que se pareciam com ele e com a sra. Brewster, além do segurança e do motorista.

– Fiquem observando – disse Reichhardt – e vão se ver dez minutos atrás, passando pela Unter den Linden.

— É tudo muito impressionante — disse a sra. Brewster. — Mas o conselho executivo gostaria de saber quando o sistema estará completamente operacional.

Reichhardt olhou para o técnico sentado diante do painel de controle. O rapaz tocou no teclado e as imagens-sombras desapareceram instantaneamente da tela.

— Estaremos prontos em dez dias.

— Isso é uma promessa, *Herr* Reichhardt?

— Vocês conhecem a minha dedicação ao nosso trabalho — disse Reichhardt amavelmente. — Farei todo o possível para atingir esse objetivo.

— O Programa Sombra precisa funcionar perfeitamente para depois podermos entrar em contato com os nossos amigos no governo alemão — disse a sra. Brewster. — De acordo com o que tratamos em Dark Island, vamos precisar também de sugestões para uma campanha publicitária nacional semelhante à que temos feito na Grã-Bretanha. O povo alemão tem de ser convencido de que o Programa Sombra é necessário para a sua proteção.

— É claro. Já estamos trabalhando nisso. — Reichhardt virou para o jovem assistente. — Erik, mostre o protótipo do anúncio.

Erik digitou alguns comandos e um anúncio de televisão apareceu na tela. Um cavaleiro com uma cruz preta na capa branca montava guarda enquanto jovens alemães viajavam alegremente num ônibus, trabalhavam em cubículos nos escritórios e jogavam futebol num parque.

— Pensamos em trazer de volta a lenda da Ordem Teutônica dos Cavaleiros. Aonde quer que você vá, o Programa Sombra vai protegê-lo do perigo.

A sra. Brewster não pareceu impressionada com o anúncio de televisão.

— Estou vendo que você está trabalhando nisso, Lars, mas talvez...

— Não funciona — disse Michael. — Vocês têm de apresentar uma imagem mais emotiva.

– Não se trata de emoções – disse Reichhardt. – Trata-se de segurança.

– Vocês podem criar algumas imagens? – perguntou Michael para o técnico. – Mostre-me uma mãe e um pai olhando para os filhos dormindo.

Meio confuso, sem saber quem dava as ordens, Erik olhou para o patrão dele. Reichhardt meneou a cabeça consentindo e o jovem continuou a digitar. Primeiro apareceram figuras sem rosto na tela, mas então começaram a se metamorfosear em imagens reconhecíveis de um pai segurando um jornal e a mãe de mãos dadas com ele. Estavam de pé em um quarto cheio de brinquedos, onde duas menininhas dormiam em camas iguais.

– Então, comece com essa imagem, uma imagem emotiva, e diga algo como: "Protejam as crianças."

Erik continuou digitando e as palavras *Beschuetzen Sie die Kinder* flutuaram na tela.

– Eles estão protegendo as filhas e...

A sra. Brewster interrompeu:

– E nós os protegemos. Sim, isso é tudo muito emocional e reconfortante. O que acha, *Herr* Reichhardt?

O chefe do centro de computação observou a tela enquanto apareciam pequenos detalhes. O rosto bondoso da mãe se encheu de amor. Uma luz de segurança e um livro de histórias infantis. Uma das meninas abraçou um carneirinho de pelúcia.

Reichhardt deu um sorriso meio sem jeito.

– O sr. Corrigan entende a nossa visão.

16

Príncipe Guilherme de Orange era um navio de carga que pertencia a um grupo de investidores chineses que vivia no Canadá, mandava os filhos para estudar nas escolas inglesas e guardava dinheiro na Suíça. A tripulação era do Suriname, mas os três oficiais eram holandeses treinados na marinha mercante da Holanda.

Na viagem dos Estados Unidos para a Inglaterra, nem Maya nem Vicki jamais descobriram qual era o carregamento dentro dos contêineres fechados empilhados no porão. As duas mulheres faziam suas refeições com os oficiais na cozinha do navio e, uma noite, Vicki cedeu à curiosidade.

– Afinal, o que o navio está transportando nesta viagem? – ela perguntou para o capitão Vandergau. – É algo perigoso?

Vandergau era um homem grandalhão e taciturno, de barba loura. Ele deixou o garfo no prato e sorriu com simpatia.

– Ah, a carga – ele disse, e pensou na pergunta como se nunca tivesse sido feita antes.

O primeiro imediato, um homem mais jovem com um grande bigode, estava sentado na cabeceira da mesa.

– Repolho – ele sugeriu.

– Sim. É isso mesmo – disse o capitão Vandergau. – Estamos transportando repolho verde, repolho roxo, repolho em lata e picles de repolho. O *Príncipe Guilherme de Orange* leva repolho para o mundo faminto.

Eles faziam a travessia no início da primavera, com ventos cortantes e chuva fina. O lado de fora da embarcação era cinza-chumbo, quase igual ao céu. O mar era verde-escuro, as ondas subiam e batiam na proa como uma série infinita de pequenos combates. Naquele ambiente monótono, Maya ficava pensando demais em Gabriel. Naquele momento Linden estava em Londres, procurando o Peregrino, e não havia nada que ela pudesse fazer para ajudá-lo. Depois de algumas noites agitadas e insones, Maya encontrou duas latas de tinta enferrujadas que tinham enchido de cimento. Segurando uma em cada mão ela fez uma série de exercícios que deixaram seus músculos doloridos e a pele coberta de suor.

Vicki passava a maior parte do tempo na cozinha, bebendo chá e escrevendo no seu diário. De vez em quando, adotava uma expressão de grande prazer e Maya sabia que estava pensando em Hollis. Maya queria transmitir a lição que seu pai lhe dera sobre o amor, que ele nos deixava fracos, mas sabia que Vicki não acreditaria em nada disso. Parecia que o amor fazia Vicki mais forte e mais segura.

Quando Alice entendeu que estava a salvo, começou a passear pelo navio quase os dias inteiros, uma presença silenciosa na ponte de comando e na sala das máquinas. Quase todos da tripulação tinham família e tratavam Alice com muito carinho. Faziam brinquedos para ela e pratos especiais nas refeições.

No oitavo dia, quando o sol nasceu, o navio passou pelo mar revolto na foz do Tâmisa e iniciou a lenta subida do rio. Maya ficou perto da proa, olhando para o piscar da iluminação de rua das aldeias distantes. Aquele não era seu lar, ela não tinha um lar, mas tinha finalmente retornado para Londres.

O vento ficou mais forte e fazia bater os cabos que prendiam os escaleres salva-vidas. Gaivotas gritavam e planavam sobre as ondas furiosas enquanto o capitão Vandergau andava pelo convés agarrado a um fone por satélite. Era importante que o carregamento chegasse a um certo cais no leste de Londres, quando um fiscal da alfândega específico, chamado Charlie, estaria trabalhando. Vandergau xingou em inglês, holandês e numa terceira língua que Maya não reconheceu, mas Charlie se recusava a atender a todas as ligações dele.

– Nosso problema não é a corrupção – o capitão disse para Maya. – É a corrupção preguiçosa e incompetente dos ingleses.

Ele acabou conseguindo falar com a namorada de Charlie e recebeu a informação necessária.

– Catorze horas. Sim, eu entendo.

Vandergau deu uma ordem para a sala de máquinas e as hélices gêmeas começaram a girar. Quando Maya desceu do convés sentiu uma leve vibração nas paredes de aço. Era uma batida constante, como de um coração gigantesco dentro do navio.

Por volta de uma hora da tarde o primeiro imediato bateu à porta da cabine delas. Ele disse para elas juntarem suas coisas e irem para a cozinha receber instruções. Maya, Vicki e Alice sentaram à mesa estreita e ouviram os pratos e copos batendo em seus suportes de madeira. O navio estava dando uma volta no rio, manobrando para atracar num cais.

– E agora, o que vai acontecer? – perguntou Vicki.

– Depois que eles terminarem a inspeção, nós desembarcamos e vamos encontrar Linden.

– Mas e as câmeras de vigilância? Teremos de nos disfarçar?

– Eu não sei o que vai acontecer, Vicki. Em geral, quando se quer evitar o rastreamento, há duas possibilidades. Fazer algo tão antiquado, tão primitivo, que não poderá ser detectado. Ou então apelar para o oposto e usar a tecnologia que está uma geração na frente da tecnologia padrão. De qualquer modo, fica difícil para a Imensa Máquina processar a informação.

O primeiro imediato voltou para a cozinha e fez um gesto largo com o braço.

– O capitão Vandergau envia seus cumprimentos e pede que vocês me sigam até acomodações mais seguras.

Maya, Vicki e Alice entraram na despensa do navio. Com a ajuda do cozinheiro javanês, o primeiro imediato mudou os suprimentos de lugar de modo que as três clandestinas ficassem escondidas atrás de um muro de caixas de papelão. Então fecharam a porta de metal e elas ficaram sozinhas.

A lâmpada fluorescente no teto irradiava uma luz metálica forte. Maya estava com seu revólver num coldre no tornozelo. Tanto a sua espada de Arlequim como a japonesa de Gabriel estavam fora do tubo e postas numa superfície ao lado dela. Alguém andava depressa no corredor acima delas e o ruído agudo soava através do teto. Alice Chen chegou mais perto de Maya, ficou a poucos centímetros da perna da Arlequim.

O que ela quer?, pensou Maya. Sou a última pessoa no mundo a demonstrar amor ou carinho por ela. Maya lembrou que Thorn contou de uma viagem que tinha feito pelo Sul do Sudão. Quando estava um dia com os missionários num campo de refugiados, um menininho, órfão da guerra, o seguia por toda parte como um cão perdido.

– Todas as coisas vivas têm o desejo de sobreviver – explicou o pai dela. – Quando as crianças perdem os pais, procuram a pessoa mais poderosa, aquela que pode protegê-las...

Abriram a porta e ela ouviu a voz do primeiro imediato:
– Despensa.
Um homem com sotaque londrino disse:
– Certo.
Foi só uma palavra, mas o modo de falar fez com que ela se lembrasse de certos aspectos da Inglaterra. *Estou bem, Jack*. Quintais nos fundos das casas com anões de cerâmica. Batata frita e ervilhas. Quase imediatamente fecharam a porta e, pronto, fim da inspeção.

Esperaram mais um tempo e o capitão Vandergau entrou na despensa e desfez o muro de caixas.

– Foi um prazer conhecer as três damas, mas agora é hora de ir. Sigam-me, por favor. Chegou um barco.

Um nevoeiro denso, o fog londrino, tinha se formado enquanto elas estavam escondidas dentro do navio. O convés estava molhado e havia pequenas gotas de água no guarda-mancebo. O *Príncipe Guilherme de Orange* estava aportado nas docas do leste de Londres, mas o capitão Vandergau levou-as rápido para bombordo do navio. Preso por dois cabos de náilon, um barco estreito flutuava nas ondas. A embarcação de madeira tinha doze metros de comprimento e era feita para águas rasas. Tinha uma grande cabine no centro, com escotilhas e um deque aberto na popa. Maya tinha visto outros barcos assim estreitos em Londres, sempre que atravessava um dos canais. Havia gente que morava nesses barcos ou os usava nas férias.

Um homem de barba com uma capa preta estava de pé na popa do barco, segurando a barra do leme. Um capuz cobria a cabeça dele e fazia com que parecesse um monge da Inquisição. Ele gesticulou querendo dizer desçam, e Maya viu que a escada de corda estava presa na lateral do navio.

Maya e Alice levaram apenas alguns segundos para embarcar no barco estreito. Vicki foi muito mais cautelosa, agarrava os degraus de madeira da escada de corda e olhava para o barco que subia e descia nas ondas. Seus pés finalmente tocaram no deque e ela soltou a escada. O homem de barba e capuz, que Maya batizou de sr. Capa Preta, abaixou-se e deu partida no motor do barco.

– Para onde nós vamos? – Maya perguntou.

– Subir o canal até Camden Town.

O homem barbudo tinha um forte sotaque do leste de Londres.

– Devemos ficar na cabine?

– Se quiserem se aquecer, sim. Não precisam se preocupar com as câmeras. Não há câmeras no lugar para onde vamos.

Vicki entrou na pequena cabine onde o fogo de carvão estava aceso num forno de ferro fundido. Alice ficou entrando e saindo da cabine, examinando a cozinha, o teto solar e o revestimento de nogueira.

Maya sentou ao lado da barra do leme enquanto Capa Preta fazia a volta com o barco e subia o Tâmisa. A chuva tinha escoado pelo sistema de drenagem da cidade e a água do rio ficou verde-escura. O nevoeiro denso dificultava a visibilidade além de três metros em qualquer direção, mas o homem de barba conseguia navegar sem pontos de referência à vista. Passaram por uma boia com buzina no meio do rio e Capa Preta inclinou a cabeça para ela.

– Essa aí parece o sino de uma velha igreja num dia frio.

O nevoeiro flutuava em torno deles e o frio úmido fazia Maya tremer. As ondas encapeladas desapareceram e eles passaram por um cais com iates e outros barcos recreativos. Maya ouviu a buzina de um carro ao longe.

– Estamos em Limehouse Basin – explicou Capa Preta. – Costumavam trazer tudo para cá, para carregar nas barcas. Gelo e madeira. Carvão da Terra Nova. Essa era a boca de Londres, que engolia tudo, de modo que os canais pudessem levar para o resto do corpo.

O nevoeiro se dissipou um pouco quando o barco entrou no canal de cimento que levava à primeira comporta. Capa Preta subiu uma escada para desembarcar, fechou os portões de madeira atrás do barco e empurrou uma alavanca branca. A água encheu a comporta e o barco subiu, do nível da bacia até o do canal.

No lado esquerdo do canal, havia mato e terra. Do lado direito, um caminho de pedra e um prédio de tijolos com grades nas janelas. Parecia que tinham entrado na Londres do passado, um lugar com carruagens e fuligem das chaminés pairando no ar. Passaram por baixo de uma ponte da linha férrea e continuaram subindo. O canal era raso e às vezes o fundo do barco raspava na areia e cascalho. Tinham de parar a cada vinte minutos para entrar numa comporta e subir para o próximo nível. Plantas aquáticas deslizavam pela proa do barco que se movia lentamente.

Por volta das seis horas, passaram pelo último canal e chegaram a Camden Town. Esse bairro que já fora quase ruína agora era cheio de pequenos restaurantes, galerias de arte e uma feira de rua nos fins de semana. Capa Preta parou de um lado do canal e descarregou as bolsas de lona que continham os pertences das mulheres. Vicki tinha comprado roupas para Alice em Nova York e estava tudo enfiado numa mochila cor-de-rosa com um unicórnio na parte de trás.

– Suba essa rua e procure um cara africano chamado Winston – disse Capa Preta. – Ele vai levá-las para onde querem ir.

Maya levou Vicki e Alice pelo caminho até a rua que atravessava Camden. Havia um alaúde de Arlequim desenhado na calçada com uma pequena flecha que apontava para o norte.

Elas andaram uns cem metros pela calçada até uma van branca com um desenho de losangos ligados pintado na lateral. Um jovem nigeriano de rosto redondo e gorducho desceu da van e abriu a porta da parte de trás.

– Boa-noite, senhoras. Eu sou Winston Abosa, seu guia e motorista. É um grande prazer recebê-las na Inglaterra.

Elas entraram na van e sentaram em bancos de aço pregados nas paredes. Uma grade de metal separava a área traseira de carga dos dois bancos da frente. Winston seguiu pelas ruas estreitas de Camden. A van parou e de repente abriram a porta lateral. Um homem grande, de cabeça raspada e nariz largo, espiou dentro do carro.

Era Linden.

O Arlequim francês usava um sobretudo comprido e preto, e roupas escuras. O estojo com a espada pendia do ombro dele. Linden sempre fez Maya se lembrar de um legionário estrangeiro sem compromisso com nada além dos seus companheiros e a luta.

– *Bonsoir*, Maya. Você ainda está viva. – Ele sorriu como se a sobrevivência dela fosse uma piada sutil. – É um prazer vê-la novamente.

– Você encontrou o Gabriel?

– Nada até agora. Mas acho que a Tábula também não o encontrou.

Linden sentou num banco perto do motorista e passou um pedaço de papel pela grade.

– Boa-noite, sr. Abosa. Por favor, leve-nos para este endereço.

Winston seguiu para o norte pelas ruas de Londres. Linden botou as mãos largas nas pernas e olhou para as outras passageiras.

– Imagino que é mademoiselle Fraser.

– Sou – disse Vicki, meio assustada.

Linden olhou para Alice Chen como se ela fosse um saco plástico de lixo retirado do barco no canal.

– E esta é a criança de Nova Harmonia?

– Para onde nós vamos? – quis saber Maya.

– Como seu pai costumava dizer, resolva o primeiro problema primeiro. Hoje em dia existem poucos orfanatos, mas um dos nossos amigos sique encontrou uma casa de adoção em Clapton onde uma mulher aceita crianças.

– Alice vai receber nova identidade? – perguntou Maya.

– Eu consegui uma certidão de nascimento e um passaporte. O nome dela agora é Jessica Moi. Os pais morreram num acidente de avião.

Winston dirigia devagar no tráfego da hora do rush e quarenta minutos depois parou junto ao meio-fio.

– Chegamos, senhor – ele disse baixinho.

Linden abriu a porta lateral da van e todos desceram. Estavam em Clapton, perto de Hackney, na região norte de Londres. A rua residencial só tinha casas de tijolos de dois andares que deviam ter sido construídas no início do século XX. Durante anos o bairro apresentou uma face respeitável ao mundo, mas agora estava cansado de manter as aparências. Poças de água de chuva e sujeira enchiam os buracos na rua e na calçada. Os espaços de terra na frente de cada casa estavam cheios de mato e latas de lixo de plástico entupidas até a boca. Tinha um cartaz de procura-se para um cão perdido pregado numa árvore e a chuva tinha feito escorrer a tinta das letras formando linhas pretas.

Linden olhou para um lado e para outro da rua. Não havia perigo visível. Ele inclinou a cabeça para Vicki.

— Segure a mão da menina.

— O nome dela é Alice — disse Vicki com ar de irritação. — Devia dizer o nome dela, sr... sr. Linden.

— O nome dela não é importante, mademoiselle. Daqui a cinco minutos ela terá outro.

Vicki segurou a mão de Alice. Os olhos da menina transmitiam medo, dúvidas. *O que está acontecendo? Por que estão fazendo isso comigo?*

Maya deu as costas para ela. O pequeno grupo foi andando pela calçada até o número dezessete e Linden bateu à porta.

A chuva tinha escorrido no lado da casa e feito o batente da porta inchar. Por isso a porta estava emperrada e eles ouviram uma mulher xingando enquanto a maçaneta girava para um lado e para outro. A porta finalmente abriu e Maya viu uma mulher de uns sessenta anos no hall de entrada. Tinha pernas grossas e ombros largos, cabelo tingido de louro com raízes grisalhas. Nada boba, pensou Maya. Um sorriso falso no rosto duro.

— Bem-vindos, queridos. Sou Janice Stillwell. — Ela olhou bem para Linden. — E este deve ser o sr. Carr. Estávamos esperando vocês. Nosso amigo sr. Singh disse que vocês procuravam um lar adotivo.

— Correto. — Linden olhou para ela como um detetive que acabava de encontrar um novo suspeito. — Podemos entrar?

— Claro. Onde está a minha boa educação? O tempo hoje esteve horrível, não é? Está na hora de tomar um chá.

A casa cheirava a fumaça de cigarro e urina. Um garotinho magricela e ruivo, vestindo apenas uma camiseta de homem, estava sentado no meio da escada, na frente deles. Ele subiu para o segundo andar quando o grupo seguiu a sra. Stillwell para uma sala de estar com janela dando para a rua. Em um lado da sala ficava uma televisão grande em que passava um desenho animado de robôs; estava sem som, mas um menino paquistanês e uma menininha negra, sentados no sofá, olhavam fixo para as imagens de cores berrantes.

— Algumas das crianças — explicou a sra. Stillwell. — No momento, estamos cuidando de seis. A sua será o número da sorte, sete. Temos aqui a Gloria do sistema penal. Ahmed é um arranjo particular. — Com jeito irritado ela bateu palmas. — Já chega vocês dois. Não estão vendo que temos visitas?

As duas crianças se entreolharam e saíram da sala. A sra. Stillwell levou Vicki e Alice até o sofá, mas Maya e Linden continuaram de pé.

— Alguém quer chá? — perguntou a sra. Stillwell. — Uma xícara de chá?

Alguma parte instintiva dela sentia que os dois Arlequins eram perigosos. O rosto dela ficou vermelho e ela só olhava para as mãos de Linden, os dedos grossos e as articulações cheias de cicatrizes.

Uma sombra apareceu na porta e então um homem mais velho, fumando um cigarro, entrou na sala. Com a cara flácida de alcoólatra. Calça puída e pulôver manchado.

— Essa é a nova? — o homem perguntou, olhando para Alice.

— Meu marido, sr. Stillwell...

— Então temos dois negros, dois brancos, Ahmed e Gerald que são mestiços. Ela será a nossa primeira chinesa. — O sr. Stillwell deu uma risadinha rouca. — A própria ONU isso aqui.

— Como é seu nome? — a sra. Stillwell perguntou para Alice.

Alice estava sentada na beira do sofá, com os pés plantados no tapete. Maya foi para perto da porta, caso a menina resolvesse fugir.

— Ela é surda ou retardada? — perguntou o sr. Stillwell.

— Talvez ela só fale chinês. — A sra. Stillwell inclinou-se para Alice. — Você fala inglês? Aqui é sua nova casa.

— Alice não fala nada — disse Vicki. — Ela precisa de ajuda especializada.

— Nós não damos ajuda especializada, queridos. Só alimentamos e limpamos as crianças.

— Ofereceram para a senhora quinhentas libras por mês — disse Linden. — Eu dou mil se ficar com ela agora. Daqui a três meses o sr. Singh vem ver como as coisas estão. Se houver qualquer problema, ele a levará embora.

Os Stillwell olharam um para o outro e menearam a cabeça.

– Mil libras está bom – disse o sr. Stillwell. – Não posso mais trabalhar por causa das minhas costas...

Alice pulou do sofá e correu para a porta. Em vez de tentar escapar, ela abraçou Maya.

Vicki chorava.

– Não faça isso – ela murmurou para Maya. – Não deixe que façam isso.

Maya sentiu o corpo da menina apertado contra o seu, os bracinhos agarrados com força. Ninguém jamais tinha encostado nela daquele jeito. *Salve-me*.

– Larga, Alice. – A voz de Maya soou dura de propósito. – Solte-me agora.

A menina suspirou e se afastou. Por algum motivo, aquele ato de obediência só fez piorar tudo. Se Alice tivesse lutado para sair da casa, Maya teria prendido os braços dela nas costas para imobilizá-la no chão. Mas Alice obedeceu, assim como Maya obedecia a Thorn todos aqueles anos no passado. E as lembranças invadiram os pensamentos de Maya, quase a dominaram, os tapas brutais, a gritaria, a traição no metrô, quando o pai dela a deixou para lutar contra três homens adultos. Talvez os Arlequins defendessem os Peregrinos, mas também defendiam o próprio orgulho arrogante.

Ignorando os outros ela encarou Linden.

– Alice não vai ficar aqui. Ela vem comigo.

– Isso não é possível, Maya. Eu já tomei a decisão.

Linden tocou no estojo da espada com a mão direita e depois deixou cair ao lado do corpo. Maya era a única outra pessoa na sala que entendia aquele gesto. Os Arlequins nunca faziam ameaças vazias. Se acabassem brigando, ele ia tentar matá-la.

– Você pensa que pode me intimidar? – disse Maya. – Sou filha de Thorn. Amaldiçoada pela carne. Salva pelo sangue.

– Que diabos está acontecendo aqui? – perguntou o sr. Stillwell.

— Cale a boca — disse Linden.

— Não vou me calar! O senhor acabou de concordar em me pagar mil libras por mês. Pode não ter um contrato por escrito, mas conheço os meus direitos como cidadão inglês!

Sem aviso, Linden atravessou a sala, agarrou o pescoço de Stillwell com uma mão e começou a apertar. A sra. Stillwell não correu para ajudar o marido. Abriu e fechou a boca, como se engolisse ar.

— Ora, queridos — ela murmurou. — Queridos... queridos...

— Em raros momentos, eu deixo um sem-vergonha como você falar comigo — disse Linden. — Essa permissão foi retirada. Está entendendo? Mostre-me que entendeu!

O rosto de Stillwell estava vermelho vivo. Ele conseguiu mover um pouco a cabeça para cima e para baixo, girando os olhos de um lado para outro. Linden o largou e o velho desmoronou no chão.

— Você conhece o seu dever — disse Linden para Maya. — Não há como cumprir esse juramento e cuidar dessa criança.

— Alice me salvou quando eu estava em Nova York. Eu estava num lugar perigoso e ela arriscou sua vida para pegar uns óculos de visão noturna. Também tenho uma dívida com ela.

O rosto de Linden ficou completamente imóvel e o corpo inteiro tenso. Tocou com os dedos no tubo da espada mais uma vez. Logo atrás do Arlequim, a televisão muda mostrava imagens de crianças felizes comendo cereais no café da manhã.

— Eu cuido da Alice — disse Vicki. — Juro que farei tudo...

Linden tirou uma carteira do bolso do sobretudo, pegou umas notas de cinquenta libras e jogou no chão como se fossem lixo.

— Vocês não têm ideia do que é dor... dor de verdade — ele disse para o casal. — Se contarem isso para alguém, vão saber como é.

— Sim, senhor — balbuciou a sra. Stillwell. — Nós entendemos, senhor.

Linden saiu da sala pisando forte. Os Stillwell caíram de quatro para pegar o dinheiro quando o resto do grupo também saiu.

17

Segurando uma navalha, Jugger fez uma cara feia e cortou o ar perto da cabeça de Gabriel.

– O Estripador voltou para Londres e está sedento de sangue!

Sebastian estava sentado numa espreguiçadeira ao lado do aquecedor elétrico portátil. Tirou os olhos do *Inferno* de Dante que lia e franziu a testa.

– Pare de bancar o bobo, Jugger. Termine logo isso aí.

– Estou acabando. Na verdade, esse é um dos meus melhores trabalhos.

Jugger espremeu um pouco de creme de barbear nas pontas dos dedos e passou na pele perto das orelhas de Gabriel, depois usou a navalha para raspar as costeletas do americano. Quando terminou, limpou a lâmina na manga da camisa e deu um sorriso de orelha a orelha.

– Pronto, companheiro. É um novo homem.

Gabriel se levantou do banco e foi até o espelho encontrado no lixo que tinham pendurado na parede perto da porta. O vidro rachado formava uma linha dentada no corpo dele, mas dava para ver que Jugger tinha feito um corte bem curto, estilo militar. A nova aparência não chegava ao nível das lentes de contato e unhas postiças de Maya, mas era melhor do que nada.

– Roland já não devia ter voltado? – perguntou Gabriel.

Jugger verificou a hora no seu celular.

— É a vez dele de providenciar o jantar hoje, então ele foi comprar comida. Vai ajudá-lo a cozinhar?

— Acho que não. Não depois de queimar o molho do espaguete ontem à noite. Pedi para ele ver uma coisa para mim. Só isso.

— Ele dará conta do recado, companheiro. Roland é bom para tarefas simples.

— Incrível! Dante acabou de desmaiar *de novo*. — Desgostoso, Sebastian jogou o livro no chão. — Virgílio devia ter guiado um Corredor Livre até o inferno.

Gabriel saiu do que tinha sido uma varanda e subiu a escada estreita de madeira para o seu quarto. O gelo era a decoração das paredes do andar e dava para ver o vapor da sua respiração. Nos últimos dez dias ele ficou morando com Jugger, Sebastian e Roland num prédio abandonado chamado Vine House, na margem sul do Tâmisa. O prédio arruinado de três andares tinha sido uma casa de fazenda no meio dos vinhedos e hortas que abasteciam Londres.

Gabriel tinha aprendido uma coisa sobre os ingleses do século XVIII — eles eram menores do que os habitantes atuais de Londres. Quando chegou ao último andar, abaixou a cabeça para passar pela porta e entrar na água-furtada. Era um cômodo minúsculo e vazio, com teto baixo e paredes de gesso. As tábuas do assoalho rangeram quando ele foi espiar pela janela redonda.

A cama de Gabriel era um colchão sobre quatro folhas de compensado tiradas de um terminal de carregamento. Suas poucas roupas estavam todas dentro de uma caixa de papelão. A única decoração que havia no quarto era uma foto emoldurada de uma jovem da Nova Zelândia chamada "Nossa Trudy". Com um cinto de ferramentas e segurando uma marreta, ela olhava para a câmera com um sorriso malicioso. Na geração anterior, Trudy e um pequeno exército de sem-teto tinham se apossado das casas abandonadas em torno da Bonnington Square. Aquele tempo era passado e agora o Conselho de Lambeth tinha recuperado e legalizado a maior parte dos prédios. Mas Trudy continuava sorrindo na fotografia e a Vine House continuava ilegal, desmoronando e livre.

Quando Jugger e sua equipe alcançaram Gabriel depois da corrida no Smithfield Market, eles ofereceram na mesma hora comida, amizade e... um novo nome.

– Como fez isso? – perguntou Jugger quando caminhavam para o sul em direção ao rio.

– Eu me arrisquei na descida pelo cano de escoamento.

– Já tinha feito isso alguma vez? – perguntou Jugger. – Uma jogada como essa exige segurança.

Gabriel mencionou os saltos de paraquedas HALO que tinha feito na Califórnia. Os saltos em grande altitude com abertura do paraquedas em baixa forçavam o paraquedista a saltar do avião e mergulhar em queda livre por mais de um minuto, sem abrir o paraquedas.

Jugger fez que sim com a cabeça, como se isso explicasse tudo.

– Ouçam – ele disse para os outros. – Nós temos um novo membro na nossa equipe. Halo, bem-vindo aos Corredores Livres.

Na manhã seguinte, Gabriel acordou na Vine House e voltou imediatamente para o Convento Tyburn. Era a única pista que tinha para encontrar o pai, tinha de descer a escada de metal até a cripta e descobrir que sinal seu pai tinha deixado entre os ossos e as cruzes.

Ficou três horas sentado no banco do outro lado da rua diante do convento, observando quem abria a porta para os poucos visitantes que chegavam. Aquela manhã as visitas eram recebidas pela irmã Ann, a freira mais velha que se recusou a responder às perguntas dele, ou então a irmã Bridget, a freira mais nova que tinha ficado assustada quando ele mencionou o pai. Gabriel voltou ao convento mais duas vezes, mas as mesmas duas mulheres cuidavam da porta. A única opção que ele tinha era esperar até a irmã Bridget ser substituída por alguém que não pudesse reconhecê-lo.

Quando não estava observando o convento, Gabriel passava as tardes procurando o pai, vagando sem rumo pelos subúrbios da periferia de Londres. Havia milhares de câmeras de vigilância na cidade, mas ele minimizava os riscos evitando o transporte público e as ruas mais movimentadas ao norte do rio.

Tornar-se um Peregrino tinha transformado aos poucos seu modo de perceber o mundo. Gabriel podia olhar para alguém e sentir as mudanças sutis nas emoções da pessoa. Era como se seu cérebro estivesse recebendo uma fiação nova e ele não pudesse controlar todo esse processo. Uma tarde, quando ele andava por Clapham Common, sua visão se alargou até alcançar cento e oitenta graus de amplitude. Ele via o mundo inteiro diante dele num só momento: a beleza de um dente-de-leão amarelo, a curva suave de um corrimão preto de ferro. E havia rostos também, tantos rostos... Pessoas saindo das lojas, caminhando pela rua com olhos que denotavam cansaço, sofrimento e lampejos ocasionais de alegria. Essa nova visão do mundo era arrebatadora, mas, depois de mais ou menos uma hora, a vista panorâmica desaparecia.

Os dias foram passando e ele se viu envolvido nos preparativos de uma festa gigantesca na Vine House. Gabriel sempre foi arisco para essas reuniões sociais, mas era uma vida diferente ser "Halo", o Corredor Livre americano sem passado e sem futuro. Era mais fácil ignorar o próprio poder e partir com Jugger para comprar mais cerveja.

No dia da festa fazia frio, mas tinha sol. Os primeiros convidados começaram a aparecer à uma hora da tarde e não pararam de chegar. Os pequenos cômodos da Vine House ficaram lotados de gente, comendo e bebendo. Crianças corriam pelo corredor. Um bebê dormia numa tipoia pendurada no pescoço do pai. Lá fora, no jardim, corredores experientes mostravam uns para os outros uma variedade de saltos elegantes por cima de uma lata de lixo.

Gabriel circulava pela casa e ficou surpreso ao descobrir que muita gente sabia da corrida no Smithfield Market. Os Corredores Livres na festa eram um grupo organizado de amigos que tentavam viver fora da Grade. Era um movimento social que os rostos falantes da televisão jamais notariam, porque se recusava a ser visto. Hoje, a rebelião nos países industrializados não era inspirada por filosofias políticas obsoletas. A verdadeira rebelião era determinada pelo nosso relacionamento com a Imensa Máquina.

Sebastian frequentava a escola de vez em quando e Ice ainda morava com os pais, mas a maior parte dos Corredores Livres tinha empregos na economia clandestina. Algumas pessoas trabalhavam em boates que funcionavam a noite inteira e outras serviam cerveja nos bares durante partidas de futebol. Eles consertavam motocicletas, faziam mudanças e vendiam lembranças para os turistas. Jugger tinha um amigo que recolhia cães mortos para o Conselho de Lambeth.

Os Corredores Livres compravam suas roupas em feiras de rua e a comida nos mercados dos produtores. Andavam pela cidade ou usavam bicicletas esquisitas, com peças emendadas. Todos tinham telefone celular, mas usavam números de telefone pré-pagos que eram difíceis de rastrear. Passavam horas na internet, mas nunca pagavam um provedor. Roland fazia antenas improvisadas com latas de café vazias que permitiam o acesso a diferentes redes WiFi. A isso chamavam de *fishing*, pescaria, e os Corredores Livres faziam circular listas de cafés, prédios de escritórios e saguões de hotéis onde era fácil acessar a banda larga.

Por volta das nove da noite, todos que tinham planejado tomar um porre já haviam atingido seu objetivo. Malloy, o atendente de bar de meio expediente que esteve na corrida, fazia um discurso sobre o plano do governo de tirar impressões digitais de crianças com menos de dezesseis anos que solicitavam passaporte. As impressões digitais e outras informações biométricas seriam guardadas num banco de dados secreto.

– O governo diz que tirar as impressões digitais de uma garota de onze anos vai derrotar o terrorismo – anunciou Malloy. – Será que as pessoas não veem que se trata de controle?

– É melhor você controlar a bebida – disse Jugger.

– Nós já somos prisioneiros! – berrou Malloy. – E agora eles vão jogar fora a chave. E onde é que está o Peregrino? É isso que eu quero saber. As pessoas vivem me dizendo "Esperança por um Peregrino", mas não vi nem sinal dele.

Gabriel teve a sensação de que todos na festa sabiam de repente a sua identidade. Olhou em volta na sala de estar lotada, esperando que Roland ou Sebastian o apontassem. Aquele é o Peregrino. Bem ali. Um filho-da-mãe inútil. Estão olhando para ele.

A maioria dos Corredores Livres não tinha ideia do que Malloy estava falando, mas algumas pessoas pareciam ansiosas para fazer o bêbado calar a boca. Dois membros da equipe de Malloy começaram a convencê-lo a sair pela porta dos fundos. Ninguém prestou muita atenção e a festa voltou ao normal. Mais cerveja. Passem as batatas fritas. Gabriel interpelou Jugger no corredor do andar térreo:

– Do que ele estava falando?

– É segredo, companheiro.

– Ora, Jugger. Você pode confiar em mim.

Jugger hesitou um pouco e depois balançou a cabeça lentamente, concordando.

– É. Acho que posso.

Ele levou Gabriel para a cozinha e começou a encher uma sacola de compras de lixo.

– Lembra quando nos conhecemos no pub e eu contei para você sobre a Imensa Máquina? Alguns Corredores Livres dizem que um grupo chamado de Tábula está por trás desse monitoramento e desse controle. Eles estão tentando transformar a Inglaterra em uma prisão sem muros.

– Mas Malloy estava falando de alguém que chamou de Peregrino.

Jugger jogou a sacola com lixo num canto e abriu uma lata de cerveja.

– Bem, é aí que a história fica meio doida. Há boatos de que pessoas chamadas de Peregrinos podem nos salvar dessa prisão. É por isso que as pessoas escrevem "Esperança por um Peregrino" nos muros por toda Londres. Eu mesmo fiz isso algumas vezes.

Gabriel procurou manter a voz neutra e calma.

— E como é que o Peregrino vai mudar as coisas, Jugger?
— Não tenho a menor ideia. Às vezes eu acho que essa conversa de Peregrinos é só um conto de fadas. O que é real é que ando por Londres e vejo que eles puseram mais câmeras de vigilância e começo a ficar desesperado. A liberdade está se desfazendo de milhares de formas quase insignificantes e ninguém dá a mínima.

A festa tinha acabado por volta de uma hora da madrugada e Gabriel ajudou a limpar o chão e recolher o lixo. Agora era segunda-feira e ele esperava Roland voltar do Convento Tyburn. Uma hora depois do seu novo corte de cabelo, Gabriel ouviu botas subindo a escada. Uma batida leve na porta e Roland entrou na água-furtada. O Corredor Livre de Yorkshire sempre parecia muito solene e um pouco triste. Sebastian tinha dito uma vez que Roland era um pastor que perdeu todo o seu rebanho.
— Fiz o que você queria, Halo. Fui até aquele convento. — Roland balançou a cabeça devagar. — Nunca tinha entrado num convento antes. Minha família era presbiteriana.
— E o que aconteceu, Roland?
— Aquelas duas freiras de quem você falou, irmã Ann e irmã Bridget, não estão lá. Tem uma nova, a irmã Teresa. Ela disse que era a "freira pública" esta semana. Coisa idiota para dizer...
— Freira pública significa que recebem permissão para falar com desconhecidos.
— Certo. Bem, e ela falou comigo. Garota simpática. Tive até vontade de perguntar se ela queria ir a um pub e tomar uma cerveja comigo. Imagino que as freiras não façam isso.
— Provavelmente não.
Parado perto da porta, Roland observou Gabriel vestindo a jaqueta de couro.
— Você está bem, Halo? Quer que eu volte para Tyburn com você?
— Isso é uma coisa que preciso fazer sozinho. Não se preocupe. Eu volto. O que tem para o jantar?

— Alho-poró — Roland disse devagar. — Linguiça. Purê de batata. Alho-poró.

Todas as bicicletas da Vine House tinham apelidos e eram guardadas no barracão do jardim. Gabriel pegou emprestada uma bicicleta chamada de Monstro Azul e seguiu para o norte, em direção ao rio. O Monstro Azul tinha os manetes de motocicleta, o espelho retrovisor de uma van de entregas e um quadro enferrujado salpicado de tinta azul forte. A roda traseira guinchava o tempo todo. Gabriel foi pedalando pela ponte Westminster e pegou o trânsito da cidade até o Convento Tyburn. Uma jovem freira de olhos castanhos e pele escura abriu a porta.

— Eu vim ver o santuário — Gabriel disse para ela.

— Isso não será possível — disse a freira. — Vamos fechar daqui a pouco.

— Infelizmente volto para casa amanhã, para os Estados Unidos. Será que eu podia só dar uma olhada rápida? Há anos tenho vontade de conhecer.

— Ah, entendo. Nesse caso...

A freira abriu a porta e deixou Gabriel entrar na cela que servia de antessala do convento.

— Sinto muito, mas só pode passar alguns minutos no santuário.

Ela tirou o molho de chaves do bolso e destrancou o portão. Gabriel fez algumas perguntas e descobriu que a freira tinha nascido na Espanha e entrado para a ordem aos catorze anos de idade. Mais uma vez, ele desceu a escada de metal até a cripta. A freira acendeu as luzes e ele começou pelos ossos, as roupas ensanguentadas e as outras relíquias dos mártires ingleses. Gabriel sabia que era perigoso voltar ali. Tinha só aquela chance de descobrir a pista que o levaria ao pai dele.

Irmã Teresa fez um pequeno discurso sobre o embaixador espanhol e as masmorras de Tyburn. Gabriel meneava a cabeça como se estivesse prestando atenção em cada palavra que ela dizia.

Ele examinou cada mostruário. Fragmentos de ossos. Um pedaço de renda coberto de sangue. Mais ossos. E percebeu que sabia muito pouco sobre a Igreja católica e a história da Inglaterra. Era como se acabasse de chegar a uma sala de aula para fazer uma prova importante sem ter lido nenhum livro indicado.

– Quando veio a Restauração, algumas covas rasas de Tyburn foram abertas e...

Com o passar dos anos, as caixas de madeira dos mostruários na cripta tinham escurecido por causa do tempo e das mãos dos fiéis. Se houvesse pistas relativas ao pai dele deixadas ali, deviam estar escondidas em alguma coisa mais recente. Circulando pela cripta, Gabriel notou uma fotografia numa moldura clara de pinho, pendurada na parede. Presa na parte de baixo havia uma placa de latão que refletia a luz.

Gabriel chegou mais perto e examinou a imagem em preto e branco. Era uma fotografia de uma ilha pequena e pedregosa, criada quando dois picos escarpados de montanha emergiram do mar. No terço da distância do topo do pico mais alto até o mar havia um amontoado de casas de pedra cinzenta, todas construídas com a forma de um cone invertido. De longe, pareciam colmeias imensas. A placa de latão tinha escrito, com letras góticas: SKELLIG COLUMBA. IRLANDA.

– O que é esta foto?

Assustada, irmã Teresa interrompeu o discurso decorado:

– É Skellig Columba, uma ilha na costa oeste da Irlanda. Tem um convento das Clarissas Pobres.

– Essa é a sua ordem?

– Não. Nós somos beneditinas.

– Mas pensei que tudo aqui nesta cripta era sobre a sua ordem ou os mártires ingleses.

Irmã Teresa baixou os olhos e cerrou os lábios.

– Deus não se importa com os países. Só com as almas.

– Não estou questionando essa ideia, irmã. Mas parece estranho encontrar uma fotografia de um convento irlandês neste santuário.

– Acho que tem razão. Não combina mesmo.
– Foi alguém de fora do convento que deixou isso aqui? – perguntou Gabriel.

A freira enfiou a mão no bolso e tirou a pesada argola de metal.

– Sinto muito, senhor. Mas é hora de ir.

Gabriel tentou esconder a excitação que sentia enquanto seguia irmã Teresa escada acima. Um minuto depois estava na calçada. O sol tinha descido para trás das árvores do Hyde Park e estava esfriando. Ele destravou o Monstro Azul e pegou a Bayswater Road até o trevo.

Olhou pelo retrovisor soldado nos manetes e viu um motociclista de jaqueta de couro preta, uns cem metros atrás dele. O motociclista podia acelerar e desaparecer na cidade, mas ele se manteve perto do meio-fio. O capacete pintado escondia seu rosto. Sua aparência fez Gabriel se lembrar dos mercenários da Tábula que o perseguiram em Los Angeles três meses atrás.

Gabriel virou rapidamente a esquina, entrou na Edgware Road e olhou para o retrovisor. O motociclista continuava na cola dele. A rua estava congestionada com o trânsito da hora do rush. Ônibus e táxis passavam a poucos centímetros uns dos outros, seguindo para o leste. Gabriel entrou na Bloomfield Road, subiu na calçada e começou a ziguezaguear pelo meio dos pedestres que saíam dos prédios de escritórios e iam apressados para o metrô. Uma senhora idosa parou e reclamou dele.

– Para a rua... por favor!

Mas Gabriel ignorou os olhares furiosos e seguiu até a esquina da avenida Warwick.

Um açougue. Uma farmácia. Um restaurante anunciando pratos curdos. Gabriel freou de repente e jogou o Monstro Azul atrás de montes de caixas de papelão. Voltou para a calçada rapidamente e passou pela porta elétrica de um supermercado.

Um dos empregados olhou para ele quando Gabriel pegou uma cesta de compras e correu por um dos corredores. Será que devia voltar para a Vine House? Não, a Tábula podia estar à sua espera lá. Matariam seus amigos com a mesma frieza eficiente que usaram com as famílias de Nova Harmonia.

Gabriel chegou ao fim do corredor, fez a curva e viu que o motociclista esperava por ele. Era um homem forte, com ombros muito largos, braços grossos, cabeça raspada e rugas de fumante no rosto. Segurava o capacete pintado com a mão esquerda e um celular com a direita.

– Não fuja, monsieur Corrigan. Tome. Pegue isso.

O motociclista estendeu a mão e ofereceu o celular.

– Fale com sua amiga – disse o homem. – Mas não se esqueça de usar a linguagem suave, nada de nomes.

Gabriel pegou o celular e ouviu um estalo baixinho de estática.

– Quem está falando? – ele perguntou.

– Estou em Londres com um de nossos amigos – disse Maya. – O homem que lhe deu o celular é meu sócio.

O motociclista deu um pequeno sorriso, e Gabriel se deu conta de que tinha sido perseguido por Linden, o Arlequim francês.

– Está me ouvindo? – disse Maya. – Você está bem?

– Estou – disse Gabriel. – É bom ouvir a sua voz. Acabei de descobrir onde meu pai está morando. Temos de ir encontrá-lo...

18

Hollis tomou seu desjejum num café, depois foi andando pela avenida Columbus até o Upper West Side. Já fazia quatro dias desde que Vicki e os outros tinham viajado para Londres. Durante esse tempo, Hollis mudou-se para um hotelzinho decadente e arrumou emprego de leão de chácara numa boate do centro. Quando Hollis não estava trabalhando, oferecia informações para os programas de vigilância que alimentavam a Imensa Máquina. Cada pista tinha o objetivo de convencer a Tábula de que Gabriel continuava escondido na cidade. Maya tinha dito para ele a gíria dos Arlequins para o que estava fazendo. Chamavam isso de armadilhas para tubarão, iscas que os pescadores colocam na água para atraí-los.

O Upper West Side era cheio de restaurantes, salões de manicure e cafés Starbucks. Hollis nunca conseguiu entender por que tantos homens e mulheres passavam o dia inteiro nos Starbucks tomando café com leite, olhando para seus computadores. A maioria parecia velha demais para estar estudando e jovem demais para ser aposentada. De vez em quando, espiava por cima do ombro de alguém para ver qual era o trabalho que exigia tanto esforço. E passou a acreditar que todos em Manhattan estavam escrevendo o mesmo roteiro de cinema sobre os problemas românticos da classe média urbana.

No Starbucks da rua Oitenta e Seis com a Columbus, encontrou Kevin, o Pescador, sentado a uma mesa com seu laptop. Kevin era um jovem magro, muito pálido, que comia, dormia e de vez em quando lavava as axilas nos Starbucks da cidade. Ele não tinha moradia além do Starbucks e nenhuma realidade além do acesso à WiFi dos cafés. Se Kevin não estava cochilando ou empurrando seu carrinho de supermercado para outro Starbucks, ele estava on-line.

Hollis pegou uma cadeira e puxou até a mesa. O Pescador levantou a mão esquerda e moveu os dedos para tomar conhecimento da presença de outro ser humano. Tinha os olhos concentrados na tela do computador enquanto a mão direita continuava a digitar. Kevin invadira os arquivos de uma agência de atores e estava baixando as fotos de atores bonitos mas desconhecidos de Nova York. Usava essas fotos para criar perfis em sites da internet dedicados aos solteiros. Os atores eram transformados em médicos, advogados ou donos de bancos de investimentos que queriam dar longos passeios pela praia e se casar. No mundo inteiro, centenas de mulheres digitavam sem parar, querendo chamar a atenção de Kevin, desesperadamente.

– Qual é, Kevin?

– Senhora rica em Dallas. – Kevin tinha uma voz aguda e nasal. – Ela quer que eu vá a Paris para encontrá-la pela primeira vez embaixo da Torre Eiffel.

– Parece romântico.

– Acontece que essa é a oitava mulher que conheço na internet que quer um encontro em Paris ou na Toscana. Todas devem assistir aos mesmos filmes. – Kevin parou de olhar para a tela. – Dê uma ajuda aqui. Qual é o melhor signo astrológico?

– Sagitário.

– Ótimo. Isso é perfeito. – Kevin digitou uma mensagem e clicou o botão para enviar. – Você tem mais um trabalho para mim?

A Imensa Máquina tinha criado a necessidade de uma forma não rastreável para enviar e receber comunicações pela internet. Sempre que alguém usava o computador para mandar e-mail ou acessar informações, o sinal era identificado pelo protocolo da internet, que é exclusivo daquela máquina específica. Todo endereço de IP recebido pelo governo ou por uma megaempresa ficava retido para sempre. Quando a Tábula captava um número de IP, obtinha uma ferramenta poderosa para rastrear a atividade na internet.

Para serem anônimos no dia-a-dia, os Arlequins podiam usar cibercafés ou bibliotecas públicas, mas um Pescador como Kevin oferecia um nível diferente de segurança. Cada um dos três computadores de Kevin tinha sido comprado em reuniões de escambo e isso também dificultava o rastreamento. O Pescador usava programas especiais que faziam com que os e-mails passassem por roteadores em todo o mundo. Kevin de vez em quando era contratado por gângsteres russos que viviam na Staten Island, mas a maior parte dos seus clientes era homens casados que tinham amantes ou que queriam baixar pornografia especializada.

– Que tal ganhar duzentos dólares?

– Duzentos dólares é uma boa. Quer que eu envie mais informação sobre o Gabriel?

– Entre naquelas salas de bate-papo e ponha comentários nos blogs. Diga para todo mundo que souber que Gabriel fez um discurso contra a Irmandade.

– O que é essa Irmandade?

– É melhor não saber.

Hollis tirou uma caneta e escreveu num guardanapo de papel.

– Diga que Gabriel vai encontrar seus seguidores esta noite numa boate no centro chamada Mask. Há uma sala privada no andar de cima e ele vai usá-la para dar uma palestra à uma hora da madrugada.

– Não tem problema. Vou tratar disso agora mesmo.

Hollis deu para Kevin duzentos dólares e se levantou.

– Faça um bom trabalho e eu lhe dou um bônus. Quem sabe? Talvez ganhe o suficiente para pegar um avião para Paris.

– E para que eu ia querer isso?

– Você podia se encontrar com aquela mulher na Torre Eiffel.

– Isso não tem graça. – Kevin voltou para o seu computador. – Em carne e osso é complicado demais.

Hollis saiu do Starbucks e chamou um táxi. A caminho da Barca Sul leu sua cópia de *O caminho da espada*. O livro de meditação de Sparrow era dividido em três partes: Preparação, Combate e Depois da Batalha. No capítulo seis, o Arlequim japonês analisava dois fatos que pareciam contraditórios. Um guerreiro experiente sempre desenvolvia uma estratégia antes de um ataque; no entanto, na confusão da batalha, o guerreiro costumava fazer algo diferente. Sparrow acreditava que planejar era útil, mas que o verdadeiro poder desses planos era acalmar o espírito e se preparar para a luta. No fim do capítulo Sparrow escreveu: *Planeje pular para a esquerda, apesar de provavelmente acabar pulando para a direita.*

Hollis se sentia muito exposto na travessia para um dos locais mais bem guardados dos Estados Unidos – a Estátua da Liberdade. A barca estava cheia de grupos de estudantes, turistas idosos e famílias em férias. Ele era um homem negro solitário, com uma mochila nas costas. Quando a barca chegou à ilha Ellis, Hollis procurou se perder na multidão que era conduzida para uma grande estrutura provisória erigida na base da estátua.

Ficou na fila por cerca de vinte minutos. Quando chegou lá na frente disseram para ele entrar numa máquina que lembrava um aparelho de tomografia computadorizada. Uma voz mecânica disse para ele pisar em duas pegadas verdes, e então ele sentiu uma súbita lufada de ar. Estava dentro de um farejador, uma máquina capaz de detectar as emissões químicas de explosivos e munição.

Uma luz verde acendeu e ele foi para uma sala grande cheia de armários. Não permitiam mochilas perto da estátua, por isso tudo tinha de ser guardado num cesto de arame. Quando Hollis pôs um dólar no orifício, uma voz mecânica comandou que ele pusesse o polegar direito num scanner. Uma placa sobre os armários dizia SUA IMPRESSÃO DIGITAL É A SUA CHAVE. USE A IMPRESSÃO DIGITAL PARA ABRIR O SEU ARMÁRIO QUANDO VOLTAR.

Escondido dentro da mochila estava um molde da mão direita de Gabriel. Algumas semanas atrás, Maya tinha derretido plástico de modelar numa panela e Gabriel pôs a mão na massa marrom. O molde era uma biofalsificação, uma reprodução física de informação biométrica, e podia ser usado como isca para distrair a Tábula. Hollis escondeu a mão falsa na manga da jaqueta e apertou o polegar emborrachado na tela do scanner. Em menos de um segundo a impressão de Gabriel foi transformada em informação digital e transmitida para os computadores da Imensa Máquina.

– Por aqui para a Liberdade. Por aqui para a Liberdade – repetia um guarda com voz de tédio.

Hollis deixou a mochila no armário e seguiu os outros para dentro da base de pedra da estátua enorme. Todos pareciam felizes, menos Hollis. Estavam na Terra da Liberdade.

Hollis voltou para o seu hotel no fim da tarde e conseguiu dormir algumas horas. Quando abriu os olhos, viu uma tira com quatro fotos em preto e branco que Vicki e ele tinham tirado numa cabine de fotos automáticas. Uma barata imensa se aproximou desse altar particular e começou a balançar as antenas, mas Hollis jogou o inseto no chão.

Pegou as fotografias, segurou-as sob a luz e examinou a última imagem. Vicki virara para olhar para ele e tinha uma expressão de amor e de compreensão. Ela realmente o conhecia, conhecia a violência e o egoísmo que dominaram seu passado, mas o aceitava assim mesmo. O amor de Vicki fazia Hollis querer sair por aí matando monstros. Ele faria qualquer coisa para justificar a confiança dela.

Por volta das oito horas da noite, ele se vestiu e pegou um táxi até o centro, para o bairro de empacotamento de carne, uma área de vinte quarteirões com prédios industriais a oeste de Greenwich Village. Mask, a boate, ocupava o que tinha sido uma fábrica de processamento de frangos, na rua West Thirteenth. Funcionava ali havia três anos, bastante tempo para aquele mundo peculiar.

O grande salão central era dividido em duas partes. A maior parte do prédio era ocupada por um espaço aberto para dançar, dois bares e uma área com mesinhas. No fundo desse salão havia uma escada para uma área VIP separada com um balcão sobre a pista de dança principal. Só gente bonita, os que tinham beleza ou dinheiro, podia subir para o jirau. O térreo era para a multidão ponte-e-túnel, frequentadores que tinham ido de carro ou enfrentado um trem lotado para chegar a Manhattan. Os donos da boate eram obcecados com a proporção entre os dois grupos. Eram os ponte-e-túnel que tornavam a Mask um negócio lucrativo, mas eles eram atraídos para a boate pelos atores e modelos que bebiam de graça lá em cima.

Sem as luzes piscando e sem a música alta, a Mask podia ser facilmente convertida de novo na fábrica onde se depenava os frangos abatidos. Hollis foi para o vestiário minúsculo dos empregados e trocou de roupa, vestiu uma camiseta preta e um blazer. Um cartaz escrito a mão em cima do espelho anunciava que o empregado que fosse pego vendendo drogas para os clientes seria imediatamente demitido. Hollis já tinha descoberto que a gerência não se importava com os empregados vendendo drogas uns para os outros, em geral vários estimulantes que mantinham a equipe de segurança alerta até o fim da noite.

Hollis pôs um fone de ouvido com microfone de rádio para ficar conectado com os outros leões de chácara. Voltou para o salão principal e subiu a escada. Os empregados da Mask viam a boate como um esquema elaborado para arrancar dinheiro dos clientes. Um dos empregos mais lucrativos era guardar a área VIP e um homem chamado Boodah é que detinha esse posto no momento. Boodah tinha pai afro-americano e mãe chinesa. Seu apelido vinha da barriga enorme, que, supostamente, devia protegê-lo de toda a loucura de Nova York.

O segurança estava arrumando as cadeiras e mesas no seu território quando Hollis chegou.

– O que houve? – perguntou Boodah. – Você parece cansado.
– Estou bem.

– Lembre que se alguém quiser passar pela corda, tem de vir falar comigo.
– Tudo bem. Eu conheço as regras.

Boodah guardava a entrada principal da área VIP enquanto Hollis ficava numa saída do outro lado. Essa saída só era usada por gente bonita que queria ir ao banheiro do andar de baixo, ou se resolviam se misturar com a multidão suarenta na pista de dança. A função de Hollis era manter todo o resto fora. Ser leão-de-chácara era dizer não a noite inteira, a menos que pagassem para você dizer sim.

Hollis desempenhava seu papel como um alienado obediente, mas sentia que alguma coisa diferente podia acontecer aquela noite. Uma passarela protegida por um corrimão ia da área VIP até a sala privada. Dentro dessa sala havia sofás de couro, mesas de bar e um interfone para fazer pedidos ao bar. Uma janela de espelho dava para a pista de dança lá embaixo. Aquela noite a sala particular ia ser ocupada por uns malandros do Brooklyn que gostavam de usar drogas em boates. Se a Tábula fosse à sala VIP procurando Gabriel, iam ter uma surpresa desagradável.

Hollis encostou na balaustrada e esticou os músculos das pernas. Voltou para seu posto quando Ricky Tolson, o assistente do gerente da boate, subiu a escada dos fundos. Ricky era parente distante de um dos donos. Ele verificava se havia papel higiênico no banheiro e passava a maior parte do tempo paquerando mulheres bêbadas.

– Como vai, meu irmão? – perguntou Ricky.

Hollis ocupava lugar inferior demais na hierarquia para ter um nome.

Não sou seu irmão, pensou Hollis. Mas deu um sorriso simpático.

– A sala privativa está reservada, certo? Ouvi dizer que Mario e os amigos dele vêm para cá esta noite.

Ricky ficou irritado.

— Não, eles ligaram para cancelar. Mas virão outras pessoas. Sempre tem alguém...

Meia hora depois o disc-jóquei da boate começou a noite com um canto religioso sufi e foi aos poucos introduzindo a batida da música house. A turma ponte-e-túnel chegou primeiro e ocupou as poucas mesas perto do bar. Daquele ponto privilegiado sobre a pista de dança Hollis observava jovens de saias curtas e sapatos baratos correrem para o banheiro para retocar a maquiagem e eriçar o cabelo. Seus companheiros se pavoneavam pelo salão e exibiam notas de vinte dólares como bandeiras para o atendente do bar.

As vozes dos outros seguranças sussurravam no seu ouvido direito pelo fone do equipamento de rádio. A equipe de segurança mantinha um diálogo contínuo, informando quais os tipos suspeitos que poderiam criar encrenca e as mulheres que usavam as roupas mais reveladoras. As horas foram passando e Hollis sempre de olho na sala privada. Ainda estava vazia. Talvez não acontecesse nada aquela noite.

Por volta da meia-noite ele acompanhou duas modelos até um banheiro especial que só abria com chave. Retornou para o seu posto e viu Ricky com uma menina de vestido verde muito justo na passarela para a sala particular. Hollis foi falar com Boodah e teve de gritar por causa do barulho:

— O que Ricky está fazendo na sala?

O grandalhão deu de ombros, como se a pergunta nem merecesse resposta.

— Só mais uma garota. Ele vai dar Coca-Cola para ela e ela dará o de sempre.

Hollis olhou para a pista de dança lá embaixo e viu dois homens com jaquetas esportivas entrando na boate. Em vez de dar uma olhada nas mulheres ou comprar uma bebida no bar, ambos olharam para cima, para a sala particular. Um dos mercenários era baixo e muito forte. A calça parecia comprida demais para o corpo atarracado. O outro era alto e tinha o cabelo preto preso num rabo de cavalo.

Os dois subiram a escada para a área VIP e o mercenário baixinho passou algumas notas de dólar para Boodah. Era dinheiro suficiente para comprar respeito imediato e garantir a entrada pela corda de veludo vermelho. Em poucos segundos já estavam sentados a uma mesa, olhando fixo para a estreita passarela que dava na sala privativa. Ricky continuava lá dentro com a namorada. Hollis xingou baixinho e se lembrou do conselho do Sparrow: *Planeje pular para a esquerda, apesar de provavelmente acabar pulando para a direita.*

Uma mulher bêbada começou a berrar com o namorado e Boodah desceu a escada correndo para resolver o problema. Assim que ele saiu dali, os dois mercenários se levantaram e foram para a sala particular. O homem alto foi andando lentamente pela passarela e o companheiro dele ficou montando guarda. As luzes sobre a pista de dança ficaram mais fortes e começaram a piscar no ritmo da música. O mercenário alto virou e um raio de luz se refletiu na lâmina de uma faca que ele segurava com força.

Hollis duvidava que tivessem uma fotografia de Gabriel. As instruções que receberam deviam ser para matar quem estivesse na sala. Até aquele momento, Hollis tinha achado que podia agir como Maya e os outros Arlequins. Mas não era como eles. Nenhum Arlequim teria se preocupado com Ricky e com a jovem que estava com ele, mas Hollis não podia ficar parado e deixar aquilo acontecer. Droga, ele pensou. *Se aqueles dois morrerem, o sangue deles ficará nas minhas mãos.*

Com um sorriso cortês ele se aproximou do mais baixo dos dois.

– Com licença, senhor, mas a sala privativa está ocupada.

– Eu sei, é um amigo nosso. Por isso dê o fora daqui.

Hollis levantou os braços como se fosse abraçar o intruso. Então cerrou os punhos e socou os dois lados da cabeça do homem ao mesmo tempo. A força dos golpes deixou o homem atordoado e ele caiu para trás. As luzes e a música altíssima eram tão fortes que ninguém notou o que tinha acabado de acontecer. Hollis passou por cima do corpo e seguiu em frente.

O mercenário alto estava com a mão na maçaneta da porta, mas reagiu imediatamente ao ver Hollis. Hollis sabia que qualquer pessoa segurando uma faca se concentrava demais na arma. Todas as partículas de morte e de malignidade fluíam para a ponta da lâmina.

Ele estendeu o braço como se fosse agarrar a mão do mercenário e deu um pulo para trás quando o homem atacou com a faca. Hollis chutou com o bico do sapato bem na boca do estômago dele. Quando o mercenário se curvou para a frente, sem poder respirar, Hollis deu um gancho com toda a força e jogou o homem por cima da balaustrada.

Lá embaixo as pessoas gritaram, mas a música continuou tocando. Hollis correu pela passarela e forçou a passagem pelo meio das mesas. Quando chegou à escada dos fundos viu mais três mercenários que abriam caminho na multidão. Um deles era mais velho e usava óculos com armação de metal. Será que era Nathan Boone, o homem que matou o pai de Maya? Maya teria atacado imediatamente, mas Hollis continuou se movendo.

As pessoas corriam para um lado e para outro, como uma manada de animais apavorados com o cheiro da morte. Hollis foi para a pista de dança e avançou empurrando as pessoas para fora do seu caminho. Chegou ao corredor de trás, que dava na cozinha e nos banheiros. Um grupo de moças ria de alguma coisa enquanto os espelhos de maquiagem refletiam a luz. Hollis passou por elas e por uma porta de incêndio.

Dois mercenários com fones de ouvido estavam parados no beco. Alguém tinha falado sobre Hollis para eles e estavam esperando. O homem mais velho apontou uma lata de aerossol e espirrou algum produto químico nos olhos de Hollis.

A dor foi incrível. Parecia que seus olhos estavam pegando fogo. Hollis não conseguia enxergar, não podia se defender, e então o punho de alguém arrebentou seu nariz. Como um afogado, ele agarrou o atacante diante dele, impulsionou a parte de cima do corpo para a frente e deu uma cabeçada na cara do mercenário.

O primeiro homem caiu na calçada, mas o segundo passou o braço em volta do pescoço de Hollis e começou a esganá-lo. Hollis mordeu a mão do homem. Ouviu o grito de dor, então agarrou o braço do mercenário, forçou-o para baixo e torceu até estalar.

Cego. Ele estava cego. Tocando na parede áspera de tijolos atrás dele, Hollis correu na própria escuridão.

19

Mais ou menos às dez horas da manhã Maya e os outros passaram pela cidade de Limerick. Gabriel dirigiu mais devagar pela área de comércio central, procurando não infringir nenhuma lei de trânsito. Essa cautela desapareceu assim que chegaram ao campo, pois ele pisou fundo no acelerador. O pequeno carro azul roncava por uma estrada de duas pistas, indo para a costa oeste e para a ilha Skellig Columba.

Normalmente Maya teria sentado ao lado de Gabriel para poder ver a estrada e prever qualquer problema. Mas não queria que Gabriel ficasse olhando para o lado e interpretando as diversas expressões que ela exibia. Na breve tentativa de levar uma vida normal em Londres, as mulheres que trabalhavam junto com ela muitas vezes reclamavam que os namorados jamais identificavam a mudança de humor delas. Agora Maya lidava com um homem que podia fazer exatamente isso, então tinha de ter cuidado com o poder dele.

Nessa viagem através da Irlanda, Vicki foi sentada na frente, no banco do passageiro. Alice e Maya foram atrás, com uma sacola de compras no meio das duas, cheia de biscoitos e garrafas de água mineral. A sacola era uma barreira necessária. Desde que chegaram à Irlanda, Alice só queria sentar perto de Maya. Uma vez encostou os dedos na borda da faca que Maya levava embaixo do suéter. Isso era íntimo demais, próximo demais, e Maya preferia manter distância.

Linden havia alugado o carro com um cartão de crédito de uma das suas empresas de fachada, registrada em Luxemburgo. Ele comprou uma câmera digital e malas de viagem de plástico onde se lia EXCURSÕES MONARCH – NÓS VEMOS O MUNDO. Todos esses objetos eram falsos, para fazer com que parecessem turistas, mas Vicki gostou de ficar com a câmera. E abaixava a janela para tirar mais uma foto, dizendo sempre:

– Hollis ia gostar disso.

Depois de uma parada para abastecer na cidade de Adare, deixaram os campos verdes e seguiram por uma estrada estreita pelas montanhas. A paisagem sem árvores fazia Maya se lembrar das Highlands da Escócia. Passaram por rochas, mato, urzes e por uma pincelada de rododendros roxos que cresciam perto de um cano de drenagem.

Quando chegaram a uma ponte, viram o oceano Atlântico ao longe.

– Ele está lá – sussurrou Gabriel. – Sei que está lá.

Ninguém ousou discordar dele.

Maya estava protegendo Gabriel há alguns dias, mas os dois evitavam qualquer conversa mais íntima. Ela ficou surpresa com o corte de cabelo que Gabriel tinha feito em Londres. A cabeça raspada dava uma aparência muito intensa, quase severa, e ela imaginou se os poderes dele, de Peregrino, estavam aumentando. Desde o início Gabriel parecia obcecado com a foto emoldurada que tinha visto no Convento Tyburn. Ele insistiu em ir para Skellig Columba o mais depressa possível e Linden mal conseguia disfarçar sua irritação. O Arlequim francês ficava olhando para Maya como se ela fosse uma mãe que havia criado um filho rebelde.

Gabriel fez uma segunda exigência quando começaram a organizar a viagem para a Irlanda. Nas duas semanas antes disso, ele morou com Corredores Livres na margem sul do Tâmisa e queria se despedir dos novos amigos.

— Maya pode ir comigo, mas você, trate de ficar longe – ele disse para Linden. – Está sempre dando a impressão de que vai matar alguém.

— Quando é preciso... – disse Linden.

Mas ele ficou dentro da van quando chegaram à Bonnington Square.

A velha casa cheirava a bacon frito e batatas cozidas. Três jovens e uma adolescente de cabelo curto e jeito de durona jantavam na sala de estar. Gabriel apresentou os Corredores Livres para Maya e ela inclinou a cabeça para Jugger, Sebastian, Roland e Ice. Ele disse para eles que Maya era uma amiga e que os dois iam sair da cidade aquela noite.

— Você está bem? – perguntou Jugger. – Podemos ajudar em alguma coisa?

— Pode ser que apareça alguém aqui perguntando por mim. Diga que conheci uma garota e que fomos para o Sul da França.

— Certo. Entendi. E não se esqueça de que sempre terá amigos aqui.

Gabriel carregou suas coisas numa caixa de papelão e seguiu Maya de volta para a van. Passaram dois dias numa casa segura perto de Stratford enquanto Linden procurava obter informações sobre a ilha Skellig Columba. Tudo que descobriu pela internet foi que a ilha era originalmente local de um mosteiro do século VI, fundado pelo monge São Columba. O santo irlandês, também conhecido como Colum Cille, ou Columcille, era apóstolo das tribos pagãs na Escócia. No início do século XIX, as construções em ruínas foram restauradas por uma ordem de freiras chamada de Clarissas Pobres. Não havia serviço de barcas para a ilha e as freiras não recebiam visitantes.

Desceram a serra e chegaram a uma estrada costeira que seguia entre um penhasco de calcário e o mar. Aos poucos, a paisagem se alargou e virou um grande charco. Cortadores de turfa trabalhavam num pântano ao longe, cavando e arrancando blocos de capim comprimido e trevos que brotavam desde a era glacial.

Havia poços e riachos por toda parte e a estrada acompanhava um rio tortuoso que desaguava numa pequena baía. Ao norte dessa baía havia colinas, mas o grupo seguiu para o sul, para Portmagee, uma aldeia de pescadores diante de um ancoradouro e um quebra-mar baixo. Havia duas dúzias de casas do outro lado da estrada estreita e cada uma delas parecia o desenho infantil de um rosto para Maya: cabelo de ardósia cinza, os olhos eram as duas janelas do segundo andar, a porta central vermelha era o nariz e duas janelas embaixo com jardineiras de flores brancas pareciam um sorriso largo cheio de dentes à mostra.

Pararam numa estalagem da aldeia e o atendente do bar disse para eles que um homem chamado Thomas Foley era a única pessoa que ia até Skellig Columba. O capitão Foley raramente atendia seu telefone, mas costumava estar em casa à noite. Vicki reservou quartos nessa estalagem enquanto Gabriel e Maya foram andando pela estrada. Era a primeira vez que ficavam sozinhos desde o encontro em Londres. Parecia natural estar com ele outra vez, e Maya se pegou pensando na primeira vez que se viram em Los Angeles. Os dois ficaram desconfiados e não sabiam bem quais eram suas novas responsabilidades como Arlequim e Peregrino.

Perto da periferia da aldeia, encontraram uma placa feita a mão que dizia CAPITÃO T. FOLEY – EXCURSÕES DE BARCO. Foram andando por um caminho lamacento até uma casinha caiada e Maya bateu à porta.

– Entre ou pare de bater! – gritou um homem.

Eles entraram numa sala cheia de boias de isopor, móveis de jardim e um barco de alumínio sobre um cavalete. A casinha parecia o ponto de atração de todo o lixo da Irlanda ocidental. Gabriel seguiu Maya por um corredor curto com pilhas de jornais velhos e sacos repletos de latas de alumínio. As paredes eram inclinadas para dentro quando chegaram a uma segunda porta.

– Se é você, James Kelly, pode ir dando o fora! – gritou a voz.

Maya empurrou a porta e eles entraram numa cozinha. Havia um forno elétrico num canto e uma pia cheia de pratos sujos. No centro da cozinha estava um velho sentado, consertando uma rede de pesca. Ele sorriu, revelando dentes tortos, manchados de amarelo de uma vida inteira fumando e tomando chá preto.

– E quem são vocês?

– Eu sou Judith Strand e este é meu amigo Richard. Estamos procurando o capitão Foley.

– Bem, já encontraram. O que querem dele?

– Queremos alugar um barco para quatro passageiros.

– Isso é bem fácil.

O capitão olhou para Maya avaliando o que via, imaginando quanto poderia cobrar.

– Uma viagem de meio dia costeando para o norte são trezentos euros. O dia inteiro, quinhentos. E vocês precisam levar o seu almoço.

– Vi fotografias de uma ilha chamada Skellig Columba – disse Gabriel. – Podemos ir até lá?

– Levo suprimentos para as freiras de quinze em quinze dias.

Foley remexeu na bagunça em cima da mesa até encontrar um cachimbo de nó de urze.

– Mas vocês não podem pôr os pés naquela ilha.

– Qual é o problema? – perguntou Gabriel.

– Não é problema. É que proíbem visitantes.

O capitão Foley abriu um pote de açúcar, pegou uma pitada de tabaco preto e pôs no cachimbo.

– A ilha é propriedade da República, licenciada para a Igreja e alugada para a Ordem das Clarissas Pobres. Tem uma coisa com que todos eles concordam, o governo, a igreja e as freiras, que é que não querem estranhos invadindo Skellig Columba. É área de proteção dos pássaros marinhos. As Clarissas Pobres não os incomodam porque passam todo o tempo rezando.

– Bem, quem sabe se nós falássemos com elas e pedíssemos permissão para...

— Ninguém pisa na ilha sem uma carta do bispo e não estou vendo nenhuma carta com vocês.

Foley acendeu o cachimbo e soprou fumaça adocicada na cara de Gabriel.

— E esse é o fim da história.

— Tenho uma nova história – disse Maya. – Pago ao senhor mil euros para nos levar até a ilha, para podermos falar com as freiras.

O capitão pensou na oferta.

— Talvez seja possível...

Maya tocou na mão de Gabriel e o puxou para perto da porta.

— Acho que vamos procurar outro barco.

— É mais do que possível – Foley disse logo. – Vejo vocês no cais às dez amanhã de manhã.

Saíram da casa e foram andando. Maya tinha a sensação de estar presa na toca de um texugo. Era quase noite e já surgiam pontos de escuridão emaranhados nos arbustos e se espalhando sob as árvores.

Os aldeões estavam a salvo em seus lares, assistindo à televisão e preparando o jantar. Luzes brilhavam através das cortinas de renda e fumaça saía de algumas chaminés. Gabriel levou Maya para o outro lado da estrada, para um banco de parque enferrujado de onde se via a baía. A maré estava baixa e deixava uma faixa de areia escura coberta de galhos e de algas mortas. Maya sentou no banco e Gabriel foi até a linha da maré alta para ficar olhando o horizonte ocidental. O sol se punha, tocava o oceano e era transformado numa bolha esfumaçada de luz que flutuava na água do mar.

— Meu pai está naquela ilha – disse Gabriel. – Eu sei que ele está lá. Quase posso ouvi-lo falando comigo.

— Isso pode ser verdade. Mas ainda não sabemos por que ele veio para a Irlanda. Tem de haver um motivo.

Gabriel deu as costas para o mar. Foi até o banco e sentou ao lado dela. Estavam sozinhos no escuro, suficientemente perto para Maya sentir a respiração dele.

— Está escurecendo – ele disse. – Por que continua usando óculos escuros?

— É hábito.

— Uma vez você me disse que os Arlequins eram contra os hábitos e os atos previsíveis.

Gabriel estendeu a mão e tirou os óculos escuros de Maya. Dobrou-os e pôs ao lado da perna dela. Agora ele olhava diretamente para os olhos de Maya. Ela se sentiu nua e vulnerável, como se estivesse sem todas as suas armas.

— Não quero que você olhe para mim, Gabriel. Fico muito sem graça.

— Mas nós nos gostamos. Somos amigos.

— Isso não é verdade. Não podemos ser amigos nunca. Estou aqui para protegê-lo... para morrer por você, se for necessário.

Gabriel olhou para o mar.

— Não quero que ninguém morra por mim.

— Nós todos conhecemos esse risco.

— Pode ser. Mas eu estou ligado ao que aconteceu. Quando nos conhecemos em Los Angeles e você disse que eu podia ser um Peregrino, não compreendi de que forma isso ia afetar a vida das pessoas que conheci. Tenho muitas perguntas para fazer ao meu pai...

Gabriel ficou em silêncio e balançou a cabeça.

— Nunca aceitei a ideia de que ele tinha morrido. Às vezes, quando era criança, deitava na minha cama à noite e tinha conversas imaginárias com ele. Pensei que isso ia passar quando eu crescesse, mas agora são mais intensas ainda.

— Gabriel, seu pai pode não estar na ilha.

— Então vou continuar procurando.

— Se a Tábula souber que você está procurando seu pai, eles terão esse poder sobre você. Vão lançar pistas falsas, como isca para uma armadilha.

— Eu assumo esse risco. Mas não quer dizer que você tem de vir comigo. Eu não ia suportar se alguma coisa acontecesse com você. Não poderia viver com isso.

Maya teve a sensação de que Thorn estava de pé atrás dela, sussurrando todas as suas ameaças e avisos. Jamais confie em ninguém. Nunca se apaixone. O pai dela era sempre tão forte, tão seguro... a pessoa mais importante na vida dela. Mas o maldito roubou a minha voz, ela pensou. Eu não posso falar.

– Gabriel – Maya murmurou. – Gabriel... – A voz dela era muito suave, como a de uma criança perdida que desistia da esperança de ser encontrada.

– Tudo bem – ele disse e segurou a mão dela.

No horizonte só havia um risco do sol. A pele de Gabriel estava quente e Maya sentiu que seria fria... fria como os Arlequins... pelo resto da vida.

– Ficarei ao seu lado, não importa o que aconteça – ela disse. – Eu juro.

Ele se inclinou para beijá-la. Mas quando Maya virou a cabeça ela viu umas sombras se aproximando deles.

– Maya! – Vicki chamou. – É você? Alice ficou preocupada. Ela queria encontrar vocês dois...

Aquela noite choveu. De manhã, um denso nevoeiro pairou sobre o mar logo na saída da baía. Maya vestiu as roupas que tinha comprado em Londres, calça de lã, um suéter de cashmere verde-escuro e um casaco de couro com forro emborrachado para aquecer mais. Depois de tomar o café da manhã no pub, eles foram andando até o cais e encontraram o capitão Foley carregando seu barco de pesca de trinta pés com sacos de turfa e caixas de plástico. Foley explicou que a turfa era para o fogão do convento e as caixas continham alimentos e roupas limpas. A água de Skellig Columba era só a da chuva que escorria para bacias de pedra. Havia água suficiente para as freiras beberem e se banharem, mas não dava para lavar suas saias e véus pretos.

O barco tinha um deque aberto para puxar as redes de pesca e uma cabine fechada perto da proa que protegia do vento. Alice parecia animada de estar num barco de novo. Ela entrava e saía da cabine, examinava tudo, quando foram saindo da baía. O capitão Foley acendeu seu cachimbo e soltou fumaça na direção do grupo.

— O mundo conhecido — ele disse, apontando com o polegar para as colinas verdes a leste. — E isso... — Ele apontou para o oeste.

— Fim do mundo — disse Gabriel.

— Isso mesmo, garoto. Quando São Columba e seus monges chegaram a esta ilha, estavam viajando para o lugar mais distante, indo para o oeste num mapa da Europa. A última parada da linha.

Eles entraram no nevoeiro assim que deixaram a proteção da baía. Era como estar no meio de uma imensa nuvem. O convés brilhava e pingos de água pendiam dos cabos de aço presos à antena do rádio. O barco pesqueiro deslizava na descida de cada onda e depois subia cortando a quebrada da próxima. Alice se agarrou ao guarda-mancebo da popa e depois correu de volta para perto de Maya. Parecendo excitada, ela apontava para uma foca boiando perto do barco. A foca olhava para eles como um cão sem pelo que tivesse acabado de encontrar desconhecidos no seu quintal.

Aos poucos o nevoeiro começou a se dissipar e puderam ver pedaços do céu. Havia aves marinhas por toda parte, cagarras e procelárias, pelicanos e alcatrazes brancos com a ponta das asas preta. Depois de navegarem por cerca de uma hora, passaram por uma ilha chamada de Little Skellig, que era onde os alcatrazes faziam seus ninhos. A pedra nua era toda pintada de branco e milhares de alcatrazes rodopiavam no ar.

Passou mais uma hora antes de Skellig Columba surgir das ondas. Era exatamente como a fotografia que Gabriel tinha visto no Convento Tyburn: dois picos escarpados de uma cadeia de montanhas submersa. A ilha era coberta de macega e urze, mas Maya não via o convento e nenhuma outra construção.

— Onde vamos desembarcar? — ela perguntou para o capitão Foley.

— Paciência, senhorita. Estamos chegando do leste. Tem uma espécie de angra no lado sul da ilha.

Mantendo distância das rochas, Foley aproximou o barco de um cais de seis metros preso a postes de aço. Esse cais dava numa laje de concreto que era cercada por uma cerca de corrente. Uma placa bem visível com letras pretas e vermelhas anunciava que a ilha era uma área de proteção ecológica, proibida para quem não tivesse permissão por escrito da diocese de Kerry. Um portão trancado tinha sido instalado no fim da laje de concreto. Depois dele havia uma escada que subia a encosta.

O capitão Foley desligou o motor. As ondas empurraram o barco até o cais e ele jogou um cabo em volta de um dos pontilhões. Maya, Vicki e Alice desembarcaram e foram para a laje de concreto enquanto Gabriel ajudava Foley a descarregar as caixas de plástico e os sacos de turfa. Vicki foi até o portão e tocou no cadeado de bronze que prendia o fecho.

– E agora?

– Não tem ninguém aqui – disse Maya. – Eu acho que devemos dar a volta na cerca e subir a encosta até o convento.

– O capitão Foley não ia gostar dessa ideia.

– Foley nos trouxe até aqui. Eu lhe dei apenas a metade do dinheiro. Gabriel não sairá daqui enquanto não souber do pai dele.

Alice atravessou correndo a plataforma e apontou para a encosta. Quando Maya recuou, viu que quatro freiras estavam descendo os degraus da escada que ia dar no cais. As Clarissas Pobres usavam hábitos e véus pretos com chapéu e colarinho brancos. As cordas com nós amarradas na cintura eram inspiradas na história franciscana da ordem. As quatro mulheres estavam enroladas em xales pretos de lã que cobriam a parte de cima do corpo. O vento açoitava a barra dos xales para lá e para cá, mas as mulheres continuaram descendo até verem que havia estranhos na ilha delas. Pararam. As três primeiras freiras se agruparam nos degraus, enquanto a freira mais alta permaneceu alguns degraus atrás delas.

O capitão Foley carregou dois sacos de turfa para a plataforma e deixou-os perto do portão.

– Isso não é nada bom – ele disse. – A mais alta é a abadessa. É ela que manda.

Uma das Clarissas Pobres subiu a escada até onde estava a abadessa, recebeu uma ordem e então desceu os degraus correndo, até o portão.

– O que está acontecendo? – perguntou Gabriel.

– Fim da história, garoto. Elas não os querem aqui.

Foley tirou o gorro da cabeça calva quando se aproximou do portão. Curvou-se um pouco para a freira e falou em voz baixa com ela, depois correu para Maya com cara de espanto.

– Com licença, senhorita. Peço desculpas por tudo que eu disse. A abadessa solicita a sua presença na capela.

A abadessa tinha desaparecido, mas cada uma das três freiras pegou um saco de turfa e começou a subir a escada. Maya, Gabriel e os outros foram atrás delas. O capitão Foley ficou junto ao barco.

No século VI, os monges liderados por São Columba construíram uma escada que ia do mar até o topo da ilha. O calcário cinza tinha veios de ardósia branca e era salpicado de líquen. Maya e os outros seguiram as freiras escada acima e o marulho das ondas foi desaparecendo, substituído pelo barulho do vento. O vento soprava por pedaços de pedra cônicos e ondulava o capim, os cardos e as azedeiras. Skellig Columba parecia as ruínas de um grande castelo com torres caídas e arcos despedaçados. Todas as aves marinhas tinham desaparecido e no seu lugar apareceram corvos, que voavam em círculos lá em cima, crocitando uns para os outros.

Chegaram ao topo de uma vertente e desceram para o lado norte da ilha. Logo abaixo deles havia três terraços seguidos, cada um com cerca de quinze metros de largura. O primeiro era ocupado por um pequeno jardim e duas bacias de captação de água da chuva que descia pela face da rocha. No segundo terraço havia quatro construções de pedra, erigidas sem argamassa ou cimento. Pareciam colmeias imensas, com portas de madeira e janelas redondas. No terceiro terraço ficava uma capela. Tinha mais ou menos dezoito metros de comprimento e a forma de um barco emborcado na praia.

Alice e Vicki ficaram com as freiras, Maya e Gabriel desceram a escada, foram até a capela e entraram. Um piso de carvalho levava ao altar em uma extremidade, que tinha três janelas atrás de uma simples cruz de ouro. Ainda enrolada em sua capa, a abadessa estava diante do altar, de costas para os visitantes, com as mãos juntas, rezando. A porta fechou com um rangido e a única coisa que ouviam era o vento assobiando pelas frestas das paredes de pedra.

Gabriel deu alguns passos para a frente.

– Com licença, senhora. Acabamos de chegar à ilha e precisamos falar com a senhora.

A abadessa descruzou os braços e abaixou-os lentamente. Havia algo nesse gesto que era ao mesmo tempo elegante e perigoso. Maya pegou imediatamente a faca amarrada ao braço. Não, ela queria gritar. Não.

A freira virou de frente para eles e jogou uma faca preta de aço no ar, que foi cravar num painel de madeira trinta centímetros acima da cabeça de Gabriel.

Maya se pôs na frente de Gabriel e sacou a faca do braço. Com a lâmina na palma da mão, ela ergueu rapidamente o braço e então reconheceu aquele rosto. Uma irlandesa de cinquenta e poucos anos. Olhos verdes selvagens, quase loucos. Uma mecha de cabelo ruivo escapando da borda do chapéu branco engomado. Uma boca grande com um sorriso debochado para eles, o mais completo desprezo.

– Ficou claro que você não está muito alerta... ou preparada – disse a mulher para Maya. – Alguns centímetros mais embaixo e o seu amigo estaria morto.

– Este é Gabriel Corrigan – disse Maya. – Ele é um Peregrino, como o pai dele. E você quase o matou.

– Eu nunca mato ninguém acidentalmente.

Gabriel olhou para a faca.

– E quem é você, afinal?

– Esta é Madre Blessing. Uma das últimas Arlequins que existem.

– É claro. Arlequins... – Gabriel disse com desprezo.

– Conheço Maya desde quando ela era pequena – disse Madre Blessing. – Fui eu que ensinei para ela como invadir prédios. Ela sempre quis ser igual a mim, mas parece que ainda tem muito que aprender.

– O que está fazendo aqui? – perguntou Maya. – Linden pensou que você tinha morrido.

– Era isso que eu queria. – Madre Blessing tirou o xale preto e dobrou em um quadrado pequeno. – Depois que Thorn sofreu a emboscada no Paquistão, percebi que havia um traidor entre nós. Seu pai não acreditou em mim. Quem era, Maya? Você sabe?

– Era Shepherd. Eu o matei.

– Ótimo. Espero que tenha sofrido muito. Vim para esta ilha há cerca de um ano e dois meses. Quando a abadessa morreu, as freiras me nomearam sua líder temporária. – Ela deu um sorriso debochado de novo. – Nós, Clarissas Pobres, levamos vidas simples, mas piedosas.

– Então você foi covarde – disse Gabriel. – E veio para cá para se esconder.

– Que jovem mais tolo. Não me impressiona. Talvez precise cruzar as barreiras mais algumas vezes.

Madre Blessing atravessou a capela, arrancou a faca da madeira e enfiou de novo na bainha que ficava escondida embaixo da roupa.

– Está vendo o altar perto da janela? Ele contém um manuscrito com iluminuras que foi supostamente escrito por São Columba. Meu Peregrino queria ler esse livro, por isso tive de segui-lo até este pedaço de rocha gelada.

Gabriel balançou a cabeça animado e deu alguns passos para a frente.

– E o Peregrino era...?

– Seu pai, é claro. Ele está aqui. E eu o protejo.

20

Gabriel ficou aflito só de pensar em ver o pai e olhou em volta, procurando na capela.

– Onde ele está?

– Não se preocupe. Vou levá-lo até ele.

Madre Blessing tirou alguns grampos e puxou o véu. Balançou um pouco a cabeça para soltar a juba embaraçada de cabelo ruivo.

– Por que não disse para Maya que meu pai estava aqui na ilha?

– Não tenho contato com nenhum Arlequim.

– Meu pai deve ter pedido para me encontrar.

– Bem, ele não pediu.

Madre Blessing pôs o véu numa mesa. Pegou uma espada numa bainha de couro e pendurou no ombro.

– Maya não explicou isso para você? Os Arlequins só protegem os Peregrinos. Não procuramos entendê-los.

Sem mais explicações, ela levou Gabriel e Maya para fora da capela. Uma das quatro freiras, uma irlandesa bem miúda, esperava num banco de pedra. Manuseando as contas de madeira de um rosário, ela recitava silenciosamente suas orações.

– O capitão Foley ainda está lá embaixo no cais? – perguntou Madre Blessing.

– Está sim, senhora.

– Diga para ele que nossos hóspedes ficarão na ilha até eu entrar em contato com ele. As duas mulheres e a menina dormirão no quarto comum. O jovem ficará na casa de depósito. Diga para irmã Joan dobrar a comida do jantar.

A pequena freira fez que sim com a cabeça e foi embora apressada, ainda segurando o terço.

– Essas mulheres sabem obedecer às ordens – disse Madre Blessing. – Mas toda essa reza e cantoria é irritante. Para uma ordem contemplativa, elas falam muito.

Maya e Gabriel seguiram Madre Blessing por uma escada curta até o terraço do meio do mosteiro. Era uma área grande de terreno plano onde os monges da Idade Média construíram quatro casas como colmeias com blocos de calcário. Como o vento ali era constante, as casas tinham portas pesadas de carvalho e janelas pequenas e redondas. Cada construção era mais ou menos do tamanho de um ônibus de dois andares de Londres.

Vicki e Alice tinham desaparecido, mas Madre Blessing disse que estavam na casa da cozinha. Uma linha fina de fumaça saía de um cano de forno e era soprada para o sul pelo vento. Seguindo por um caminho de terra, eles passaram pelo dormitório das freiras e por uma construção que Madre Blessing chamou de a cela do santo. A casa que servia de depósito era a última, no fim do terraço. A Arlequim irlandesa parou e examinou Gabriel como se ele fosse um animal no zoológico.

– Ele está aí dentro.

– Obrigado por proteger meu pai.

Madre Blessing afastou uma mecha de cabelo dos olhos.

– A sua gratidão é uma emoção desnecessária. Eu fiz essa escolha e aceitei essa obrigação.

Ela abriu uma pesada porta e o levou para o depósito. A construção tinha piso de carvalho e uma escada estreita que subia para outro nível. A única luz vinha de três janelas redondas que ficavam nas paredes de pedra como escotilhas assimétricas. Havia armários e prateleiras por toda parte, latas de comida e um gerador elétrico portátil. Tinham deixado velas numa caixa vermelha de primeiros socorros. A Arlequim irlandesa pegou uma caixa pequena de fósforos e jogou para Maya.

— Acenda algumas velas.

Madre Blessing ajoelhou no chão e as saias do hábito de freira se espalharam em volta dela. Passou a mão na superfície lisa do carvalho e empurrou um painel de madeira desbotado. Ele abriu e revelou um puxador de corda.

— Lá vamos nós. Cheguem para trás.

Ainda de joelhos, ela puxou pela corda e um alçapão se abriu no chão. Degraus de pedra desciam para a escuridão.

— O que está havendo? — perguntou Gabriel. — Ele é um prisioneiro aqui?

— É claro que não. Pegue uma vela e veja você mesmo.

Maya deu uma vela para Gabriel. Ele deu a volta em Madre Blessing e desceu a escada estreita até um porão com paredes de tijolos e chão de cascalho. Não havia nada ali, a não ser uma pilha de grandes baldes de plástico com alças de aço. Gabriel ficou pensando se as freiras usavam os baldes para molhar a horta no verão.

— Olá? — ele chamou.

Mas ninguém respondeu.

Só havia um caminho. Outra porta de carvalho. Ele segurou a vela com a mão esquerda, empurrou a porta e entrou num cômodo bem menor. Gabriel teve a sensação de estar entrando num necrotério para identificar um ente querido. Havia um corpo numa laje de pedra, coberto por um lençol de musselina de algodão. Ele ficou parado ao lado do corpo alguns segundos, então estendeu a mão e puxou o pano. Era seu pai.

A porta rangeu quando Maya e Madre Blessing entraram na câmara. As duas Arlequins seguravam velas e suas sombras se juntaram nas paredes.

— O que aconteceu? — perguntou Gabriel. — Quando foi que ele morreu?

Madre Blessing rolou os olhos nas órbitas como se não acreditasse em tanta ignorância.

— Ele não está morto. Encoste o ouvido no peito dele. Poderá ouvir um batimento a cada dez minutos, mais ou menos.

— Gabriel nunca viu outro Peregrino — disse Maya.

– Bem, agora viu. É assim que você fica quando atravessa para outro mundo. Seu pai está assim há meses. Aconteceu alguma coisa. Ele pode ter gostado de lá e resolvido ficar, ou então está preso e não consegue voltar para o nosso mundo.

– Quanto tempo ele pode ficar desse jeito?

– Se ele morrer em outro mundo, o corpo dele apodrece. Se sobreviver, mas nunca mais voltar para este mundo, o corpo dele morrerá de velhice. Não seria ruim se ele morresse em outro mundo. – Ela parou de falar um instante. – Porque aí eu poderia sair desta ilhazinha horrível.

Gabriel deu meia-volta e avançou para Madre Blessing.

– Você pode sair da ilha agora mesmo. Dê o fora daqui.

– Eu tenho protegido seu pai, Gabriel. Teria morrido por ele. Mas não espere que eu aja como amiga dele. A minha responsabilidade é ser fria e completamente racional.

Madre Blessing olhou furiosa para Maya e saiu dali pisando forte.

Gabriel não tinha ideia do tempo que ficou no porão olhando para seu pai. Fazer aquela viagem longuíssima para encontrar um recipiente vazio era tão perturbador que parte dele se recusava a acreditar que já tinha acontecido. Teve um impulso infantil de fazer tudo de novo, entrar na cabana, puxar o alçapão, descer os degraus e chegar a uma conclusão diferente.

Depois de algum tempo Maya pegou a ponta do lençol e puxou sobre o corpo de Matthew Corrigan.

– Já está escurecendo – ela disse suavemente. – Acho que devemos procurar os outros.

Gabriel continuou ao lado do pai.

– Michael e eu sempre imaginamos este momento e desejamos muito vê-lo outra vez. Era o que conversávamos à noite, antes de dormir.

– Não se preocupe. Ele vai voltar.

RIO ESCURO

    Maya segurou o braço de Gabriel e o levou para fora da casa. Fazia frio e o sol já estava perto do horizonte. Foram andando juntos pelo caminho e entraram na casa da cozinha. Lá estava quente e aconchegante, como o lar de alguém. Uma freira irlandesa gorducha chamada Joan tinha acabado de assar uma dúzia de pães e posto numa bandeja junto com diferentes tipos de geleia e doces caseiros. Irmã Ruth, mais velha e com óculos fundo de garrafa, se movimentava pela cozinha guardando os suprimentos que tinham acabado de chegar do cais. Ela abriu o forno e jogou alguns pedaços de turfa no fogo. A vegetação comprimida brilhou com uma luz cor de laranja escura.

    Vicki desceu correndo a escada do andar de cima.

    – E então, o que aconteceu, Gabriel?

    – Falamos sobre isso mais tarde – disse Maya. – Agora gostaríamos de tomar um chá.

    Gabriel abriu o zíper de sua jaqueta e sentou num banco perto da parede. As duas freiras olhavam fixo para ele.

    – Matthew Corrigan é seu pai? – perguntou a irmã Ruth.

    – Isso mesmo.

    – Foi uma honra conhecê-lo.

    – Ele é um grande homem – disse a irmã Joan. – Um grande...

    – Chá, por favor – disse Maya, irritada, e todos pararam de falar.

    Gabriel segurou uma caneca de chá quente para aquecer as mãos frias. Fez-se um silêncio tenso até as outras duas freiras entrarem na cozinha carregando uma das caixas de suprimentos. Irmã Maura era a freira miúda que estava rezando do lado de fora da capela. Irmã Faustina era polonesa e tinha um sotaque carregado. Enquanto desembrulhavam os suprimentos e examinavam a correspondência, as freiras se esqueceram de Gabriel e tagarelavam alegremente.

    As Clarissas Pobres não possuíam nada além da cruz que usavam pendurada ao pescoço. Viviam sem encanamentos modernos, sem refrigeração ou eletricidade, mas pareciam descobrir muita alegria nos pequenos prazeres da vida. Voltando do cais a irmã Faustina tinha colhido algumas urzes cor-de-rosa. Ela pôs um raminho na ponta de cada prato azul de porcelana como um toque de beleza, junto com uma colherinha de manteiga e um pãozinho quente. Tudo parecia perfeitamente arrumado, como se estivessem num restaurante fino, mas não havia nada de artificial naquele gesto. O mundo era belo para as Clarissas Pobres. Ignorar esse fato era negar Deus.

Alice Chen desceu do quarto de dormir e comeu três pães com bastante geleia de morango. Vicki e Maya sentaram em um canto, cochichando uma com a outra, e de vez em quando olhavam para Gabriel. As freiras beberam seu chá e conversaram sobre as cartas que acabaram de chegar com o capitão Foley. Elas rezavam por dezenas de pessoas em todo o mundo e falavam desses desconhecidos, da mulher que estava com leucemia, do homem com as pernas esmagadas, como se fossem amigos íntimos. As más notícias eram recebidas com seriedade. Boas notícias eram motivo para risos e comemorações. Parecia até que era aniversário de alguém.

Gabriel só pensava no corpo do pai e no lençol de musselina branca que lembrava teias de aranha cobrindo um túmulo antigo. Por que seu pai ainda estava em outro mundo? Não havia como responder a essa pergunta, mas lembrou que Madre Blessing tinha contado por que o seu pai foi para aquela ilha.

– Com licença – disse Gabriel. – Eu gostaria de entender por que meu pai resolveu vir para cá. Madre Blessing disse alguma coisa sobre um manuscrito escrito por São Columba.

– O manuscrito está na capela – disse a irmã Ruth. – Costumava ficar na Escócia, mas foi devolvido para a ilha uns cinquenta anos atrás.

– E sobre o que São Columba escreveu?

– É uma narrativa de fé... uma confissão. O santo deu uma descrição detalhada de sua viagem ao inferno.

– O Primeiro Mundo.

– Nós não acreditamos no seu sistema particular e certamente não acreditamos que Jesus era um Peregrino.

– Ele é o Filho de Deus – disse irmã Joana.

Irmã Ruth fez que sim com a cabeça.

— Cristo foi concebido pelo Espírito Santo e nasceu da Virgem Maria. Foi crucificado, morreu e foi enterrado... e depois se levantou dos mortos. — Ela olhou para as outras freiras. — Tudo isso é o fundamento da nossa fé como cristãs. Mas não achamos que isso contradiz a ideia de que Deus tivesse permitido que algumas pessoas se tornassem Peregrinos e que estes possam vir a ser visionários ou profetas... ou santos.

— Então São Columba era um Peregrino?

— Não sei responder a essa pergunta. Mas o espírito dele foi a um lugar de danação, depois voltou e ele escreveu sobre isso. O seu pai passou muito tempo traduzindo o manuscrito. E quando estava na capela...

— Ele caminhava por toda a ilha — disse irmã Faustina com um forte sotaque polonês. — Subia a montanha e ficava olhando o mar.

— Posso ir até a capela? — perguntou Gabriel. — Gostaria de ver esse manuscrito.

— Não há eletricidade — disse a irmã Ruth. — Terá de usar velas.

— Eu só quero ver o que meu pai estava lendo.

As quatro freiras se entreolharam e aparentemente tomaram uma decisão de comum acordo. Irmã Maura se levantou e foi até uma cômoda.

— Há velas suficientes no altar, mas vai precisar de fósforos. Mantenha a porta fechada, senão o vento apagará as velas.

Gabriel fechou o zíper do casaco e saiu da cabana da cozinha. A única luz era a das estrelas e da lua crescente. À noite, as quatro casas-colmeias e a capela pareciam montes escuros de pedra e terra, túmulos dos reis da Era do Bronze. Procurando não tropeçar no caminho irregular, ele passou pelo dormitório das freiras e da casa chamada de cela do santo, onde Madre Blessing morava. Uma luz fraca e azulada brilhava numa janela do andar de cima dessa construção e Gabriel imaginou se a Arlequim irlandesa tinha um computador ligado num celular por satélite.

Desceu a escada até o terraço mais baixo e abriu a porta da capela que estava destrancada. Foi difícil enxergar até ele acender três grandes velas de cera de abelha que tinham chamas amarelo-escuras.

O altar da capela era uma caixa retangular mais ou menos do tamanho de uma pequena cômoda. Uma grande cruz de madeira era presa em cima e o resto do altar decorado com esculturas de sereias, monstros marinhos e um homem com ramos de hera saindo da sua boca. Abaixado diante do altar, Gabriel achou uma fenda que delineava uma gaveta central, mas não encontrou um fecho ou puxador. Puxou e empurrou cada escultura, mas nenhum desses enfeites pagãos abria a gaveta. Já estava quase desistindo e ia voltar para a cabana da cozinha para pedir instruções quando encostou na cruz de madeira e ela se moveu um centímetro para a frente. Na mesma hora ele ouviu um clique e a gaveta abriu.

Dentro havia um objeto grande embrulhado em tecido preto, um pequeno caderno com capa dura e dois livros. Gabriel desenrolou o pano e achou o manuscrito com capa pesada de pele de bezerro e páginas de pergaminho. A primeira página tinha uma ilustração pintada de São Columba de pé à beira de um rio. O livro era muito antigo, mas as cores continuavam fortes. Na página oposta o que havia era o início da confissão do santo, escrita em latim.

Gabriel voltou para a gaveta e examinou os outros livros. Um era um dicionário inglês-latim bem usado. O outro era um livro didático bem gasto, para alunos do primeiro ano de latim. Ele abriu o caderno e encontrou a tradução que o seu pai fez do manuscrito. A caligrafia meticulosa fez Gabriel se lembrar das listas de compras que o pai costumava pregar num quadro de avisos na cozinha da casa da fazenda. Ele e Michael verificavam a lista todas as manhãs para ver se os pais tinham resolvido comprar doces ou alguma outra guloseima para o jantar.

Gabriel segurou o caderno perto de uma vela e começou a ler a experiência do santo no Primeiro Mundo:

Quatro dias depois da nossa celebração da ascensão da Virgem ao céu, minha alma deixou meu corpo e eu desci para o lugar maldito.

Gabriel virou a página e leu o mais rápido possível:

Eles são demônios com a forma de homens e vivem numa ilha, no meio de um rio escuro. A luz vem do fogo... E então o pai dele riscou esta última palavra e experimentou outras alternativas. *A luz vem das chamas e o sol está oculto.*

Na última folha do caderno, Matthew tinha sublinhado algumas passagens.

Não há fé. Não há esperança. Nenhum caminho revelado. Mas, pela graça de Deus, eu encontrei a porta negra e minha alma voltou à capela.

Gabriel voltou ao manuscrito do século XII e começou a virar as páginas de pergaminho e a examinar as ilustrações. Columba usava um hábito branco e tinha um halo de ouro atrás da cabeça para mostrar que era um santo. Mas não havia demônios nem diabos naquela versão do inferno, apenas homens com roupas medievais, carregando espadas ou lanças. O santo observava de trás de uma torre destruída os cidadãos do inferno que torturavam e matavam uns aos outros com uma selvageria incontrolável.

Gabriel ouviu a porta ranger ao abrir e olhou para trás. Alguém passou pelas sombras e entrou no seu pequeno círculo de luz das velas. Era Maya. Usava um dos xales pretos das freiras enrolado na cabeça e na parte de cima do corpo. Seguindo o exemplo de Madre Blessing, ela descartou o tubo de metal preto e levava sua espada de Arlequim à mostra. A tira da bainha cruzava no peito dela e o cabo da espada aparecia acima do seu ombro esquerdo.

– Você encontrou o livro?

– Encontrei. Mas tem mais. Meu pai não sabia latim, só que ele conseguiu fazer uma tradução e escreveu no caderno. É sobre a travessia de São Columba para o Primeiro Mundo. Acho que meu pai quis aprender sobre o lugar antes de ir para lá.

Um lampejo de sofrimento passou pelo rosto de Maya. Como sempre, ela parecia saber o que ele planejava.

– Ele pode estar em qualquer lugar, Gabriel.

– Não. É o Primeiro Mundo.

– Você não precisa atravessar. O corpo do seu pai ainda está neste mundo. Tenho certeza de que ele vai acabar voltando.

Gabriel sorriu.

— Eu não sei se alguém teria vontade de voltar para Madre Blessing.

Maya balançou a cabeça e começou a andar de um lado para outro.

— Eu a conheço desde menina. Ela ficou tão negativa, desprezando a todos...

— Ela sempre foi assim tão intensa?

— Eu costumava ficar deslumbrada com a sua bravura e a sua beleza. Ainda me lembro de viajar com ela de trem até Glasgow. Foi uma viagem repentina, não tivemos tempo de preparar tudo, e Madre Blessing não usava peruca nem qualquer tipo de disfarce. Lembro como os homens olhavam para ela, eram atraídos por ela, mas também sentiam certo perigo.

— E você admirava isso?

— Isso foi há muito tempo, Gabriel. Agora estou tentando encontrar o meu caminho. Não sou uma cidadã nem sou uma inútil qualquer, mas também não sou uma Arlequim pura.

— Então que tipo de pessoa você quer ser?

Maya parou na frente dele e não fez nada para esconder suas emoções.

— Eu não quero ficar sozinha, Gabriel. Os Arlequins têm filhos e família, mas nunca se dedicam a eles de verdade. Uma vez meu pai pegou a minha espada e me disse: esta é a sua família, a sua amiga e o seu amante.

— Lembra quando sentamos naquele banco e ficamos olhando o mar? — Ele estendeu os braços e pôs as mãos nos ombros dela. — Você disse que ficaria ao meu lado, não importa o que acontecesse. Isso foi muito importante para mim.

Eles estavam conversando, palavras que fluíam no ar frio, mas de repente, quase como um feitiço, aconteceu uma transformação. A ilha e a capela desapareceram e o mundo era só eles dois. E Gabriel não viu nenhum disfarce nos olhos de Maya, nada falso. Estavam ligados um ao outro profundamente, muito além dos seus papéis de Peregrino e de Arlequim.

O vento empurrava a porta da capela, testando a força, querendo abrir caminho. Gabriel se inclinou para a frente e deu um longo beijo em Maya, depois se afastou. Uma tradição poderosa tinha acabado de ser destruída como um pedaço de papel jogado no fogo. O desejo que ele sentia há tantos meses empurrou todos os seus pensamentos para longe. Quando olhou para ela, era como se não houvesse nenhuma barreira entre eles.

Gabriel tirou gentilmente a espada do ombro de Maya e pôs num banco de madeira. Ele voltou para perto dela, afastou o cabelo do seu rosto e se beijaram de novo. Maya se afastou, mas dessa vez bem devagar. Ela sussurrou no ouvido dele:

– Fique aqui, Gabriel. Por favor. Fique aqui...

21

Uma hora depois estavam deitados no chão, enrolados no xale preto dela. Ainda fazia muito frio e os dois não estavam totalmente vestidos. A camisa de Gabriel estava no banco e Maya sentia a pele quente dele encostada nos seus seios. Ela queria ficar ali assim para sempre. Ele a abraçava e, pela primeira vez, desde quando podia lembrar, tinha a sensação de que alguém a protegia.

Era uma mulher deitada com o amante, mas seu lado Arlequim ficou à espera como um fantasma numa casa escura. De repente, ela se soltou dos braços de Gabriel e sentou.

– Abra os olhos, Gabriel.

– Por quê?

– Você precisa sair daqui.

Ele deu um sorriso sonolento.

– Não vai acontecer nada...

– Vista-se e volte para a cabana de depósito. Arlequins não podem se envolver com Peregrinos.

– Talvez eu possa conversar com Madre Blessing sobre isso.

– Nem pense nisso. Não pode dizer nada para ela e não pode agir diferente comigo. Não toque em mim quando ela estiver por perto. Não olhe nos meus olhos. Conversaremos sobre isso depois. Eu prometo. Mas agora você tem de se vestir e ir embora.

– Isso não tem sentido, Maya. Você é adulta. Madre Blessing não pode dizer como deve viver sua vida.

– Ela é muito perigosa e você não entende isso.

— Tudo que eu sei é que ela anda por esta ilha dando ordens e insultando todo mundo.

— Faça isso por mim. Por favor.

Gabriel suspirou, mas obedeceu. Lentamente vestiu a camisa, as botas, o casaco.

— Isso vai acontecer de novo – ele disse.

— Não, não vai.

— É o que nós dois queremos. Você sabe que é verdade...

Gabriel beijou Maya na boca e saiu da capela. Quando a porta se fechou com um rangido, Maya conseguiu relaxar. Deixaria que ele voltasse para o depósito, esperaria alguns minutos e depois vestiria sua roupa. Enrolou-se bem no xale de lã e deitou no chão. Toda encolhida em posição fetal podia preservar o calor do corpo do Peregrino encostado ao dela, aquele momento de intimidade e de exaltação. Uma recordação passou pela sua mente, de fazer um pedido na ponte Charles em Praga: *Que alguém me ame e que eu o ame também.*

Ela estava mergulhando num sonho agradável quando a porta rangeu e alguém entrou na capela. Maya sentiu um momento de prazer, pensando que Gabriel tinha voltado para vê-la de novo, então ouviu passos pesados e rápidos no assoalho de madeira.

Dedos fortes agarraram o cabelo dela e a puxaram para cima. Uma mão deu-lhe um tapa no rosto, recuou e deu mais um.

Maya abriu os olhos e viu Madre Blessing parada em cima dela. A Arlequim irlandesa tinha tirado o hábito de freira e estava de calça preta e um suéter.

— Vista-se – disse Madre Blessing.

Ela pegou a blusa de Maya e jogou na direção dela.

Maya tirou o xale, vestiu a blusa e se atrapalhou com os botões. Ainda estava descalça, os sapatos e as meias espalhados pelo chão.

— Se mentir para mim, sobre qualquer coisa, mato você aqui, diante desse altar mesmo. Está entendendo o que estou dizendo?

— Estou.

Maya terminou de abotoar a blusa e ficou de pé. A espada dela estava a quase três metros de distância, em cima do banco.

– Você é amante do Gabriel?
– Sou.
– E quando foi que isso começou?
– Esta noite.
– Eu disse para não mentir para mim!
– Juro que é verdade.

Madre Blessing deu um passo à frente e agarrou o queixo de Maya com a mão direita. Olhou bem para a mulher mais jovem, à procura de algum sinal de falsidade ou hesitação. Então empurrou Maya.

– Eu tive desentendimentos com seu pai, mas sempre o respeitei. Ele era um verdadeiro Arlequim, digno da nossa tradição. Mas você não é nada. Você nos traiu.

– Não é verdade. – Maya procurou soar forte e segura. – Eu encontrei Gabriel em Los Angeles. Eu o protegi da Tábula...

– Seu pai não ensinou nada para você? Ou você simplesmente não quis escutar? Nós protegemos Peregrinos, mas não temos ligação nenhuma com eles. E agora você cedeu a essa fraqueza e sentimentalismo.

Maya sentiu o chão frio com os pés descalços quando deu alguns passos para a direita e pegou sua espada. Passou a tira por cima da cabeça e a bainha ficou ao longo das suas costas.

– Você me conheceu quando eu era menina – ela disse. – Ajudou meu pai a destruir a minha vida. Os Arlequins devem acreditar no acaso. Bem, não houve nada por acaso na minha infância! Eu levava tapas e chutes e recebia ordens o tempo todo, de vocês e de qualquer outro Arlequim que passasse por Londres. Fui treinada para matar sem duvidar nem hesitar. Eu matei aqueles homens em Paris quando tinha dezesseis anos...

Madre Blessing ria baixinho, zombando dela.

– Pobrezinha... Estou morrendo de pena. É isso que você quer ouvir? Você quer piedade... de mim? Está pensando que alguma coisa foi diferente quando eu era criança? Eu matei meu primeiro mercenário da Tábula com um revólver de cano cortado quando tinha doze anos! E sabe o que eu estava vestindo? Um vestido branco de primeira comunhão. Minha mãe me fez usá-lo para eu poder chegar mais perto do altar e apertar o gatilho.

Maya viu um breve lampejo de dor nos olhos da mulher mais velha. E teve uma visão de uma criança de vestido branco, no meio da imensa catedral, coberta de sangue. O momento passou e a raiva de Madre Blessing ficou ainda mais intensa.

– Sou uma Arlequim como você – disse Maya. – E por isso não pode ficar me dando ordens...

Madre Blessing sacou a espada com as duas mãos, rodou por cima da própria cabeça e terminou com a ponta para o chão.

– Você fará o que eu disser. O seu relacionamento com Gabriel acabou. Você nunca mais o verá.

Maya ergueu a mão direita devagar, para mostrar que não planejava um ataque imediato. Então tirou a espada da bainha e segurou-a com a ponta para baixo, a parte chata da lâmina encostada no peito.

– Chame o capitão Foley amanhã e ele nos tirará desta ilha. Continuarei a proteger Gabriel e você pode cuidar do pai dele.

– Não há discussão possível sobre isso. Nenhum acordo. Você terá de se submeter à minha autoridade.

– Não.

– Você deitou com um Peregrino e agora está apaixonada por ele. Esse tipo de emoção o põe em perigo. – Madre Blessing levantou a espada. – Como destruí o meu medo, posso provocar medo nos outros. Como não dou valor à minha vida, todos os meus inimigos morrem. Seu pai tentou dizer isso para você, mas você era rebelde demais. Quem sabe eu a faço me escutar...

Madre Blessing esticou a perna esquerda. Um movimento gracioso e muito bem ensaiado, como o início de uma dança. Então a Arlequim irlandesa jogou o corpo para a frente, atacando com movimentos rápidos e precisos dos pulsos e das mãos. Golpeava e estocava com poder incontrolável enquanto Maya se esquivava e procurava se defender. As chamas das velas tremularam e o barulho das espadas batendo uma na outra cortou o silêncio.

A poucos centímetros do altar, Maya se jogou para o outro lado da capela, como uma mergulhadora entrando na água. Deu um salto-mortal para longe da outra Arlequim, levantou-se de novo e ergueu a espada outra vez.

Madre Blessing renovou o ataque e levou Maya até a parede. A Arlequim irlandesa jogou a espada para a direita e então torceu o punho no último instante, pegou a espada de Maya perto do cabo e arrancou-a das mãos dela. A espada deu uma volta no ar e caiu do outro lado da capela.

– Você vai se submeter a mim – disse Madre Blessing. – Submeta-se ou aceite as consequências.

Maya recusou-se a falar.

Sem aviso, a ponta da espada de Madre Blessing cortou o peito de Maya de um lado a outro, recuou, cortou o braço esquerdo, recuou e então cortou a mão esquerda dela. Os três ferimentos pareciam queimaduras. Maya olhou nos olhos da Arlequim e entendeu que o próximo movimento da espada acabaria com a sua vida. Continuou calada até que teve uma ideia tão poderosa que afastou o seu orgulho.

– Deixe-me ver Gabriel pela última vez.

– Não.

– Vou obedecer a você. Mas preciso me despedir.

22

A Fundação Sempre-Verde ocupava um prédio inteiro de escritórios na rua Cinquenta e Quatro com a avenida Madison, em Manhattan. A maioria dos funcionários pensava que trabalhava para uma organização sem fins lucrativos que dava bolsas de pesquisa e as administrava. Apenas uma pequena equipe, que tinha salas nos últimos oito andares, cuidava das atividades menos públicas da Irmandade.

Nathan Boone passou pela porta giratória e entrou no átrio que era o saguão do prédio. Olhou para a cascata decorativa e o pequeno bosque de árvores artificiais perto das janelas. Os arquitetos tinham insistido em pinheiros naturais, mas todos que plantavam murchavam, morriam e deixavam um tapete feio de folhas marrons. A solução acabou sendo um bosque de árvores artificiais com um sistema elaborado de ventilação que soprava um discreto cheiro de pinho. Todos preferiam os pinheiros de imitação: pareciam mais reais do que os que cresciam numa floresta.

Boone se aproximou da mesa da recepção, pisou num pequeno quadrado amarelo e deixou o guarda fazer a varredura dos seus olhos. Depois de verificada a identidade de Boone, o guarda consultou a tela de um computador.

– Boa-tarde, sr. Boone. O senhor tem autorização para ir ao décimo oitavo andar.

– Mais alguma informação?

– Não, senhor. Só diz isso. O sr. Raymond aqui vai acompanhá-lo ao elevador certo.

Boone seguiu o segundo guarda até o último elevador do saguão. O homem passou um cartão de identidade na frente de um sensor e se afastou logo antes de as portas se fecharem. O elevador começou a subir e uma câmera de vídeo instalada ali dentro escaneou o rosto de Boone e confirmou com a informação biométrica do computador da Fundação Sempre-Verde.

Aquela manhã Boone tinha recebido um e-mail que pedia para ele se encontrar com membros do conselho executivo da Irmandade. Isso era muito incomum. Nos últimos anos, Boone tinha se reunido com o conselho apenas quando Nash convocava as reuniões. E até onde sabia, o general ainda estava na Dark Island, no rio Saint Lawrence.

As portas do elevador se abriram e Boone saiu numa sala de espera vazia. Não havia ninguém à mesa da recepção, mas ele viu um pequeno alto-falante sobre ela.

– Olá, sr. Boone.

A voz que saía do alto-falante era gerada no computador, mas soava como uma pessoa de verdade, uma mulher jovem, inteligente e eficiente.

– Olá.

– Por favor, espere aqui nesta sala. Nós informaremos quando a reunião começar.

Boone sentou num sofá de camurça perto de uma mesa de centro de vidro. Ele nunca tinha estado no décimo oitavo andar e não tinha ideia de que tipo de equipamento estava avaliando suas reações. Um microfone altamente sensível podia escutar seus batimentos cardíacos e uma câmera de infravermelho era capaz de monitorar as mudanças de temperatura na sua pele. Pessoas com raiva ou com medo ficavam com a pele mais quente e batimentos cardíacos mais rápidos. O computador analisaria esses dados e poderia prever a possibilidade de uma reação violenta.

Ele ouviu um ruído baixinho e viu abrir uma gaveta na mesa da recepção.

— Nossos sensores informam que o senhor carrega uma arma – disse a voz do computador. – Por favor, ponha a arma na gaveta. Será devolvida no fim da reunião.

Boone foi até a mesa e ficou olhando para a gaveta vazia. Já trabalhava para a Irmandade havia quase oito anos, mas nunca tinham pedido para entregar sua arma. Sempre foi um funcionário confiável e obediente. Será que estavam começando a desconfiar da sua lealdade?

— Este é nosso segundo pedido – disse a voz. – Se não obedecer, isso será considerado uma violação da segurança.

— Eu sou o encarregado da segurança – anunciou Boone, e então lembrou que estava falando com um computador. Esperou alguns segundos, só para reafirmar sua independência, e tirou a arma do coldre preso ao ombro. Quando pôs dentro da gaveta, três linhas de luz cercaram a arma formando um triângulo perfeito. A gaveta fechou e Boone voltou para o sofá. Boone não se importava de ser escaneado por uma máquina, mas ficava irritado de ser tratado como criminoso. Obviamente, o programa não estava calibrado para demonstrar níveis diferentes de respeito.

Ficou olhando para o grande quadro na parede diante dele. Era uma mancha de tom pastel com pernas que parecia uma aranha esmagada. Três portas, cada uma pintada de uma cor diferente, ficavam no fim da sala. Não havia saída, só pelo elevador, e o computador também controlava esse sistema.

— A reunião vai começar – disse a voz. – Por favor, entre na porta azul e vá até o fim do corredor.

Boone se levantou e procurou não demonstrar sua irritação.

— E você tenha um bom dia – ele disse para a máquina.

A porta azul deslizou suavemente para a parede assim que os sensores detectaram o seu corpo. Ele foi por um corredor até uma porta de aço sem fechadura ou maçaneta visíveis. Essa porta se abriu e ele entrou numa sala de conferências com imensas janelas com vista para o horizonte de prédios de Manhattan. Dois membros do conselho executivo da Irmandade estavam sentados a uma mesa comprida e preta, o dr. Anders Jensen e a sra. Brewster, a inglesa responsável pela instalação do Programa Sombra em Berlim.

– Boa-tarde, Nathan. – A sra. Brewster agia como se ele fosse algum tipo de atendente que tivesse aparecido no apartamento dela em South Kensington por acaso. – Suponho que conhece o dr. Jensen da Dinamarca.

Boone meneou a cabeça para Jensen.

– Nós nos conhecemos no ano passado, na Europa.

Havia uma terceira pessoa, de pé, na frente das janelas, observando a cidade. Michael Corrigan. Poucos meses atrás, Boone tinha capturado Michael em Los Angeles e transportado para a Costa Leste. Tinha visto o jovem assustado e confuso, mas agora ele sofrera uma transformação. O Peregrino parecia irradiar segurança e autoridade.

– Fui eu que convoquei esta reunião – disse Michael. – Obrigado por vir, apesar do aviso de última hora.

– Michael tornou-se parte de nossa realização – disse a sra. Brewster. – Ele compreende perfeitamente os nossos novos objetivos.

Mas ele é um Peregrino, pensou Boone. Nós temos matado pessoas como ele há milhares de anos. Ele teve vontade de agarrar a sra. Brewster e sacudi-la, como se ela tivesse posto fogo na própria casa. Por que está fazendo isso? Será que não enxerga o perigo?

– E quais são os nossos novos objetivos? – perguntou Boone. – A Irmandade fez todo o possível para instalar o Panóptico. Esse objetivo mudou nas últimas semanas?

– O objetivo é o mesmo, mas agora está se tornando possível – disse Michael. – Se o Programa Sombra funcionar em Berlim, podemos expandi-lo por toda a Europa e a América do Norte.

– Isso envolve o centro de computação – disse Boone. – A minha função é proteger a Irmandade de ataques dos seus inimigos.

– E não tem feito um bom trabalho em relação a isso – disse o dr. Jensen. – Nosso centro de pesquisa de Westchester foi invadido e quase destruído, a reforma do computador quântico está atrasada e a noite passada Hollis Wilson atacou alguns dos nossos homens numa boate em Manhattan.

– Esperamos algum atrito com os nossos empregados contratados – disse a sra. Brewster. – O que nos incomoda é que Hollis Wilson escapou.

– Eu preciso de uma equipe maior.

– Gabriel e seus amigos não são o problema mais imediato – disse Michael. – Vocês têm de se concentrar em encontrar meu pai.

Boone hesitou e então falou com muito cuidado:

– Esses dias ando recebendo instruções diferentes de fontes diferentes.

– Meu irmão nunca foi capaz de organizar qualquer coisa. Era apenas mensageiro de moto em Los Angeles quando seus homens nos descobriram. Meu pai passou a vida inteira como Peregrino e sabemos que ele inspirou comunidades alternativas. Matthew Corrigan é perigoso e por isso é o nosso principal objetivo. O senhor tem as suas ordens, sr. Boone.

A sra. Brewster balançou a cabeça concordando. Para Boone foi como se a imensa janela tivesse quebrado e houvesse cacos de vidro por toda parte. Um Peregrino, um dos inimigos deles, falava pela Irmandade:

– Se é isso que vocês querem...

Michael atravessou a sala lentamente. Olhava para Boone como se tivesse acabado de ouvir uma ideia desleal.

– É, sr. Boone. Estou encarregado de encontrar meu pai e é isso que eu quero.

23

Gabriel ouviu o barulho da porta da casa de depósito se abrindo e botas batendo com força nos degraus da escada. Ainda enrolado num cobertor pesado, ele rolou de costas e abriu os olhos. Irmã Faustina, a freira polonesa, entrou com uma bandeja de madeira. Pôs o café da manhã dele no chão e ficou parada com as mãos na cintura.

– Está dormindo?

– Agora não.

– Suas amigas estão acordadas. Depois do café da manhã, por favor, entre na capela.

– Obrigado, irmã Faustina. Vou fazer isso.

A mulher grandalhona continuou perto da escada, olhando para Gabriel como se ele fosse uma nova espécie de mamífero marinho que tivesse sido levado para a ilha pelas ondas do mar.

– Nós falamos com seu pai. Ele é um homem de fé.

Irmã Faustina continuou a olhar fixo para ele e fungou ruidosamente. Gabriel teve a sensação de ter fracassado na inspeção.

– Nós rezamos pelo seu pai todas as noites. Ele pode estar num lugar escuro. Talvez não esteja encontrando o caminho de volta para casa...

– Obrigado, irmã.

Irmã Faustina balançou a cabeça e desceu a escada com seus passos pesados. Não havia aquecimento na casa de depósito, por isso Gabriel vestiu a roupa depressa. A freira tinha levado para ele um bule de chá, um pão preto, manteiga, geleia de damasco e uma fatia grossa de queijo cheddar. Gabriel estava faminto e comeu muito rápido, só parou quando se serviu da segunda xícara de chá.

Tinha mesmo feito amor com Maya na véspera? No quarto gelado da casa, com os primeiros raios do sol entrando pelas janelas redondas, aquele momento na capela ficou distante e onírico. Ele se lembrou do primeiro beijo demorado, das chamas das velas tremeluzindo quando seus corpos se uniram e depois se separaram. Pela primeira vez desde que se conheceram, ele sentiu que todas as defesas de Maya se dissolveram e pôde vê-la com clareza. Ela o amava e queria o bem dele. As emoções dele fluíram para ela. Arlequim e Peregrino não pertenciam ao mundo comum e agora essas duas peças do quebra-cabeça tinham se unido e estavam irremediavelmente ligadas.

Vestiu a jaqueta, saiu da casa de depósito e seguiu o caminho de pedras que passava pelas outras casas. O céu estava limpo, mas o dia estava muito frio e o vento noroeste soprava o capim e o mato. Fumaça de turfa saía da chaminé do fogão da casa da cozinha, mas Gabriel evitou o conforto de lá e foi direto para a capela.

Encontrou Maya sentada num banco com a espada embainhada sobre as pernas. Madre Blessing, de suéter e calça de lã preta, andava de um lado para outro diante do altar. A conversa das duas Arlequins cessou imediatamente quando ele entrou.

– Irmã Faustina disse que eu devia vir para cá.

– Isso mesmo – disse Madre Blessing. – Maya quer dizer uma coisa para você.

Maya olhou para Gabriel e foi como se ele recebesse uma facada. A segurança agressiva da jovem Arlequim tinha desaparecido. Ela parecia triste e derrotada, e Gabriel entendeu que de alguma forma Madre Blessing tinha descoberto o que acontecera na noite anterior.

– É perigoso ter dois Peregrinos no mesmo lugar – disse Maya, com a voz monótona e fria. – Nós contatamos o capitão Foley com o telefone por satélite. Você partirá esta manhã com Madre Blessing e voltará para o continente. Ela o levará para uma casa segura em algum lugar da Irlanda. Eu ficarei aqui e guardarei seu pai.

— Se tenho de ir, quero que você venha comigo.

— Nós já tomamos essa decisão — disse Madre Blessing. — Você não tem escolha. Protegi seu pai durante seis meses. Agora este será o dever de Maya.

— Não vejo por que Maya e eu não podemos ficar juntos.

— Nós sabemos o que é melhor para a sua sobrevivência.

Maya agarrava a bainha da espada como se a arma pudesse salvá-la dessa conversa. A expressão dela era de desespero, como se implorasse, mas logo olhou de novo para o chão.

— Esta é a decisão mais lógica, Gabriel. E é isso que os Arlequins devem fazer, tomar decisões calmas e lógicas sobre a proteção dos Peregrinos. Madre Blessing é muito mais experiente do que eu. Ela tem acesso a armas e a mercenários de confiança.

— E não se esqueça de Vicki Fraser e da menininha — disse Madre Blessing. — Elas estarão a salvo aqui na ilha. É difícil viajar com uma criança.

— Nós nos saímos bem até agora.

— Vocês tiveram sorte.

Madre Blessing foi devagar para a janela atrás do altar que tinha vista para o mar. Gabriel queria argumentar com a Arlequim, mas havia alguma coisa nessa mulher irlandesa de meia-idade que era ameaçadora. Gabriel tinha visto diversas brigas em bares e na rua, quando dois homens bêbados se insultavam e iam num crescendo até a agressão física. Madre Blessing tinha passado daquela linha muitos anos atrás. Se você a contestasse, ela atacaria imediatamente, sem trégua.

— Quando vou vê-la de novo? — Gabriel perguntou para Maya.

— Daqui a um ano, mais ou menos, ela poderá sair da ilha — disse Madre Blessing. — Pode ser mais cedo se seu pai voltar para este mundo.

— Um ano? Isso é loucura.

— O barco estará aqui em vinte minutos, Gabriel. Apronte-se para partir.

A conversa tinha acabado. Meio tonto, Gabriel deixou as duas e saiu da capela. Avistou Vicki e Alice na montanha. Ele subiu a escada até o patamar mais alto, deu a volta no jardim e nas bacias de captação de água da chuva, depois seguiu pelo caminho que chegava ao ponto mais alto da ilha.

Sentada numa rocha de arenito, Vicki olhava para o mar azul-escuro que os rodeava em todas as direções. Na ilha, Gabriel sentia que nada mais existia, que estavam realmente sozinhos no centro do mundo. A uns dez metros de Vicki, Alice andava pelo meio das pedras, parando de vez em quando para bater no mato mais alto com um pedaço de pau.

Vicki sorriu quando Gabriel se aproximou e apontou para a menina.

— Acho que ela está fingindo ser uma Arlequim.

— Não sei se isso é bom — disse Gabriel, sentando ao lado de Vicki.

Acima deles o céu estava todo pontilhado de alcatrazes e cagarras. Os pássaros subiam nas correntes de vento invisíveis e planavam quando desciam de novo.

— Eu vou sair da ilha — disse Gabriel.

Ele descreveu a conversa que teve na capela, e a decisão de Madre Blessing ganhou peso e consistência, como uma cidade à qual chegamos através do nevoeiro. O vento ficou mais forte e as cagarras brancas e pretas começaram a soltar seus gritos agudos que fizeram Gabriel sentir solidão.

— Não se preocupe com seu pai, Gabriel. Maya e eu vamos tomar conta dele.

— E se ele voltar para este mundo e eu não estiver aqui?

Vicki segurou a mão dele e apertou com força.

— Nós diremos para ele que tem um filho leal que fez de tudo para encontrá-lo.

Gabriel voltou para a casa de depósito, acendeu uma vela e desceu para o porão. O corpo do seu pai ainda estava deitado na laje de pedra, ainda coberto com o lençol de musseline de algodão. O cabelo de Matthew Corrigan estava comprido e grisalho, e havia rugas profundas na testa e nos cantos da boca. Quando Gabriel era menino todos diziam que ele era parecido com o pai, mas só naquele momento ele percebeu a semelhança. A sensação foi de estar olhando para seu outro eu, cansado da vida, de bisbilhotar o coração dos outros.

Ajoelhado ao lado do corpo, Gabriel encostou a orelha no peito do pai. Esperou alguns minutos e então se assustou ao ouvir uma única batida fraca do coração. Era como se o pai estivesse a poucos metros dele, chamando-o da escuridão. Gabriel se levantou, beijou a testa de Matthew e subiu a escada. Quando estava fechando o alçapão, Maya entrou na casa.

– Seu pai está bem?

– Não houve nenhuma mudança.

Gabriel foi até a porta e abraçou Maya. Ela cedeu às emoções por um breve tempo, retribuiu o abraço com força enquanto ele acariciava seu cabelo.

– Foley acabou de chegar no barco dele – ela disse. – Madre Blessing está descendo a escada que vai dar no cais. Você deve ir com ela agora mesmo.

– E ela sabe de ontem à noite?

– É claro que sabe.

O vento empurrou a porta meio aberta. Maya se afastou dele e fechou a porta.

– Nós cometemos um erro. Não cumpri a minha obrigação.

– Pare de falar como uma Arlequim.

– Mas eu *sou* uma Arlequim, Gabriel. E não posso protegê-lo se não for como Madre Blessing. Fria e racional.

– Não acredito nisso.

– Eu sou uma Arlequim e você é um Peregrino. Já é hora de começar a agir como um.

– Do que você está falando?

— O seu pai fez a travessia e pode não voltar. Seu irmão faz parte da Tábula. Você é a única esperança de todos. Eu sei que você tem o poder, Gabriel. Agora precisa usá-lo.

— Eu não pedi nada disso.

— Eu não pedi a minha vida também, mas foi isso que recebi. Ontem à noite nós dois estávamos tentando fugir das nossas obrigações. Madre Blessing está certa. O amor nos faz tolos e fracos.

Gabriel chegou mais perto e tentou abraçá-la.

— Maya...

— Eu aceito quem eu sou. E já está mais do que na hora de você reconhecer as suas responsabilidades.

— E o que eu devo fazer? Liderar os Corredores Livres?

— Pode conversar com eles. Já é um começo. Eles admiram você, Gabriel. Quando fomos à Vine House, pude ver isso nos olhos deles.

— Está bem, vou falar com eles. Mas quero você comigo.

Maya deu as costas para Gabriel para ele não poder ver seu rosto.

— Cuide-se — ela disse com a voz tensa e então saiu e subiu rapidamente a encosta de pedra, com o vento açoitando seu cabelo preto.

Gabriel pegou sua mochila e desceu a escada de pedra até o cais. O capitão Foley estava em seu barco pesqueiro, mexendo no motor. Madre Blessing marchava de um lado para outro na laje de cimento.

— Maya me deu as chaves do carro que vocês deixaram em Portmagee — ela disse para Gabriel. — Vamos para o norte, até uma casa segura em County Cavan. Preciso procurar alguns dos meus contatos para ver se...

Gabriel a interrompeu:

— Você pode fazer o que bem entender, mas eu vou voltar para Londres.

Madre Blessing certificou-se de que o capitão Foley ainda estava no barco, longe demais para escutar a conversa.

– Você aceitou a minha proteção, Gabriel. Por isso, quem faz as escolhas sou eu.

– Eu tenho amigos na cidade, os Corredores Livres, e quero falar com eles.

– E se eu não concordar?

– Você tem medo da Tábula, Madre Blessing? É esse o problema?

A Arlequim irlandesa franziu a testa e pôs a mão no tubo de metal preto que continha sua espada. Parecia uma rainha pagã que tinha acabado de ser insultada por um plebeu.

– É óbvio que eles têm medo de mim.

– Ótimo. Porque eu vou voltar para Londres. Se quer me proteger, então terá de vir comigo.

24

Sentado perto da janela do último andar da Vine House, Gabriel espiava o pequeno parque público no meio da praça Bonnington. Eram nove horas da noite. Depois que escureceu, um nevoeiro frio se elevou do rio Tâmisa e foi se embrenhando nas ruas estreitas do sul de Londres. Os postes de luz em volta da praça ardiam com uma luz fraquinha, como pequenos fogos superados por um poder mais frio e mais penetrante. Não havia ninguém no parque, mas a cada quatro, cinco minutos, outro pequeno grupo de rapazes e moças chegava à casa e batia à porta.

Gabriel já estava em Londres havia três dias, hospedado na loja de tambores de Winston Abosa, em Camden Market. Tinha pedido ajuda para Jugger e os amigos dele, e todos atenderam imediatamente. A notícia se espalhou e Corredores Livres de todos os cantos do país estavam indo para Vine House.

Jugger bateu duas vezes à porta antes de enfiar a cabeça pela fresta. O corredor parecia animado e um pouco nervoso. Gabriel ouvia o som de vozes do pessoal que estava lá embaixo.

– Muita gente está comparecendo – disse Jugger. – Temos equipes vindo de Glasgow e de Liverpool. Até seu velho amigo Cutter veio de Manchester com os amigos dele. Não sei como descobriram que você estava aqui.

– Vai ter espaço suficiente?

– Ice está agindo como orientadora dos jogos num acampamento de férias. Está dizendo para as pessoas onde sentar. Roland e Sebastian estão passando o fio pelo corredor. Vai haver alto-falantes por toda a casa.

– Obrigado, Jugger.

O Corredor Livre ajeitou seu gorro de lã e deu um sorriso constrangido para Gabriel.

– Olha, companheiro, nós somos amigos, certo? Podemos falar de tudo.

– Qual é o problema?

– É aquela irlandesa, a sua guarda-costas. A porta da frente estava apinhada de gente, por isso Roland deu a volta na casa e pulou o muro para o jardim. Fazemos isso toda hora, para poder entrar pela cozinha. Bem, rápida como um raio, aquela irlandesa está apontando uma automática de doze tiros para a cabeça do Roland.

– Ela machucou Roland?

– Não. Mas ele simplesmente mijou na calça. Juro por Deus, Gabriel. Acho que ela podia esperar fora de casa enquanto você faz seu discurso. Não quero que ela mate ninguém esta noite.

– Não se preocupe. Estaremos fora daqui assim que eu terminar meu discurso.

– E depois?

– Vou pedir ajuda e ver no que dá. Quero que você seja o intermediário entre mim e as pessoas lá embaixo.

– Tudo bem. Posso fazer isso.

– Estou hospedado em Camden Market, numa área clandestina chamada de catacumbas. Tem uma loja de tambores lá, de um homem chamado Winston. Ele saberá onde me encontrar.

– Isso está parecendo um plano, companheiro. – Jugger meneou a cabeça solenemente. – Todos querem ouvir o que você tem a dizer, mas nos dê mais alguns minutos. Tenho de remanejar um pouco as pessoas.

O Corredor Livre saiu do sótão e desceu a escada estreita. Gabriel continuou sentado, vendo pela janela o pequeno jardim no meio da praça. Segundo Sebastian, nesse jardim tinha existido um prédio, bombardeado na Segunda Guerra Mundial, e depois um terreno baldio, onde jogavam lixo e deixavam carros abandonados. Aos poucos a comunidade se reuniu, limpou o lugar e plantou uma mistura de arbustos e hera, além de algumas plantas tropicais mais exóticas. Havia palmeiras e bananeiras crescendo ao lado de rosas-chá inglesas. Sebastian estava convencido de que a praça Bonnington era uma zona ecológica distinta, com seu clima particular.

Os Corredores Livres tinham plantado uma horta atrás da Vine House e dava para ver os arbustos e árvores crescendo no telhado de todos os prédios em volta da praça. Apesar de haver milhares de câmeras de circuito interno de TV por toda Londres, o desejo constante de ter um jardim mostrava que o cidadão ali queria um refúgio longe da Imensa Máquina. Com amigos, comida e uma garrafa de vinho, até um quintal com jardim dava a sensação de espaço e de expansão.

Poucos minutos depois, Jugger bateu duas vezes e abriu a porta.

– Está pronto? – ele perguntou.

Havia Corredores Livres sentados na escada e outros espremidos no corredor. Madre Blessing estava na sala de estar, perto de uma mesa com um pequeno microfone no centro. Um dos mercenários irlandeses dela, um homem forte, mal-encarado, com uma cicatriz branca na nuca, estava de guarda na porta, do lado de fora da casa.

Gabriel pegou o microfone e ligou. Um fio dele era ligado a um aparelho de som estéreo, que por sua vez era ligado a diversos alto-falantes. Ele respirou fundo e ouviu o barulho vindo do fim do corredor.

– Quando eu estava na escola, todos nós recebemos um grande livro de história no primeiro dia de aula. Lembro que era difícil enfiar esse livro na minha mochila toda tarde. Cada era histórica tinha uma seção de cor diferente e a professora nos fazia acreditar que, numa certa data, todos pararam de viver como viviam na Idade Média e resolveram que tinham entrado na Renascença.

"É claro que a verdadeira história não é assim. Visões de mundo diferentes e tecnologias diferentes podem existir lado a lado.

Quando surge uma inovação de fato, a maior parte das pessoas não tem noção do seu poder nem as implicações desse novo poder em suas vidas.

"Uma forma de ver a história é como uma batalha contínua, um conflito entre indivíduos com novas ideias e aqueles que querem controlar a sociedade. Alguns de vocês devem ter ouvido rumores sobre um poderoso grupo de pessoas que chamamos de Tábula. A Tábula tem orientado reis e governos para a sua filosofia de controle. Eles querem transformar o mundo em uma gigantesca prisão em que o prisioneiro sempre supõe que está sendo vigiado. Com o tempo, cada prisioneiro vai acabar aceitando essa situação como a realidade.

"Algumas pessoas não têm conhecimento do que está acontecendo. Outras preferem a cegueira. Mas todos aqui são Corredores Livres. Os prédios que nos cercam não intimidam vocês. Escalamos paredes e atravessamos os vãos."

Gabriel notou que Cutter, o líder dos Corredores Livres de Manchester, estava sentado no chão, encostado numa parede, com gesso no braço quebrado.

– Respeito todos vocês e especialmente este homem, Cutter. Ele foi atropelado por um táxi londrino semanas atrás, quando numa corrida, e agora está aqui com os amigos dele. Um verdadeiro Corredor Livre não aceita as fronteiras e as limitações convencionais. Não é um "esporte" nem uma maneira de aparecer na televisão. É uma escolha que fizemos na vida. Um modo de expressar o que temos no coração.

"Alguns de nós rejeitam certos aspectos da tecnologia, mas todos temos consciência de como o computador mudou o mundo. Esta é realmente uma nova era da história, a Era da Imensa Máquina. Câmeras de vigilância e scanners por toda parte. Em breve, a opção de ter uma vida privada vai desaparecer. Todas essas mudanças são justificadas através de uma difusa cultura do medo. A mídia está sempre berrando que há uma nova ameaça às nossas vidas. Nossos líderes eleitos estimulam esse medo enquanto tiram a nossa liberdade.

"Mas os Corredores Livres não têm medo. Alguns de nós tentam viver à margem da Grade. Outros fazem pequenos gestos de rebeldia. Esta noite estou pedindo que assumam um compromisso maior. Eu acredito que a Tábula está planejando um passo decisivo na direção de criar sua prisão eletrônica. E não se trata apenas de mais câmeras de vigilância ou alguma modificação num programa de varredura. É a evolução final do plano deles.

"E qual é esse plano? A pergunta é essa. Estou pedindo para vocês peneirarem os boatos e rumores, para enxergar o que é real. Preciso de pessoas que possam falar com seus amigos, explorar a internet, ouvir as vozes carregadas pelo vento."

Gabriel apontou para Sebastian.

– Este homem criou o primeiro de uma série de sites virtuais clandestinos. Enviem suas informações para essas páginas da internet e começaremos a organizar a resistência.

"Lembrem que todos vocês ainda têm uma opção. Não precisam aceitar esse novo sistema de controle e de medo. Nós temos o poder de dizer não. Temos o direito de ser livres. Obrigado."

Ninguém aplaudiu ou gritou concordando, mas todos pareciam apoiar o Peregrino quando ele saiu da sala. As pessoas tocavam na mão de Gabriel quando ele passava por elas.

Estava frio na rua. Madre Blessing disse para Brian, o mercenário irlandês que esperava na calçada:

– Já terminou. Vamos embora.

Entraram na parte de trás de uma van de entregas e Brian sentou no banco do motorista. Poucos segundos depois a van já se movia lentamente, no meio do nevoeiro na Langley Lane.

Madre Blessing virou a cabeça e olhou fixo para Gabriel. Pela primeira vez desde que ele conhecera a Arlequim, ela não o ameaçou com desprezo absoluto.

– Você vai fazer mais algum discurso? – perguntou ela.

Eu ainda vou procurar meu pai, pensou Gabriel, mas guardou segredo desse plano.

– Talvez. Eu não sei.

– Você me fez lembrar o seu pai – disse Madre Blessing. – Antes de irmos para a Irlanda, eu o ouvi falar algumas vezes para grupos de pessoas em Portugal e na Espanha.

– Ele alguma vez mencionou a família?

– Ele me contou que você e seu irmão conheceram Thorn quando eram pequenos.

– Só isso? Você protegeu meu pai alguns meses e ele nunca disse mais nada?

Madre Blessing virou para a janela quando passaram por uma ponte sobre o rio.

– Ele disse que os Arlequins e os Peregrinos seguiam por um longo caminho e que às vezes era difícil ver a luz ao longe.

Camden Market era onde Maya, Vicki e Alice tinham desembarcado do barco no canal e entrado em Londres. Na era vitoriana, era usado como ponto de carregamento do carvão e da madeira que era levada pelas barcas. Os armazéns e depósitos tinham sido convertidos em um grande mercado cheio de pequenas lojas de roupas e barracas de lanches. Era um lugar para comprar cerâmica e doces, joias antigas e uniformes do exército.

Brian deixou os dois na Chalk Farm Road e Madre Blessing levou Gabriel para o mercado. Os imigrantes das barracas que serviam comida estavam empilhando cadeiras e jogando frango ao curry em sacos de lixo. Algumas luzes coloridas que sobraram da decoração de Natal balançavam para lá e para cá, mas o entorno do mercado estava às escuras e os ratos corriam pelos cantos.

Madre Blessing conhecia todos os pontos onde havia câmeras de vigilância naquela área, mas de vez em quando parava e usava o detector de câmeras – um equipamento portátil mais ou menos do tamanho de um telefone celular. Diodos com grande potência nesse equipamento emitiam luz infravermelha que era invisível para o olho humano. As lentes de uma câmera de vigilância refletiam esse espectro estreito de luz, de modo que brilhavam como uma miniatura de lua cheia na tela da máquina. Gabriel ficou impressionado com a rapidez da Arlequim para detectar uma câmera escondida e depois sair do seu campo de visão.

O extremo leste do mercado tinha muitos prédios antigos que tinham sido usados como estábulos para os cavalos que puxavam as carroças e passageiros pelas ruas de Londres. Havia mais estábulos daquele tempo em túneis chamados de catacumbas, que seguiam nos subterrâneos a rota dos trilhos de trem elevados. Madre Blessing guiou Gabriel por um arco de tijolos até as catacumbas e eles passaram rapidamente por lojas fechadas e estúdios de artistas. Por uns sessenta metros, o túnel era pintado de cor-de-rosa. Em outra área as paredes eram cobertas de papel metálico. E finalmente chegaram à entrada da loja de Winston Abosa. O africano estava sentado no chão de cimento, costurando a pele de um animal num tambor.

Winston se levantou e cumprimentou os recém-chegados.

– Bem-vindos de volta. Espero que tenha dado tudo certo na sua palestra.

– Algum cliente? – perguntou Madre Blessing.

– Não, senhora. Foi uma noite calma.

Eles deram a volta nos tambores e estátuas de ébano de deuses tribais e mulheres grávidas. Winston puxou um estandarte de tecido anunciando um festival de percussão em Stonehenge e revelou uma porta de aço reforçada na parede de tijolos. Ele destrancou essa porta e os três entraram num apartamento de quatro cômodos que saíam de um único corredor. O primeiro cômodo tinha uma cama de armar e duas telas de televisão que mostravam imagens da loja e da entrada das catacumbas. Gabriel seguiu pelo corredor, passou por uma pequena cozinha e por um banheiro. Chegou a um quarto sem janelas que tinha uma cadeira, uma mesa e uma cama de ferro forjado. Aquela tinha sido sua moradia nos últimos três dias.

Madre Blessing abriu o armário da cozinha e tirou uma garrafa de uísque irlandês. Winston seguiu Gabriel até o quarto dele.

– Está com fome, Gabriel?

– Agora não, Winston. Vou fazer um chá com torradas mais tarde.

– Todos os restaurantes ainda estão abertos. Posso comprar alguma coisa e trazer para cá.

– Obrigado. Mas compre o que você quiser. Eu vou deitar um pouco.

Winston fechou a porta e Gabriel ouviu o africano conversando com Madre Blessing. Ele deitou na cama e ficou olhando para a única lâmpada do quarto, que pendia de um fio no meio do teto. O quarto era gelado e escorria água de uma rachadura na parede.

A energia que Gabriel sentiu durante o discurso tinha acabado. Ele se deu conta de que estava exatamente como o seu pai naquele momento. Os dois deitados num quarto escondido, protegidos por uma Arlequim. Mas os Peregrinos não precisavam aceitar essas limitações. A Luz podia buscar a Luz num mundo paralelo. Se ele fizesse a travessia, podia tentar encontrar seu pai no Primeiro Mundo.

Gabriel se levantou e sentou na beira da cama, com as mãos no colo e os pés no chão de cimento. Relaxe, ele pensou. No primeiro estágio, a travessia era como rezar ou meditar. Ele fechou os olhos e imaginou um corpo de Luz dentro do seu corpo físico. Sentiu sua energia e seguiu o contorno dentro dos ombros, braços e pulsos.

Respire. Solte o ar. E de repente a mão esquerda caiu do colo no colchão como um peso morto. Quando abriu os olhos, viu que um braço e uma mão fantasmas tinham se soltado do seu corpo. O braço era um espaço negro com pequenos pontos de luz, como uma constelação no céu noturno. Concentrado nessa outra realidade, Gabriel moveu a mão fantasma mais para cima, mais um pouco, e então, subitamente, toda a Luz se desprendeu do seu corpo como uma crisálida saindo do casulo.

25

Na varanda da sua casa de dois andares, Rosaleen Magan observava o capitão Thomas Foley cambalear por uma ruazinha estreita em Portmagee. O pai dela tinha esvaziado cinco garrafas de cerveja Guiness durante o jantar, mas Rosaleen não reclamou dele beber assim. O capitão tinha ajudado a criar seis filhos, saindo para pescar com qualquer tempo, e nunca provocou uma briga no pub da aldeia. Se ele quer mais uma garrafa, tudo bem, ela pensou. Ajuda a esquecer a artrite.

Ela foi até a cozinha e ligou seu computador na alcova perto da despensa. Seu marido estava em Limerick fazendo um curso e o filho era marceneiro nos Estados Unidos. No verão, a sua casa ficava cheia de turistas, mas nos meses de inverno nem os observadores de pássaros apareciam. Rosaleen preferia aquela estação mais calma, apesar de pouca coisa acontecer durante o dia. Sua irmã mais velha trabalhava na agência do correio em Dublin. E estava sempre falando do último filme ou peça a que tinha assistido no Abbey Theatre. Uma vez foi grosseira a ponto de chamar Portmagee de "uma aldeiazinha sonolenta".

Aquela noite Rosaleen tinha notícias suficientes para mandar um e-mail decente. Certamente ocorreram atividades misteriosas na Skellig Columba, e o pai dela era a única fonte confiável de informação sobre a ilha.

Rosaleen fez a irmã lembrar que um ano antes um homem mais velho chamado Matthew tinha ido para a ilha com uma irlandesa ruiva que subitamente tornou-se a líder das Clarissas Pobres. Poucos dias atrás um grupo ainda mais exótico tinha chegado a Portmagee – uma menina chinesa, uma mulher negra, um homem americano e uma jovem com sotaque britânico. Um dia depois de levá-los para a ilha, pediram para o pai dela transportar a suposta abadessa e o homem americano de volta para o continente. O que está acontecendo é realmente estranho, digitou Rosaleen. Isto aqui pode não ser Dublin, mas temos mistérios em Portmagee.

Escondido dentro do computador estava um vírus espião que tinha infectado milhões de computadores pelo mundo todo. O espião ficava à espera como uma cobra tropical no fundo de uma lagoa escura. Quando certas palavras e nomes aparecem, o programa detectava essa nova informação, copiava e, então, saía pela internet ao encontro do seu dono.

Vicki Fraser gostava de acordar no dormitório da casa do convento onde ficava a cozinha. Seu rosto ficava sempre gelado, mas o resto do seu corpo estava enrolado num edredom de penas de ganso. Alice dormia no canto e Maya a poucos centímetros, com sua espada Arlequim sempre à mão.

A casa da cozinha era silenciosa de manhã. Quando o sol a alcançava de um certo ângulo, um raio de luz branco-amarelada entrava pela janela e se movia lentamente pelo chão. Vicki pensava em Hollis e o imaginava deitado ao seu lado. O corpo dele era coberto de cicatrizes de todos os tipos de lutas e confrontos, mas quando ela olhava nos olhos dele via carinho. Agora que estavam seguras na ilha, Vicki tinha tempo para pensar nele. Hollis era um ótimo lutador, mas ela ficava preocupada de ele se meter em encrenca por ser tão seguro.

Por volta das seis horas, irmã Joan foi para a cozinha e começou a bater as chaleiras enquanto fazia o chá. As três outras freiras chegaram meia hora depois e todas tomaram café da manhã juntas. Havia um grande vidro de mel no meio da mesa de jantar. Segurando o vidro com as duas mãos, Alice gostava de derramar o mel formando desenhos sobre o seu mingau de aveia.

A menininha ainda se recusava a falar, mas parecia gostar de viver na ilha. Ajudava as freiras em suas tarefas diárias, colhia flores e punha em vidros de geleia, explorava a ilha com um pedaço de pau que fingia que era uma espada de Arlequim. Um dia guiou Vicki por uma trilha estreita que cortava a descida de um penhasco. Eram uns cem metros em linha reta até a praia onde as ondas cobriam as pedras.

No fim do caminho havia uma pequena caverna. Tinha um banco de pedra coberto de musgo e um pequeno altar com uma cruz celta.

– Isso parece a caverna de um eremita – disse Vicki, e Alice gostou da ideia.

As duas ficaram sentadas do lado de fora da estreita entrada da caverna e Alice jogou pedrinhas no horizonte.

Alice tratava Vicki como uma irmã mais velha, encarregada de escovar seu cabelo. Ela adorava as freiras, que liam livros de aventuras para ela e faziam bolos com passas para o chá. Uma noite ela até deitou num banco da capela com a cabeça no colo da irmã Joan. Maya era uma categoria diferente para a menina. Não era mãe, irmã ou amiga. Às vezes, Vicki observava as duas se olhando com uma compreensão estranha. Parecia que elas compartilhavam o mesmo sentimento de solidão, por mais que tivessem pessoas à sua volta.

Duas vezes por dia, Maya visitava o corpo de Matthew Corrigan na câmara embaixo da casa que servia de depósito. O resto do tempo ficava sozinha, andava pela trilha de pedras até o cais e ficava olhando o mar. Vicki não perguntou o que tinha acontecido, mas era claro que Maya tinha feito alguma coisa que dera motivo para Madre Blessing levar Gabriel e sair de Skellig Columba.

No oitavo dia delas na ilha, Vicki acordou bem cedo e viu a Arlequim ajoelhada ao seu lado.

– Vamos lá para baixo – Maya sussurrou. – Preciso conversar com você.

Enrolada num xale preto, Vicki desceu para a sala de jantar, onde havia uma mesa comprida com dois bancos. Maya tinha acendido o fogo com turfa no forno e dele emanava algum calor. Vicki sentou num banco e encostou na parede. Uma vela grande ardia no meio da mesa e passavam sombras no rosto de Maya enquanto ela andava pela sala.

– Lembra quando chegamos a Portmagee e Gabriel e eu fomos procurar o capitão Foley? Depois que saímos da casa dele, sentamos naquele banco perto da praia e eu jurei que ia ficar do lado do Gabriel... não importa o que acontecesse.

Vicki fez que sim com a cabeça e falou baixinho:

– Isso deve ter sido difícil. Uma vez você me disse que os Arlequins não gostam de prometer nada...

– Não foi nada difícil. Eu queria dizer aquelas palavras, mais do que qualquer outra coisa.

Maya chegou perto da vela e ficou olhando fixo para o fogo.

– Fiz uma promessa para o Gabriel e pretendo cumpri-la.

– O que quer dizer?

– Vou para Londres encontrá-lo. Ninguém pode protegê-lo melhor do que eu.

– E Madre Blessing?

– Ela me atacou na capela, mas isso foi só para chamar a minha atenção. Não vou deixar que me intimide de novo. – Com um olhar de raiva, Maya recomeçou a andar de um lado para outro. – Luto com ela, com Linden, com qualquer um que tentar me separar do Gabriel. Arlequins diferentes têm me dado ordens desde que eu era criança, mas isso é passado.

Madre Blessing vai matar você, pensou Vicki. Mas ficou calada. O rosto de Maya parecia brilhar com uma energia feroz.

– Se essa promessa é importante para você, então vá para Londres. Não se preocupe com Matthew Corrigan. Eu estarei aqui se ele atravessar de volta para este mundo.

– Estou preocupada com a minha obrigação, Vicki. Eu concordei em ficar e protegê-lo.

— Aqui na ilha é seguro para ele – disse Vicki. – Até Madre Blessing disse isso. Ela ficou aqui quase seis meses e nunca viu nenhum observador de pássaros.

— E se acontecer alguma coisa?

— Eu resolverei o problema. Sou como você, Maya. Não sou mais uma criança.

Maya parou de andar e deu um pequeno sorriso.

— É. Você mudou também.

— Foley chega amanhã de manhã com os suprimentos e pode levá-la para o continente. Mas como vai encontrar o Gabriel em Londres?

— Ele deve ter entrado em contato com os Corredores Livres. Estive na casa deles ao sul do rio, na South Bank, então vou até lá falar com os amigos do Gabriel.

— Leve todo o dinheiro que está na minha mochila. Não podemos usá-lo aqui na ilha.

— Maya... – alguém disse num fiapo de voz, e Vicki se surpreendeu ao ver Alice Chen parada perto da escada. Era a primeira vez que a menina falava desde que entrara na vida deles. A boca de Alice se movia em silêncio, como se ela não acreditasse que algum som podia sair da sua garganta. E então ela falou outra vez: – Por favor, não vá, Maya. Gosto de ter você aqui.

O rosto de Maya se transformou na máscara habitual de Arlequim, mas a linha da boca ficou mais suave e ela se permitiu sentir outra emoção além da raiva. Vicki tinha observado Maya agir com bravura muitas vezes naqueles últimos meses. Mas o momento de maior bravura foi agora – nesse exato momento –, quando ela atravessou a sala e abraçou a menininha.

Um dos mercenários ingleses que tinha ido para a Irlanda com Boone abriu a porta lateral do compartimento de carga do helicóptero. Boone estava sentado num banco de aço, trabalhando no seu laptop.

– Com licença, senhor. O senhor pediu para avisar quando o sr. Harkness chegasse.

– Correto. Obrigado.

Boone vestiu o paletó e desceu do helicóptero. Os dois mercenários e o piloto ficaram na pista fumando e conversando sobre ofertas de emprego em Moscou. Nas últimas três horas, todos estavam esperando, numa pequena pista de pouso e decolagem na periferia de Killarney. A tarde estava no fim e os pilotos amadores que praticavam aterrissagens com vento cruzado tinham ancorado seus aviões e ido para casa. O campo de pouso ficava no meio da área rural na Irlanda, rodeado de pastos cercados. Carneiros pastavam no lado norte da pista. Vacas leiteiras ao sul das cabanas Quonset. Havia um cheiro agradável de capim cortado no ar.

Uma pequena picape com placa de aço cobrindo o chão da carroceria estava estacionada a uns duzentos metros dali, dentro do portão da entrada. O sr. Harkness desceu da picape e Boone atravessou a pista para encontrá-lo. Boone tinha conhecido o guarda do zoológico aposentado em Praga quando capturaram, interrogaram e mataram o pai de Maya. O velho era muito pálido e tinha os dentes estragados. Usava um paletó esporte de *tweed* e uma gravata militar manchada.

Boone tinha contratado e supervisionado muitos mercenários, mas não se sentia bem com Harkness. O velho parecia gostar de cuidar dos animais sobrepostos. Era o trabalho dele, é claro. Mas Harkness ficava excitado quando falava sobre esses animais, geneticamente modificados, criados pelos cientistas-pesquisadores da Irmandade. Era um homem sem poder que agora controlava algo altamente perigoso. Boone sempre tinha a sensação de estar lidando com um mendigo que brincava com uma granada armada.

– Boa-noite, sr. Boone. É um prazer encontrá-lo de novo.

Harkness balançou a cabeça para cima e para baixo respeitosamente.

– Algum problema no aeroporto de Dublin?

– Não, senhor. Todos os papéis foram carimbados e assinados adequadamente pelos nossos amigos do Zoológico de Dublin. Os fiscais da alfândega nem olharam dentro das jaulas.

RIO ESCURO

– Algum ferimento durante o transporte?
– Todos os espécimes estão saudáveis. O senhor quer ver?

Boone não disse nada enquanto Harkness abria a caçamba da picape. Havia quatro contêineres de plástico, do tamanho dos usados para cães nos aviões. Os buracos de ventilação eram cobertos por uma tela de arame grossa, mas as quatro caixas emitiam um odor fétido de urina e comida podre.

– Eu os alimentei quando chegamos ao aeroporto, mas foi só. A fome é sempre melhor para o que eles talvez tenham de fazer.

Harkness bateu com a palma da mão no topo de uma caixa. Um barulho rouco de latido veio lá de dentro e três outros sobrepostos responderam. Os carneiros que pastavam perto da pista de pouso ouviram o barulho. Começaram a balir e correram na direção oposta à da picape.

– Criaturinhas perversas – disse Harkness, exibindo os dentes manchados.

– Eles brigam entre si?

– Não é sempre. Esses animais foram criados geneticamente para atacar, mas possuem as mesmas características gerais de sua espécie. Este na caixa verde é o capitão, e os outros três são seus suboficiais. Não se ataca o líder, a menos que se saiba que pode matá-lo.

Boone olhou bem para Harkness.

– E você consegue controlá-los?

– Sim, senhor. Tenho uma tenaz bem pesada na picape e um condutor de eletrochoque de gado. Não deve ser problema.

– O que acontece se os soltarmos?

– Bem, sr. Boone... – Harkness olhou para o chão. – Uma arma de fogo é a melhor ferramenta depois que eles completam seu trabalho.

Os dois pararam de falar quando um segundo helicóptero se aproximou, vindo do leste, circulou a pista de pouso e aterrissou na grama. Boone deixou Harkness e foi andando pela pista ao encontro dos recém-chegados. A porta lateral se abriu, um mercenário baixou uma pequena escada e Michael Corrigan apareceu na porta.

– Boa-tarde! – ele disse alegremente.

Boone ainda não tinha resolvido se devia chamar o Peregrino de Michael ou de sr. Corrigan. Meneou a cabeça educadamente.

– Como foi o voo?

– Nenhum problema. Está preparado para partir, Boone?

Sim, eles estavam prontos. Mas Boone ficou irritado de não ser o general Nash a fazer aquela pergunta.

– Acho que devemos esperar até a noite – ele disse. – É mais fácil encontrar o alvo quando ele está dentro de uma construção.

Depois de um jantar leve de sopa de lentilhas e biscoitos Cream-Cracker, as Clarissas Pobres saíram da aquecida casa da cozinha e desceram até a capela. Alice foi atrás delas. Desde que Maya foi embora da ilha, a menininha havia retomado seu silêncio auto-imposto, mas parecia gostar de ouvir as orações cantadas em latim. Às vezes seus lábios se moviam, como se ela cantasse junto com as freiras, em pensamento. *Kyrie eleison. Kyrie eleison.* Senhor, tenha piedade de nós.

Vicki ficou para lavar os pratos. Algum tempo depois ela se deu conta de que Alice tinha deixado o casaco embaixo do banco perto da porta da frente. O vento estava forte outra vez, soprava do leste, e a capela devia estar gelada. Ela deixou os pratos dentro da pia de pedra, pegou a jaqueta da menina e correu lá para fora.

A ilha era um mundo fechado. Depois de andar por lá algumas vezes, dava para ver que a única maneira de se libertar daquela realidade específica era olhar para cima, para o céu. Em Los Angeles, uma camada manchada de névoa e poluição escondia a maior parte das estrelas, mas o ar era limpo sobre a ilha. Perto da casa da cozinha, Vicki olhou para cima, para o fio da lua nova e para a poeira luminosa da Via Láctea. Deu para ouvir o grito distante de um pássaro marinho, que foi respondido por outro.

Quatro luzes vermelhas apareceram no oeste. Eram como pares de faróis, flutuando pelo céu noturno. Aviões, ela pensou. Não, são dois helicópteros. Em poucos segundos Vicki entendeu o que ia acontecer. Ela estava no conjunto de prédios da igreja a noroeste de Los Angeles quando a Tábula tinha atacado exatamente da mesma forma.

Com cuidado para não tropeçar nos pedaços ásperos de pedra, ela correu até o plano mais baixo e entrou na capela em forma de barco. A cantoria parou na mesma hora que ela fechou a porta com força. Alice se levantou e olhou em volta da sala estreita.

– A Tábula está vindo em dois helicópteros – disse Vicki. – Vocês precisam sair daqui e se esconder.

Irmã Maura ficou apavorada.

– Onde? Na casa de depósito com Matthew?

– Leve-as para a caverna do eremita, Alice. Consegue encontrar o caminho no escuro?

A menina fez que sim com a cabeça. Ela segurou a mão da irmã Joan e puxou a cozinheira para a porta.

– E você, Vicki, o que vai fazer?

– Vou para lá depois. Primeiro preciso me certificar de que o Peregrino está seguro.

Alice ficou olhando para Vicki um tempo, então foi embora, levando as freiras para fora da capela e pela noite adentro. Vicki voltou para o plano do meio e viu que os helicópteros agora estavam muito mais próximos. As luzes vermelhas de segurança pairavam sobre a ilha como espíritos malignos. Ela ouvia o barulho surdo das pás das hélices girando e empurrando o ar.

Dentro da casa de depósito Vicki acendeu uma vela e abriu o alçapão no chão. Vicki quase acreditava que Matthew Corrigan estava sentindo o perigo que se aproximava. Talvez a Luz retornasse ao corpo dele e ela pudesse encontrar o pai de Gabriel sentado em seu túmulo. Depois de abrir o alçapão ela levou apenas alguns segundos para descer a escada e ver que o Peregrino continuava imóvel sob o lençol fino de musselina.

Vicki subiu a escada correndo, fechou o alçapão e cobriu-o com um tecido plástico. Pôs um velho motor de popa em cima desse plástico e espalhou em volta algumas ferramentas, como se alguém estivesse tentando consertá-lo.

– Proteja seu servo Matthew – ela rezou. – Por favor, meu Deus, livre-o da destruição.

Não podia fazer mais nada. Era hora de se juntar às outras na caverna. Mas quando saiu da casa viu a luz de lanternas no plano mais alto e as formas escuras das silhuetas de mercenários da Tábula contra o céu estrelado. Vicki entrou na casa de novo e pôs a barra de ferro nos suportes da porta. Tinha dito para Maya que ia proteger o Peregrino. Era uma promessa. Uma obrigação. O significado que os Arlequins davam para essa palavra chegou com tremenda força quando ela empurrou um contêiner bem pesado contra a porta.

Há mais de cem anos um Arlequim chamado Leão do Templo tinha sido capturado, torturado e assassinado ao lado do Profeta, Isaac T. Jones. Vicki e um pequeno grupo da sua igreja acreditavam que esse sacrifício nunca foi vingado. Por que Deus tinha posto Maya e Gabriel na sua vida? Por que ela fora parar naquela ilha, protegendo um Peregrino? Dívida Não Paga, pensou. Dívida Não Paga.

Três das casas-colmeias estavam vazias, mas a quarta estava trancada e os mercenários não tinham conseguido arrombar a porta. Antes de ir para Skellig Columba, Boone tinha lido todos os dados disponíveis sobre a ilha e sabia que as construções antigas tinham grossas paredes de pedra. Com aquelas paredes era difícil usar o scanner de infravermelho, por isso a equipe de Boone tinha levado também um aparelho portátil de raios X com imagem de alta resolução.

Quando os dois helicópteros desceram na ilha, todos pularam dele com desejo de capturar ou matar. Agora esse impulso agressivo tinha diminuído. Os homens armados falavam baixo e os feixes de suas lanternas cortavam a paisagem pedregosa. Dois deles desceram a encosta com o equipamento do helicóptero. Uma parte do aparelho de raios X parecia um telescópio refratário sobre um tripé. Ele lançava raios X através do alvo e uma pequena antena parabólica capturava os fantasmas resultantes.

As máquinas de raios X dos hospitais funcionavam segundo o princípio de que corpos de maior densidade absorviam mais raios X do que os menos densos. O equipamento deles funcionava porque os fótons dos raios X se moviam de modo diferente através de vários tipos de materiais. Substâncias que tinham número atômico mais baixo, como a carne humana, criavam uma imagem diferente do plástico ou do aço. Os cidadãos que viviam dentro da Imensa Máquina não se davam conta de que esses aparelhos de raios X ficavam escondidos na maioria dos aeroportos e que o pessoal da segurança espiava por baixo das roupas dos passageiros.

Michael Corrigan subiu vindo da capela com dois mercenários. Ele usava uma jaqueta esportiva e tênis de corrida, como se fosse correr em volta da ilha.

– Não há ninguém na capela, Boone. E nesta casa?

– Já vamos descobrir.

Boone ligou seu laptop ao aparelho de raios X e sentou numa rocha de calcário. Michael e alguns homens ficaram de pé atrás dele. A imagem de raios X em preto e branco levou alguns segundos para aparecer. Havia uma mulher dentro da casa de depósito empilhando caixas contra a porta. Não é uma das Clarissas Pobres, pensou Boone. O aparelho teria mostrado a forma esfumaçada do manto das freiras.

– Olha aqui – disse Boone para Michael. – Há uma pessoa no prédio. Uma mulher. Que está bloqueando a porta.

Michael reagiu com irritação.

– E o meu pai? Você me disse que Gabriel ou meu pai estaria nesta ilha.

– Essa foi a informação que eu recebi – disse Boone.

Ele girou a imagem para verificar ângulos diferentes do cômodo.

– Essa pode ser Maya. É a Arlequim que estava protegendo o seu irmão em Nova York e...

– Eu sei quem ela é – disse Michael. – Não se esqueça de que eu a vi na noite que ela atacou o centro de pesquisa.

– Podemos interrogá-la.

– Ela vai matar seus homens e depois se mata, a menos que possamos forçá-la a sair da casa. Peça ao sr. Harkness para vir até aqui com os sobrepostos.

Boone procurou não parecer aborrecido.

– Não é necessário neste momento.

– Sou eu que resolvo o que é necessário, Boone. Fiz alguma pesquisa antes de a sra. Brewster e eu concordarmos com esta operação. Essas construções antigas têm paredes extraordinariamente grossas. Foi por isso que eu quis que o sr. Harkness fizesse parte da equipe.

Os monges medievais tinham empilhado pedras para construir cada casa e deixaram alguns vãos nas paredes de cima para a fumaça poder sair. Muitos anos depois esses buracos de ventilação foram transformados em janelas no último andar da casa que servia de depósito. As janelas tinham entre trinta e quarenta centímetros de diâmetro. Mesmo se os homens do helicóptero quebrassem os vidros, não conseguiriam entrar por elas.

Escondida no escuro, Vicki ouviu a maçaneta mexer e alguém deu um soco na porta. Silêncio. Depois o barulho de algo batendo com força. A porta de carvalho vibrou e encostou na barra pesada de aço, mas as dobradiças eram cimentadas na parede. Vicki se lembrou de ter ouvido as freiras falando sobre ataques dos viquingues aos mosteiros irlandeses no século XII. Quando os monges não podiam fugir para o campo, iam para uma torre de pedra com suas cruzes de ouro e relicários com pedras preciosas. Eles rezavam e esperavam, enquanto os nórdicos tentavam arrombar.

Vicki empurrou mais contêineres até a porta e os empilhou uns sobre os outros. As batidas começaram de novo e depois pararam. Ela foi até a base da escada e viu a luz de uma lanterna entrando por uma das janelas pequenas e redondas no andar de cima.

Na carta de Meridian, Mississippi, Isaac Jones tinha dito para os fiéis: "Olhe para dentro de você e encontre o poço que jamais secará. Nossos corações transbordam com bravura e amor..."

Alguns meses atrás Vicki estava no aeroporto de Los Angeles, uma menina de igreja muito tímida e assustada, esperando uma Arlequim. Desde esse primeiro momento ela foi testada muitas vezes, mas nunca fugiu. Isaac Jones tinha razão. A bravura sempre existiu dentro dela.

Um barulho forte veio do andar de cima quando alguém espatifou o vidro de uma janela. Os cacos caíram no chão da casa. Será que eles conseguem entrar?, pensou Vicki. Não, só uma criança caberia naquela abertura. Ela esperou o estampido de um tiro ou uma explosão. Em vez disso ouviu um grito agudo que parecia de uma ave morrendo.

– Salve-me, Deus. Por favor, salve-me... – sussurrou Vicki.

Ela procurou uma arma e encontrou duas varas de pesca, um saco de cimento e uma lata de gasolina vazia. Empurrou, aflita, esses objetos inúteis para o lado e descobriu algumas ferramentas de jardinagem encostadas na parede. Embaixo de todas elas havia uma pá com lama endurecida.

Vicki ouviu um rosnado baixo e recuou para um canto. Havia uma forma na escada, um anão atarracado, barrigudo, de ombros largos. O anão desceu até a metade dos degraus e virou a cabeça para onde ela estava. Foi então que Vicki se deu conta de que não era um ser humano, era uma espécie de animal com focinho preto de cachorro.

Com gritos estridentes e rangendo os dentes, o animal saltou por cima do corrimão da escada e correu para ela. Vicki levantou a pá na altura do ombro. Quando o animal pulou de cima de um baú ela o golpeou com toda a força que tinha. A pá atingiu o meio do peito dele. O animal caiu no chão, mas logo se levantou e pulou para a frente, agarrou as pernas de Vicki com patas que tinham cinco dedos.

Vicki bateu com a pá nele e a borda atingiu o pescoço da criatura. Os berros do animal encheram a casa enquanto Vicki usava a pá como um porrete, batendo e batendo sem parar. O animal acabou rolando de costas no chão, com os dentes à mostra. O sangue escorria da boca dele e os braços se moviam com dificuldade. O bicho tentou se levantar, mas Vicki continuou batendo com a pá. E finalmente ele parou. Estava morto.

Duas velas tinham caído e apagado. Vicki pegou a única que ainda estava acesa e examinou seu atacante. Ficou surpresa ao descobrir que era um pequeno babuíno com pelo castanho-amarelado. O símio tinha papos nas bochechas, o focinho comprido e sem pelos e poderosos braços e pernas. Os olhos bem juntos ainda estavam abertos e parecia que a criatura morta olhava com ódio para ela.

Vicki lembrou que Hollis tinha falado dos animais que o atacaram na casa dele em Los Angeles. Aquele era do mesmo tipo. Hollis tinha chamado os bichos de... sobrepostos. Os cromossomos do babuíno tinham sido modificados e recompostos pelos cientistas da Tábula, criando um híbrido genético cujo único desejo era atacar e matar.

Os homens lá fora quebraram uma segunda janela no andar de cima. Vicki segurou a pá com as duas mãos e moveu-se em silêncio pelo cômodo. A sua perna esquerda sangrava de um corte. O sangue pingava da bainha da calça e manchava o chão onde ela pisava. Passou um minuto e nada aconteceu. Então a luz da única vela tremulou um pouco e três sobrepostos apareceram na escada. Eles pararam, cheiraram o ar e o líder fez um ruído rouco que parecia um latido.

Eles eram muitos e fortes demais. Vicki sabia que ia morrer. Os pensamentos surgiram na mente dela como fotografias num velho álbum. Sua mãe, a escola e os amigos... tantas coisas que um dia pareciam tão importantes e que já estavam desaparecendo da memória. A lembrança mais clara era a de Hollis, e Vicki sentiu uma tristeza imensa de nunca mais vê-lo. Eu te amo, ela pensou. Saiba que é para sempre. Meu amor nunca será destruído.

    Os animais farejaram o sangue de Vicki. Pularam da escada e foram para cima dela com velocidade e fúria. Eles berravam o tempo todo e o barulho enchia o pequeno cômodo. Os dentes afiados fizeram Vicki pensar em lobos. Não tenho chance, pensou Vicki. Nenhuma chance. Mas ela levantou a pá e enfrentou o ataque.

26

Sophia Briggs tinha dito para Gabriel que todo ser vivo continha uma energia eterna e indestrutível chamada de Luz. Quando as pessoas morriam, sua Luz retornava para a energia que estava presente em todo o universo. Mas só os Peregrinos eram capazes de enviar a sua Luz para mundos diferentes e depois voltar para os seus corpos vivos.

Os seis diferentes mundos, como Sophia explicou, eram realidades paralelas, separadas por uma série de barreiras feitas de água, terra, fogo e ar. Gabriel tinha encontrado as diferentes passagens para vencer cada barreira na primeira vez que fez a travessia. E agora, enquanto seu corpo permanecia no quarto dos fundos da loja de tambores de Camden Market, a sensação que tinha era de estar flutuando no espaço, cercado por uma escuridão infinita. Gabriel pensou no seu pai e de repente foi impulsionado para o desconhecido, guiado pela intensidade do seu desejo de encontrar essa pessoa.

A sensação de estar flutuando desapareceu. Gabriel sentiu terra molhada e pedrinhas pontiagudas nas mãos. Abriu os olhos e viu que estava deitado de costas a poucos metros de um grande rio.

Ele ficou rapidamente de pé e olhou em volta, à procura de qualquer sinal de perigo. Estava numa encosta enlameada cheia de automóveis destruídos e peças de máquinas enferrujadas. Havia ruínas carbonizadas de alguns prédios uns seis metros acima de onde ele estava, no alto da margem do rio. Gabriel não sabia ao certo se era dia ou noite, porque o céu estava coberto por uma camada de nuvens amareladas que de vez em quando se abriam para mostrar um tom mais claro de cinza. Ele tinha visto nuvens como aquelas algumas vezes em Los Angeles, quando a fumaça de um incêndio numa montanha se combinava com a poluição do ar para apagar o sol.

Havia uma ponte destruída a oitocentos metros rio acima. Parecia que tinham usado explosivos ou jogado uma bomba do alto. Colunas de tijolos e dois arcos graciosos ainda restavam intactos na água. Sustentavam vigas mestras retorcidas e um pedaço de estrada.

Gabriel deu alguns passos cautelosos na direção do rio e procurou se lembrar do que Hollis tinha dito em Nova York, quando conversava com Naz, o guia deles pelos túneis subterrâneos. Hollis e Vicki sempre citavam as cartas de Isaac Jones, e Gabriel não prestava muita atenção. Era alguma coisa sobre o caminho errado que levava a um rio escuro.

Bem, Isaac Jones estava certo sobre esse lugar, ele pensou. Aquele rio era negro como petróleo, a não ser nos pontos em que havia um pouco de espuma branca e suja flutuando na superfície. Tinha um cheiro forte e ácido, como se fosse poluído com produtos químicos. Gabriel se ajoelhou, pegou um pouco de água na palma da mão e logo se livrou dela porque sua pele começou a queimar.

Gabriel se levantou de novo e olhou em volta para se certificar de que estava em segurança. Por um momento, desejou ter levado a espada-talismã que foi presente de seu pai, mas Maya ficara com ela. Você não precisa de arma, ele pensou. Você não está aqui para matar ninguém. Ia andar com cuidado por ali e tentar ficar fora de vista. Talvez encontrasse o pai enquanto procurava a passagem de volta para o seu mundo.

Tinha quase certeza de que estava no Primeiro Mundo. Em outras culturas era chamado de Submundo, Hades, Sheol... inferno. A história de Orfeu e Eurídice era um mito grego ensinado para as crianças na escola, que também mostrava as experiências de um Peregrino anônimo que uma vez tinha visitado esse lugar. Era importante não comer nada ali, mesmo se o alimento fosse oferecido por algum líder poderoso. E quando finalmente chegasse ao portal, não devia jamais olhar para trás.

Na confissão de São Columba traduzida pelo pai de Gabriel, o santo irlandês descreveu o inferno como uma cidade com habitantes humanos. Os cidadãos do inferno contaram para Columba de outras cidades, conhecidas por ouvir dizer ou vistas ao longe. Gabriel sabia que poderia ser morto ou feito prisioneiro naquele lugar. Resolveu ficar perto do rio e se afastar da ponte em ruínas. Se chegasse a alguma barreira ou se visse alguma coisa que parecesse perigosa, daria meia-volta e seguiria o rio de volta para o lugar aonde tinha chegado.

A encosta era íngreme e escorregadia. Ele levou alguns minutos para chegar à carcaça de tijolos de um prédio destruído. Uma luz tremeluziu dentro da estrutura e ele imaginou se ainda havia fogo. Com todo o cuidado, Gabriel espiou por uma janela. Em vez de fogo ele viu uma chama laranja-escura saindo do que parecia um cano de gás. Aquele lugar tinha sido uma cozinha, mas o fogão e a pia agora estavam cobertos de fuligem e a única peça de mobília que restava era uma mesa de madeira de cabeça para baixo, com uma só perna. Ele ouviu barulho de sapatos arrastando no chão. Antes de poder reagir, um braço o agarrou por trás e uma mão encostou uma lâmina no seu pescoço.

– Dê-me a sua comida – sussurrou um homem.

A voz tinha um tom ofegante e hesitante, como se o homem não acreditasse nas próprias palavras.

– Dê-me toda a sua comida e não morrerá.

– Está bem – disse Gabriel e começou a se virar.

– Não se mexa! Não olhe para mim!

– Não estou tentando olhar para você – disse Gabriel. – A minha comida está lá perto da ponte. Escondida num lugar secreto.

— Ninguém tem segredos para mim — disse a voz com um pouco mais de segurança. — Leve-me até a comida. Rápido.

Com a faca ainda encostada no pescoço, Gabriel foi se afastando lentamente do prédio. Quando chegou ao topo da margem do rio, deu alguns passos descendo a encosta para ficar um pouco mais baixo do que o seu assaltante.

Gabriel agarrou o pulso do homem, puxou para baixo e torceu para a direita. O homem urrou de dor, soltou a faca e caiu para a frente, na encosta. Gabriel pegou a faca. Era uma arma improvisada que parecia uma lâmina de aço afiada numa pedra.

Gabriel estava sobre um homem extremamente magro, encolhido no chão. O cabelo dele era oleoso e tinha uma barba preta emaranhada. A calça estava toda rasgada, quase um trapo, e por cima usava um paletó de *tweed* puído. Os dedos esqueléticos da mão esquerda não paravam de alisar a gravata verde imunda, como se aquela peça incoerente de roupa pudesse salvar sua vida de alguma forma.

— Eu peço desculpas — disse o homem magro. — Não devia ter feito isso. — Ele cruzou os braços raquíticos sobre o peito e inclinou a cabeça para baixo. — Baratas não fazem essas coisas. Baratas não deviam agir como lobos.

Gabriel levantou a faca.

— Você vai falar comigo. Entendeu? Não me faça usar isso...

— Eu entendi, senhor. Olhe! — O homem levantou as mãos sujas e ficou imóvel. — Não estou me mexendo.

— Como é seu nome?

— Meu nome, senhor? É Pickering. Sim, é Pickering. Já tive um nome de batismo um dia, mas esqueci. Devia ter escrito. — Ele deu uma risada nervosa. — Era Thomas, Theodore... um nome que começava com a letra T. Mas Pickering está correto. Não tenho dúvida disso. Sempre foi: "Venha aqui, Pickering. Faça isso, Pickering." E eu sou muito obediente, senhor. Pode perguntar para qualquer um.

— Está bem, Pickering. Então diga: onde estamos? Como é o nome deste lugar?

Pickering se surpreendeu de alguém fazer uma pergunta como essa. Seus olhos iam da esquerda para a direita, nervosos.

– Estamos na Ilha. É assim que chamamos. A Ilha.

Gabriel olhou para a ponte destruída rio acima. Por algum motivo ele tinha imaginado que podia sair daquela área e encontrar um lugar seguro para se esconder. Se aquela era a única ponte... ou se todas estivessem destruídas... ele estava preso naquela ilha até encontrar uma passagem. Será que foi isso que aconteceu com o seu pai? Será que ele estava vagando naquele mundo sombrio, à procura de um caminho para casa?

– O senhor deve ser um visitante. – Pickering pensou nisso um pouco e depois disse bem rápido, com voz aguda e ofegante: – Isto é... não tive intenção de dizer que o senhor não é um lobo. Nada disso! É claro que o senhor é um lobo bem forte. Não é uma barata. De jeito nenhum.

– Não sei bem do que você está falando. Sou um visitante. E estou procurando outro visitante como eu... um homem mais velho.

– Talvez eu possa ajudar – disse Pickering. – Sim, é claro. Sou exatamente a ajuda que o senhor precisa. – Ele se levantou e alisou a gravata verde. – Já andei por toda a Ilha. Já vi tudo.

Gabriel prendeu a faca artesanal no cinto.

– Se você me ajudar, eu o protejo. Serei seu amigo.

Os lábios de Pickering tremeram quando ele murmurou para si mesmo:

– Um amigo. Sim, é claro. Um amigo...

Parecia que ele pronunciava a palavra pela primeira vez.

Alguma coisa explodiu na cidade, um barulho surdo, e Pickering começou a subir a encosta aos tropeços.

– Com todo o respeito, senhor... não podemos ficar aqui. Uma patrulha vem vindo. Muito desagradável. Por favor, siga-me.

Pickering chamava a si mesmo de "barata" e partiu com a rapidez de um inseto assustado com uma luz forte. Ele entrou em um dos prédios em ruínas, passou por um labirinto de cômodos cheios de mobília descartada e pilhas de entulho. Em certo ponto Gabriel percebeu que tinha acabado de pisar em ossos de um esqueleto humano. Não tinha tempo para descobrir o que tinha acontecido.

— Cuidado onde pisa, senhor. Mas não pare. Não podemos parar.

E Gabriel seguiu o homem magro por uma porta até a rua.

Espantou-se com a luz que vinha de uma enorme chama de gás que rugia de uma fenda na calçada. O fogo cor de laranja oscilava de um lado para outro como um espírito maligno. A fumaça dessa chama soltava um resíduo preto e grudento que cobria as paredes dos prédios em volta, assim como a carcaça de um táxi amassado.

Gabriel parou de andar e ficou no meio da rua. Pickering chegou à calçada do outro lado. Abanou as mãos freneticamente como uma mãe chamando o filho.

— Mais depressa, meu amigo. *Por favor*. Vem vindo uma patrulha. Precisamos nos esconder.

— Que patrulha é essa? — perguntou Gabriel, mas Pickering já tinha desaparecido por uma porta.

O Peregrino correu para alcançar seu guia mendigo e foi atrás dele por cômodos vazios até outra rua. Tentou imaginar como era a cidade antes de ser destruída. Os prédios brancos tinham quatro ou cinco andares, telhados planos e varandas em muitas janelas. Um toldo de ferro retorcido cobria as mesas quebradas do que um dia tinha sido um café na calçada. Gabriel tinha visto cidades como essa em filmes e em revistas. Parecia a capital provinciana de algum país tropical, um tipo de balneário em que as pessoas passavam o dia na praia e jantavam bem tarde da noite.

Todas as janelas estavam quebradas e a maior parte das portas arrancada das dobradiças. Segura por alguns rebites, uma varanda de ferro trabalhado pendia para um lado de um prédio como uma criatura viva se esforçando para não cair na rua. Todas as paredes eram cobertas de grafite. Gabriel viu números, nomes e palavras escritas com letra de forma em preto. Setas mal desenhadas apontavam para algum destino desconhecido.

Pickering se abaixou dentro de um novo prédio e começou a se mover com todo o cuidado. Parou algumas vezes para escutar e só recomeçou a andar quando teve certeza de que estavam sozinhos. Gabriel seguiu seu guia por uma escadaria de mármore e por um corredor até um quarto onde havia um colchão meio queimado encostado na parede. Pickering empurrou o colchão para um lado e descobriu uma porta. Entraram num quarto que tinha as duas janelas bloqueadas com tábuas de compensado. A única luz vinha de uma pequena chama de gás que ardia num cano de cobre arrancado da parede.

Pickering puxou o colchão queimado de volta para cobrir a porta. Enquanto isso Gabriel examinou o quarto. Estava cheio de lixo que Pickering tinha juntado em suas incursões pela cidade. Havia garrafas vazias, uma pilha de cobertores mofados, uma poltrona verde com apenas dois pés e alguns espelhos rachados. Gabriel achou que o papel de parede estava soltando, depois se deu conta de que Pickering tinha pregado ilustrações de um livro de roupas de época. As mulheres nos desenhos desbotados usavam saias até o chão e blusas de gola alta, de cem anos atrás.

– É aqui que você mora?

Pickering olhou sem ver para os desenhos na parede e respondeu sem um pingo de ironia:

– Espero que ache confortável, senhor. Meu lar, doce lar.

– Você sempre morou neste prédio? Nasceu aqui?

– Como é seu nome, meu amigo? Pode me dizer? Amigos devem se chamar pelos nomes.

– Gabriel.

– Sente-se, Gabriel. É meu hóspede. Por favor, sente-se.

Gabriel sentou na poltrona. O tecido verde exalava um cheiro azedo e bolorento. Pickering parecia nervoso e satisfeito, ao mesmo tempo, de ter outra pessoa na sua casa. Como uma dona de casa diligente, ele saiu pelo quarto recolhendo o lixo espalhado e arrumando em pequenos montes.

– Ninguém nasceu na Ilha. Nós simplesmente acordamos aqui uma manhã. Tínhamos apartamentos, roupas e comida na geladeira. Quando ligávamos um interruptor, a luz acendia. Quando abríamos a torneira, saía água. Tínhamos empregos também. Na cômoda do meu quarto, eu tinha as chaves de uma loja que ficava a poucos quarteirões daqui. – Pickering deu um sorriso de prazer, como se estivesse dominado pela lembrança. – Eu era o sr. Pickering, costureiro de senhoras. Havia rolos de tecidos caros na minha loja. Eu não era um costureiro qualquer. Isso é óbvio.

– Mas você não quis saber por que veio parar aqui?

– Aquela primeira manhã foi um momento mágico porque... por algumas horas... todos pensamos que estávamos num lugar especial. As pessoas saíram para explorar toda a Ilha, foram conhecer os prédios e a ponte destruída.

Pela primeira vez, Gabriel viu num lampejo algo de sensibilidade e inteligência por trás do medo.

– Foi um dia muito alegre, Gabriel. Você nem imagina como. Porque todos nós acreditávamos que estávamos num lugar maravilhoso. Alguns até sugeriram que tínhamos sido transportados para o céu.

– Mas vocês não se lembravam dos seus pais, da sua infância?

– Não existem lembranças pessoais antes daquele primeiro dia. Apenas uns poucos sonhos. Só isso. Todos aqui sabem escrever e somar. Podemos usar ferramentas e sabemos dirigir automóveis. Mas ninguém se lembra de ter aprendido essas coisas.

– Então a cidade não estava destruída nesse primeiro dia?

– É claro que não.

Pickering pegou umas garrafas de vinho vazias e as encostou na parede.

– Tinha luz elétrica. Todos os carros estavam com o tanque cheio. Aquela tarde as pessoas falavam de organizar um governo e de consertar a ponte. Subindo num telhado dava para ver que a Ilha ficava no meio de um rio enorme. A margem ficava a alguns quilômetros de distância.

– E então, o que aconteceu?

– As brigas começaram aquela noite. Alguns homens socando e chutando uns aos outros enquanto o resto de nós observava, como crianças aprendendo um novo jogo. Ao amanhecer do dia seguinte, todos começaram a matar. – Pickering parecia quase orgulhoso. – Até eu matei um homem que tentou invadir a minha loja. Usei minha tesoura.

– Mas por que as pessoas destruíram suas próprias casas?

– A cidade foi dividida em zonas, dominadas por comandantes diferentes. Havia barreiras, fronteiras e zonas mortas. Este foi durante muito tempo o Setor Verde. Nosso comandante era um homem chamado Vinnick, até ser morto por seu segundo comandante.

– E quanto tempo durou essa guerra?

– Não há calendários na Ilha e todos os relógios foram destruídos. As pessoas costumavam contar os dias, mas então grupos diferentes chegavam com números diferentes e, é claro, brigavam para ver quem tinha razão. Por um tempo, o nosso Setor Verde manteve um tratado com o Setor Vermelho, mas nós fizemos uma aliança secreta e os traímos com os Azuis. No início, tínhamos revólveres e rifles, mas depois as balas acabaram e as pessoas tiveram de fazer suas armas. E por fim os comandantes foram mortos e seus exércitos se dispersaram. Agora há um comissário que envia patrulhas.

– Mas por que vocês não conseguiram fazer algum tipo de acordo?

Pickering deu risada sem pensar e depois ficou assustado.

– Não tive intenção de ofendê-lo, senhor. Meu amigo Gabriel. Não se zangue. É que a sua pergunta foi muito... inesperada.

– Não estou zangado.

– No tempo dos comandantes, diziam que a luta ia continuar até que determinado número de pessoas sobrevivesse. Discutimos sobre esse número. Eram noventa e nove, treze ou três sobreviventes? Ninguém sabe. Mas acreditamos que esses sobreviventes vão encontrar um modo de sair deste lugar e que o resto de nós vai renascer para sofrer de novo.

– Então, quantas pessoas restaram?

— Talvez dez por cento da população original. Alguns de nós somos baratas. Nós nos escondemos nas paredes, embaixo do assoalho... e sobrevivemos. As pessoas que não se escondem são chamadas de lobos. Elas andam pela cidade com suas patrulhas e matam todos que encontram pela frente.

— É por isso que você se esconde?

— É! — Pickering parecia seguro. — Eu estou convencido, posso garantir que as baratas vão sobreviver aos lobos.

— Olhe, eu não faço parte dessa guerra e não quero ficar de lado nenhum. Estou procurando outro visitante. Só isso.

— Eu entendo, Gabriel.

Pickering pegou uma pia de banheiro rachada e botou num canto do quarto.

— Por favor, aceite a minha hospitalidade. Fique aqui enquanto eu procuro o seu visitante. Não se arrisque, meu amigo. Se for encontrado por uma patrulha, os lobos o matarão na rua.

Antes de Gabriel poder reagir, Pickering já tinha empurrado o colchão incendiado para o lado, saído pela abertura e colocado a barreira de volta no lugar. Gabriel ficou na poltrona pensando em tudo que tinha visto desde a hora que se levantou à margem do rio. As almas violentas naquele mundo ficariam presas ali para sempre, num ciclo infinito de selvageria e destruição. Mas não havia nada de incomum no inferno. Seu próprio mundo já tivera lampejos e visões daquela fúria.

A chama de gás que ardia no cano fino de cobre parecia usar todo o oxigênio do quarto. Gabriel já estava suando e com a boca seca. Sabia que não devia comer nada naquele lugar, mas ia ter de encontrar uma fonte de água.

Ele se levantou, empurrou o colchão e saiu do esconderijo de Pickering. Quando começou a explorar o prédio, descobriu que tinha sido dividido em escritórios. Mesas, cadeiras, arquivos e máquinas de escrever antigas tinham sido abandonados e agora estava tudo coberto de poeira, uma poeira fina e branca. Quem trabalhava ali? Será que saíram de seus apartamentos naquela primeira manhã e foram para o trabalho com uma sensação vaga de que tudo isso não passava de uma extensão dos seus sonhos?

Ainda procurando água, Gabriel chegou a uma janela quebrada e espiou a rua. Viu dois carros cobertos de fuligem que tinham colidido um com o outro, com os capôs amassados como sanfonas. Pickering dobrou a esquina e Gabriel recuou para se esconder. O homem magro parou e olhou para trás, como se esperasse alguém.

Poucos segundos depois, apareceram cinco homens. Se Pickering se dizia uma barata, então aqueles homens eram, obviamente, os lobos. Usavam várias peças de roupas de tipos bem diferentes. Um homem louro de tranças no cabelo usava uma bermuda e um paletó de smoking com lapelas de cetim. Ao lado dele, um negro trajava um jaleco branco de laboratório. Os lobos tinham armas artesanais. Cacetes, espadas, machados e facas.

Gabriel saiu imediatamente daquela sala, entrou num corredor errado e acabou em outro grupo de salas desertas. Quando finalmente chegou à escada de mármore, ouviu a voz ofegante de Pickering no andar térreo:

– Por aqui, pessoal. Por aqui.

Gabriel continuou subindo a escada até o terceiro andar. Espiou pelo vão da escada e viu um clarão de fogo cor de laranja. Um dos lobos tinha acendido uma tocha feita com uma perna de mesa embrulhada em trapos cobertos de betume.

– Eu não menti para vocês – disse Pickering. – Ele estava aqui. Olhem, ele subiu pela escada. Vocês não percebem?

Gabriel viu que tinha deixado pegadas na poeira fina e branca que cobria a escada. O corredor atrás dele também estava coberto de pó. Onde quer que ele pisasse, os lobos poderiam rastrear seu caminho.

Não posso ficar aqui, ele pensou, e continuou subindo a escada. Chegou ao quinto e último andar. Passou por uma porta de aço contra incêndio pendurada por uma dobradiça e se viu no telhado. As nuvens cinza-amareladas que cobriam o céu tinham ficado escuras e volumosas, como se uma chuva maligna estivesse prestes a cair. Ele olhou para o horizonte, viu a ponte arruinada e a linha preta do rio.

Gabriel foi até a mureta de segurança que cercava a beira do telhado. Havia um vão de cinco metros entre o ponto em que ele estava e o prédio vizinho. Se errasse o salto, jamais voltaria para o seu mundo. Será que Maya veria seu corpo morto? Será que encostaria a orelha no seu peito e saberia que o coração dele finalmente tinha parado de bater? Ele deu a volta no telhado uma vez, duas vezes e voltou à posição original. Como havia aquele muro de proteção, não podia correr e aproveitar o impulso para se lançar.

A porta de aço foi arrancada e jogada escada abaixo. Pickering e a patrulha chegaram ao telhado.

– Estão vendo? Eu não falei? – disse Pickering.

Gabriel pisou na mureta de concreto e olhou para o prédio em frente. É longe demais, pensou. Longe demais mesmo.

Os lobos ergueram suas armas e avançaram para ele.

27

Dois mercenários da Tábula subiram a encosta até os helicópteros e voltaram com um gerador portátil. Puseram o gerador perto da casa de depósito e ligaram nele uma lâmpada de sódio. Michael olhou para cima. Os milhares de estrelas visíveis no céu noturno pareciam pequenas lascas de gelo. Fazia muito frio e o vapor da respiração de todos formava uma névoa clara no ar.

Michael ficou desapontado de não ter encontrado Gabriel nem o pai deles na ilha, mas a operação não foi um fracasso completo. A equipe talvez encontrasse documentos ou informação em algum computador que a levaria a um alvo mais promissor. A sra. Brewster ficaria sabendo que ele levou os híbridos genéticos e que exigiu uma abordagem agressiva na busca das casas da ilha. A Irmandade gostava de pessoas que assumiam o comando.

Ele sentou numa laje de calcário e ficou observando Boone dar ordens para os homens dele. Quando o equipamento de raios X informou que a pessoa dentro da casa estava neutralizada, um homem arrombou a pesada porta de carvalho com um machado. Boone mandou o mercenário parar quando já tinha feito um buraco com mais ou menos sessenta centímetros quadrados. Pouco depois um dos babuínos sobrepostos espiou pelo buraco como um cachorro curioso. Boone matou o animal com um tiro na cabeça.

Os dois híbridos genéticos que estavam dentro da casa começaram a gritar um para o outro. Eram suficientemente inteligentes para perceber o perigo e não chegar perto do buraco. O homem recomeçou a dar machadadas na madeira. Quinze minutos mais tarde tinha destruído completamente a porta. Os homens de Boone avançaram com cautela, tirando do caminho os contêineres e apontando as armas antes de entrar. Michael ouviu mais gritos e depois tiros.

Um dos homens de Boone tinha acendido o fogo na casa da cozinha e serviu canecas de chá para os outros. Michael usou a caneca para aquecer as mãos geladas enquanto aguardava mais informações. Dez minutos depois, Boone saiu pela porta destruída. Ele sorria e andava com segurança, como se tivesse recuperado seu poder. Aceitou uma caneca de chá e foi caminhando lentamente até onde Michael estava.

– A Arlequim está morta? – perguntou Michael.

– Maya não está na casa. Era uma jovem de Los Angeles, chamada Victory From Sin Fraser. – Boone deu uma risadinha de prazer. – Sempre achei esse nome engraçado.

– E ela era a única pessoa na casa?

– Ah, tinha mais alguém lá. No porão. – Boone esperou alguns segundos para dar a notícia, curtindo a tensão no rosto de Michael. – Acabamos de encontrar seu pai. Isto é... o corpo do seu pai.

Michael pegou a lanterna de um dos mercenários e seguiu Boone para a casa de depósito. Havia sangue no chão e nas paredes, ainda vermelho vivo e brilhando. Um pedaço de plástico cobria os quatro híbridos genéticos mortos. Outro plástico cobria Victory Fraser, mas Michael pôde ver as solas gastas do sapato dela.

Desceram a escada até o porão com cascalho no chão e passaram por uma porta para um cômodo adjacente. Matthew Corrigan estava deitado numa laje de pedra com um pano branco sobre as pernas. Quando Michael olhou para o corpo foi dominado por imagens do passado, com uma força inesperada. Lembrou-se do pai capinando a horta atrás da casa da fazenda, dirigindo a velha picape da família, amolando uma faca para destrinchar o peru de Natal. Lembrou-se do pai cortando lenha num dia de inverno, com a neve grudada no seu cabelo castanho e comprido, seu machado subindo contra o céu. Aqueles dias da infância tinham ficado para trás. Para sempre. Mas as lembranças ainda tinham o poder de emocionar Michael, por isso ele ficou com raiva.

– Ele não está morto – explicou Boone. – Eu usei o estetoscópio do kit médico e escutei o coração dele bater uma vez. É assim que vocês ficam quando fazem a travessia para outro mundo.

Michael não gostou do sorriso malicioso de Boone e do tom de voz insinuante.

– Está bem, você o encontrou – ele disse. – Agora saia daqui.
– Por quê?
– Não preciso de motivo nenhum. Se quiser manter seu emprego, recomendo que demonstre algum respeito por um representante do conselho executivo. Vá lá para cima e me deixe sozinho.

Boone fechou a cara, mas meneou a cabeça e saiu do porão. Michael ouvia os outros homens andando em volta da casa e empurrando caixas contra as paredes. Com a lanterna na mão esquerda, ele olhou para Matthew Corrigan. Quando Michael era pequeno, na Dakota do Sul, os adultos sempre diziam que Gabriel era muito parecido com o pai deles. Matthew estava grisalho e tinha muitas rugas no rosto, mas naquele momento Michael percebeu a semelhança. Ele imaginou se havia alguma verdade nos boatos captados pelos computadores da Tábula. Será que Gabriel tinha estado naquela ilha e descoberto o corpo?

– Você pode me ouvir? – perguntou Michael para o pai. – Você... está... me... ouvindo?

Nenhuma reação. Ele tocou na garganta do pai e apertou com força. Por um segundo pensou ter sentido o tremor de uma pulsação. Se largasse a lanterna poderia apertar a garganta de Matthew com as duas mãos. Mesmo com a sua Luz viajando por outra dimensão, seu corpo podia morrer neste mundo. Ninguém ia impedi-lo de matar Matthew. Ninguém ia criticar sua decisão. A sra. Brewster ia considerar esse ato mais uma demonstração da lealdade dele à causa.

Michael deixou a lanterna numa prateleira da parede e se aproximou mais do corpo do pai. Sua respiração apareceu como vapor e sumiu no ar gelado. Em toda a sua vida nunca se sentiu tão concentrado como naquele momento. Faça isso, pensou Michael. Ele fugiu há quinze anos. Agora pode desaparecer para sempre.

Ele estendeu a mão de novo e empurrou a pálpebra de Matthew para cima. Um olho azul olhou direto para ele sem nenhuma fagulha de vida na pupila escura. Michael teve a sensação de estar olhando para um morto. E era esse o problema. Em qualquer mundo, ele queria confrontar o pai e forçá-lo a admitir que tinha abandonado a família. Destruir aquela carcaça vazia não significava nada. Não lhe daria satisfação alguma.

Teve uma lembrança como um lampejo, de uma briga no pátio da escola na Dakota do Sul quando era adolescente. Depois que Michael socou e chutou seu oponente, o outro menino caiu no chão e cobriu o rosto com as mãos. Mas isso não bastou. Não era o que ele queria. O que Michael queria era a rendição completa. O medo.

Ele pegou a lanterna e subiu para o cômodo cheio de sangue, onde Boone e dois mercenários estavam à sua espera.

– Levem o corpo para um dos helicópteros – disse Michael para os três. – Vamos tirá-lo desta ilha.

28

Os lobos esperaram até Gabriel recuar para o telhado e então o agarraram. Prenderam os braços dele às costas, amarraram com um pedaço de fio e cobriram seus olhos com uma camisa rasgada. Quando o Peregrino não podia mais se defender, um dos lobos deu-lhe um soco na garganta. Gabriel caiu no chão de betume do telhado e tentou se encolher como uma bola, pois os lobos passaram a chutá-lo no peito e na barriga. Estava cego e desesperado, sem conseguir respirar.

Alguém golpeou a base da coluna dele com um porrete e uma onda de dor se espalhou por todas as partes do corpo. Gabriel ouviu vozes falando da escola. *Levem-no para a escola*. Ele foi agarrado, posto de pé e o arrastaram pela escada de mármore. Já na rua, ele tropeçava e dava topadas em montes de entulho. Procurou memorizar o caminho que faziam. Virar à esquerda. Virar à direita. Parar. Mas era difícil pensar sentindo aquela dor toda. Finalmente, o guiaram para outra escada e o levaram para um quarto com piso liso de cerâmica. Desamarraram o fio elétrico e trocaram por algemas. Prenderam uma coleira no pescoço dele, com um anel de aço pregado no chão.

O corpo do Peregrino estava todo dolorido e ele sentia o sangue seco no rosto e nas mãos. Imagens do rio, da ponte destruída, das chamas de gás entre os prédios arruinados dominaram a sua mente. Depois de algum tempo caiu num sono inquieto e acordou assustado quando ouviu a batida da porta se abrindo. Tiraram a venda dos seus olhos e Gabriel viu o homem negro de jaleco branco de laboratório e o outro, o louro de tranças.

– Você não pode sair deste prédio – disse o louro. – Você não tem vida... só se a dermos de volta.

Quando os lobos tiraram a coleira de metal, Gabriel olhou em volta do quarto. Viu uma mesa de professor e um quadro-negro antigo. Tinham pregado um alfabeto de papelão na parede, mas algumas letras verdes desbotadas pendiam de cabeça para baixo, presas por uma última tachinha.

– Você vem conosco – disse o negro. – O comissário quer conhecê-lo.

Os dois lobos seguraram os braços de Gabriel e o puxaram para o corredor. O prédio de três andares tinha paredes de tijolos e pequenas janelas com persianas. Em algum estágio da luta infinita, os lobos tinham convertido a escola em forte, dormitório, depósito e prisão. Quem era o comissário?, pensou Gabriel. Ele tinha de ser maior e mais forte, e até mais perverso do que os homens que andavam com arrogância pelo corredor, com porretes e facas pendurados no cinto.

Seguiram por outro corredor, passaram por algumas portas de mola e entraram numa sala grande que tinha sido o auditório da escola. Havia filas curvas de cadeiras de madeira diante do palco. Um cano de aço atravessava o estrado e alimentava de gás um equipamento em forma de L onde brilhava uma chama. Havia dois bancos perto da parede dos fundos. Os lobos sentaram neles como súditos à espera de uma audiência com um rei.

No centro do palco havia uma mesa grande, cheia de pastas de papelão e livros-razões pretos. O homem sentado a essa mesa usava um terno azul-escuro, camisa branca e gravata-borboleta vermelha. Era magro, careca e seu rosto era a expressão do farisaísmo. Mesmo de longe, Gabriel percebia que aquele homem devia conhecer todos os regulamentos e que estava preparado para impor todos eles, de todas as maneiras possíveis. Não haveria negociação nem concessão alguma. Todos eram culpados e seriam punidos.

Os dois guardas de Gabriel pararam no meio do corredor entre as cadeiras e esperaram o comissário concluir sua entrevista com um homem corpulento que segurava um saco de aniagem molhado de sangue. Um dos assistentes do comissário contou os objetos dentro do saco e sussurrou um número.

– Ótimo. – A voz do comissário era forte e decidida. – Você pode receber sua ração de comida.

O homem com o saco desceu do palco e o comissário anotou um número num livro-razão preto. Ele ignorou os outros que estavam na fila, os dois lobos levaram Gabriel até uma rampa que subia para o palco e o forçaram a sentar num banco de madeira diante da mesa. O comissário fechou seu livro-razão e olhou para o novo problema.

– Ora, é o nosso visitante de algum outro lugar. Disseram que seu nome é Gabriel. Essa informação está correta?

Gabriel ficou calado até o homem louro golpeá-lo nas costas com o porrete.

– Está correta. E quem é o senhor?

– Meus antecessores gostavam de títulos grandiosos e sem sentido, como general-de-divisão ou chefe de equipe. Um homem chegou a se chamar de presidente vitalício. É claro que ele só durou cinco dias. Depois de pensar muito, escolhi um título mais modesto. Sou o comissário das patrulhas neste setor da cidade.

Gabriel meneou a cabeça, mas continuou em silêncio. A chama de gás que ardia atrás dele fez um ruído sibilante.

– Visitantes de fora já apareceram na cidade, mas você é o primeiro que eu encontrei. Quem é você e como chegou aqui?

– Sou igual a todo mundo – disse Gabriel. – Quando abri os olhos estava à margem do rio.

– Eu não acredito nisso.

O comissário das patrulhas se levantou. Gabriel viu que ele tinha um revólver no cinto. O homem estalou os dedos e um dos assistentes correu para ele levando um segundo banco. O comissário sentou perto de Gabriel, inclinou-se para a frente e sussurrou:

— Algumas pessoas dizem que o poder divino vai salvar o último grupo de sobreviventes. É claro que é do meu interesse encorajar esse tipo de esperança fantasiosa. Mas eu acredito que fomos condenados a nos matar repetidamente até o fim dos tempos. Então significa que ficarei aqui para sempre, a não ser que encontre uma saída.

— Esta é a única cidade neste mundo?

— Claro que não. Antes do céu escurecer, dava para ver outras ilhas rio abaixo. Mas imagino que sejam apenas outros infernos, talvez com habitantes de culturas diferentes ou de eras históricas diferentes. Mas todas as ilhas são iguais, lugares em que as almas são condenadas a repetir esse ciclo por toda a eternidade.

— Se me deixar explorar a Ilha, posso procurar uma passagem para sair daqui.

— É, você gostaria mesmo de fazer isso. Não gostaria? — O comissário se levantou e estalou os dedos de novo. — Por favor, tragam a cadeira especial.

Um dos assistentes saiu correndo e voltou com uma cadeira de rodas antiga, uma montagem elaborada de madeira tensionada, assento de palhinha e pneus de borracha. Tiraram as algemas dos pulsos de Gabriel. Com fio de náilon e metros de fio elétrico, os súditos amarraram os braços e as pernas de Gabriel à estrutura da cadeira. O comissário das patrulhas observou o processo todo, dizendo de vez em quando para os assistentes darem mais nós aqui e ali.

— O senhor é o líder aqui — disse Gabriel. — Então por que não consegue acabar com a matança?

— Não posso me livrar da raiva e do ódio. Só posso canalizá-los em diversas direções. Eu sobrevivi porque sou capaz de definir nossos inimigos, as formas degeneradas de vida que precisam ser exterminadas. Neste momento, estamos caçando as baratas que se escondem no escuro.

O comissário desceu a rampa. O homem louro foi atrás dele, empurrando Gabriel na cadeira de rodas. Passaram mais uma vez pelo corredor do andar térreo da escola. Os lobos que esperavam lá abaixaram um pouco a cabeça quando o comissário das patrulhas passou por eles. Se ele visse algum sinal de deslealdade nos olhos dos homens, eles se tornariam seus inimigos imediatamente.

No fim do corredor, o comissário tirou uma chave do bolso e destrancou uma porta preta.

– Fique aqui – ele disse para o homem louro, e empurrou Gabriel porta adentro.

Eles estavam numa sala grande, cheia de filas de arquivos de metal pintados de verde. Algumas gavetas tinham sido tiradas e o conteúdo delas espalhado pelo chão. Gabriel viu boletins, provas com nota e comentários de professores. Alguns arquivos estavam manchados de sangue.

– Todos esses arquivos contêm pastas de alunos – explicou o comissário. – Não há crianças na Ilha, mas quando despertamos naquela primeira manhã isto era uma escola de verdade. Havia giz para os quadros-negros, papel, lápis e comida enlatada na cantina dos alunos. Pequenos detalhes como esses aumentam o nível de crueldade. Não destruímos apenas uma cidade imaginária, e sim um lugar real, com sinais de trânsito e sorveterias.

– Foi por isso que me trouxe para cá?

O comissário das patrulhas empurrou Gabriel para além da série de arquivos. Havia duas pequenas chamas de gás saindo de canos da parede, mas a luz delas era quase anulada pela escuridão do resto da sala.

– Há um motivo para eu ter escolhido esta escola como meu quartel-general. Todas as histórias de visitantes têm ligação com esta sala. Há alguma coisa especial sobre este local específico, mas eu ainda não descobri qual é o segredo.

Chegaram a uma área central de trabalho com mesas, bandejas e cadeiras de metal. Gabriel estava preso à cadeira de rodas, mas dava para mover a cabeça e ele procurou uma mancha de espaço infinito negro que seria o portal de volta para o Quarto Mundo.

– Se os visitantes podem viajar para este mundo, então tem de haver um jeito de sair daqui. Onde fica a passagem, Gabriel? Você tem de me dizer.

— Eu não sei.

— Essa resposta não é aceitável. Você precisa prestar muita atenção no que eu digo. Neste ponto, vejo apenas duas possibilidades. Você pode ser a minha única esperança para escapar daqui ou então é uma ameaça à minha sobrevivência. Não tenho tempo nem vontade de adivinhar qual dessas opções é a certa.

O comissário sacou seu revólver e apontou para a cabeça de Gabriel.

— Há três balas nesta arma. Devem ser as últimas três balas que existem nesta ilha. Não me faça desperdiçar uma delas para matar você.

29

Maya ainda tinha o revólver que havia comprado em Nova York. A arma determinava sua escolha de meio de transporte. Ela evitava aeroportos, por isso usou um ônibus rural, uma barca e um trem para viajar da Irlanda para Londres. Chegou à Estação Victoria no meio da noite sem ter uma ideia clara de como ia encontrar Gabriel. Antes de sair da Skellig Columba, ele prometera entrar em contato com os Corredores Livres, por isso Maya resolveu ir até a Vine House na margem sul do Tâmisa. Talvez Jugger e os amigos dele soubessem informar se Gabriel ainda estava na cidade.

Ela atravessou o rio e subiu a Langley Lane até a praça Bonnington. As ruas estavam desertas àquela hora da noite, mas Maya via o brilho das televisões em salas escuras. Ela passou por algumas casas reformadas com varandas e por uma escola de tijolos vermelhos construída na era vitoriana que tinha sido transformada em um prédio de apartamentos de melhor qualidade. Naquele ambiente, a Vine House parecia um velho maltrapilho cercado por banqueiros e advogados bem vestidos.

Quando Maya chegou ao muro de dois metros de pedra que cercava o jardim da Vine House, sentiu um cheiro acre que lembrava lixo queimado. A Arlequim parou e espiou pelo lado da casa. Não havia ninguém na calçada nem sentado no pequeno jardim, no centro da praça. A vizinhança parecia segura até ela notar dois homens sentados numa van de entregas de uma floricultura estacionada quase no fim do quarteirão. Maya duvidou que alguém comprasse uma dúzia de rosas com entrega à uma hora da madrugada.

Não havia entrada para o jardim pela Langley Lane, por isso ela se pendurou no topo do muro de pedra e pulou para o outro lado. O cheiro de queimado ficou mais forte, mas Maya ainda não via fogo nenhum. A luz vinha de um poste na rua e do risco da lua nova no céu ocidental. Com o mínimo barulho possível, ela foi pelo caminho do jardim até os fundos da casa, achou a porta destrancada e abriu.

A fumaça saiu pela porta aberta e flutuou em volta dela como uma enchente de água cinza e fétida. Maya cambaleou para trás, tossindo e abanando as mãos. A Vine House estava pegando fogo e as vigas de carvalho e as tábuas do assoalho do século XVIII soltavam tanta fumaça quanto um poço de carvão subterrâneo.

Onde estavam os Corredores Livres? Tinham fugido da casa ou estavam mortos? Maya caiu de quatro e se arrastou para o corredor do andar térreo. Uma porta à esquerda dava na cozinha vazia. Outra à direita abria para um quarto de dormir com uma única lâmpada elétrica que fornecia um ponto de luz fraca na escuridão.

Havia um homem caído no meio do quarto. Metade no chão e metade num colchão, como se estivesse cansado demais para conseguir deitar direito na cama. Maya segurou os braços dele e o arrastou porta afora, até o jardim. Ela tossia muito e seus olhos lacrimejavam, mas deu para ver que o homem desmaiado era Jugger, o amigo de Gabriel. Ela montou no corpo dele e deu-lhe um tapa no rosto com bastante força. Jugger abriu os olhos e começou a tossir.

– Preste atenção e responda! – disse Maya. – Tem mais alguém na casa?

– Roland. Sebastian... – Jugger começou a tossir de novo.

– O que aconteceu? Eles morreram?

– Chegaram dois numa van. Armados. Nos puseram no chão. Deram injeções...

Maya voltou para a casa, respirou fundo e entrou de novo. Rastejando feito um animal, ela seguiu pelo corredor e subiu a escada estreita. Uma parte da sua mente funcionava com clareza, enquanto seus pulmões faziam força para respirar. Matar os Corredores Livres com armas de fogo ou facas teria atraído atenção demais das autoridades. Em vez disso, os mercenários da Tábula tinham drogado os três homens e ateado fogo à casa dilapidada. Agora eles estavam lá observando a porta da frente e a entrada do jardim para se certificar de que ninguém escaparia. Na manhã seguinte, os bombeiros encontrariam o que restava dos corpos nas ruínas carbonizadas. A prefeitura local venderia a terra para algum especulador e os jornais londrinos editariam a história nas últimas páginas: *Três mortos em moradia ilegal.*

Maya encontrou Sebastian num quarto do segundo andar, agarrou os braços dele e o arrastou escada abaixo, até o jardim. Quando entrou pela terceira vez, viu as chamas iluminando a escuridão, queimando as tábuas do assoalho embaixo de uma poltrona, subindo pelas paredes, até a balaustrada. Havia fumaça preta no topo da escada e ela ficou completamente cega quando estendeu a mão e encontrou o corpo de Roland no quarto da mansarda. Puxar e parar. Puxar e parar outra vez. Visão e audição desapareceram e ela se tornou apenas um fragmento de consciência, passando através da fumaça.

Maya saiu aos tropeços pela porta dos fundos, largou o corpo de Roland e caiu na terra enlameada do jardim. Depois de alguns minutos tossindo, ofegante, sem ar, sentou e esfregou os olhos. Jugger ainda estava inconsciente, resmungava com a língua enrolada sobre as injeções. Maya tocou no peito dos outros dois Corredores Livres e sentiu que respiravam. Ainda estavam vivos.

Ela levara a arma, mas usá-la seria perigoso naquele bairro. Hollis tinha explicado uma vez que havia tantas armas em Los Angeles que as comemorações do Ano-Novo soavam como um tiroteio numa zona de guerra. Em Londres, o estampido de uma arma de fogo era ocorrência incomum. Se disparasse aquele revólver, metade das pessoas que moravam em torno daquela praça ouviria e chamaria a polícia imediatamente.

O incêndio na casa continuou e Maya viu uma explosão cor de laranja quando as cortinas do quarto de Jugger pegaram fogo. Maya ficou de pé, aproximou-se da porta dos fundos e sentiu uma onda de calor invadindo o ar frio da noite. Quando sua respiração voltou ao normal, Maya se lembrou de ter ouvido uma conversa do seu pai com Madre Blessing sobre silenciadores. Os silenciadores de armas eram ilegais na Europa, difíceis de encontrar e incômodos de carregar. Às vezes era mais fácil improvisar algo para substituí-los.

Maya examinou o quintal e achou algumas latas transbordando lixo perto do muro. Vasculhou o lixo e encontrou uma garrafa vazia de água de dois litros e um pedaço de tecido emborrachado cor-de-rosa que parecia forro de carpete. Maya enfiou pedacinhos do tecido emborrachado na garrafa, depois o cano da arma no gargalo. Havia um velho rolo de fita adesiva nos degraus perto da porta dos fundos que ela enrolou apertada em volta da arma e da garrafa de plástico. Jugger estava sentado e olhava para ela do outro lado do quintal.

– O que... o que você está fazendo?
– Acorde seus amigos. Nós vamos dar o fora daqui.

Segurando a arma improvisada ela pulou o muro de novo, correu por uma rua estreita e se aproximou da traseira da van de entregas. Uma janela lateral estava meio aberta para deixar sair fumaça de cigarro e ela pôde ouvir os dois homens conversando.

– Quanto tempo temos de esperar? – perguntou o motorista. – Estou ficando com fome.

O outro homem deu risada.

– Então volte para a casa. Tem carne assando lá...

Maya foi até a janela do motorista, levantou a arma e atirou. A primeira bala arrebentou o fundo da garrafa de plástico e atravessou o vidro. O revólver fez o barulho de palmas. Dois tiros rápidos e depois silêncio.

30

Uma hora antes de o avião chegar ao aeroporto de Heathrow, Hollis foi a um dos toaletes e trocou de roupa naquele espaço exíguo. Sentiu-se muito conspícuo ao voltar para a sua poltrona de camisa e calça azul-marinho, mas os passageiros estavam meio sonolentos naquele voo noturno e ninguém prestou atenção nele. Ele enfiou as roupas que usava antes num saco pequeno que deixaria no avião. Tudo que ele precisava para entrar na Inglaterra sem ser detectado estava dentro do envelope pardo que levava embaixo do braço.

Nos últimos dias que passou em Nova York, Hollis recebeu um e-mail de Linden dizendo que seu trabalho estava terminado e que era hora de ir para a Inglaterra. O Arlequim francês não conseguiu encontrar um navio mercante para transportar Hollis clandestinamente para a Europa. Era possível que a Tábula tivesse inserido as informações biométricas de Hollis no banco de dados de segurança que enviava informação para as polícias da alfândega de todo o mundo. Quando Hollis chegasse ao aeroporto de Heathrow, poderia ativar um alerta de segurança e ser detido pelas autoridades. Linden disse para Hollis que havia outro jeito, um jeito à margem da Grade, de entrar na Grã-Bretanha, só que exigiria manobras habilidosas no terminal do aeroporto.

O voo da American Airlines aterrissou no horário previsto em Heathrow e as pessoas sentadas em volta de Hollis começaram a ligar seus celulares. Os guardas de segurança observaram atentamente os passageiros enquanto eles caminhavam pela pista, entravam nos ônibus do aeroporto e eram levados para o terminal quatro.

Como Hollis não estava em trânsito para pegar uma conexão, precisava pegar outro ônibus que atravessasse todo o vasto aeroporto até o controle de passaportes no terminal um. Ele foi até o banheiro dos homens, ficou lá alguns minutos, saiu e se misturou aos passageiros que chegavam de diversos voos. Aos poucos, ele foi entendendo a simplicidade inteligente do plano de Linden. Não havia mais ninguém à sua volta que soubesse que ele tinha acabado de chegar de um voo de Nova York. Os outros passageiros estavam cansados, apenas esperando para sair do terminal.

Ele pegou outro ônibus que ia para o terminal um. Quando o ônibus lotou, Hollis tirou um colete de segurança amarelo-ovo do envelope e vestiu. De calça e camisa azuis e com o colete amarelo, ficou exatamente igual a um funcionário do aeroporto. Um crachá pendurado no pescoço tinha uma identidade falsa, mas isso nem era necessário. Os policiais que trabalhavam no aeroporto notavam apenas a aparência geral, buscando sinais evidentes para separar as pessoas em várias categorias.

Quando o ônibus chegou ao terminal um, os outros passageiros desceram e passaram apressados pela porta elétrica. Hollis fingiu que falava ao celular, parado na estreita passarela da área de carregamento. Então cumprimentou com um movimento da cabeça o guarda de segurança entediado sentado atrás de uma mesa, deu meia-volta e saiu andando calmamente. Ficou na expectativa de as sirenes de emergência dispararem e os policiais saírem correndo com suas armas em punho, mas ninguém o interpelou. O sistema de segurança de alta tecnologia do aeroporto tinha sido derrotado por um colete fluorescente de oito dólares comprado numa loja de bicicletas no Brooklyn.

Vinte minutos mais tarde, Hollis estava sentado numa van de entregas com Winston Abosa, um jovem nigeriano gorducho que tinha uma voz agradável e modos afáveis. Hollis espiava pela janela enquanto rodavam por Londres. Apesar de já ter viajado pelo México e pela América Latina, ele nunca havia estado na Europa. As estradas inglesas tinham muitos desvios e faixas de pedestres. A maioria das casas de tijolos, de dois andares, tinha um pequeno quintal nos fundos. Havia câmeras de vigilância por toda parte, focalizando a placa de cada veículo que passava.

A nova paisagem fez Hollis se lembrar de um trecho do livro do Sparrow, *O caminho da espada*. Segundo o Arlequim japonês, um guerreiro tinha muita vantagem se conhecesse a cidade que seria seu campo de batalha. Quando um guerreiro precisava lutar num lugar desconhecido, era como acordar de manhã e descobrir que está num quarto diferente.

– Você chegou a conhecer Vicki Fraser? – perguntou Hollis.

– Claro que sim. – Winston dirigia com muito cuidado, com as duas mãos no volante. – Conheci todos os seus amigos.

– Eles estão na Inglaterra? Não recebi nenhuma resposta aos meus e-mails.

– A srta. Fraser, a srta. Maya e a menininha estão na Irlanda. O sr. Gabriel está... – Winston hesitou. – O sr. Gabriel está em Londres.

– O que aconteceu? Por que não estão juntos?

– Sou apenas um empregado, senhor. O sr. Linden e a madame me pagam muito bem e eu procuro não questionar as decisões deles.

– De que você está falando? Quem é essa madame?

Winston ficou tenso.

– Não sei de nada, senhor. O sr. Linden vai responder a todas as suas perguntas.

Winston estacionou a van perto da rua Regent's Canal e levou Hollis por ruelas até as galerias e pátios apinhados de Camden Market. Seguindo por uma rota em ziguezague para evitar as câmeras de vigilância, os dois chegaram à entrada das catacumbas, embaixo dos trilhos elevados. Havia uma senhora idosa inglesa de cabelo tingido de branco-rosado sentada ao lado de um cartaz que oferecia seus serviços de leitora de tarô. Winston pôs uma nota de dez libras na mesa dobrável da mulher. Quando ela estendeu a mão para pegar o dinheiro, Hollis viu que ela segurava um pequeno aparelho de rádio. A velha era a primeira linha de defesa contra visitantes indesejados.

Winston foi andando por um túnel e eles entraram numa loja cheia de tambores e estátuas africanas. Havia um estandarte nos fundos da loja que escondia uma porta de aço para um apartamento secreto.

– Diga para o sr. Linden que estarei aqui na loja – disse Winston. – Se quiser alguma coisa, é só pedir.

Hollis estava num corredor que dava para quatro cômodos. Não havia ninguém no primeiro, mas encontrou Linden sentado na cozinha bebendo café e lendo um jornal. Hollis avaliou rapidamente o Arlequim francês. Alguns homens corpulentos com quem Hollis havia lutado no Brasil eram valentões, dispostos a usar seu tamanho contra oponentes menores. Linden pesava pelo menos cento e vinte quilos, mas não havia nada de pesado na aparência ou no comportamento dele. Era um homem calmo e calado, com olhos que pareciam notar tudo.

– Bom-dia, monsieur Wilson. Suponho que tudo correu bem no aeroporto, não é?

Hollis encolheu os ombros.

– Levei algum tempo para encontrar a saída dos funcionários. Depois disso, foi fácil. Winston tinha estacionado a van mais adiante naquela rua.

– Quer café ou uma xícara de chá?

– Quero ver Vicki. Winston disse que ela está na Irlanda.

– Sente-se, por favor. – Linden apontou para a cadeira na frente dele. – Muita coisa aconteceu nesses últimos dez dias.

Hollis largou o envelope pardo que continha seu disfarce e sentou. Linden se levantou, ligou uma chaleira elétrica e pôs uma medida de pó de café numa cafeteira. Ficou olhando para Hollis como se fosse um boxeador avaliando um novo adversário do outro lado do ringue.

– Está cansado da viagem, monsieur Wilson?
– Estou bem. Este país é apenas "um quarto diferente". Só isso. Preciso me adaptar às mudanças.

Linden demonstrou surpresa.

– Você leu o livro do Sparrow?
– Claro. Isso é contra o regulamento dos Arlequins?
– De jeito nenhum. Mandei traduzir o livro para o francês e imprimi numa pequena gráfica em Paris. O pai de Maya conheceu Sparrow em Tóquio. E eu conheci o filho dele antes de ser assassinado pela Tábula.
– É, eu sei. Vamos falar disso depois. Quando é que vou ver Vicki, Maya e Gabriel? O seu e-mail dizia que responderia a todas as minhas perguntas quando eu chegasse aqui.
– Vicki e Maya estão numa ilha na costa oeste da Irlanda. Maya está protegendo Matthew Corrigan.

Hollis deu risada e balançou a cabeça.

– Ora, isso é uma surpresa. Onde é que o pai de Gabriel se escondeu esses anos todos?
– É apenas o recipiente, o corpo vazio dele. Matthew atravessou para o Primeiro Mundo e alguma coisa deu errado. Ele não voltou.
– O que é o Primeiro Mundo? Eu não conheço essa coisa toda.
– *L'enfer* – disse Linden, depois se deu conta de que Hollis não entendia francês. – O inferno.
– Mas Vicki está bem?
– Suponho que está. Madre Blessing, uma Arlequim irlandesa, deixou um telefone por satélite com Maya. Nos últimos dias, nós ligamos e ligamos, mas ninguém atendeu. A senhora ficou bastante irritada com isso. Neste momento, ela está viajando de volta para a ilha.
– Maya me contou sobre Madre Blessing. Pensei que ela tinha morrido.

Linden derramou água fervendo na cafeteira.

– Posso garantir que ela está bem viva.

— E o Gabriel? Posso vê-lo? Winston disse que ele está em Londres.

— Madre Blessing trouxe Gabriel para Londres, depois o perdemos.

Hollis virou na cadeira para olhar para Linden.

— O que aconteceu?

— Nosso Peregrino partiu em busca do pai no Primeiro Mundo. Ele ainda está vivo, mas também não voltou.

— E onde está o corpo?

— Tome seu café primeiro.

— Eu não quero droga nenhuma de café. Onde está Gabriel? Ele é meu amigo.

Linden sacudiu seus ombros largos.

— Siga pelo corredor...

Hollis saiu da cozinha e foi pelo corredor até um quartinho acanhado onde Gabriel estava deitado numa cama. O corpo do Peregrino estava inerte e sem reação, como se estivesse preso no nível mais profundo do sono. Sentado na beirada da cama, Hollis tocou na mão do Peregrino. Ele sabia que Gabriel não ia ouvir nada, mas sentiu vontade de falar com ele.

— Oi, Gabe. Aqui é seu amigo Hollis. Não se preocupe. Eu vou protegê-lo.

— Ótimo. É exatamente isso que nós queremos.

Hollis virou para trás e viu Linden parado na porta.

— Pagaremos quinhentas libras por semana.

— Não sou mercenário e não quero ser tratado como um. Vou guardar Gabriel porque ele é meu amigo. Mas primeiro preciso me certificar de que Vicki está bem. Entendeu?

Hollis sempre adotava uma postura agressiva quando alguém tentava dar-lhe ordens, mas naquele momento não estava muito seguro disso. Linden se abaixou e tirou uma pistola 9mm semiautomática do coldre no tornozelo. Ao ver a arma e a expressão fria do Arlequim, Hollis achou que estava morto. Esse filho-da-mãe vai me matar.

Linden virou a arma e ofereceu o cabo para Hollis.

– Você sabe como usar isso, monsieur Wilson?
– Claro.

Hollis pegou a automática de Linden e escondeu embaixo da camisa.

– Madre Blessing chegará à ilha amanhã. Ela vai conversar com mademoiselle Fraser para ver se ela quer viajar para Londres. Tenho certeza de que verá a jovem em poucos dias.

– Obrigado.

– Jamais agradeça a um Arlequim. Não estou fazendo isso por gostar de você. Precisamos de mais um lutador e você chegou na hora certa.

Hollis e Winston Abosa foram andando pela Chalk Farm Road. A maior parte das lojas naquela rua vendia diferentes estilos de rebeldes: calças de couro preto de motociclista, vestidos góticos de vampira ou camisetas com mensagens obscenas. Punks de cabelo verde-limão e sobrancelhas com piercings se reuniam em pequenos grupos, curtindo os olhares espantados dos que passavam por eles.

Compraram queijo, pão, leite e café, e depois Winston levou Hollis para uma porta sem nome entre uma loja de tatuagem e outra que vendia asas de fadas. Havia um quarto com uma cama e uma televisão no segundo andar. O banheiro e a cozinha ficavam no fim do corredor.

– É aqui que você vai ficar – disse Winston. – Se quiser perguntar alguma coisa, estou na loja de tambores o dia inteiro.

Depois que Winston saiu, Hollis sentou na cama e comeu pão com queijo. O cheiro de curry vinha de algum lugar no prédio. Na rua, os carros buzinavam. Em Nova York ele podia encontrar uma saída, mas ali a Imensa Máquina o cercava. Tudo estaria bem se pudesse abraçar Vicki e ouvir a voz dela. O amor de Vicki fazia Hollis se sentir mais forte. O amor nos torna melhores. Ele nos conecta à Luz.

Antes de ir tomar uma chuveirada ele colou um chiclete entre a parte de baixo da porta e o chão. O box do chuveiro tinha mofo em volta do ralo e a água era morna. Depois que se vestiu e voltou para o quarto, Hollis percebeu que o chiclete tinha sido dividido em dois pedaços.

Ele deixou o sabonete e a toalha no chão e pegou a pistola embaixo da camisa. Nunca tinha matado ninguém antes, mas agora isso ia acontecer. Ele tinha certeza de que a Tábula estava à sua espera. Eles iam atacar assim que ele passasse pela porta.

Com a arma na mão direita, ele enfiou a chave na fechadura sem fazer barulho. *Um*, contou Hollis. *Dois*. *Três*. Girou a maçaneta, ergueu a arma e invadiu o quarto.

Maya estava sozinha perto da janela.

31

Bem cedo na manhã seguinte, Maya subiu no telhado do velho hospital de cavalos no centro de Camden Market. Os cavalos doentes e o matadouro tinham desaparecido no fim da era vitoriana e agora havia butiques que vendiam sabonete orgânico e tapetes tibetanos de oração ocupando o prédio de três andares. Ninguém notou quando Maya se aproximou de um cata-vento com um cavalo galopando, que rangia quando girava.

Ela observou Hollis entrar no mercado e ir para o túnel de tijolos que levava às catacumbas. Linden tinha passado a noite na loja de tambores e Hollis ia avisar para ela quando o Arlequim francês saísse do apartamento secreto.

Nas últimas vinte e quatro horas ela não tinha parado, movimentou-se o tempo todo pela cidade. Quando a Vine House explodiu em chamas ela ajudou Jugger e os amigos dele a saírem do quintal. Os quatro encontraram um táxi perto da ponte Vauxhall e o motorista os levou para um apartamento vazio em Chiswick, do irmão de Roland. Os Corredores Livres estavam acostumados a viver à margem da Grade e os três prometeram ficar escondidos até a polícia parar de investigar os dois homens mortos na van da floricultura.

Gabriel havia dito para Jugger que estava morando numa loja de tambores em Camden Market. Maya concluiu que Linden e Madre Blessing protegiam o Peregrino. Ela passou o resto do dia vigiando a entrada das catacumbas, até Hollis chegar à loja. Madre

Blessing a teria matado pela desobediência, mas Hollis era amigo. Ele arrumaria tudo para ela poder ver Gabriel com segurança.

Maya estava no telhado quando Linden saiu do túnel de tijolos que dava nas catacumbas. Com o estojo da espada pendurado no ombro, o Arlequim saiu calmamente para tomar o café da manhã num café com vista para o canal. Hollis saiu do túnel dez minutos depois e fez sinal com os braços. Caminho livre.

Hollis e Maya passaram pelos tambores e esculturas africanas e entraram num quartinho frio onde o corpo de Gabriel estava deitado numa cama. Maya se ajoelhou no chão de cimento ao lado e segurou a mão dele. Ela sabia que ele continuava vivo, mas teve a sensação de ser uma viúva tocando no marido morto. Maya tinha visto o livro do santo sobre Skellig Columba e estudara as iluminuras que descreviam o inferno. Estava certa de que Gabriel tinha ido para lá, à procura do pai.

Todas as habilidades que Thorn e outros Arlequins tinham ensinado para ela pareciam inúteis naquele momento. Não tinha com quem lutar, não havia nenhum castelo fortificado com muralhas e portões de ferro. Ela faria qualquer sacrifício para salvar Gabriel, mas não havia sacrifício possível naquele caso.

A porta de aço do apartamento rangeu e se abriu. Hollis ficou surpreso.

– É você, Winston?

Maya ficou de pé no mesmo instante e sacou a arma. Silêncio. Então Linden apareceu na porta do quarto. Com as mãos nos bolsos e um pequeno sorriso.

– Você vai atirar em mim, Maya? Não se esqueça de que deve sempre mirar um pouco mais para baixo. Quando as pessoas ficam nervosas, elas miram mais para cima.

– Nós não sabíamos quem era.

Maya escondeu seu revólver no coldre.

– Achei que você viria para cá. Madre Blessing me disse que você tinha uma *ligação sentimental* com Gabriel Corrigan. Quando desligou seu telefone por satélite, concluí que devia ter saído da ilha.

– Contou isso para ela?

– Não. Ela já vai ficar uma fera quando chegar a Skellig Columba e encontrar um Peregrino sendo protegido por uma moça americana e algumas freiras.

– Eu precisava vê-lo.

– E valeu a pena? – Linden sentou na única cadeira do quarto. – Ele está perdido como o pai. Não há nada aí além de um invólucro.

– Eu vou salvar Gabriel – disse Maya. – Só preciso descobrir um meio.

– Isso é impossível. Ele se foi. Desapareceu.

Maya pensou um pouco antes de falar de novo:

– Preciso conversar com alguém que saiba mais sobre os mundos. Conhece alguém assim aqui na Inglaterra?

– O problema não é seu, Maya. A regra diz que nós só protegemos os Peregrinos neste mundo.

– Não me importo com as regras. "Cultive o aleatório." Não foi isso que Sparrow escreveu? Talvez seja hora de fazer algo diferente, porque essa estratégia não está funcionando.

Hollis falou pela primeira vez:

– Ela tem razão, Linden. Neste momento, Michael Corrigan é o único Peregrino neste mundo e ele trabalha para a Tábula.

– Ajude-me, Linden. Por favor. Eu só preciso de um nome.

O Arlequim francês se levantou e já ia saindo do quarto. Quando chegou à porta ele parou e passou o peso do corpo de um pé para outro, como alguém que procura o caminho certo numa noite escura.

– Há vários especialistas nos mundos que vivem na Europa, mas só podemos confiar em um. O nome dele é Simon Lumbroso. Era amigo do seu pai. Até onde eu sei, ainda mora em Roma.

– Meu pai nunca teve nenhum amigo. Você sabe disso tanto quanto eu.

– Foi essa a palavra que Thorn usou – disse Linden. – Você deve ir para Roma para descobrir se é verdade.

32

Hollis estava preparando uma xícara de café no apartamento secreto quando Linden chegou da loja de tambores com um telefone por satélite.

– Acabei de falar com Madre Blessing. Ela está na Skellig Columba.

– Aposto que não ficou nada satisfeita de saber que Maya tinha deixado a ilha.

– A conversa foi muito rápida. Eu disse para ela que você tinha chegado aqui em Londres e ela disse que é para você ir para a ilha.

– Ela quer que eu guarde o corpo de Matthew Corrigan?

Linden fez que sim com a cabeça.

– Essa é uma conclusão lógica.

– E a Vicki?

– Ela não mencionou mademoiselle Fraser.

Hollis serviu uma xícara de café para o Arlequim francês e pôs na mesa da cozinha.

– Você precisa me dizer como vou viajar para a Irlanda, e precisarei de um barco que me leve até o convento.

– *Madame* disse que quer que você vá para a ilha o mais rápido possível. Por isso... já tomei outras providências.

Hollis logo descobriu que "outras providências" significavam alugar um helicóptero particular para chegar até a ilha. Duas horas depois, Winston Abosa levou-o de carro até White Waltham, uma pequena pista de pouso gramada perto de Maidenhead, em Berkshire. Hollis levou um envelope pardo cheio de dinheiro e foi recebido no estacionamento por um piloto que devia ter uns sessenta e poucos anos. Havia alguma coisa na aparência do homem... o corte de cabelo bem curto e a postura com as costas muito retas, que sugeria um passado nas forças armadas.

– Você é o cliente que vai para a Irlanda? – perguntou o piloto.
– Isso mesmo. Sou...
– Não quero saber quem você é. Mas quero ver o dinheiro.

Hollis teve a sensação de que aquele piloto teria levado Jack, o Estripador, para uma escola de meninas se ele tivesse euros suficientes no envelope. Dez minutos mais tarde, o helicóptero já estava voando, indo para o oeste. O piloto ficou calado, só fez alguns comentários lacônicos para os controladores de voos. Sua única expressão pessoal era revelada no modo agressivo de passar sobre uma cadeia de montanhas, reduzindo a altitude sobre um vale verde em que cada campo era definido por um muro de pedra.

– Pode me chamar de Richard – disse ele num dado momento, mas jamais perguntou o nome de Hollis.

Empurrados pelo vento leste, atravessaram o mar da Irlanda e reabasteceram num pequeno aeroporto perto de Dublin. Quando voavam por cima dos campos, Hollis olhou para baixo e viu montes de feno, pequenos grupos de casas e estradas estreitas que raramente seguiam uma linha reta. Chegaram à costa da Irlanda, então Richard tirou os óculos escuros e passou a olhar seguidamente para o equipamento de GPS no painel de instrumentos. Voou bem baixo para evitar um bando de pelicanos que voava em formação, como um V. Bem embaixo dos pássaros, as ondas cresciam e estouravam em espuma branca.

Finalmente, avistaram os dois picos escarpados de Skellig Columba. Richard circulou sobre a ilha até ver um pedaço de pano branco adejando num mastro. Pairou um minuto sobre aquela bandeira improvisada e depois aterrissou num ponto do terreno que era plano e pedregoso. Quando a hélice parou de girar, Hollis ouviu o vento assobiando por uma rachadura no duto de ar.

– Há um grupo de freiras nesta ilha – disse Hollis. – Tenho certeza de que terão prazer de oferecer-lhe uma xícara de chá.

– Recebi instruções para ficar no helicóptero – disse Richard. – E me pagaram a mais para seguir essas instruções.

– Faça como quiser. Talvez seja bom ficar um tempo por aqui. Há uma irlandesa que deve querer voltar para Londres.

Hollis desceu do helicóptero e olhou para a encosta cheia de pedras do convento. Onde está Vicki?, pensou. Não disseram para ela que eu vinha?

Em vez de Vicki, ele viu Alice correndo para o helicóptero, seguida por uma freira e, alguns metros atrás, por uma mulher de cabelo ruivo-escuro. Alice chegou primeiro e subiu numa pedra para os dois ficarem da mesma altura. O cabelo dela estava todo despenteado e as botas cobertas de lama.

– Onde está Maya? – perguntou Alice.

Era a primeira vez que Hollis ouvia a voz dela.

– Maya está em Londres. Ela está bem. Não precisa se preocupar.

Alice pulou da pedra e continuou subindo a encosta, seguida por uma freira gorducha de rosto vermelho. A freira meneou a cabeça para ele e Hollis viu um lampejo de tristeza nos olhos dela. Mas logo a freira tinha ido embora e ele estava diante de Madre Blessing.

A Arlequim irlandesa usava uma calça de lã preta e casaco de couro. Parecia menor do que Hollis tinha imaginado e tinha um ar muito arrogante e autoritário.

– Bem-vindo a Skellig Columba, sr. Wilson.

– Obrigado pelo passeio de helicóptero.

– Irmã Joan falou com você?

– Não. Ela devia falar? – Hollis olhou lá para baixo. – Onde está Vicki? Eu realmente vim para vê-la.

– É. Venha comigo.

Hollis seguiu a Arlequim pelo caminho até as quatro casas-colmeias no segundo terraço. Teve a impressão de que estava sendo levado para ver os destroços de uma batida de carros.

– Já levou um soco muito forte, sr. Wilson?

– Claro que levei. Eu lutei profissionalmente no Brasil.

– E como sobreviveu a isso?

– Se não dá para se esquivar do punho de alguém, você tenta seguir na mesma direção do impacto. Se ficar parado como uma rocha, acaba nocauteado.

– Esse é um bom conselho – disse Madre Blessing, parando diante de uma casa. – Dois dias atrás a Tábula veio para a ilha com seus helicópteros. As freiras fugiram e foram se esconder numa caverna com a menina, mas a srta. Fraser ficou aqui para proteger o Peregrino.

– E onde ela está? O que aconteceu?

– Isso não vai ser fácil, sr. Wilson. Mas o senhor pode ver... se quiser.

Madre Blessing abriu a porta da casa e deixou Hollis entrar primeiro. Hollis entrou num cômodo gelado onde tinham empurrado contra as paredes caixas de papelão e recipientes de plástico. Havia alguma coisa espirrada por todo o assoalho de madeira. Hollis levou alguns segundos para perceber que era sangue seco.

Madre Blessing ficou parada atrás dele. A voz dela soou calma e sem emoção, como se falasse sobre o tempo.

– A Tábula trouxe os híbridos genéticos para poderem entrar pelas janelas. Tenho certeza de que eles mataram os animais depois e jogaram os corpos no mar.

Ela apontou para alguma coisa coberta por um plástico grosso e Hollis soube imediatamente que era Vicki. Movendo-se como um sonâmbulo ele foi arrastando os pés até o corpo e puxou o plástico de cima. Vicki estava quase irreconhecível, mas as marcas de dentes nas pernas e nos braços dela provavam que tinha sido morta pelos animais.

Hollis ficou parado olhando para o corpo mutilado, sentindo que ele também tinha sido destruído. A mão esquerda era uma massa de carne estraçalhada e ossos despedaçados, mas a mão direita de Vicki estava inteira, intocada. Na palma da mão havia um medalhão em forma de coração que Hollis reconheceu na hora. A maioria das mulheres da igreja usava uma peça idêntica àquela. Dentro desses medalhões havia uma foto de Isaac Jones em preto e branco.

– Eu tirei o medalhão do pescoço dela – disse Madre Blessing. – Achei que você gostaria de ver o que tem dentro.

Hollis pegou o medalhão e enfiou a unha na tampa do pequeno coração de prata. Ela abriu com um estalido. A conhecida foto do profeta não estava lá, tinha sido substituída por um pedaço de papel. Hollis desdobrou lentamente o papel e alisou na palma da mão. Vicki tinha escrito sete palavras com uma antiga caneta-tinteiro, procurando desenhar perfeitamente cada letra: *Hollis Wilson vive no meu coração – eternamente*.

O choque e a dor foram deixados de lado e sobrepujados por uma raiva tão profunda que ele sentiu vontade de uivar. Não importava o que acontecesse, ele ia caçar os homens que a mataram e destruiria todos. Jamais descansaria. Jamais.

– Já viu o bastante? – perguntou Madre Blessing. – Acho que é hora de fazer uma cova.

Hollis não respondeu, então ela foi até o canto e cobriu o corpo com o plástico.

33

Maya saiu da loja de tambores e foi para um cibercafé na Chalk Farm Road. Linden disse que confiava em um especialista nos seis mundos, um italiano chamado Simon Lumbroso. Uma busca rápida na internet mostrou que um homem com aquele nome trabalhava como avaliador de obras de arte em Roma. Maya anotou o endereço e o telefone do trabalho de Lumbroso, mas não ligou para ele. Resolveu ir para Roma e conhecer a pessoa que supostamente era amiga do seu pai.

Depois de fazer a reserva do voo, ela foi de táxi até o armário do depósito que tinha no leste de Londres e pegou os documentos de uma nova identidade. Para a viagem para Roma, Maya resolveu usar a opção mais segura, um dos seus passaportes OV-IF ainda não usado. OV-IF era sigla de "origem verdadeira, identidade falsa". Esses passaportes eram do governo e todos os dados estavam na Imensa Máquina.

Essas identidades OV-IF de Maya levaram anos para serem preparadas. Quando a filha completou nove anos, Thorn obteve certidões de nascimento de algumas crianças mortas. Todas as "vidas" dessas crianças foram tratadas como árvores frutíferas que precisavam ser podadas e regadas de vez em quando. Nos documentos, as meninas tinham se formado, tirado carteira de motorista, começado a trabalhar e pedido cartões de crédito. Maya mantinha a documentação sempre atualizada, mesmo na época em que vivia dentro da Grade e tentava agir como cidadã.

Quando o governo britânico introduziu os cartões de identidade com informações biométricas, os dados físicos que constavam dos passaportes tiveram de combinar com cada identidade falsa. Maya comprou lentes de contato especiais para poder passar pela varredura de íris dos aeroportos e também as frágeis películas de plástico das impressões digitais que cobriam seu dedo indicador. Alguns passaportes dela tinham fotografias do seu rosto mesmo e outros apresentavam fotos tiradas depois que as drogas mudavam sua aparência.

Naqueles anos todos ela passou a encarar cada passaporte como um aspecto diferente da própria personalidade. Seu passaporte falso como Judith Strand fazia com que se sentisse uma executiva ambiciosa. No passaporte que ia levar para a Itália usava o nome de uma menina morta de Brighton, Rebecca Green. Maya tinha decidido que Rebecca era do tipo artístico e que gostava de música eletrônica.

Era perigoso demais levar uma arma de fogo para um avião, mesmo na bagagem, por isso Maya deixou seu revólver no armário e levou a espada-talismã de Gabriel, junto com um estilete e uma faca de arremesso. As três armas estavam escondidas dentro da armação de aço de um andador de bebê dobrável que tinha sido construído anos antes por um dos contatos espanhóis do seu pai.

Do aeroporto Da Vinci, ela pegou um táxi até Roma. O coração de Roma se limitava a um triângulo à margem do rio Tibre. Na base do triângulo ficavam os locais turísticos mais conhecidos, como o Fórum e o Coliseu. Maya se registrou num hotel perto do vértice norte do triângulo, na área da Piazza del Popolo. Prendeu as facas aos braços e foi caminhando para o sul, passou pelo mausoléu do imperador Augusto e chegou às ruas de paralelepípedos da cidade antiga.

Os andares térreos dos prédios do século XVIII tinham sido tomados por restaurantes e butiques chiques para turistas. Vendedoras entediadas de saia justa ficavam do lado de fora das pequenas lojas e batiam papo com os namorados pelos celulares. Evitando as câmeras de vigilância em torno do prédio do Parlamento, Maya entrou na praça do Panteão. A imensa construção de tijolos e mármore foi erigida pelo imperador Adriano para ser o templo de todos os deuses. E o Panteão se mantinha no centro de Roma há dois mil anos.

Maya passou pelas colunas de granito do pórtico. A energia nervosa que vinha dos grupos de turistas e seus guias se dissipava no espaço sob o teto abobadado. Eles sussurravam enquanto atravessavam o salão com piso de mármore e examinavam o túmulo de Rafael. Parada no meio do enorme templo, Maya procurou arquitetar um plano. O que ia dizer quando encontrasse Lumbroso? Será que ele conhecia algum jeito de resgatar Gabriel?

Alguma coisa passou no ar, ela olhou para cima, para o óculo – a abertura redonda no topo do domo. Um pombo cinza estava preso dentro do templo e tentava escapar. Batia as asas desesperado e subia no ar numa espiral fechada. Mas o óculo estava longe demais e o pombo sempre desistia a poucos metros da liberdade. Maya percebeu que a ave estava ficando cansada. Cada nova tentativa resultava em mais um fracasso e o pássaro planava cada vez mais baixo, puxado pelo peso do seu corpo exausto. O pombo estava tão assustado e desesperado que não conseguia fazer nada além de voar, como se o movimento em si pudesse trazer alguma solução.

A sensação de segurança que Maya sentira em Londres pareceu se desfazer. Sentindo-se fraca e tola, ela saiu do templo e andou apressada pela rua, na direção da multidão que pegava os ônibus e os trólebus perto do Teatro Argentino. Maya deu a volta nas ruínas no centro da praça e entrou no labirinto de ruas estreitas onde costumava ser o gueto judeu.

O gueto já tinha sido como o leste de Londres na era vitoriana – um refúgio onde fugitivos podiam se esconder e encontrar aliados. Os judeus viviam em Roma desde o século II antes de Cristo, mas no século XVI foram forçados a morar dentro da área murada perto do antigo mercado de peixe. Até os médicos judeus que tratavam dos aristocratas italianos só podiam sair do gueto de dia. Todo domingo as crianças judias eram obrigadas a ouvir um sermão na Igreja de Santo Ângelo em Pescheria, onde um frei dizia que elas estavam condenadas ao inferno. A igreja continuava de pé, ao lado de uma grande sinagoga branca que parecia um museu da *belle époque*, tirado do centro de Paris.

Simon Lumbroso morava num prédio de dois andares perto das ruínas do Pórtico de Otaviano. O nome dele estava numa placa de bronze perto da porta, junto com uma descrição dos seus serviços em italiano, alemão, francês, hebraico e inglês: *SIMON LUMBROSO / AVALIAÇÃO DE OBRAS DE ARTE / CERTIFICADO DE AUTENTICIDADE*.

Maya apertou o botão preto da campainha, mas ninguém atendeu. Ela tentou de novo e a voz de um homem soou no alto-falante na parede:

– *Buon giorno.*
– Boa-tarde. Estou procurando o sr. Lumbroso.
– Com que finalidade?

A voz, que antes era simpática, agora tinha um tom de crítica.

– Estou pensando em comprar um certo objeto e quero saber de quando é.
– Estou vendo a senhorita na minha tela e não vejo nenhuma estátua ou pintura.
– É uma joia. Um broche de ouro.
– Claro. Joias belas para *una donna bella*.

A tranca abriu com um zumbido e Maya entrou no prédio. O andar térreo tinha dois cômodos ligados que davam num pátio fechado. O apartamento dava a impressão de que o conteúdo de um laboratório científico e de uma galeria de arte tivesse sido carregado num caminhão e depois despejado num só lugar. Na sala da frente Maya viu um estetoscópio, uma centrífuga e um microscópio em várias mesas, junto com estátuas de bronze e pinturas antigas.

Ela desviou de alguma mobília antiga e entrou na sala dos fundos, onde um homem de barba, que devia ter seus setenta anos, estava sentado diante de uma bancada de trabalho, examinando um pergaminho com iluminuras. O homem vestia calça preta, camisa branca de mangas compridas e tinha um solidéu preto na cabeça. A franja branca do seu *tallit katan* estava à mostra. Era uma peça de linho semelhante a um poncho que muitos judeus ortodoxos usavam embaixo da camisa.

O homem apontou para a folha de pergaminho sobre a bancada.

– O pergaminho é antigo, deve ter sido cortado de uma Bíblia, mas a inscrição é moderna. Os monges medievais usavam fuligem e conchas amassadas como tinta, até o próprio sangue. Não podiam pegar o carro e ir até a loja para comprar produtos da indústria petroquímica.

– O senhor é Simon Lumbroso?

– Parece que não está acreditando. Tenho cartões de visita, mas estou sempre perdendo.

Lumbroso pôs um par de óculos com lentes grossas que aumentavam seus olhos castanho-escuros.

– Nomes são frágeis hoje em dia. Algumas pessoas mudam de nome como trocam de sapato. E como é seu nome, *signorina*?

– Sou Rebecca Green, de Londres. Deixei o broche no meu hotel, mas talvez possa fazer um desenho dele para mostrar como é.

Lumbroso sorriu e balançou a cabeça.

– Sinto, mas vou precisar do objeto mesmo. Se tem uma pedra preciosa, posso removê-la para ver a pátina na base.

– Dê-me uma folha de papel. Talvez o senhor reconheça o desenho.

Cético, Lumbroso deu-lhe um bloco e uma caneta pilot.

– Como quiser, *signorina*.

Maya desenhou rapidamente o alaúde Arlequim. Arrancou a folha do bloco e pôs na bancada. Simon Lumbroso olhou para o desenho oval com três linhas, virou para ela e estudou seu rosto. Maya se sentiu como um objeto de arte levado para ele avaliar.

— Sim, é claro. Reconheço o desenho. Se me permitir, talvez possa dar-lhe alguma informação.

Ele foi até um grande cofre na parede e começou a girar o dial.

— A senhorita disse que é de Londres. Seus pais nasceram na Grã-Bretanha?

— Minha mãe veio de uma família sique que vivia em Manchester.

— E o seu pai?

— Ele era alemão.

Lumbroso abriu o cofre e tirou uma caixa de sapato de papelão com mais de cem cartas dentro, arrumadas por data. Pôs a caixa na bancada e procurou a que ele queria.

— Não posso falar do broche. Na verdade, acho que ele não existe. Mas eu sei uma coisa sobre o *seu* lugar de origem.

Ele abriu um envelope, tirou uma fotografia em preto e branco e pôs na bancada.

— Acho que você é filha de Dietrich Schöller. Esse era o nome dele antes de se tornar o Arlequim chamado Thorn.

Maya examinou a fotografia e ficou surpresa de se ver nela, aos nove anos de idade, sentada ao lado do pai num banco no parque St. James. Alguém, talvez a mãe dela, tirou aquela foto.

— Onde o senhor conseguiu isso?

— Seu pai enviou cartas para mim por quase quarenta anos. Tenho uma das fotos de você quando era bebê, se quiser ver.

— Os Arlequins nunca tiram fotos, a não ser para passaportes ou algum tipo de documento de identificação. Eu sempre ficava em casa quando tiravam fotografias na escola.

— Bem, o seu pai tirou algumas e depois as guardou comigo. Onde ele está, Maya? Eu mandei cartas para uma caixa postal em Praga, mas todas foram devolvidas.

— Ele está morto. Assassinado pela Tábula.

Lágrimas pelo pai de Maya — seu violento e arrogante pai — encheram os olhos de Lumbroso. Ele fungou ruidosamente, achou alguns lenços de papel na bancada e assoou o nariz.

– Essa notícia não me surpreende. A vida que Dietrich levava era cheia de perigos. Mesmo assim, sua morte me entristece enormemente. Ele era meu melhor amigo.

– Acho que o senhor não conheceu meu pai. Ele nunca teve um amigo na vida. Jamais amou alguém, nem a minha mãe.

Lumbroso se espantou e depois manifestou tristeza. Balançou a cabeça bem devagar.

– Como pode dizer isso? Seu pai tinha muito respeito pela sua mãe. Quando ela morreu, ele ficou deprimido muito tempo.

– Não sei de nada disso, mas o que eu sei é o que aconteceu quando eu era pequena. Meu pai me treinou para matar pessoas.

– Sim, ele a transformou numa Arlequim. Não vou defender essa decisão dele.

Lumbroso se levantou, foi até um cabide de chapéus de madeira e pegou um paletó preto.

– Venha comigo, Maya. Vamos comer alguma coisa. Como nós, romanos, diríamos: "Não há história de barriga vazia."

De terno preto e de chapéu fedora também preto, Simon Lumbroso levou Maya pelo gueto. O sol havia desaparecido atrás das telhas vermelhas dos telhados, mas ainda havia gente sentada em cadeiras de cozinha nas ruas, conversando, enquanto as crianças jogavam bola. Parecia que todos conheciam Lumbroso, que cumprimentava os vizinhos tocando a aba larga do seu chapéu com dois dedos.

– Quarenta anos atrás eu costumava guiar excursões de estrangeiros por este bairro. Foi assim que conheci seu pai. Uma tarde, ele foi a única pessoa que apareceu do lado de fora da sinagoga. Seu pai não era judeu, claro, mas conhecia muito a história dos judeus. Fazia perguntas inteligentes e passamos uma tarde muito agradável, debatendo diversas teorias. Eu disse para ele que tinha gostado de praticar meu alemão e que ele não precisava pagar nada.

– Isso fez com que meu pai assumisse uma dívida.

Lumbroso sorriu.

– É, é assim que um Arlequim encararia. Mas eu não sabia nada disso. Naquela época, um grupo de jovens muito ricos aqui de Roma havia formado uma associação fascista e eles vinham para o gueto tarde da noite para espancar os judeus. Eles me pegaram perto do Tibre, a poucas centenas de metros daqui. Eram cinco contra um. E então, de repente, seu pai apareceu.

– Ele os destruiu...

– Sim. Mas o que me espantou foi como ele fez isso. Não demonstrou raiva nenhuma enquanto lutava, era apenas sua agressividade fria e concentrada, e a ausência total de medo. Ele espancou os cinco até deixá-los inconscientes e os teria jogado no rio para morrerem afogados se eu não o tivesse tirado dali.

– Agora sim, *isso* está mais parecido com o meu pai.

– A partir desse dia, começamos a nos ver sempre para explorar a cidade e jantar juntos. Aos poucos, Dietrich foi me contando a sua vida. Embora seu pai viesse de uma família de Arlequins, ele nunca considerou isso o seu destino. Lembro que ele estudava história na Universidade Livre de Berlim, depois resolveu se tornar pintor e mudou-se para Roma. Alguns jovens fazem experiências com drogas ou com a sexualidade. Para seu pai, ter um amigo era igualmente proibido. Ele nunca teve um amigo, nem quando era adolescente na *Oberschule*.

Eles deram a volta na sinagoga da Lungotevere e pegaram a ponte Fabricio para pedestres até a pequena ilha no meio do Tibre. Lumbroso parou no meio da ponte e Maya olhou para baixo, para a água verde lamacenta que atravessava Roma.

– Quando eu era menina, meu pai me disse que os amigos nos deixavam fracos.

– A amizade é necessária como o alimento e a água. Levamos algum tempo, mas acabamos ficando muito amigos, sem segredos entre nós. Não me surpreendi ao saber da existência dos Peregrinos. Há um ramo místico do judaísmo baseado na Cabala que descreve esse tipo de revelações. Quanto à Tábula... temos apenas de ler os jornais para saber que ela existe.

– Não posso acreditar que meu pai não queria ser Arlequim.

– Por que tanta surpresa? Será porque ele era humano, como todos nós? Pensei que ele tinha se libertado da família e que ia ficar em Roma para pintar. Então um Arlequim da Espanha apareceu e pediu ajuda. E Dietrich cedeu. Quando seu pai voltou para a Itália oito meses depois, tinha assumido seu nome de Arlequim. Estava tudo mudado, a vida normal dele não existia mais, mas o amor por Roma continuou em seu coração. Nós nos víamos de vez em quando e ele me mandava cartas duas vezes por ano. Às vezes as cartas tinham uma fotografia sua. Eu vi você crescer e se tornar adulta.

– Ele me treinou para ser Arlequim – disse Maya. – O senhor sabe o que isso significa?

Lumbroso tocou de leve no ombro de Maya.

– Só você pode perdoar o seu pai. Eu só posso dizer que ele a amava.

Cada um concentrado em seus pensamentos, eles atravessaram a ponte e entraram no bairro Trastevere, do outro lado do rio. Casas de três e de quatro andares se alinhavam nas ruas estreitas, algumas com largura de poucos metros. As casas eram pintadas em tons pastel claros e a hera escura subia pelas paredes.

Lumbroso levou Maya por uma rua que terminava numa praça de paralelepípedos chamada Piazza Mercanti. A praça estava deserta, a não ser por uma dúzia de gaivotas famintas que brigavam pelo conteúdo derramado de uma lata de lixo. Os pássaros gritavam uns com os outros, como um grupo de romanos discutindo futebol.

– Só turistas e doentes comem assim tão cedo – disse Lumbroso. – Mas a hora é boa para uma conversa privada.

Eles entraram numa trattoria que não tinha nenhum cliente. Um garçom com um bigode imponente acompanhou-os até uma mesa nos fundos do restaurante, Lumbroso pediu uma garrafa de Pinot Grigio e uma entrada de filés de bacalhau frito.

Maya bebeu um gole de vinho, mas não tocou na comida. A visão que Lumbroso tinha do seu pai era diferente de tudo que ela imaginara. Será que Thorn realmente se preocupava com ela? Seria possível que ele jamais quisesse se tornar um Arlequim? A implicação dessas questões era tão perturbadora que Maya tratou de tirá-las da cabeça e passou a se concentrar no motivo da sua viagem a Roma.

– Não vim aqui para falar do meu pai – ela disse. – Um Arlequim chamado Linden disse que o senhor é um especialista nos seis mundos.

Lumbroso sorriu enquanto cortava o peixe.

– O Peregrino é o único especialista de verdade, mas sei bastante coisa. Conhecer seu pai mudou a minha vida. Eu tinha uma carreira de avaliador de obras de arte, mas minha verdadeira paixão sempre foi aprender mais sobre esses outros mundos. Procurei adquirir todos os livros, diários ou cartas que descrevem sua complexidade.

Mantendo a voz baixa, Maya explicou como tinha encontrado Gabriel em Los Angeles e como acabaram indo para a Europa. Lumbroso largou o garfo e escutou atentamente Maya relatar o que haviam descoberto na ilha Skellig Columba.

– Eu acho que Gabriel foi encontrar o pai dele no Primeiro Mundo. Se ele estiver preso lá, existe alguma coisa que eu possa fazer para trazê-lo de volta?

– Não – disse Lumbroso. – Só se você for para lá.

Os dois interromperam a conversa quando o garçom serviu o prato principal, os pequenos bolinhos cozidos de massa com semolina chamados de *gnocchi alla romana*. Maya não tocou na comida, mas Lumbroso serviu outra taça de vinho para ela.

– O que quer dizer? Como isso é possível?

– Você deve entender que os gregos e romanos clássicos não viam uma separação rígida entre o nosso mundo e as outras realidades. Havia Peregrinos naquela época, mas os antigos também acreditavam que existiam certos "portais", por onde qualquer um podia atravessar para um mundo diferente.

– Então é como uma passagem?

– Eu diria que é mais como um ponto de acesso ao alcance de qualquer um empenhado na busca. Uma analogia moderna para isso seriam os chamados "buracos negros" descritos na teoria da física. O buraco negro é um atalho através do espaço e do tempo que permite viajar mais rápido de um universo paralelo para outro. Muitos físicos hoje em dia falam como o oráculo de Delfos... com equações.

Lumbroso pegou um guardanapo e limpou molho de tomate do queixo.

– A leitura dos textos antigos deixa claro que muitos lugares sagrados do mundo antigo, como Stonehenge, foram originalmente construídos em torno de um objeto que era o ponto de acesso para outros mundos. Que eu saiba, nenhum desses pontos de acesso ainda existe. Mas os romanos talvez tenham nos deixado um guia que nos mostrará onde encontrar um.

Maya deixou a taça de vinho na mesa.

– É um mapa?

– É muito melhor do que um mapa. Mapas podem se perder ou serem destruídos. Esse guia específico se esconde embaixo das ruas de Roma. É o Horologium Augusti, o relógio de sol criado pelo imperador Augusto.

Quando o garçom foi até a mesa deles, Lumbroso analisou diversas opções para o prato seguinte e acabou resolvendo escolher vitela com sálvia fresca. Ficaram sozinhos de novo e ele se serviu de mais uma taça de vinho.

– O Horologium não é um relógio de sol qualquer, encontrado num quintal. Ele era o centro de Roma, um círculo enorme de mármore travertino branco, com linhas e letras de bronze incrustadas. Se você passou a pé pelo prédio do Parlamento italiano, na Piazza di Montecitorio, viu o obelisco egípcio que projetava a sombra.

– Mas agora o relógio de sol está no fundo da terra?

– A maior parte da Roma antiga está enterrada. Pode-se argumentar que toda cidade tem uma cidade fantasma fora de vista. Uma pequena parte do relógio de sol foi escavada na década de 1970 por arqueólogos alemães, alguns amigos meus, mas eles pararam depois de um ano de trabalho. Ainda há fontes naturais sob as ruas de Roma e um riacho passa pela superfície do relógio de sol. E eles também tiveram problemas de segurança. Os *carabinieri* não queriam que os arqueólogos cavassem um túnel que dava direto no prédio do Parlamento.

– E o que isso tem a ver com encontrar um ponto de acesso para outro mundo?

– O relógio de sol era mais do que apenas um relógio e um calendário. Também servia como centro do universo romano. Na borda externa do relógio havia setas apontando para a África e para a Gália, assim como direções de portões espirituais que levavam para outros mundos. Como eu disse, os antigos não tinham a nossa visão limitada da realidade. Eles teriam encarado o Primeiro Mundo como uma província distante, na beira do mundo conhecido.

"Quando os arqueólogos alemães terminaram seu trabalho, a maior parte do relógio de sol ficou coberta de terra e entulho. Mas isso foi há mais de trinta anos e Roma sofreu diversas enchentes desde aquela época. Lembre que há um riacho subterrâneo que flui naquela área toda. Eu examinei o local e estou convencido de que uma seção bem maior do relógio deve estar à vista agora."

– Então por que não foi lá verificar? – perguntou Maya.

– Qualquer um, para entrar lá, tem de ser flexível, atlético e... – Lumbroso apontou para a sua barriga – bem menos corpulento. É preciso usar um tanque de oxigênio e equipamento para respirar dentro d'água. E tem de ser corajoso. O terreno é muito instável.

Os dois ficaram em silêncio alguns minutos. Maya bebeu um gole de vinho.

– E se eu comprasse o equipamento necessário?

– O equipamento não é o problema. Você é filha do meu amigo, de modo que quero ajudá-la, mas ninguém explorou aquela área desde as enchentes. Quero que você prometa que dará meia-volta e sairá de lá se parecer perigoso.

A primeira reação de Maya foi dizer que *Arlequins não prometem nada*, só que tinha quebrado essa lei com Gabriel.

– Vou procurar ter cuidado, Simon. Não posso prometer nada além disso.

Lumbroso pegou seu guardanapo e pôs sobre a mesa.

– Meu estômago não gostou dessa ideia. Isso é um mau sinal.

– Mas agora estou morta de fome – disse Maya. – Onde é que está o garçom?

34

Maya encontrou Simon Lumbroso na frente do Panteão na noite seguinte. Tinha comprado o equipamento de mergulho aquele dia numa loja especializada no subúrbio a oeste da cidade e posto tudo dentro de dois sacos de lona. Lumbroso também tinha ido às compras e levou uma grande lanterna a pilha, do tipo que os mineiros usavam. Ele olhou para os turistas tomando gelato na praça e sorriu.

– O filósofo grego Diógenes de Sínope caminhava por Atenas com um lampião procurando um homem honesto. Nós procuramos coisa igualmente rara, Maya. Você tem de tirar uma fotografia, apenas uma fotografia, das orientações que vão nos levar a outro mundo. – Ele sorriu para ela. – Estamos prontos?

Maya fez que sim com a cabeça.

Lumbroso levou-a até Campo Marzio, uma ruazinha transversal perto do prédio do Parlamento. Na metade do quarteirão, ele parou na frente de uma porta entre uma casa de chá e uma loja de perfumes.

– Tem uma chave mestra? – perguntou Maya.

Lumbroso enfiou a mão no bolso do paletó e tirou um maço de euros.

– Essa é a única chave mestra que você precisa em Roma.

Ele bateu na porta com força, e um velho careca, de botas de borracha, foi abrir. Lumbroso saudou o homem educadamente e apertou a mão dele, pagando o suborno sem a vulgaridade de mencionar o dinheiro. O homem careca levou-os por um corredor, disse alguma coisa em italiano e depois saiu da casa.

– O que ele disse, Simon?

– Não faça bobagem e tranque a porta quando for embora.

Os dois seguiram pelo corredor até um pátio aberto cheio de tábuas de madeira, andaimes e latas de tinta vazias. Famílias tinham morado centenas de anos na casa, mas agora estava vazia e as paredes de estuque estavam manchadas por causa das enchentes. Todas as janelas tinham se quebrado, mas barras de ferro ainda formavam as grades nos batentes. O ferro enferrujado fazia o prédio parecer uma prisão abandonada.

Lumbroso abriu uma porta que estava destrancada e eles desceram uma escada coberta de pó de gesso. Quando chegaram ao que devia ser o porão, Lumbroso acendeu a lanterna e abriu uma porta onde tinha escrito PERICOLO – NO ENTRI com tinta vermelha.

– A partir desse ponto não há mais energia elétrica, por isso teremos de usar a lanterna – explicou Lumbroso. – Tenha muito cuidado onde pisa.

Ele segurou a lanterna abaixada e foi andando devagar por uma passagem com paredes de tijolos. O chão era de tábuas de compensado sobre vigas de concreto. Uns cinco metros depois da porta, Lumbroso parou e se ajoelhou ao lado de um vão entre as tábuas. Maya parou atrás, espiou por cima do ombro dele e viu o Horologium Augusti.

A parte escavada do relógio de sol do imperador tinha se transformado no piso de um porão com paredes de pedra e cerca de dois metros e meio de largura por seis de comprimento. O relógio estava dentro d'água, mas Maya pôde ver a superfície de mármore travertino, assim como algumas linhas e letras gregas de bronze incrustadas na pedra. Os arqueólogos alemães tinham tirado todo o entulho e o porão parecia um sepulcro saqueado. O único toque moderno era uma escada de aço apoiada no vão entre as tábuas de compensado, que ia até o chão do porão, três metros abaixo.

RIO ESCURO

– Você vai primeiro – disse Lumbroso. – Eu passo o equipamento e depois desço com a lanterna.

Maya pôs os dois sacos de lona numa tábua de compensado e tirou o casaco, os sapatos e as meias. Depois desceu pela escada até o relógio de sol. A água estava gelada e tinha cerca de um metro de profundidade. Lumbroso passou para Maya os sacos com o equipamento e ela prendeu os cordões deles no degrau da escada, de modo que cada saco ficasse pendurado de um lado.

Simon tirou seu chapéu fedora, o paletó e os sapatos, e enquanto isso Maya inspecionou o porão. Conforme ela ia andando formavam-se pequenas ondas para todos os lados, que batiam nas paredes. Com o passar dos anos, os minerais na água tinham transformado o travertino branco do relógio de sol em lajes de pedra cinzenta. Em diversos pontos ela estava manchada e rachada. As linhas e símbolos gregos de bronze que tinham sido incrustados na pedra um dia tiveram uma cor dourado-clara que brilhava fulgurante ao sol de Roma. O metal tinha oxidado completamente e agora as letras eram verde-escuras.

– Não gosto de escadas – disse Lumbroso.

Ele pôs o pé no primeiro degrau como se estivesse testando a resistência da escada, depois desceu lentamente, com a lanterna na mão. Maya foi até um canto e encontrou um ralo de drenagem na parede de pedra cinza. O buraco tinha sessenta centímetros quadrados e estava completamente submerso. A borda do fundo ficava no mesmo nível da superfície do relógio de sol.

– A água sai por aí?

– Isso mesmo. É para onde você tem de ir.

Ainda de camisa branca de manga comprida, gravata-borboleta e calça preta, Lumbroso estava lá parado dentro d'água com uma pose formal.

– Volte imediatamente se ficar difícil demais para se mover.

Maya voltou para a escada e tirou o equipamento de mergulho de dentro dos dois sacos de lona. Tinha um cinto com pesos de chumbo, um regulador de ar com dois estágios, uma máscara de mergulho e um tanque de ar que tinha trinta centímetros de comprimento e oito centímetros de diâmetro. Ela também tinha comprado uma lanterna submarina e uma câmera digital para fotos dentro d'água, o tipo da coisa que um turista usaria fazendo mergulho nas Bahamas.

– Esse tanque de ar parece pequeno demais – disse Lumbroso.

– Chamam de tanque-pônei. Você me disse que não havia muito espaço no túnel.

Maya pôs o cinto com os pesos primeiro, prendeu uma ponta do regulador no tanque-pônei e pendurou o cordão de plástico da câmera no pescoço. O túnel era tão estreito que ela ia ter de segurar o tanque com um braço, apertando-o com força contra o seu corpo.

– O que é que eu vou procurar?

– Você tem de fotografar quaisquer frases em latim ou em grego que estiverem do lado de fora do relógio de sol. Algumas dessas frases descrevem cidades do mundo antigo e outras descrevem uma localização espiritual... um ponto de acesso.

– E se as palavras estiverem cobertas de entulho?

– Você pode limpar, mas não toque nas paredes.

Maya pôs a máscara de mergulho no rosto, depois ligou o ar e começou a respirar pelo respirador.

– Boa sorte – disse Lumbroso. – E, por favor, tenha muito cuidado.

Ela se ajoelhou no chão e afundou a cabeça na água. Deitada no chão, foi indo para a abertura na parede. Maya ouvia a própria respiração, as bolhas saindo do regulador e o barulho da ponta do tanque-pônei arrastando no piso de pedra.

Quando chegou à abertura, ela estendeu o braço e apontou a lanterna para a escuridão. A água tinha cavado um túnel subterrâneo no meio do entulho do passado em todos aqueles anos. As paredes do túnel eram um aglomerado de pedras, tijolos romanos e pedaços de mármore branco. Parecia frágil, como se tudo pudesse ruir, mas o verdadeiro perigo era criado pela era atual. Para sustentar os alicerces do prédio que ameaçava cair alguém tinha posto vergalhões de aço no solo. As pontas desses vergalhões se projetavam no túnel como lâminas de espadas enferrujadas.

Empurrando o corpo com os dedos dos pés, Maya foi deslizando pelo túnel. Quando olhava para cima, para o entulho e os vergalhões de aço, sentia que todo o peso de Roma estava direto sobre a sua cabeça. Ia com o corpo colado ao piso de mármore travertino do relógio de sol, mas não estava encontrando nenhuma palavra em bronze.

O regulador do tanque de ar suspirava. Bolhas passavam pelo seu rosto. Maya foi se arrastando centímetro por centímetro até o corpo inteiro ficar dentro do túnel. O teto era tão baixo e o túnel tão estreito que era impossível virar ao contrário. Para voltar para o porão, ela teria de ir para trás, empurrando com as mãos.

Esqueça o seu medo, Thorn dizia para ela. *Concentre-se na sua espada*. O seu pai nunca demonstrava hesitação diante de nada. No entanto, tinha passado dois anos em Roma, evitando encarar o seu destino. Maya tirou todos os pensamentos da cabeça, menos o túnel, e continuou avançando.

Tinha superado cerca de quatro metros do comprimento, quando o túnel virou para a direita. Ela passou por baixo de um vergalhão e entrou em uma área mais espaçosa, que parecia uma caverna subterrânea. A superfície do relógio de sol estava escura naquela área, mas quando ela chegou mais perto viu que estava cheia de palavras de bronze incrustadas, em grego e em latim.

Com a lanterna na mão esquerda, Maya pegou a câmera submarina com a direita e começou a tirar as fotos. Sempre que mexia o corpo, sombras se formavam ou desapareciam.

Ela moveu-se para a frente e então o tanque de ar se soltou e bateu na parede do túnel. Um pouco de cascalho se desprendeu da parede e rolou no piso do relógio de sol. Era quase nada, só alguns seixos pretos, mas ela sentiu uma pontada de medo.

Mais areia e pedras caíram da parede. Uma pedra maior bateu no chão e rolou na direção dela. Maya tirou mais algumas fotos rapidamente e tentou recuar, mas de repente um pedaço do teto despencou na sua frente.

A água ficou escura de tanta areia. Maya tentou escapar, mas alguma coisa a impedia. Lutando contra o pânico, pôs as palmas das mãos no piso de mármore e empurrou com força. Houve uma explosão de bolhas de ar e a água entrou na sua boca.

Um dos vergalhões de aço tinha cortado o tubo do regulador de ar. Maya não podia mais respirar e não tinha como sair dali. Ela perdeu a lanterna e estava na mais completa escuridão. Então mordeu o bocal do respirador, estendeu o braço para trás e procurou as duas partes do tubo de ar cortado. O lado que estava ligado ao bocal tinha enchido de água, mas o ar borbulhava pelo tubo conectado ao tanque-pônei. Ela apertou as duas partes juntas e ficou segurando. Ar misturado com água começou a fluir pelo bocal do respirador. Maya engoliu a água e encheu os pulmões de ar.

Segurando firme as duas partes do tubo com a mão direita, ela empurrou com a esquerda e sentiu a areia grossa nos pés. Como um pedestre olhando para um acidente de carro, a sua mente se dissociou da situação, ficou apenas observando calmamente e tirando conclusões. Estava completamente cega e dali a mais ou menos um minuto o ar do tanque ia acabar. Sua única chance era encontrar o túnel e voltar por ele ao porão.

Quando encostou os pés na lateral do túnel, Maya parou no mesmo instante e deslizou o corpo de lado. Concentrou-se na textura áspera do cascalho que caíra. A vida dela estava reduzida a uma partícula de ossos, sangue e tecido.

Procurando não provocar outro desmoronamento, ela se arrastou de costas, centímetro por centímetro. O regulador fazia um barulho fraco gorgolejante e ela sentiu na língua um gosto que parecia de cinza. Tentou inalar, mas nenhum ar chegou aos seus pulmões. O tubo cortado tinha deixado escapar todo o ar do tanque.

Maya estendeu os braços, empurrou o corpo para trás e sentiu com os dedos dos pés a curva no túnel. Continuou indo para trás e torceu para não ficar presa nas proeminências da parede do túnel.

Teve a sensação de que seu cérebro funcionava lentamente e achou que talvez fosse desmaiar.

Poucos segundos depois, sentiu mãos nos seus tornozelos. Com um puxão rápido, Lumbroso tirou Maya do túnel.

– O que aconteceu? – ele perguntou. – Eu vi areia saindo do túnel. Você se machucou? Está tudo bem?

Maya arrancou a máscara, cuspiu o bocal do respirador e respirou fundo. Seus pulmões queimavam e parecia que alguém tinha dado um soco na boca do seu estômago. Lumbroso continuou falando, mas ela não podia responder. Não conseguia falar e só pensava em uma coisa: estou viva.

A câmera submarina pendia do seu pescoço. Maya a entregou para ele como se fosse uma pedra preciosa.

Por volta das oito horas da manhã seguinte, Maya estava num café ao ar livre na Piazza San Lorenzo, em Lucina. A praça ficava a menos de cem metros da entrada do prédio abandonado que escondia o relógio de sol. Bem embaixo dos pés dela havia camadas do passado e rios secretos fluindo na escuridão.

Se fechasse os olhos, podia se ver presa no túnel dentro d'água, mas não queria pensar nisso naquele momento. Estava viva e neste mundo. Tudo que a cercava parecia comum e ao mesmo tempo belo. Ela tocou no mármore liso do tampo da mesa quando um jovem garçom italiano servia uma xícara de cappuccino e uma torta de pêssego decorada com um raminho de hortelã. A massa da torta era leve e se desmanchava, e Maya deixou o recheio doce de pêssego ficar um tempo na língua, saboreando. O estojo com a espada estava pendurado no encosto da cadeira de ferro fundido, mas ela sentiu uma vontade louca de abandoná-lo e sair andando pela praça como uma mulher comum, entrando em cada loja para provar as amostras de perfume e experimentar os lenços de seda.

Lumbroso chegou quando ela acabava de comer a torta. Ele usava roupa preta como sempre e carregava um portfólio de couro embaixo do braço.

– *Buon giorno*, Maya. *Come sta?* É um prazer vê-la esta manhã.

Ele sentou e pediu um cappuccino.

– Semana passada vi um turista pedindo cappuccino às cinco da tarde. Aqui é Roma, não o Starbucks! O garçom ficou muito ofendido. Deviam pôr um cartaz em todas as trattorias: "É contra a lei pedir cappuccino depois das dez da manhã."

Maya sorriu.

– E que tal um expresso?

– Expresso é apropriado.

Ele abriu o portfólio e tirou um envelope de papel pardo com fotografias.

– Baixei as imagens ontem à noite e imprimi em papel fotográfico. Você fez um trabalho muito bom, Maya. Pude ler tudo com muita clareza.

– E havia menção de um ponto de acesso?

– O relógio de sol combina locais que nossa sensibilidade moderna consideraria "reais", assim como aqueles lugares que nos ligam a outro mundo. Olhe para esta imagem...

Ele pôs uma fotografia na frente dela.

– Está escrito em latim e se refere ao *Aegyptus*, o nome romano para o Egito. Depois da morte de Cleópatra, o Egito passou a fazer parte do Império. À direita dessa inscrição em latim há palavras em grego.

Lumbroso deu outra fotografia para Maya e bebeu um gole do cappuccino. Maya examinou a fotografia que mostrava palavras em latim e em grego.

– A inscrição usa uma palavra que significa "porta" ou "portal". – Lumbroso pegou a fotografia e começou a traduzir: – O portal para Deus foi tirado de *Iudaea* e levado para *Ta Netjer*, A Terra de Deus.

– Em outras palavras, não sabemos onde fica essa porta.

– Discordo. A orientação é tão clara como um daqueles guias que os turistas usam aqui em Roma. *Iudaea* é o nome romano para a província que incluía Jerusalém. *Ta Netjer*, A Terra de Deus, também era chamada de *Punt*. Acredita-se que é no Norte da Etiópia.

Maya deu de ombros.

– Não entendo, Simon. Como pode um portal, um ponto de acesso, ser portátil?

– Só um objeto famoso foi levado de Jerusalém para a Etiópia. É um "portal" que, nos tempos modernos, chamamos de Arca da Aliança.

– A Arca é apenas uma lenda – disse Maya. – É como a Atlântida ou o rei Artur.

Lumbroso chegou para a frente e falou em voz baixa:

– Eu não estudei os livros sobre o rei Artur, mas conheço bem a Arca da Aliança. É um baú de madeira de acácia com ferragens de ouro e tampa de ouro maciço, chamada em hebraico de *kapporet*, que significa "propiciatório". A Bíblia até nos dá as dimensões desse objeto sagrado. Tem cerca de noventa centímetros de comprimento por cinquenta e quatro de largura.

"A Arca foi feita pelos israelitas quando estavam no exílio no deserto. Tinha um lugar de honra no primeiro templo, construído por Salomão. Em geral se supõe que a Arca continha os Dez Mandamentos, mas eu acho que é mais lógico que fosse algum tipo de ponto de acesso. A Arca era guardada no local mais sagrado do tabernáculo, no coração do templo."

– Mas ela não foi destruída pelos assírios?

– Você deve estar se referindo aos babilônios. – Lumbroso sorriu. – O único fato consistente em todas as fontes é que a Arca não estava no templo quando Nabucodonosor saqueou Jerusalém. Os babilônios fizeram listas detalhadas da sua pilhagem, mas a Arca jamais foi mencionada. O famoso Manuscrito de Cobre, um dos Manuscritos do Mar Morto, encontrados em 1947, afirma explicitamente que o *Mishkan*, o templo portátil da Arca, foi tirado do templo antes da invasão.

"Algumas pessoas acham que Josias escondeu a Arca em algum lugar em Israel, mas a inscrição no relógio de sol reflete a lenda que diz que ela foi levada para a Etiópia por Menelique I, filho de Salomão e da rainha de Sabá. Os romanos sabiam disso quando escreveram no relógio."

– Então a Arca está na África?

– Isso não é propriamente um segredo, Maya. Pode verificar na internet ou em uma dúzia de livros diferentes. A Arca está sendo mantida atualmente na Igreja de Santa Maria do Sião, na cidade no Norte da Etiópia chamada de Axum. É guardada por um grupo de padres etíopes e só um deles tem permissão para entrar no santuário.

– A sua teoria tem um problema – disse Maya. – Se a Arca está na Etiópia, por que Israel não se manifestou para recuperá-la ou protegê-la?

– Ah, mas eles fizeram isso sim. Em 1972 um grupo de arqueólogos do Museu de Israel foi para a Etiópia. Eles receberam permissão do imperador Haile Selassie para examinar certos artefatos históricos. Na época houve uma seca tremenda na província de Wollo e o imperador precisava desesperadamente de ajuda internacional.

"Esses arqueólogos viajaram para os mosteiros do lago Tana e para a cidade de Axum. Mas, por mais estranho que pareça, nunca fizeram um relatório oficial ou pronunciamento público a respeito. Duas semanas depois da volta deles a Jerusalém, Israel começou a enviar ajuda militar e humanitária para a Etiópia. Esse apoio continuou depois da morte do imperador, em 1975. E continua até hoje."

Lumbroso sorriu e terminou de tomar seu cappuccino.

– Os israelenses não divulgam essa ajuda, nem os etíopes. Porque, é claro, não há motivo político para dar o dinheiro... a menos que você acredite na Arca.

Maya balançou a cabeça.

– Talvez alguns historiadores tivessem imaginado essa teoria e uns poucos padres etíopes quisessem acreditar nisso. Mas por que os israelenses não pegam simplesmente a Arca e levam de volta para Jerusalém?

– Porque a Arca pertence a um templo que não existe mais. O Domo da Rocha ocupa o lugar atualmente: foi onde o profeta

Maomé ascendeu ao paraíso. Se a Arca voltasse para Jerusalém, então certos grupos fundamentalistas, tanto cristãos como judeus, iam querer destruir o Domo da Rocha e reconstruir o templo. Isso daria início a uma guerra que poderia superar qualquer conflito anterior.

"Os homens e mulheres que governam Israel são judeus devotados, mas são também pragmáticos. O objetivo deles é a continuidade da sobrevivência do povo judeu e não o início da Terceira Guerra Mundial. É melhor para todos que a Arca fique na Etiópia e que as pessoas sejam estimuladas a acreditar que foi destruída milhares de anos atrás."

– E o que acontece se eu for para a Etiópia? – perguntou Maya.
– Não posso simplesmente entrar nesse santuário e exigir que me mostrem a Arca.
– É claro que não. Por isso eu tenho de ir com você. Nesses últimos anos tenho comprado artefatos de um judeu-etíope chamado Petros Semo. Vou pedir para ele nos encontrar em Adis Abeba e nos ajudar a conversar com os padres.
– E a Arca é o ponto de acesso que vai me levar ao Primeiro Mundo?
– Talvez a qualquer um dos mundos. Os textos não chegam a uma conclusão sobre essa questão. Em geral dizem que você tem de enviar seu espírito primeiro e segui-lo depois. Eu acho que isso quer dizer que você precisa querer ir para lá, querer de todo o coração. Nós deixamos bem para trás a história e a ciência nesse ponto. Se você passar por esse portal, vai abandonar nossa realidade particular.
– Mas vou encontrar Gabriel?
– Eu não sei.
– E se eu não puder encontrá-lo? Posso voltar para este mundo?
– Também não sei, Maya. Se você estudar os mitos clássicos sobre o mundo inferior, eles concordam em uma coisa: você tem de voltar por onde entrou.

Maya olhou para a praça e para a beleza que a tinha cativado minutos antes. Tinha prometido para Gabriel que ia sempre ficar ao lado dele. Se recusasse cumprir a própria palavra, aquele momento dos dois perderia o sentido.

– E como vamos para a Etiópia?

Lumbroso pôs as fotografias de volta no envelope.

– Primeiro vamos pedir mais um cappuccino. – Ele fez sinal para o garçom e apontou para as xícaras vazias.

35

Era início da primavera no Sul da Inglaterra. Quando Michael saiu na varanda do terceiro andar de Wellspring Manor viu que as folhas verde-claras começavam a despontar nas faias que cobriam as colinas em volta. Bem embaixo de onde ele estava, os convidados da reunião daquela tarde saíam da casa e passeavam pelo jardim de rosas. Garçons de branco serviam taças de espumante e canapés, e um quarteto de músicos tocava *As quatro estações*. Apesar de ter chovido à tarde na véspera, aquele domingo era um dia claro e quente, tanto que o céu parecia até um pouco artificial, como uma tenda de seda azul armada para proteger os convidados.

Wellspring era mais uma propriedade da Fundação Sempre-Verde. Os dois primeiros andares serviam para atividades públicas e o último andar era uma suíte particular guardada pela equipe de segurança. Michael estava morando na mansão havia oito dias. Nesse tempo, a sra. Brewster tinha explicado tudo sobre os objetivos públicos e particulares do Programa Jovens Líderes do Mundo. Os coronéis do exército e os oficiais da polícia que experimentavam os bolinhos de caranguejo no jardim de rosas estavam na Inglaterra para aprender como derrotar o terrorismo. Em três dias de seminários, eles aprendiam sobre monitoramento da internet, câmeras de vigilância, chips de identificação e sistemas de informação completos.

A reunião no jardim era a culminação desse processo de aprendizagem. Os líderes iam conhecer representantes de empresas muito desejosos de estabelecer essa nova tecnologia nos países subdesenvolvidos. Cada líder tinha uma pasta especial de couro para guardar os cartões de visita que recebiam depois da primeira taça de vinho.

Inclinado sobre o parapeito da varanda, Michael observava a sra. Brewster andando no meio das pessoas. A saia e o paletó azul-turquesa dela se destacavam entre os ternos escuros e os uniformes verde-oliva. De longe ela parecia uma molécula catalisadora derramada num tubo de ensaio cheio de elementos químicos diferentes. Quando se apresentava, conversava e se despedia com um beijo, ela formava novas conexões entre os jovens líderes e os que queriam servi-los.

Ele saiu da varanda, passou por portas envidraçadas e foi até o que tinha sido um dia o quarto principal. Agora o pai dele estava ali deitado, numa mesa de cirurgia, no centro do quarto. Cupidos brancos de gesso olhavam para ele do teto. A cabeça de Matthew Corrigan tinha sido raspada e havia sensores inseridos no cérebro dele. Seus batimentos cardíacos e a temperatura do corpo eram monitorados continuamente. Um dos neurologistas tinha anunciado que o Peregrino perdido estava "tão morto como podia estar, e ainda vivo".

Incomodava Michael o fato de ficar sempre indo ao quarto para ver o corpo inerte na mesa de operação. Sentia-se como um lutador de boxe que encurralava o oponente no canto do ringue. Parecia que a luta havia terminado, mas seu pai de alguma forma tinha se esquivado e saltado para longe dele.

– Então aqui está o famoso Matthew Corrigan – disse uma voz conhecida.

Michael deu meia-volta e viu Kennard Nash parado na porta. Nash usava um terno azul com um alfinete da Fundação Sempre-Verde na lapela.

– Olá, general. Pensei que ainda estivesse em Dark Island.

– A noite passada eu estava em Nova York, mas sempre apareço na cerimônia de encerramento do Programa Jovens Líderes do

Mundo. Além do mais, eu queria examinar a última aquisição do sr. Boone...

Nash foi andando calmamente para a mesa e observou Matthew Corrigan.

– Este é realmente seu pai?

– É.

O general estendeu o dedo indicador e cutucou o rosto de Matthew.

– Tenho de admitir que estou um pouco desapontado. Pensei que ele seria um indivíduo com aparência mais impressionante.

– Se ele ainda estivesse ativo, poderia provocar uma resistência significativa ao Programa Sombra em Berlim.

– Mas isso não vai acontecer, não é? – Nash deu um sorriso debochado para Michael, sem se esforçar para disfarçar seu desprezo. – Eu percebo que você manipulou o conselho executivo e os amedrontou com um corpo sem vida numa mesa. Na minha opinião, os Peregrinos deixaram de ser um fator relevante. E isso inclui você... e o seu irmão.

– Deve dizer isso para a sra. Brewster. Eu acho que estou ajudando a Irmandade a atingir seus objetivos.

– Soube das suas várias sugestões e não fiquei impressionado. A sra. Brewster sempre acreditou muito na nossa causa, mas pense que ela causou um grande dano ao permitir que você viajasse pela Europa fazendo esse discurso sem sentido.

– O senhor foi a primeira pessoa que me apresentou ao conselho executivo, general.

– Foi um erro que logo será corrigido. Já é hora de você voltar para o centro de pesquisa, Michael. Ou quem sabe poderia apenas se juntar ao seu pai em outro mundo. Não é isso que os Peregrinos devem fazer? Vocês são aberrações genéticas. Como os nossos híbridos sobrepostos.

As portas envidraçadas ainda estavam abertas e Michael ouviu o quarteto de cordas chegar a uma conclusão harmoniosa. Poucos segundos depois, um som agudo quando ligaram um microfone e então a voz da sra. Brewster ressoou de um alto-falante portátil:

– Bem-vindos – ela disse, pronunciando a palavra como duas sílabas distintas. – O dia está lindo e é uma conclusão apropriada para este simpósio de três dias do Programa Jovens Líderes do Mundo. Fiquei inspirada... não só inspirada... fiquei muito emocionada com os comentários que ouvi no jardim hoje...
– Parece que a sra. Brewster vai iniciar seu discursinho. – Nash enfiou as mãos nos bolsos e foi para a porta. – Você vem?
– Eu não preciso ir.
– É, é claro que não. Você não é realmente um de nós. Ou é?
O general Nash foi embora com uma atitude arrogante e Michael ficou com o corpo do pai. A ameaça de Nash era bem real, mas naquele momento Michael estava muito calmo. Não tinha intenção de voltar para um quarto com guardas e também não estava planejando viajar para outro mundo. Ainda tinha tempo para algumas manobras. Já formara aliança com a sra. Brewster. Agora precisava conquistar outros membros da Irmandade para o seu lado. Michael achava fácil conversar com qualquer um ultimamente. Como conseguia ver as mudanças sutis, em fração de segundos, na expressão das pessoas, podia adaptar suas palavras para guiá-las na direção certa.
– Então por que não fez isso? – perguntou para o seu pai. – Ganhar algum dinheiro. Obter algum poder. Qualquer coisa. Mas em vez disso, você fez com que tivéssemos de nos esconder...
Michael esperou uma resposta, mas o pai permaneceu calado. Michael deu as costas para o corpo, saiu do quarto e voltou para a varanda. A sra. Brewster continuava seu discurso:
– Todos vocês são verdadeiros idealistas – disse ela. – E eu os saúdo pela sua força e por sua sabedoria. Vocês rejeitaram os slogans tolos daqueles que defendem a suposta "virtude" da liberdade. E liberdade para quem? Para criminosos e terroristas? As pessoas decentes e trabalhadoras deste mundo querem ordem, não retórica. Estão desesperadas por uma liderança forte. Agradeço a Deus que todos vocês estejam preparados para encarar esse desafio. No próximo ano, um país europeu dará o primeiro passo para obter

um controle ordenado da sua população. O sucesso desse programa vai inspirar os governos de todas as nações.

A sra. Brewster levantou sua taça de vinho.

– Ofereço um brinde à paz e à estabilidade.

Houve um murmúrio respeitoso de todos os presentes. Por todo o jardim de rosas outras taças cintilaram ao sol.

36

Hollis e Madre Blessing voltaram para Londres e deixaram Alice na ilha com as freiras. Hollis estava na cidade há apenas vinte e quatro horas, mas já tinha pensado num plano. Um dos Corredores Livres, um universitário chamado Sebastian, tinha fugido para a casa dos pais no Sul da Inglaterra, mas Jugger e Roland não iam para lugar nenhum. Jugger tinha passado uma hora andando de um lado para outro num apartamento de dois cômodos em Chiswick, fazendo discursos contra a Tábula e abanando as mãos. Roland estava sentado num banco de madeira, curvado para a frente, com as mãos nos joelhos. Quando Hollis perguntou em que ele estava pensando, o corredor de Yorkshire respondeu com a voz baixa e ameaçadora:

– Eles vão pagar pelo que fizeram.

Às seis horas, Hollis voltou para a loja de tambores para ficar de guarda ao lado de Gabriel. Jugger apareceu quatro horas depois e caminhou pela loja examinando as estátuas africanas e tamborilando nos tambores.

– Este lugar é demais – ele disse. – Parece uma viagem ao Congo.

Mais perto de meia-noite o Corredor Livre começou a ficar nervoso. Comia barras de chocolate sem parar e virava a cabeça de estalo sempre que ouvia algum barulho.

– Eles sabem que eu vou?

– Não – disse Hollis.

– Por que não?

– Não há por que ficar com medo. Apenas diga para eles o que disse para mim.

– Não estou com medo.

Jugger se levantou, endireitou as costas e encolheu a barriga.

– Só não gosto daquela irlandesa. Ela te mataria se tossisse nela.

A tranca da porta fez um clique suave, então Linden e Madre Blessing entraram na loja. Nenhum dos Arlequins pareceu satisfeito de ver Jugger ali. Instintivamente, Madre Blessing atravessou a loja e ficou de guarda diante da entrada do apartamento escondido onde estava o corpo de Gabriel na escuridão.

– Parece que tem um novo amigo em Londres, sr. Wilson. Mas não me lembro de nos ter apresentado – disse Madre Blessing.

– Maya salvou Jugger e os amigos dele quando ela voltou para Londres. Ela me disse onde eles estavam escondidos. Como sabe, Gabriel fez uma palestra para os Corredores Livres. Pediu para eles descobrirem o que a Tábula estava planejando.

– E foi por isso que aqueles homens tentaram nos matar – disse Jugger. – Acho que as pessoas falaram demais em seus telefones celulares ou fizeram fofoca através da internet. Mas nós conseguimos algumas informações cruciais antes deles incendiarem a casa.

Madre Blessing parecia cética.

– Duvido que alguém como você saiba de qualquer coisa crucial.

– A Tábula tem uma fachada pública chamada de Fundação Sempre-Verde – disse Jugger. – Fazem pesquisa genética e trazem policiais estrangeiros aqui para a Inglaterra, para aprenderem a rastrear as pessoas na internet.

– Nós sabemos tudo a respeito do Programa Jovens Líderes do Mundo – disse Madre Blessing. – Já funciona há alguns anos.

Jugger ficou entre um tambor de pele de zebra e uma estátua de madeira de um deus da chuva.

– Nossos amigos em Berlim dizem que a Fundação Sempre-Verde está testando uma versão beta de um programa de computador chamado Sombra. Eles usam dados dos chips RFID, de identificação, e das câmeras de vigilância para rastrear todas as pessoas na cidade. Se funcionar em Berlim, vão espalhar por toda a Alemanha e depois no resto da Europa.

Linden olhou para Madre Blessing.

– Berlim é um lugar bom para eles. É onde atualmente têm seu centro de computação.

– E nós sabemos onde fica esse centro – disse Jugger. – Um Corredor Livre chamado Tristan encontrou o prédio. Fica numa área que costumava ser a zona morta do Muro de Berlim.

– Isso é tudo que precisamos saber no momento. Obrigado por vir esta noite, Jugger. – Hollis abriu a porta da loja. – Eu entro em contato com você.

– Você sabe onde me encontrar. – Jugger foi andando para a porta. – Só tem uma coisa que eu quero saber. Está tudo bem com o Gabriel?

– Não precisa se preocupar – disse Linden. – Ele está bem protegido.

– Não duvido disso. Só quero que saibam que os Corredores Livres ainda falam muito dele. Ele nos deu a sensação de que ainda existe um pouco de esperança.

Jugger saiu da loja e ficaram só os três. Madre Blessing ajeitou o estojo com a espada e foi para o outro canto.

– Ele pode contar para os amigos sobre este lugar. Ou seja, temos de mudar o Peregrino.

– Isso é tudo que tem para dizer? – perguntou Hollis. – Não vamos fazer nada com essa informação que ele deu?

– O que acontece em Berlim não é problema nosso.

– Se o Programa Sombra funcionar, todos os governos do mundo vão acabar usando.

– A tecnologia é inevitável – disse Madre Blessing.

Hollis se concentrou no medalhão pendurado no seu pescoço e uma raiva gélida fez mudar o tom da sua voz.

– Pode pensar o que quiser, andar pelo mundo com a sua espada, mas eu não vou deixar a Tábula vencer.

— Quero a sua obediência, sr. Wilson. Nada de tomar iniciativa. Obediência cega e bravura sem pensar.

— Foi por isso que me levou para ver o corpo da Vicki? – perguntou Hollis. – Queria me transformar num soldadinho perfeito?

Madre Blessing deu um sorriso frio.

— Acho que não funcionou.

— Quero acabar com as pessoas que mataram Vicki. Mas tenho o meu jeito de fazer as coisas.

— Você não conhece a história da Tábula e dos Arlequins. Esse conflito existe há milhares de anos.

— E olhem só o que aconteceu. Vocês, Arlequins, estão tão amarrados no passado... em todas as suas pequenas tradições, que perderam a guerra.

Linden sentou num banco.

— Não acho que estamos completamente derrotados. Mas estamos num impasse. É hora de fazermos alguma coisa.

Madre Blessing deu meia-volta e encarou o outro Arlequim. O rosto dela era uma máscara rígida e inexpressiva, mas os olhos verde-escuros denotavam tensão e concentração.

— Então agora está do lado do sr. Wilson?

— Não estou do lado de ninguém, mas é hora de enfrentar o inimigo. A Tábula não tem mais medo de nós, senhora. Estamos nos escondendo há muito tempo.

Madre Blessing tocou no estojo da espada enquanto se movia pela loja cheia de coisas. Hollis achou que ela queria matar alguém só para provar que estava viva.

— Tem alguma proposta? – ela perguntou para Hollis.

— Quero ir para Berlim, contatar os Corredores Livres de lá e destruir o Programa Sombra.

— E pretende fazer isso sozinho?

— É o que parece.

— Vai fracassar completamente... a menos que um Arlequim vá junto. Qualquer plano exige a minha participação para ser bem-sucedido.

– E se eu não quiser que venha comigo? – perguntou Hollis.
– Não tem escolha, sr. Wilson. O que está nos dizendo é que deseja ser um aliado, e não um mercenário. Está bem, vou aceitar essa mudança de status. Mas até aliados precisam de supervisão.

Hollis deixou passar alguns segundos e então meneou a cabeça. Madre Blessing relaxou um pouco e sorriu para Linden.

– Nem posso imaginar por que o sr. Wilson não queria ir para Berlim comigo. Sou apenas uma simpática irlandesa de meia-idade...

– *Oui, madame. Une femme irlandaise...* com uma espada muito afiada.

37

A intervalos aleatórios, o homem de tranças louras e o homem negro de jaleco branco de laboratório tiravam Gabriel da cela e o arrastavam escada abaixo, até o ginásio da escola. O salão comprido e estreito ainda tinha arquibancadas de um lado e o piso de madeira com listras vermelhas pintadas nas bordas. Em vez de basquete e badminton, o ginásio era usado para torturar prisioneiros.

Não havia novas formas de tortura no inferno. Todas as técnicas usadas para infligir dor, medo e humilhação já tinham sido usadas no mundo de Gabriel. Algum tempo antes, os lobos tinham aprendido sobre as quatro barreiras que separavam o mundo deles dos outros. O sistema particular de tortura ali correspondia às barreiras do ar, do fogo, da água e da terra.

Para o interrogatório inspirado no ar, amarraram os pulsos de Gabriel com uma corda e prenderam seus braços nas costas. Penduraram a corda num suporte de cesta de basquete. Depois o puxaram para cima até ele ficar suspenso a alguns centímetros do chão.

– Está voando? – perguntaram os homens. – Por que não voa um pouco mais?

Então alguém empurrava e Gabriel ficava balançando de um lado para outro, enquanto seus braços eram quase arrancados fora.

Pelo fogo, esquentavam barras de ferro numa chama de gás e depois apertavam na pele dele. Na tortura da água, enfiavam a cabeça dele numa banheira com água e só soltavam depois de Gabriel já ter sugado água para os pulmões.

O interrogatório da "terra" era o mais assustador. Um dia vendaram os olhos dele e o arrastaram para fora da cela até uma área de terra atrás da escola. Alguém tinha posto uma cadeira de espaldar reto no fundo de um buraco fundo no solo. Gabriel foi amarrado à cadeira e depois os interrogadores começaram a enterrá-lo vivo lentamente.

A terra fria caiu ao redor dos pés dele primeiro, depois subiu cobrindo as pernas, a cintura, o peito. De vez em quando os dois lobos paravam e faziam as mesmas perguntas. Onde fica o portal? Como encontrá-lo? Quem sabe onde é a saída deste lugar? E finalmente a terra chegou ao rosto de Gabriel. Ele ficou completamente coberto, cada vez que respirava entrava terra nas narinas e só então os dois homens o tiraram de lá.

Em cada uma dessas torturas Gabriel imaginava se o seu pai também tinha sido capturado. Talvez algum outro grupo na ilha o mantivesse prisioneiro, ou quem sabe Matthew tivesse finalmente encontrado a passagem para voltar para casa. Gabriel procurava pensar em que lição o pai tinha aprendido naquele lugar. Não era nenhuma surpresa descobrir que o ódio e a raiva tinham um poder persistente, mas a compaixão ainda sobrevivia em seu coração.

Gabriel recusou-se a comer a parca comida que levavam para a sua cela, e os guardas, famintos, devoravam qualquer resto deixado no prato. Aos poucos ele ficou debilitado e fraco, mas suas lembranças de Maya continuavam fortes. Ele via a beleza do corpo dela quando se exercitavam juntos no apartamento em Nova York. Lembrava-se da tristeza no olhar dela e da sensação da pele dela contra a sua quando fizeram amor na capela. Esses momentos não existiam mais, estavam perdidos para sempre, mas às vezes pareciam mais reais do que qualquer coisa ao seu alcance.

O homem louro se chamava sr. Dewitt e o negro era sr. Lewis. Tinham um orgulho desmesurado de seus nomes, como se o fato de ter um sugerisse um passado rico e um futuro possível. Talvez por causa do jaleco de laboratório, Lewis tivesse uma postura calada e séria. Dewitt era como um menino grande no pátio da escola. Quando os dois arrastavam o prisioneiro pelos corredores, às vezes Dewitt contava uma piada e dava risada. Os dois lobos tinham pavor do comissário das patrulhas, que detinha o poder de vida e morte naquela parte da cidade.

O tempo passou e, mais uma vez, Gabriel foi levado de volta para o ginásio, onde a banheira cheia de água o aguardava. Os homens amarraram os pulsos do Peregrino na frente do corpo com um pedaço de corda e de repente ele levantou a cabeça e olhou para os dois.

– Vocês acham certo fazer isso?

Os dois ficaram surpresos, como se nunca tivessem ouvido essa pergunta antes. Eles se entreolharam e então Lewis balançou a cabeça.

– Não existe certo ou errado nesta ilha.

– O que seus pais ensinaram quando vocês eram pequenos?

– Ninguém cresceu aqui – rosnou Dewitt.

– Havia algum livro na biblioteca da escola? Um livro de filosofia, ou religioso... como a Bíblia?

Os dois homens se entreolharam de novo, parecia que compartilhavam um segredo. Lewis enfiou a mão no bolso externo do jaleco e tirou um caderno de folhas soltas com muitas delas manchadas.

– Isso é o que chamamos de Bíblia – ele explicou. – Depois que começaram as brigas, algumas pessoas chegaram à conclusão de que iam ser mortas. Antes de morrer, elas escreveram livros que diziam onde as armas eram guardadas e como destruir seus inimigos.

– É uma espécie de livro que explica como ter poder na próxima vez – explicou Dewitt. – As pessoas escondem Bíblias pela cidade para poderem encontrá-las no início do ciclo seguinte. Você viu as palavras e números pintados nas paredes? A maior parte dos números são pistas para achar as Bíblias e esconderijos de armas.

– Claro que algumas pessoas são realmente espertas – disse Lewis. – Elas escrevem Bíblias falsas dando conselhos errados deliberadamente.

Com muito cuidado, ele ofereceu o livro para Gabriel.

– Talvez você possa nos dizer se essa Bíblia é falsa.

Gabriel aceitou o caderno e abriu a capa. Em todas as páginas havia instruções para encontrar armas e onde estabelecer posições de defesa. Algumas páginas eram cheias de explicações complicadas sobre a razão do inferno existir e quem vivia nele.

Gabriel deu o livro de volta para Lewis.

– Não sei dizer se é verdadeira ou não.

– É – resmungou Dewitt. – Ninguém sabe de nada.

– Há apenas uma lei por aqui – disse Lewis. – Você faz o que é melhor para você.

– É bom repensar sua estratégia – disse Gabriel. – Com o tempo, vocês vão acabar sendo executados pelo comissário das patrulhas. Ele vai providenciar para ser a última pessoa viva.

Dewitt fez uma careta como faria um menino pequeno.

– Está bem. Isso talvez seja verdade. Mas não há nada que possamos fazer.

– Podíamos nos ajudar. Se eu descobrir um portal para sair daqui, vocês dois podiam ir embora comigo.

– Você faria isso? – perguntou Lewis.

– Só preciso encontrar a passagem. O comissário disse que a maior parte das lendas envolve a sala onde ficam os arquivos da escola.

Os lobos se entreolharam. O medo que tinham do comissário quase sufocava seu desejo de escapar dali.

– Talvez... talvez eu possa levá-lo até lá para dar uma espiada rápida – disse Dewitt.

– Se você vai sair da Ilha, então eu também vou – disse Lewis. – Vamos fazer isso agora. Estão todos fora do prédio, procurando as baratas...

Os dois homens desamarraram os pulsos de Gabriel e o ajudaram a ficar de pé. Seguraram os braços dele com força quando saíram do ginásio e correram por um corredor vazio, indo para a sala dos arquivos. Os lobos agiam com cautela e pareciam amedrontados ao abrir a porta e puxá-lo para dentro.

A sala dos arquivos não tinha nada de diferente da sua última visita. A única luz era de pequenas chamas de canos quebrados. Gabriel sentia dor, mas estava alerta. Havia alguma coisa naquela sala. Uma saída. Ele olhou para trás e viu que Dewitt e Lewis o observavam como se ele fosse um mágico que ia executar um truque espetacular.

Ele foi andando lentamente, arrastando os pés, pela ala externa, até passar dos arquivos de metal. Quando Michael e ele eram pequenos, costumavam brincar de um jogo com a mãe deles nos dias chuvosos. Ela escondia um pequeno objeto em algum lugar da casa e eles iam procurar, enquanto ela de vez em quando dizia se eles estavam "frios" ou "quentes". Ele percorreu uma ala, voltou pela seguinte. Havia alguma coisa na área de trabalho no centro da sala. Quente, ele pensou. Mais quente. Não, agora você está indo para o lado errado.

De repente, alguém abriu a porta da sala de arquivos. Antes de Lewis e Dewitt terem qualquer reação, um grupo de homens armados entrou correndo pelas alas.

– Peguem as armas deles – disse uma voz. – Não os deixem escapar.

Os homens agarraram os dois traidores e o comissário apareceu, de arma em riste.

38

Hollis espiava pela janela do trem Eurostar que acelerava no declive da entrada do túnel que passava sob o canal da Mancha. O vagão de primeira classe do trem parecia a cabine de passageiros de um avião. Um comissário francês empurrava um carrinho pelo corredor, servindo croissants, suco de laranja e champanhe de café da manhã.

Madre Blessing estava sentada ao seu lado, trajando um conjunto de saia e paletó cinza, de óculos escuros. O cabelo ruivo e rebelde ela havia prendido num coque na nuca. Ela lia e-mails codificados num laptop e parecia gerente de um banco de investimentos a caminho de uma reunião com algum cliente em Paris.

Hollis tinha ficado impressionado com a eficiência da Arlequim para organizar a viagem deles para Paris. Antes de se completarem quarenta e oito horas desde a reunião na loja de tambores de Winston Abosa, Hollis recebeu ternos, uma identidade falsa e documentação para essa nova identidade de executivo de uma distribuidora de filmes com sede em Londres.

O trem saiu do túnel e seguiu para o leste, através da França. Madre Blessing desligou seu computador e pediu uma taça de champanhe para o comissário. Havia alguma coisa na postura dela que fazia as pessoas abaixarem a cabeça quando a serviam.

– Deseja que eu traga mais alguma coisa, senhora? – perguntou o comissário com voz solícita. – Notei que a senhora não tomou o café da manhã...

— O senhor executou bem seu trabalho — disse Madre Blessing. — Não precisamos mais dos seus serviços.

Segurando a garrafa de champanhe embrulhada num guardanapo, o comissário recuou para o corredor.

Pela primeira vez desde que saíram de Londres, Madre Blessing virou de frente para Hollis e reconheceu que havia outro ser humano sentado ao seu lado. Poucas semanas atrás, ele talvez sorrisse e tentasse conquistar aquela mulher difícil, mas tudo havia mudado. A sua raiva com a morte de Vicki era tão poderosa e tão inexorável que às vezes ele tinha a sensação de que seu corpo estava possuído por algum espírito maléfico.

A Arlequim irlandesa tirou o cordão de ouro que tinha pendurado no pescoço. Nele havia um aparelho preto de plástico mais ou menos do tamanho de um lápis pequeno.

— Fique com isso, sr. Wilson. É um pen-drive. Se conseguirmos entrar no centro de computação da Tábula, sua função será ligar isto a uma saída USB. Nem terá de tocar no teclado. O drive está programado para baixar automaticamente.

— O que está guardado nele?

— Já ouviu falar dos *banshee*? São espíritos que anunciam a morte de alguém numa casa na Irlanda, se lamentando do lado de fora. Bem, este é o vírus *banshee*. Ele destrói não só todos os dados num computador *mainframe*, como também o próprio computador.

— Onde conseguiu isso? De algum hacker?

— As autoridades gostam de responsabilizar rapazes de dezessete anos pelos vírus de computador, mas sabem muito bem que os vírus mais poderosos vêm de equipes de pesquisa dos governos ou de grupos criminosos. Comprei este vírus específico de soldados que foram do IRA e que moram em Londres. Eles se especializaram em tentativas de extorsão nos sites de jogos de azar na rede.

Hollis botou o cordão no pescoço e o pen-drive dentro da camisa, perto do medalhão de prata de Vicki.

— E se esse vírus chegar à internet?

— Isso é praticamente impossível. Ele foi criado para operar num sistema independente.
— Mas poderia acontecer?
— Muitas coisas desagradáveis podem acontecer neste mundo. Não é problema meu.
— Todos os Arlequins são egocêntricos assim?
Madre Blessing tirou os óculos e olhou para Hollis de cara feia.
— Eu não sou egocêntrica, sr. Wilson. Concentro-me em poucos objetivos e descarto todo o resto.
— Sempre agiu desse modo?
— Não tenho de lhe dar explicações.
— Estou só tentando entender por que alguém se torna Arlequim.
— Suponho que poderia ter largado tudo e fugido para bem longe, mas esta vida combina comigo. Os Arlequins se livraram dos aborrecimentos insignificantes da vida diária. Não nos preocupamos com caruchos no porão nem com a conta deste mês do cartão de crédito. Não temos amantes que ficam irritados por não chegarmos em casa na hora, nem amigos que se sentem deixados de lado porque não ligamos para eles de volta. Fora nossas espadas, não somos apegados a objeto algum. Nem os nossos nomes são importantes. À medida que vou ficando mais velha, tenho de me esforçar para me lembrar do nome atual no meu passaporte.
— E isso a faz feliz?
— Feliz é uma palavra tão desgastada que quase perdeu o sentido. A felicidade existe, é claro, mas é um momento que passa. Se você aceitar a ideia de que quase todos os Peregrinos provocam mudanças positivas neste mundo, então a vida de Arlequim tem um sentido. Nós defendemos o direito da humanidade de crescer e de evoluir.
— Vocês defendem o futuro?
— É. Essa é uma boa maneira de descrever o que fazemos.
Madre Blessing terminou de beber o champanhe e pôs a taça na mesa dobrável. Ela examinou Hollis com atenção e ele perce-

beu que havia uma mente sensível funcionando por trás da personificação de mulher de fibra.

– Tem interesse por essa vida? – ela perguntou. – Os Arlequins costumam vir de certas famílias, mas às vezes aceitamos gente de fora.

– Eu não dou a mínima para os Arlequins. Só quero fazer com que a Tábula sofra pelo que fizeram com a Vicki.

– Como quiser, sr. Wilson. Mas já vou avisando, por experiência própria: algumas sedes nunca são saciadas.

Chegaram à estação de trem Gare du Nord às dez da manhã e pegaram um táxi até o bairro no nordeste da cidade, Clichy-sous-Bois. A região era dominada por conjuntos habitacionais, prédios imensos e cinza que se avolumavam em ruas transversais cheias de lojas de vídeo e açougues. Viam-se carcaças carbonizadas de carros por toda parte e as únicas cores vivas do bairro eram de roupas de cama e de bebê, postas para secar nos varais ao ar livre. O motorista francês trancou as portas do táxi quando passavam por mulheres de chador e grupos de rapazes mal-encarados que usavam blusões com capuz.

Madre Blessing mandou o motorista deixá-los num ponto de ônibus, depois levou Hollis por uma rua de paralelepípedo até uma livraria árabe. O dono da loja aceitou um envelope com dinheiro sem dizer uma palavra e deu uma chave para Madre Blessing. Ela saiu pela porta dos fundos da livraria e usou a chave para destrancar o cadeado que lacrava uma porta de garagem de aço. Dentro da garagem havia um Mercedes-Benz último tipo. Tinham cuidado de todos os detalhes. O tanque estava cheio, havia garrafas de água nos suportes para copos e uma chave na ignição.

– E os documentos do carro?

– A dona é uma firma de fachada com endereço em Zurique.

– E as armas?

– Devem estar lá atrás.

Madre Blessing abriu a mala do carro e tirou de dentro uma caixa de papelão que continha sua espada de Arlequim e uma bolsa de lona preta. Ela pôs o laptop na bolsa e Hollis viu que dentro havia cortadores de fechadura, segredos e um pequeno recipiente com nitrogênio líquido para desativar detectores de movimento com infravermelho. Duas malas de alumínio também tinham sido deixadas no porta-malas. Continham uma submetralhadora belga e duas automáticas 9mm com seus respectivos coldres.

– Onde arrumou essas coisas?

– Armas estão sempre em oferta. É como um leilão de gado em Kerry. Você encontra um vendedor e pechincha o preço.

Madre Blessing foi ao banheiro e voltou de calça de lã e um suéter pretos. Abriu a sacola com o equipamento e tirou uma chave de fenda elétrica.

– Vou desativar a caixa-preta do carro. Ela está conectada com o air bag.

– Por quê? Esse equipamento não é feito para registrar informações em caso de acidente?

– Essa era a intenção original.

A Arlequim abriu a porta do motorista e deitou no banco. Começou a desparafusar o painel de plástico embaixo da direção.

– No início esses gravadores de dados eram só para acidentes e as locadoras de veículos começaram a usar monitoramento eletrônico para identificar os motoristas que estavam excedendo os limites de velocidade. Hoje em dia, todos os novos veículos já vêm de fábrica com a caixa-preta acoplada ao aparelho de GPS. Além de saberem onde o seu carro está, eles também sabem se você está acelerando, freando ou se está usando cinto de segurança.

– Como é que se safaram com isso?

Madre Blessing abriu o painel e expôs o sistema do air bag do carro.

– Se a privacidade tivesse uma lápide, nela estaria escrito: "Não se preocupe. Isso foi para o seu próprio bem."

Entraram na autoestrada A2, cruzaram a fronteira francesa e chegaram à Bélgica. Madre Blessing se concentrava na estrada, e enquanto isso Hollis ligou um telefone por satélite ao computador e fez contato com Jugger em Londres. Jugger tinha recebido outra mensagem de alguns Corredores Livres de Berlim. Quando Hollis e Madre Blessing chegassem à cidade, deviam encontrar essas pessoas num apartamento na Auguststrasse.

– Ele deu algum nome? – perguntou Madre Blessing.
– Dois Corredores Livres chamados Tristan e Kröte.
Madre Blessing sorriu.
– *Kröte*, em alemão, quer dizer sapo.
– É apenas o apelido dele. Só isso. Aliás... pense bem... você é chamada de Madre Blessing.
– Não foi escolha minha. Eu fui criada numa família com seis filhos. Meu tio era Arlequim e a minha família me escolheu para seguir a tradição. Meus irmãos e irmãs tornaram-se cidadãos com empregos e famílias. Eu aprendi a matar gente.
– E tem raiva disso?
– Às vezes você fala como um psicólogo, sr. Wilson. Isso é alguma moda americana? Se fosse o senhor, não perderia meu tempo me preocupando com a infância. Nós vivemos no presente, indo aos trancos para o futuro.

Quando atravessaram a fronteira para a Alemanha, Hollis pegou a direção do carro. Ficou espantado de ver que não havia limite de velocidade na Autobahn. O Mercedes estava a cento e sessenta quilômetros por hora e os outros carros passavam voando por eles. Depois de horas dirigindo, apareceram placas de saídas para Dortmund, Bielefeld, Magdeburg e, finalmente, Berlim. Hollis pegou a saída sete, para Kaiserdamm, e poucos minutos depois estavam na Sophie-Charlotten-Strasse. Era quase meia-noite. Arranha-céus de vidro e aço brilhavam com as luzes, mas havia poucas pessoas na rua.

Estacionaram o carro numa transversal e tiraram as armas do porta-malas. Os dois esconderam a automática 9mm embaixo da roupa. Madre Blessing pôs sua espada de Arlequim num tubo de metal com alça e pendurou no ombro. Hollis pegou a submetralhadora e pôs na bolsa com o equipamento de serralheiro.

Hollis ficou pensando se ia morrer naquela noite. Sentia um vazio dentro de si, desligado da própria vida. Talvez fosse isso que Madre Blessing tinha visto nele. Ele tinha frieza suficiente para se tornar um Arlequim. Era uma chance de defender o futuro, mas os Arlequins seriam sempre caçados. Sem amigos. Sem amantes. Não era de admirar que houvesse tanta solidão e sofrimento nos olhos de Maya.

O endereço na Auguststrasse acabou se revelando um prédio de cinco andares, muito maltratado. No térreo havia um Ballhaus Mitte, um salão de dança da classe trabalhadora, que tinha sido tomado por um restaurante e uma boate. Havia uma fila de jovens alemães esperando para entrar. Eles fumavam e observavam um casal que se beijava apaixonadamente. Quando abriram a porta todos foram envolvidos numa onda de som de música eletrônica barulhenta.

– Nós vamos para o 4B – disse Madre Blessing.

Hollis consultou seu relógio.

– Estamos uma hora adiantados.

– É sempre bom chegar mais cedo. Se não conhece o seu contato, nunca chegue na hora combinada.

Hollis seguiu atrás dela, eles entraram no prédio e subiram a escada. Parecia que a fiação elétrica estava sendo trocada em todo o edifício, porque as paredes estavam esburacadas e pó de gesso cobria o chão. A música da boate foi ficando mais fraca e depois silenciou.

Quando chegaram ao quarto andar, Madre Blessing fez sinal com a palma da mão. Silêncio. Prepare-se.

Hollis pegou a maçaneta da porta do apartamento 4B e viu que não estava trancada. Olhou para trás. Madre Blessing tinha sacado sua automática e a segurava perto do peito. Quando ele abriu a porta, a Arlequim invadiu uma sala vazia.

 O apartamento estava cheio de mobília de segunda mão. Havia um sofá sem pés, dois colchões velhos e algumas mesas e cadeiras que não combinavam. Todas as paredes do apartamento eram decoradas com ampliações de fotografias de Corredores Livres dando saltos-mortais para a frente e para trás, saltando de um prédio para outro. Os rapazes e moças nas fotos pareciam não obedecer à lei da gravidade.

 – E agora? – Hollis perguntou.

 – Agora nós esperamos.

 Madre Blessing guardou a automática no coldre de ombro e sentou numa cadeira de cozinha.

 Exatamente à uma hora da madrugada alguém desceu pela fachada da Ballhaus. Hollis viu duas pernas penduradas no ar, do lado de fora da janela, e então o pé esquerdo do alpinista encontrou apoio numa cornija ornamental. Ele chegou ao parapeito externo, abriu o vidro da janela e pulou para dentro da sala. O alpinista devia uns ter dezessete anos. Usava calça jeans rasgada e um casaco de moletom com capuz. O cabelo preto comprido era cheio de tranças para parecer rastafári e ele tinha tatuagens geométricas nas costas das mãos.

 Poucos segundos depois outro par de pernas apareceu acima do batente da janela. O segundo Corredor Livre era um menino que devia ter onze ou doze anos de idade. O cabelo dele era castanho e todo encaracolado, que fazia com que parecesse um selvagem, criado na floresta. Ele tinha um gravador digital preso ao cinto e usava fones de ouvido.

 Depois que o menino entrou no apartamento, o amigo mais velho fez uma mesura. Os gestos dele eram exagerados, como de um ator que está sempre atento ao seu público.

 – *Guten Abend*. Bem-vindos a Berlim.

 – Não estou impressionada com a escalada de vocês – disse Madre Blessing. – Da próxima vez podem usar a escada.

— Achei que essa era uma forma rápida de apresentar... qual é a palavra em inglês?... nossas "credenciais". Somos da equipe Spandau dos Corredores Livres. Eu sou Tristan e este é meu primo, Kröte.

O menino de cabelo encaracolado balançava a cabeça ao ritmo da música que tinha baixado. De repente ele notou que todos olhavam para ele. Hollis imaginou se Kröte ia voltar para a janela e fugir.

— Ele fala inglês? — perguntou Hollis.

— Só algumas palavras. — Tristan virou para o primo. — Kröte! Fale inglês!

— Multidimensional — sussurrou o menino.

— *Sehr gut!* — Tristan sorriu orgulhoso. — Essa ele aprendeu na internet.

— E foi assim que ficaram sabendo do Programa Sombra?

— Não. Foi na comunidade dos Corredores Livres. Nossa amiga Ingrid trabalhava para uma empresa chamada Personal Customer. Acho que ela era boa no que fazia, porque um homem chamado Lars Reichhardt a convidou para trabalhar na divisão dele. Cada pessoa da equipe recebia uma pequena tarefa e o aviso de que não era para trocar informações com os colegas. Duas semanas atrás, Ingrid obteve acesso a outra parte do sistema e descobriu o Programa Sombra. Então recebemos o e-mail dos Corredores Livres ingleses.

— Hollis e eu precisamos entrar no centro de computação — disse Madre Blessing. — Vocês podem nos ajudar?

— É claro! — Tristan estendeu as mãos como se oferecesse um presente. — Nós levaremos vocês até lá.

— Temos de escalar paredes? — perguntou Madre Blessing. — Não trouxe cordas.

— Não vai precisar de cordas. Nós vamos por baixo das ruas. Durante a Segunda Guerra Mundial, milhares de bombas caíram sobre Berlim, mas Hitler ficou a salvo no seu *bunker*. A maior parte dos *bunkers* e túneis continua lá. Kröte tem explorado o sistema desde que tinha nove anos.

— Imagino que vocês não têm tempo para a escola – disse Hollis.
— Nós vamos à escola sim... às vezes. As meninas estão lá e eu gosto de jogar futebol.

Os quatro saíram da Ballhaus poucos minutos depois e atravessaram o rio. Kröte carregava uma mochila de náilon que continha seu equipamento para andar pelo subterrâneo. Como um escoteiro descabelado, ele sempre corria na frente do primo.

Depois de caminhar por uma larga avenida que passava ao lado do parque Tiergarten, chegaram ao Memorial dos Judeus Europeus Assassinados. O memorial do Holocausto era uma área extensa, desnivelada, um quarteirão inteiro coberto de blocos bem grandes de concreto, de diversas alturas. Hollis achou que pareciam milhares de caixões cinzentos. Tristan explicou que o produto químico antigrafite usado para pintar os blocos era fornecido por uma filiada da empresa que tinha criado o gás Zyklon-B usado nas câmaras da morte.

— Na guerra, eles fizeram gás venenoso. Na paz, combatem os grafiteiros. – Tristan sacudiu os ombros. – Tudo faz parte da Imensa Máquina.

Do outro lado da rua, bem em frente ao memorial, havia uma série de lojas de suvenires e de cafés. A construção parecia uma estrutura frágil de compensado e alguns pedaços de vidro. Kröte passou correndo por uma loja de Dunkin' Donuts e desapareceu na esquina do prédio. Foram encontrar o menino abrindo um cadeado numa tranca de aço de uma tampa de concreto.

— Onde conseguiram a chave? – perguntou Madre Blessing.
— Cortamos fora a tranca da prefeitura um ano atrás e pusemos outra no lugar.

Kröte abriu sua mochila e tirou três lanternas. A dele era de mineiro, com uma lâmpada de alta intensidade, e ele pôs na cabeça.

Abriram o alçapão no chão e desceram rápido por uma escada de aço. Hollis se segurou com uma mão nos degraus e com a outra equilibrou o equipamento contra o peito. Chegaram a um túnel de manutenção cheio de cabos de comunicação, e Kröte destrancou outro cadeado numa porta de aço sem placa.

– Por que ninguém notou que vocês trocaram os cadeados? – perguntou Hollis.

– Ninguém da prefeitura quer entrar neste lugar... só exploradores como nós. Aqui embaixo é escuro e assustador. É *altes Deutschland*. O passado.

Um por um, eles passaram pela porta e entraram num corredor com piso de cimento. Agora estavam diretamente embaixo do memorial, no *bunker* usado por Joseph Goebbels e sua equipe durante os bombardeios. Hollis estava esperando algo mais impactante... mobília de escritório coberta de poeira e uma bandeira nazista pendurada na parede. Em vez disso, o pequeno círculo de luz das lanternas iluminava paredes de blocos de concreto cobertas por uma tinta cinza-clara e as palavras *Rauchen Verboten*. Proibido fumar.

– A tinta é fluorescente. Depois de todos esses anos, ainda funciona.

Kröte andou lentamente pelo corredor com a luz da sua lâmpada virada para a parede.

– *Licht* – ele disse baixinho.

Tristan disse para Hollis e Madre Blessing apagarem as lanternas. No escuro eles viram que os movimentos de Kröte tinham criado uma linha verde bem brilhante na parede, que continuou brilhando por três ou quatro segundos antes de desaparecer.

Acenderam as lanternas de novo e seguiram em frente pelo *bunker*. Em uma sala havia uma cama velha, sem colchão. Outra sala parecia uma pequena clínica, com uma mesa de exames branca e um armário com portas de vidro vazio.

– Os russos estupraram as mulheres de Berlim e saquearam quase tudo – disse Tristan. – Eles só não entraram em um lugar deste *bunker*. Talvez por preguiça, ou então porque era horrível demais para ver.

— Do que você está falando? — perguntou Madre Blessing.
— Milhares de alemães se mataram quando os russos chegaram. E onde fizeram isso? No banheiro. Era um dos poucos lugares em que se podia ficar sozinho.

Kröte estava parado ao lado de uma porta aberta com a palavra *Waschraum* pintada na parede. Setas apontavam nas duas direções: *Männer* e *Frauen*.

— Os esqueletos ainda estão nos cubículos — anunciou Tristan. — Vocês podem vê-los... se não tiverem medo.

Madre Blessing balançou a cabeça.

— Perda de tempo.

Mas Hollis seguiu o menino, subiu três degraus e passou pela porta do banheiro feminino. Os dois fachos de luz revelaram uma fileira de cubículos de madeira com as privadas. As portas estavam fechadas e Hollis teve a sensação de que ocultavam os restos de mais de uma suicida. Kröte deu alguns passos para a frente e apontou. Quase no fim do banheiro uma das portas de madeira estava um pouco aberta. Uma mão mumificada, como uma garra preta, aparecia na fresta. Para Hollis era como se tivesse sido guiado até a terra dos mortos. Seu corpo todo estremeceu e ele voltou correndo para o corredor principal.

— Viu a mão?

— Vi.

— E toda Berlim é construída em cima disso — disse Tristan. — Sobre os mortos.

— Eu não dou a mínima — retrucou Madre Blessing. — Vamos logo.

No fim do corredor havia outra tranca de aço, mas essa não tinha cadeado. Tristan segurou a maçaneta e abriu.

— Agora vamos entrar no antigo sistema de esgoto. Como esta área ficava perto do muro, foi abandonada tanto pela Alemanha Oriental como pela Ocidental.

Embaixo do *bunker* eles entraram num cano de drenagem com quase dois metros e meio de diâmetro. Pouca água corria no piso do cano. A luz das lanternas fazia a superfície brilhar. Estalactites de sal pendiam do teto da tubulação como pedaços de barbante branco. Havia cogumelos brancos e um fungo muito esquisito, que parecia bolotas amareladas de gordura. Chapinhando na água, Kröte liderava o avanço do grupo. Quando ele chegou a um cruzamento, virou para esperar os outros e a luz da sua lanterna adejava como vaga-lume.

Acabaram chegando a um cano bem menor, que levava a um sistema maior. Kröte começou a conversar com o primo em alemão, apontando para a tubulação e gesticulando com as mãos.

– É aqui. Vão engatinhando dez metros nesse cano e arrebentem a grade para entrar.

– Que história é essa? – Madre Blessing olhou furiosa para Tristan. – Você prometeu que ia conosco até o fim.

– Nós não vamos entrar num centro de computação da Tábula – disse Tristan. – É perigoso demais.

– O verdadeiro perigo está bem à sua frente, meu jovem. Não gosto de pessoas que não cumprem o que prometeram...

– Mas nós estamos fazendo um favor para vocês!

– Essa é a sua interpretação, não a minha. Só sei que vocês aceitaram uma *obrigação*.

A frieza nos olhos da Arlequim e o modo preciso de falar eram assustadores. Tristan ficou paralisado no meio do túnel. Kröte olhou para o primo com cara de medo.

Hollis se adiantou:

– Deixem-me ir primeiro. Vou ver como são as coisas.

– Vou esperar dez minutos, sr. Wilson. Se não voltar nesse tempo, haverá consequências.

39

Hollis foi engatinhando pelo cano na horizontal, até um ponto de luz bem distante. O cano era estreito e suas mãos tocavam num líquido pegajoso que parecia óleo lubrificante misturado com água. Ele chegou rápido a uma grade de aço de drenagem presa a uma estrutura no topo do cano. A luz do andar acima dele se dividia em pequenos quadrados por causa da grade e ele estava diretamente abaixo de uma série de linhas.

Abaixou a cabeça de forma que o queixo encostasse no peito e subiu com a parte superior das costas em contato com a grade. O retângulo de aço devia ter uns seis centímetros de espessura e era muito pesado, mas as suas pernas eram fortes e parecia que a grade não estava pregada na estrutura. Hollis fez força para cima até o retângulo soltar do batente. Ele levantou as mãos e afastou a grade alguns centímetros para a direita. Formou uma abertura de oito centímetros, ele mudou de posição e empurrou a grade de lado pelo chão.

Hollis se içou para fora do cano de drenagem e sacou imediatamente sua arma. Estava num corredor subterrâneo cheio de cabos elétricos e canos de água. Nada aconteceu, então ele voltou para a tubulação de drenagem e engatinhou de volta para onde estavam Madre Blessing e os dois Corredores Livres.

— Este cano leva até uma área de manutenção. Parece um ponto de entrada seguro. Não há ninguém lá.

Tristan pareceu aliviado.

– Está vendo? – ele disse para Madre Blessing. – Está tudo perfeito.

– Duvido muito – ela disse e entregou a bolsa com o equipamento para Hollis.

– Podemos ir?

– Obrigado – disse Hollis. – E tenham cuidado.

Tristan havia recuperado um pouco da sua segurança. Ele se curvou da cintura para cima e Kröte deu um grande sorriso para Hollis.

– Boa sorte dos Corredores Livres da Spandau!

Hollis arrastou a bolsa com o equipamento pelo cano e Madre Blessing seguiu poucos metros atrás dele. Quando chegaram ao corredor de manutenção, a Arlequim encostou a boca na orelha dele.

– Fale baixinho – ela sussurrou. – Eles podem ter sensores de voz.

Os dois foram andando com muita cautela pelo corredor, até uma pesada porta de aço com uma ranhura para cartão de identificação no lugar da fechadura. Madre Blessing pôs a bolsa com o equipamento de serralheiro no chão e abriu o zíper. Tirou a submetralhadora e uma coisa que parecia um cartão de crédito com um cabo elétrico bem fino. A Arlequim ligou o cabo ao seu laptop, digitou um comando no teclado e pôs o cartão na ranhura da porta.

Os dois ficaram olhando para a tela do computador, onde apareceram seis quadrados azuis. A máquina levou mais ou menos um minuto para exibir um número com três dígitos no primeiro quadrado, e depois o processo foi mais rápido. Em cerca de quatro minutos os seis quadrados tinham números e a porta estava destrancada.

– Vamos entrar? – sussurrou Hollis.

– Ainda não. Não podemos evitar as câmeras de vigilância, por isso teremos de usar blindagem.

Ela pegou um aparelho que parecia uma câmera de vídeo pequena.

– Ponha isso no ombro. Quando eu abrir a porta, aperte o botão prateado.

Enquanto Madre Blessing guardava o equipamento na bolsa, Hollis pôs o mecanismo de blindagem no ombro direito e apontou para a frente.

– Pronto?

Madre Blessing abriu a porta, com a submetralhadora na mão. Hollis entrou, viu uma câmera de vigilância e apertou o botão do sistema de blindagem, como se estivesse filmando um vídeo. Um raio infravermelho foi projetado no corredor. O raio atingiu a lente retrorreflexa da câmera de vigilância e voltou para a sua origem. Depois de determinada a posição da câmera, um laser verde mirou automaticamente na lente da câmera.

– Não fique aí parado – disse Madre Blessing. – Trate de se mexer.

– E a câmera de vigilância?

– O laser cuida dela. Se houver algum segurança observando o monitor dele, só vai ver um raio de luz na tela.

Eles se apressaram no corredor que dobrava para um lado mais à frente. Mais uma vez o equipamento de blindagem detectou outra câmera e o raio laser atingiu o centro da lente. Havia uma segunda porta no fim daquele corredor, que dava para a escada de emergência. Eles subiram a escada até o patamar seguinte e pararam de novo.

– Está pronto? – perguntou Madre Blessing.

Hollis fez que sim com a cabeça.

– Pode continuar.

– Eu passei meses demais sentada naquela ilha horrível – disse Madre Blessing. – Isto aqui é muito mais interessante.

Ela abriu a porta e eles entraram num porão cheio de máquinas e equipamento de comunicação. Uma linha branca no chão levava a uma mesa de recepção onde um guarda comia um sanduíche embrulhado em papel encerado.

– Fique aqui – Madre Blessing disse para Hollis. Ela deu para ele a submetralhadora, saiu do canto escuro e andou rapidamente até a área da recepção. – Não se preocupe! Tudo vai dar certo! Recebeu o telefonema?

Ainda segurando o sanduíche, o guarda balançou a cabeça.

– Que telefonema?

A Arlequim irlandesa sacou a automática de baixo do casaco e atirou. A bala atingiu o segurança bem no meio do peito e o fez cair da cadeira. Madre Blessing não perdeu o ritmo dos passos. Guardou a arma no coldre, deu a volta na mesa e aproximou-se da porta de aço.

Hollis alcançou a Arlequim.

– Não tem maçaneta.

– É ativada eletronicamente.

Madre Blessing examinou uma pequena caixa de aço presa na parede perto da porta.

– Esse é um scanner de veias da palma da mão, que usa luz infravermelha. Mesmo se soubéssemos antes que havia isso aqui, seria difícil criar uma falsificação. A maior parte das veias não é visível embaixo da pele.

– Então o que vamos fazer?

– Quando queremos derrubar barreiras de segurança, as opções são baixa tecnologia ou altíssima tecnologia.

Madre Blessing tirou a submetralhadora das mãos de Hollis, pegou um pente extra de munição na bolsa com o equipamento e prendeu-o entre o cinto e a cintura da calça. A Arlequim apontou a arma para a porta e fez sinal para Hollis se afastar.

– Prepare-se. Nós vamos nos proteger.

Ela disparou a submetralhadora. Pedaços de metal e de madeira rodopiaram no ar quando a rajada de balas cortou um rombo desigual na borda esquerda da porta. Enquanto Madre Blessing encaixava o pente sobressalente na arma, Hollis enfiou a mão no buraco e puxou com força. Metal raspou em metal e a porta abriu.

Ele entrou correndo e viu uma torre de vidro com altura de pelo menos três andares. Dentro dessa torre havia camadas e mais camadas de peças de computador e suas luzes que piscavam se refletiam no vidro como fogos de artifício em miniatura. A estrutura inteira era bela e misteriosa, como se uma nave alienígena tivesse subitamente se materializado dentro do prédio.

Um enorme monitor pendia da parede a uns seis metros da torre. Mostrava uma imagem de Berlim, de algum lugar fora da torre, um mundo em duplicata em que figuras geradas pelo computador caminhavam numa praça da cidade. Havia dois técnicos de computador, ambos com expressão de medo, num painel de controle bem embaixo do monitor. Ficaram imóveis alguns segundos, então o mais jovem apertou um botão no painel e saiu correndo.

Madre Blessing sacou a automática, parou um segundo e atirou na perna do fugitivo. O técnico despencou no chão e então uma luz de emergência começou a piscar e a voz gerada pelo computador soou de um alto-falante na parede:

– *Verlassen Sie das Gebäuder. Verlassen Sie...*

Irritada, Madre Blessing acertou uma bala no alto-falante.

– Nós não queremos evacuar o prédio – ela disse. – Estamos nos divertindo muito.

O homem ferido estava deitado de lado, segurando a perna e gritando. Madre Blessing chegou perto do alvo e parou ao lado dele.

– Fique quieto e agradeça por ainda estar vivo. Não gosto de gente que dispara alarmes.

O homem ferido ignorou a Arlequim. Berrou que precisava de um médico e começou a rolar de um lado para outro.

– Eu *pedi* para você ficar quieto – disse Madre Blessing. – É um pedido bem simples.

Ela esperou alguns segundos para ver se o homem ia obedecer. Ele continuou berrando, ela atirou na cabeça dele e foi até o painel de controle. O técnico sobrevivente era um homem magro de trinta e poucos anos, cabelo preto curto e rosto anguloso. Respirava tão depressa que Hollis pensou que ele ia desmaiar.

– Como é seu nome? – perguntou Madre Blessing.
– Gunther Lindemann.
– Boa-noite, sr. Lindemann. O que nós queremos é acesso a uma entrada USB para um pen-drive.
– Aqui... aqui não – disse Lindemann. – Mas há três portas USB dentro da torre.
– Está bem. Vamos fazer uma excursão então.

Lindemann levou os dois até uma porta de correr de um lado da torre. Hollis viu que as paredes da torre tinham doze centímetros de espessura. Cada painel de vidro era preso no lugar por uma armação de aço. Havia outro scanner de veias da palma da mão na parede. Lindemann enfiou a mão na caixa e a porta abriu.

O ar gelado os envolveu quando entraram no ambiente esterilizado. Hollis foi rapidamente para uma mesa de trabalho que tinha um computador, teclado e monitor. Tirou a corrente de ouro com o pen-drive do pescoço e ligou o aparelho numa porta de entrada.

Apareceu uma mensagem na tela do monitor em quatro línguas: DETECTADO VÍRUS DESCONHECIDO. RISCO – ALTO. A tela ficou branca um momento e então um quadrado vermelho apareceu, contendo noventa quadrados pequenos. Só um deles era totalmente vermelho e piscava como uma única célula cancerosa num corpo saudável.

Madre Blessing dirigiu-se a Lindemann.
– Quantos guardas há no prédio?
– Por favor, não...
Ela interrompeu:
– Apenas responda à minha pergunta.
– Há um guarda na mesa lá fora e dois lá em cima. Os seguranças que não estão de guarda ficam num apartamento do outro lado da rua. Vão chegar daqui a pouco.
– Então eu acho que devo me preparar para recebê-los. – Ela virou para Hollis. – Avise quando isso terminar.

Madre Blessing levou Lindemann para fora da torre, e Hollis continuou no computador. Um segundo quadrado vermelho começou a piscar e Hollis ficou imaginando que tipo de batalha estava acontecendo dentro do computador. Enquanto esperava, pensou em Vicki. O que ela diria se estivesse ali do lado dele naquele momento? As mortes do guarda e do técnico de computador iriam abalá-la profundamente. *Semente para o broto.* Ela sempre usava essa frase. Qualquer coisa feita com ódio tinha o potencial de crescer e de bloquear a Luz.

Ele olhou de novo para o monitor. Os dois quadrados vermelhos brilhavam muito e agora o vírus já estava se duplicando a cada dez segundos. Todas as outras luzes no terminal começaram a piscar e uma sirene disparou em algum lugar da torre. Em menos de um minuto o vírus havia derrotado a máquina. O monitor na bancada de trabalho estava todo vermelho vivo e então a tela ficou completamente preta.

Hollis saiu correndo da torre e encontrou Lindemann deitado no chão, de barriga para baixo. Madre Blessing estava a três metros do técnico, apontando a submetralhadora para a entrada.

– Pronto. Vamos embora.

Ela virou para Lindemann com o mesmo olhar frio.

– Não perca seu tempo matando esse homem – disse Hollis. – Vamos dar o fora daqui.

– Como quiser – disse Madre Blessing, como se tivesse acabado de poupar um inseto. – Este aqui pode contar para a Tábula que não estou mais me escondendo numa ilha.

Voltaram para o porão. Ao fazerem o caminho de volta, contornando as pilhas de equipamento, a sala se iluminou com uma explosão de tiros. Hollis e Madre Blessing se jogaram no chão, atrás do gerador de emergência. Balas vindas de ângulos diferentes furavam os canos de aquecimento em cima deles.

Pararam de atirar. Hollis ouviu o clique de encaixe dos pentes de munição sendo substituídos nos rifles de assalto. Alguém berrou em alemão e todas as luzes do teto do porão se apagaram.

Hollis e Madre Blessing estavam deitados no piso de cimento, lado a lado. Havia um brilho fraco dos botões com luz vermelha do gerador de energia. Hollis viu a forma escura do corpo de Madre Blessing quando ela sentou e pegou a sacola com o equipamento.

– A escada fica a nove metros daqui – sussurrou Hollis. – Vamos correr para ela.

– Eles apagaram as luzes – disse Madre Blessing. – Significa que devem estar usando óculos infravermelhos. Nós estamos cegos, e eles podem ver.

– Então o que quer fazer? – perguntou Hollis. – Ficar aqui e lutar?

– Quero que me resfrie – disse a Arlequim.

Ela deu para Hollis a lanterna e uma pequena lata de aerossol. Ele levou alguns segundos para entender que era o nitrogênio líquido que tinham levado para enganar os detectores de movimento.

– Quer que espalhe isso em você?

– Na pele não. Borrife minhas roupas e o meu cabelo. Ficarei fria demais para ser vista.

Hollis acendeu a lanterna e segurou de forma que o facho de luz saísse apenas entre seus dedos. Madre Blessing deitou de barriga para baixo e Hollis borrifou o nitrogênio líquido na calça, nas botas e no casaco. Ela virou de costas e ele tomou cuidado para não molhar as mãos e os olhos. A lata gorgolejou baixinho quando o nitrogênio acabou.

A Arlequim sentou, com os lábios trêmulos. Ele tocou no braço dela e sentiu que estava gelado de queimar.

– Quer a submetralhadora? – ele perguntou.

– Não. O clarão da boca do cano vai revelar onde estou. Vou levar a espada.

– Mas como vai encontrá-los?

– Use a cabeça, sr. Wilson. Eles estão amedrontados, por isso com a respiração acelerada e atirando em qualquer coisa. A maioria das vezes seu inimigo se derrota sozinho.

– O que eu posso fazer?

– Dê-me cinco segundos, depois comece a atirar para a direita.

Ela foi para a esquerda e desapareceu na escuridão. Hollis se levantou e disparou a submetralhadora até esvaziar o pente. Os mercenários revidaram os tiros, de três pontos à esquerda da sala. Um segundo depois ele ouviu o grito de um homem e então mais tiros.

Hollis sacou a pistola semiautomática, puxou e soltou o mecanismo que deslizava na parte superior e engatilhou um projétil na câmara de disparo. Ouviu alguém carregando um pente de munição num rifle e correu na direção do ruído. A luz do elevador que estava com a porta aberta iluminou o fundo do porão e Hollis mirou numa forma escura de pé ao lado de uma das máquinas.

Mais explosões de disparos. E depois silêncio. Hollis acendeu a lanterna e encontrou um homem morto caído a um metro e meio de onde estava. Foi andando com todo o cuidado pelo porão e quase tropeçou em outro corpo perto do condicionador de ar. O braço direito do mercenário tinha sido cortado na altura do ombro.

Hollis iluminou o resto do porão com a lanterna, viu mais um morto perto da parede dos fundos e o quarto perto do elevador. Havia alguém encolhido a poucos metros dele e, quando Hollis correu para lá, viu que era Madre Blessing. A Arlequim tinha levado um tiro no peito e seu suéter estava encharcado de sangue. Ela ainda segurava o cabo da espada, como se pudesse salvar sua vida.

– Ele deu sorte – ela disse. – Um tiro no escuro.

A voz de Madre Blessing perdeu a aspereza natural e parecia que ela tentava recuperar o fôlego.

– Parece certo a morte vir de um tiro aleatório.

– Você não vai morrer – disse Hollis. – Vou tirá-la deste lugar.

Ela virou a cabeça para ele.

– Não seja tolo. Leve isso.

Madre Blessing estendeu a mão e forçou-o a aceitar a espada.

– Trate de escolher um nome de Arlequim apropriado, sr. Wilson. Minha mãe escolheu meu nome. Eu sempre o detestei.

Hollis pôs a espada no chão e ia pegá-la no colo. Com a força que restava, Madre Blessing empurrou Hollis.

– Eu era uma criança bonita. Todos diziam isso. – Ela começou a enrolar a língua e escorria sangue da sua boca. – Uma linda menininha...

40

Aos dezoito anos de idade, Maya foi enviada para a Nigéria para pegar o conteúdo de um cofre em um banco no centro de Lagos. Um Arlequim inglês que havia morrido tinha deixado um pacote com diamantes no cofre e Thorn precisava do dinheiro.

Houve falta de energia no aeroporto de Lagos e nenhuma esteira de bagagem estava funcionando. Começou a chover enquanto ela esperava a sua mala. Água suja pingava de buracos no teto. Depois de subornar todos que usavam uniforme, Maya entrou no saguão principal do aeroporto e foi cercada por uma multidão de nigerianos. Os motoristas de táxi brigavam pela sua mala, gritando e ameaçando com punhos cerrados. Enquanto abria caminho para a saída, Maya sentiu alguém puxando sua bolsa. Um ladrãozinho de oito anos tentava cortar a alça de couro e ela teve de torcer o braço dele para o menino largar a faca.

Chegar de avião ao aeroporto Internacional de Bole, na Etiópia, foi uma experiência bem diferente. Maya e Lumbroso aterrissaram uma hora antes do amanhecer. O terminal era limpo e sossegado e os guardas da alfândega diziam o tempo todo *tenastëllën*, palavra em aramaico que queria dizer "tenha boa saúde".

– A Etiópia é um país conservador – explicou Simon Lumbroso. – Não eleve a voz e seja sempre cortês. Os etíopes costumam chamar uns aos outros pelo nome de batismo. Para os homens é respeitoso acrescentar *Ato*, que significa "senhor". Como você não é casada, será chamada de *Weyzerit* Maya.

– Como tratam as mulheres nessa cultura?

– As mulheres votam, são empresárias e frequentam a universidade em Addis. Você é uma *faranji*, estrangeira, por isso pertence a uma categoria especial.

Lumbroso olhou para a roupa de viagem de Maya e meneou a cabeça em sinal de aprovação. Ela usava uma calça larga de linho e uma blusa branca de manga comprida.

– Você se veste modestamente, e isso é importante. Aqui consideram vulgares as mulheres que exibem os ombros ou os joelhos.

Passaram pela alfândega e foram para a área de recepção, onde Petros Semo esperava por eles. O etíope era um homem pequeno e delicado, com olhos castanho-escuros. Lumbroso era um gigante perto do seu velho amigo. Apertaram-se as mãos quase um minuto inteiro enquanto conversavam em hebraico.

– Bem-vinda ao meu país – Petros disse para Maya. – Aluguei um Land Rover para a nossa viagem até Axum.

– Você falou com os representantes da Igreja? – perguntou Lumbroso.

– Claro que sim, *Ato* Simon. Todos os padres me conhecem muito bem.

– Então quer dizer que eu posso ver a Arca? – perguntou Maya.

– Isso eu não posso prometer. Na Etiópia nós dizemos *Egziabher Kale,* se Deus quiser.

Saíram do terminal e entraram num Land Rover branco que ainda tinha o emblema da organização norueguesa de assistência. Maya sentou na frente com Petros e Lumbroso foi no banco de trás. Antes de sair de Roma, Maya tinha enviado a espada japonesa de Gabriel para Addis Abeba. A arma ainda estava na embalagem de transporte, e Petros entregou a caixa de papelão para Maya como se fosse uma bomba.

– Perdoe-me por perguntar, *Weyzerit* Maya. Esta arma é sua?

— A espada é um talismã, fabricada no século XIII, no Japão. Dizem que um Peregrino pode levar talismãs para os diferentes mundos. Não sei se o resto de nós pode.

— Acho que você é a primeira *Tekelakai* a vir para a Etiópia em muitos anos. *Tekelakai* é o defensor do profeta. Tínhamos muitos deles aqui na Etiópia, mas foram perseguidos e mortos nas nossas crises políticas.

Para chegar à estrada do norte tiveram de passar por Addis Abeba, a maior cidade da Etiópia. Era muito cedo, mas as ruas já estavam apinhadas de vans coletivas pintadas de azul e branco, picapes e os ônibus públicos amarelos, cobertos de lama. Addis tinha um centro com hotéis modernos e prédios do governo cercados por milhares de casas de dois cômodos com telhado de zinco.

As ruas principais eram como rios alimentados por estradas de terra e caminhos lamacentos. Ao longo das calçadas, os etíopes tinham montado bancas pintadas de cores vivas que vendiam tudo, desde carne até filmes piratas de Hollywood. A maioria dos homens nas ruas usava roupas ocidentais. Levavam guarda-chuvas ou um cajado curto para caminhar, chamado de *dula*. As mulheres calçavam sandálias, saias rodadas e xales brancos enrolados bem justos na parte de cima do corpo.

Na periferia da cidade, o Land Rover teve de abrir caminho no meio de rebanhos de cabras e bodes que eram levados para o matadouro na cidade. Os bodes eram apenas o prelúdio para novos encontros com outros animais – galinhas esparsas, carneiros e gado africano com cupim que caminhava lentamente pela estrada. Sempre que o Land Rover diminuía a marcha, as crianças que ficavam à beira da estrada viam que havia dois estrangeiros dentro do carro. Menininhos de cabeça raspada e pernas finas corriam ao lado do veículo um quilômetro ou mais, rindo, acenando e gritando "You! You!", em inglês.

Simon Lumbroso recostou no banco e deu um sorriso de orelha a orelha.

— Acho que podemos dizer que saímos da Imensa Máquina.

Depois de passar por colinas baixas cobertas de eucaliptos, os três seguiram por uma estrada de terra para o norte através de uma paisagem de serra rochosa. As chuvas tinham caído alguns meses antes, mas o capim ainda estava verde, um pouco amarelado, com manchas brancas e roxas de flores de Meskel. A mais ou menos sessenta quilômetros da capital passaram por uma casa cercada de mulheres vestidas de branco. Um gemido agudo saía da porta aberta, e Petros explicou que a Morte estava dentro daquela casa. Depois de três aldeias à beira da estrada, a Morte apareceu novamente. O Land Rover entrou numa curva e quase atropelou um cortejo fúnebre. Envoltos em xales, homens e mulheres carregavam um caixão preto que parecia flutuar sobre eles como um barco num mar branco.

Os padres etíopes nas aldeias usavam togas de algodão que chamavam de *shammas* e tinham a cabeça coberta por grandes gorros também de algodão que fizeram Maya se lembrar dos chapéus de pele usados em Moscou. Um padre segurando um guarda-chuva preto com franjas douradas estava parado no início da estrada em ziguezague que descia uma garganta até o Nilo Azul. Petros parou e deu para o padre algum dinheiro, para o velho rezar por uma boa viagem para os três.

Desceram a serra e as rodas do Land Rover ficaram a poucos centímetros da beira da estrada. Maya espiou pela janela e só viu nuvens e céu. Era como se tivessem apenas duas rodas na estrada e as outras duas rodando no ar.

– Quanto deu para o padre? – perguntou Lumbroso.

– Não muito. Cinquenta *birr*.

– Da próxima vez, dê-lhe cem – resmungou Lumbroso enquanto Petros manobrava outra curva fechada.

Atravessaram a ponte de metal sobre o Nilo e saíram da garganta. Agora a paisagem era dominada por cactos e vegetação de áreas desérticas. Ainda havia bodes no meio da estrada, mas também cruzaram com uma fila de camelos com estruturas de madeira presas nas corcovas. Lumbroso adormeceu no banco detrás com seu chapéu fedora amassado contra o vidro da janela. Dormiu enquanto enfrentavam os buracos e as pedras soltas que batiam por baixo do carro e dentro das rodas, enquanto avistavam os urubus delineados contra o céu azul e os caminhões cobertos de terra que gemiam a cada nova subida.

Maya abriu a janela para pegar ar fresco.

– Eu trouxe euros e dólares americanos – ela disse para Petros. – E se eu desse um presente para os padres? Isso adiantaria alguma coisa?

– Dinheiro pode resolver muitos problemas – ele respondeu. – Mas essa conversa trata da Arca da Aliança. A Arca é um objeto muito importante para o povo etíope. Os padres nunca deixariam um suborno influenciar sua decisão.

– E você, Petros? Acha que a Arca é verdadeira?

– Ela tem um poder. É tudo que posso dizer.

– O governo israelense acredita que é verdadeira?

– A maior parte dos judeus-etíopes está agora em Israel. Não é vantagem para os israelenses darem qualquer ajuda para este país, mas a ajuda continua chegando. – Petros sorriu um pouco. – Esse é um fato curioso que dá o que pensar.

– A lenda diz que a Arca foi trazida para a África pelo filho do rei Salomão e da rainha de Sabá.

Petros balançou a cabeça, concordando.

– Outra teoria é que ela foi tirada de Jerusalém quando o rei Manassés levou um ídolo para o templo de Salomão. Alguns estudiosos acreditam que a Arca primeiro foi levada para a aldeia judaica na ilha Elefantina, na nascente do rio Nilo. Centenas de anos depois, quando os egípcios atacaram a aldeia, ela foi levada para uma ilha no meio do lago Tana.

– E agora está em Axum?

– Está, guardada num santuário especial. Apenas um padre pode se aproximar da Arca e ele faz isso uma vez por ano.

– Então por que eles me dariam permissão para entrar lá?

– Como lhe disse no aeroporto, temos uma longa tradição de guerreiros que defendiam os Peregrinos. Os padres compreendem essa ideia, mas você representa um problema difícil.

– Porque sou estrangeira?
Petros ficou constrangido.
– Porque é mulher. Não existe uma mulher *Tekelakai* há trezentos ou quatrocentos anos.

Começou a chover quando atravessavam as montanhas rumo ao norte da Etiópia. A estrada percorria uma paisagem árida, sem qualquer tipo de vegetação, a não ser alguns campos plantados em terraços e uns poucos eucaliptos usados como quebra-vento. As casas, as escolas e as delegacias de polícia eram construídas com punhados de arenito amarelo. Pedras eram empilhadas nos telhados de zinco e muros de pedra subiam as encostas, num esforço inútil para conter a erosão.

Maya tinha posto a espada no colo e espiava pela janela do carro. Naquela região, os únicos pontos de interesse eram outros seres humanos. Numa aldeia todos os homens usavam botas de borracha azuis. Em outra, uma menina de uns três anos de idade estava parada ao lado de uma vala segurando um ovo entre o polegar e o indicador. Era sexta-feira e os agricultores iam para o mercado ao ar livre. Guarda-chuvas subiam e desciam como um exército de cogumelos de várias cores, marchando ladeira acima.

Quando chegaram à antiga cidade de Axum já era noite. A chuva tinha parado, mas havia uma névoa fina no ar. Petros parecia tenso e preocupado. Ficava olhando para Maya e para Lumbroso.

– Preparem-se. Os padres já sabem que estamos chegando.

– O que vai acontecer? – perguntou Lumbroso.

– Eu falo primeiro. Maya deve levar a espada para mostrar que é uma *Tekelakai*, mas eles podem matá-la se a desembainhar. Lembrem que esses padres são capazes de morrer para proteger a Arca. Vocês não podem entrar à força no santuário.

As construções da igreja no meio da cidade misturavam a arquitetura moderna de mau gosto com o muro externo de arenito cinza da Igreja de Santa Maria de Sião. Petros dirigiu o Land Rover para um pátio central e os três desceram. Ficaram lá parados na névoa, esperando que algo acontecesse, enquanto nuvens escuras de tempestade passavam no céu.

– Lá... – sussurrou Petros. – A Arca está lá.

Maya olhou para a esquerda e viu um prédio de cimento em forma de cubo, com uma cruz etíope no telhado. Venezianas de aço e barras de ferro cobriam as janelas estreitas, e a porta estava coberta por uma lona plastificada vermelha.

De repente, padres etíopes começaram a sair dos diversos prédios. Usavam capas de cores diferentes sobre os seus mantos brancos e uma grande variedade de chapéus. A maioria deles era composta de idosos muito magros. Mas havia também três homens mais jovens portando rifles de assalto, que montaram guarda em volta do Land Rover como os três vértices de um triângulo.

Depois de cerca de uma dúzia de padres aparecer, abriu-se uma porta lateral da Igreja Santa Maria de Sião e saiu por ela um velho de toga imaculadamente branca, com um solidéu na cabeça. Segurando um *dula* com a mão emaciada, ele caminhava com passos muito lentos, arrastando as sandálias no caminho de lajotas.

– Esse é o *Tebaki* – explicou Petros. – O guardião da Arca. É o único que tem permissão para entrar no santuário.

Quando o guardião estava a cerca de seis metros do Land Rover, ele parou e fez um gesto com a mão. Petros se aproximou do ancião, curvou-se três vezes e depois iniciou uma oração cheia de paixão, em aramaico. De vez em quando ele apontava para Maya, como se recitasse uma longa lista das virtudes dela. A fala de Petros durou mais ou menos dez minutos. Quando terminou, o rosto dele estava coberto de suor. Os padres esperaram o guardião dizer alguma coisa. A cabeça do velho tremia como se ele estivesse avaliando a questão, então ele falou brevemente em aramaico.

Petros voltou correndo para perto de Maya.

– Isso é bom – ele cochichou. – Muito promissor. Um velho monge no lago Tana andou dizendo que um poderoso *Tekelakai* estava vindo para a Etiópia.

– Homem ou mulher? – perguntou Maya.

– Um homem... talvez... mas há controvérsias. O guardião vai avaliar o seu pedido. Ele quer que você diga alguma coisa.
– Diga-me o que devo fazer, Petros.
– Explique por que devem deixar que entre no santuário.

O que eu devo dizer?, pensou Maya. É bem possível que eu insulte as tradições deles e leve um tiro.

Com as mãos afastadas da espada, ela deu alguns passos para a frente. Quando se curvou diante do guardião, lembrou-se da frase que Petros tinha usado no aeroporto.

– *Egziabher Kale* – ela disse em aramaico. *Se Deus quiser*. Depois Maya curvou-se de novo e voltou para o seu lugar ao lado do Land Rover.

Petros relaxou os ombros como se tivessem acabado de evitar um desastre. Simon Lumbroso estava atrás de Maya e ela ouviu quando ele deu uma risadinha.

– *Brava* – disse ele baixinho.

O guardião ficou um tempo pensando no que Maya havia dito, depois disse alguma coisa para Petros. Ainda segurando seu cajado, ele deu meia-volta e voltou arrastando os pés para a igreja, seguido pelos outros padres. Só ficaram os três homens com seus rifles de assalto.

– O que acabou de acontecer? – perguntou Maya.
– Eles não vão nos matar.
– Bom, isso é uma conquista – disse Lumbroso.
– Aqui é a Etiópia, por isso a conversa deve ser longa – disse Petros. – O guardião vai tomar a decisão, mas ouvirá a opinião de todos sobre essa questão.
– O que fazemos agora, Petros?
– Vamos jantar e descansar. Voltaremos mais tarde hoje à noite para descobrir se vão permitir que você entre.

Maya não quis comer em um hotel onde podiam encontrar turistas, por isso Petros levou-os a um bar e restaurante fora da cidade. Depois do jantar, o lugar começou a lotar e dois músicos subiram num pequeno palco. Um carregava um tambor e o amigo dele um instrumento com uma única corda chamado *masinko*, que era tocado com um arco curvo, igual ao violino. Executaram algumas músicas, mas ninguém prestou muita atenção, até que um menininho entrou guiando uma mulher cega.

A mulher tinha um corpo enorme e cabelo comprido. Usava um vestido branco de saia rodada e vários colares de cobre e de prata. Sentada numa cadeira no meio do palco ela afastou um pouco as pernas, como se quisesse se firmar no chão. Então pegou um microfone e começou a cantar com uma voz muito potente, que chegava a todos os cantos do restaurante.

– Ela é uma cantora que faz homenagens improvisadas. Uma pessoa muito famosa aqui no norte – explicou Petros. – Se pagar, ela canta algo bonito sobre você.

O percussionista manteve o ritmo enquanto circulava pelo meio da plateia. Aceitava o dinheiro de um cliente, perguntava algumas coisas sobre ele, voltava para o palco e sussurrava as informações no ouvido da cega. Sem perder o compasso ela cantava sobre o homem homenageado, com versos que faziam os amigos dele darem risada e bater na mesa com as mãos.

Depois de uma hora de diversão, a banda fez uma breve pausa e o percussionista abordou Petros:

– Podemos cantar para o senhor e os seus amigos.

– Não é necessário.

– Não, espere – disse Maya quando o percussionista foi se afastando.

Como Arlequim, Maya teve uma vida secreta com uma série de nomes falsos. Se morresse, não haveria nenhum memorial para marcar sua morte.

– Meu nome é Maya – ela disse para o músico e deu-lhe um maço de notas de dinheiro etíope. – Talvez sua amiga possa cantar uma canção para mim.

O percussionista cochichou no ouvido da mulher cega e voltou para a mesa deles.

– Eu sinto muito. Por favor, perdoe-me. Mas ela quer falar com a senhora.

Enquanto as pessoas pediam mais bebida e as moças que atendiam no bar andavam à procura de homens solitários, Maya subiu no palco e sentou numa cadeira dobrável. O percussionista se ajoelhou ao lado das duas e ia traduzindo enquanto a cantora apertava o polegar no pulso de Maya como uma médica medindo a pulsação.

– Você é casada? – perguntou a cantora.
– Não.
– Onde está o seu amor?
– Estou à procura dele.
– A jornada é difícil?
– Sim. Muito difícil.
– Eu sei disso. Eu sinto isso. Você tem de atravessar o rio escuro.

A cantora tocou nas orelhas, nos lábios e nas pálpebras de Maya.
– Que os santos a protejam do que terá de ouvir, provar e ver.

A mulher começou a cantar sem microfone quando Maya voltou para a mesa. Pego de surpresa, o músico que tocava o *masinko* correu para o palco. A canção para Maya foi diferente das outras que a repentista havia cantado aquela noite. As palavras eram tristes, lentas e profundas. As meninas do bar pararam de rir. Os bebedores largaram suas cervejas. Até os garçons pararam no meio do salão, com o dinheiro nas mãos.

E então, da mesma forma que começou, a música acabou. De repente. E tudo voltou ao normal. Os olhos de Petros estavam marejados de lágrimas, mas ele olhou para o outro lado para Maya não ver. Deixou dinheiro na mesa e falou com voz rouca:

– Vamos embora. Está na hora de sair daqui.

Maya não pediu para ele traduzir a letra da música. Pela primeira vez na vida, fizeram uma só para ela. Isso bastava.

Era quase uma hora da madrugada quando voltaram para o local do santuário e estacionaram no pátio. Quase todos os cantos e prédios estavam às escuras e eles pararam no único ponto iluminado. De terno e gravata-borboleta pretos, Simon Lumbroso parecia preocupado olhando para o santuário. Petros, bem menor do que ele, demonstrava nervosismo. Ele ignorou o santuário e olhou para a igreja.

Dessa vez tudo aconteceu muito mais depressa. Primeiro os jovens apareceram com seus rifles. Então a porta da igreja abriu e o guardião saiu, seguido pelos outros padres. Todos pareciam muito solenes, e era impossível prever a decisão que o velho havia tomado.

O guardião parou no caminho e ergueu a cabeça quando Petros se aproximou. Maya esperava alguma cerimônia especial, algum tipo de proclame, mas o guardião simplesmente bateu com seu cajado no chão e disse algumas palavras em aramaico. Petros curvou-se e correu de volta para o Land Rover.

– Os santos sorriram para nós. Ele se convenceu de que você é uma *Tekelakai*. Você tem permissão para entrar no santuário.

Maya pendurou a espada-talismã no ombro e seguiu o guardião até o santuário. Um padre que levava um lampião de querosene destrancou o portão externo e os dois entraram na área cercada. O rosto do guardião era uma máscara sem emoção, mas era óbvio que ele sofria com cada movimento que fazia. Ele subiu um degrau até a porta da frente do santuário, parou para se compor e deu mais um passo para a frente.

– Só *Weyzerit* Maya e o *Tebaki* vão entrar no santuário – disse Petros. – Todos os outros ficam aqui.

– Obrigada pela ajuda, Petros.

– Foi uma honra conhecê-la, Maya. Boa sorte na sua viagem.

Maya ia estender a mão para Simon Lumbroso, mas o romano se adiantou e a abraçou. Foi o momento mais difícil de todos. Uma pequena parte dela quis ficar ali naquele abraço de carinho e proteção.

– Obrigada, Simon.

— Você é corajosa como seu pai. Eu sei que ele teria orgulho de você.

Um padre levantou a lona plastificada vermelha e o guardião destrancou a porta do santuário. O velho guardou o chaveiro dentro do manto e pegou o lampião de querosene. Resmungou algumas palavras em aramaico e fez sinal para Maya. Siga-me.

A porta se abriu bem devagar, até formar um espaço de sessenta centímetros. O guardião e Maya entraram na construção e fecharam a porta atrás deles. Estavam numa antessala que devia ter quatro metros quadrados. A única luz era do lampião. Que balançava de um lado para outro enquanto o guardião andava arrastando os pés até uma segunda porta. Maya olhou em volta e viu que tinham pintado nas paredes a história da Arca. Israelitas com a cor da pele dos etíopes seguiam a Arca na longa viagem através do deserto do Sinai. A Arca era carregada para a batalha contra os filisteus e guardada no templo de Salomão.

A segunda porta estava aberta e ela acompanhou o guardião até uma sala bem maior. A Arca estava no meio dessa sala, coberta com um tecido bordado. Havia doze potes de cerâmica em volta, com as tampas lacradas com cera. Maya lembrou que Petros explicou que a água benta nos potes era tirada dali uma vez por ano e oferecida para mulheres que não conseguiam conceber.

O padre ficava o tempo todo olhando para Maya como se esperasse que ela cometesse algum ato violento. Ele pôs o lampião no chão, foi até a Arca e tirou o pano de cima. A Arca era uma caixa de madeira toda folheada a ouro. Chegava até os joelhos de Maya e tinha cerca de um metro e vinte de comprimento. Tinha uma vara de cada lado passando por argolas, para ser carregada, e dois querubins ajoelhados na tampa. Esses seres angelicais tinham corpo de homem e cabeça e asas de águia. As asas brilhavam muito à luz do lampião.

Maya se aproximou da Arca e ajoelhou diante dela. Segurou os dois querubins, removeu a tampa e pôs sobre o tecido bordado. Tenha cuidado, ela pensou. Não há por que ter pressa. Ela se inclinou para a frente e espiou dentro da Arca. Não viu nada além da madeira de acácia que revestia o interior. Nada, pensou ela. Uma fraude completa. Aquele não era um ponto de acesso para outro mundo. Não passava de uma velha caixa de madeira protegida pela superstição.

Com raiva e decepcionada, Maya virou para trás e olhou para o guardião. Ele se apoiava no cajado e sorria diante da tolice dela. Então ela espiou de novo dentro da Arca e viu um minúsculo ponto preto perto de uma extremidade do fundo. Será uma marca de queimado?, pensou. Uma imperfeição da madeira? Enquanto olhava, o ponto preto foi ficando maior, do tamanho da moeda de um centavo inglês, e começou a flutuar sobre a superfície da madeira.

O ponto parecia imensamente profundo, uma mancha de espaço negro sem limites. Quando ficou do tamanho de um prato ela estendeu a mão e tocou naquela escuridão. As pontas dos dedos desapareceram por completo. Assustada, ela retirou a mão. Continuava neste mundo. Continuava viva.

O ponto de acesso parou de se mover e Maya esqueceu o guardião e os outros padres, esqueceu tudo, só pensava em Gabriel. Se mergulhasse ali, será que o encontraria?

Maya se equilibrou melhor e enfiou o braço direito na mancha escura. Dessa vez sentiu alguma coisa, um frio doloroso que provocou uma sensação de formigamento. Enfiou o braço esquerdo e surpreendeu-se com a dor. De repente, foi como se uma onda enorme a derrubasse, a arrastasse para o fundo do mar, como uma poderosa correnteza. O corpo dela tremulou e então mergulhou no vazio. Maya quis chamar Gabriel, mas era impossível. Agora ela estava na escuridão. E não saía nenhum som da sua boca.

41

Chovia muito quando Boone chegou a Chippewa Bay, no rio Saint Lawrence. Parado na beira do cais, ele mal conseguia enxergar o castelo na Dark Island. Boone tinha estado na ilha poucas vezes. Recentemente, havia sido o local da reunião em que Nash apresentou o Programa Sombra para o conselho executivo. Boone esperava estar em Berlim naquele momento, à procura dos criminosos que tinham destruído o centro de computação, mas o conselho insistiu para que ele viajasse para a ilha. O trabalho ia ser desagradável, mas ele precisava obedecer às ordens.

Quando os dois mercenários finalmente chegaram, Boone disse para o capitão da barca atravessar o rio. Sentado dentro da cabine, procurou avaliar os homens que iam ajudá-lo a matar alguém. Os dois mercenários haviam imigrado recentemente da Romênia e tinham alguma relação de parentesco entre si. Seus nomes eram longos e cheios de vogais, e Boone não achou necessário aprender a pronúncia correta. Para ele, o romeno mais baixo era Able, e o homem mais corpulento, Baker. Os dois sentaram no lado esquerdo da cabine e firmaram os pés no chão da barca. Able era muito falante e tagarelava nervoso em romeno, enquanto Baker balançava a cabeça de vez em quando para mostrar que estava escutando.

As ondas do rio estouravam na proa da embarcação. Gotas de chuva batiam no teto de fibra de vidro da cabine com um barulho que fez Boone se lembrar de dedos tamborilando numa mesa. Os dois limpadores de para-brisa do barco estalavam para lá e para cá, e a água escorria pelo vidro. O capitão canadense ajustava o rádio enquanto pilotos de navios de carga anunciavam suas posições ao longo da via fluvial.

– Estamos meia milha a bombordo – uma voz repetia. – Pode nos ver? Câmbio...

Boone tocou na frente do seu casaco impermeável e sentiu dois volumes sólidos escondidos por dentro da roupa. O frasco com a toxina-CS estava no bolso esquerdo da camisa. No bolso direito estava o estojo de plástico preto que continha a seringa. Boone odiava encostar nas pessoas, especialmente quando estavam morrendo, mas a seringa exigia algum contato físico.

Quando chegaram à Dark Island, o capitão desligou o motor e deixou a barca deslizar até encostar no cais. O responsável pela segurança da ilha, um ex-oficial da polícia chamado Farrington, apareceu para recebê-los. Ele pegou o cabo da proa e enrolou no ancoradouro enquanto Boone desembarcava.

– Onde está o resto da equipe? – perguntou Boone.
– Estão almoçando na cozinha.
– E o Nash e seus convidados?
– O general Nash, o sr. Corrigan e a sra. Brewster estão lá em cima, na sala do café da manhã.
– Segure a equipe na cozinha nos próximos vinte minutos. Preciso apresentar dados importantes. Não queremos ninguém entrando na sala e ouvindo a nossa conversa.
– Compreendo, senhor.

Eles seguiram apressados pelo túnel ascendente que ia da margem do rio até o andar térreo do castelo. Boone passou o estojo com a seringa e a toxina para o bolso da calça e os dois mercenários tiraram seus sobretudos molhados. Os dois usavam terno e gravata pretos, como se estivessem na Romênia, em um velório na aldeia. A sola dos sapatos de couro fazia um ruído abafado na escadaria principal.

A porta de carvalho estava fechada. Boone hesitou alguns segundos. Podia ouvir a respiração dos romenos e também quando eles se coçavam. Deviam estar imaginando por que ele tinha parado. Boone alisou o cabelo molhado, endireitou as costas e então entrou com os dois na sala do café da manhã.

O general Nash, Michael e a sra. Brewster estavam sentados na ponta de uma mesa comprida. Tinham acabado de tomar sopa de tomate e Nash segurava um prato com sanduíches.

– O que está fazendo aqui? – perguntou Nash.

– Recebi instruções do conselho executivo.

– Eu sou o diretor do conselho e não sei de nada disso.

A sra. Brewster pegou o prato da mão de Nash e pôs no meio da mesa.

– Eu convoquei uma segunda teleconferência, Kennard.

Nash ficou surpreso.

– Quando?

– Bem cedo esta manhã... quando você ainda dormia. A Irmandade não ficou satisfeita com a sua recusa de se demitir.

– E por que eu deveria me demitir? O que aconteceu ontem em Berlim não tem nada a ver comigo. Podem pôr a culpa nos alemães ou então no Boone, é ele o encarregado da segurança.

– Você é o chefe da organização, mas não assume a responsabilidade – disse Michael. – Não se esqueça do ataque poucos meses atrás, quando nós perdemos o computador quântico.

– O que quer dizer com "nós"? Você não é membro do conselho executivo.

– Agora é – disse a sra. Brewster.

O general Nash olhou furioso para Boone.

– Não esqueça quem o contratou, sr. Boone. Estou no comando desta organização e estou lhe dando uma ordem direta. Quero que acompanhe estes dois até o porão e que os tranque lá. Vou convocar uma reunião da Irmandade o mais depressa possível.

– Você não está prestando atenção, Kennard. – A sra. Brewster parecia uma professora que de repente perde a paciência com um aluno teimoso. – O conselho se reuniu esta manhã e já votou. É unânime. A partir de hoje você não é mais diretor executivo. Não há possibilidade de negociar isso. Aceite sua posição emérita e receberá uma indenização e talvez um cargo em algum lugar.

– Vocês têm noção de com quem estão falando? – perguntou Nash. – Eu sou atendido ao telefone pelo presidente dos Estados Unidos. O presidente e três primeiros-ministros.

– É exatamente isso que nós não queremos – disse a sra. Brewster. – Isso é um assunto interno. Não algo para tratar com nossos diversos aliados.

Se Nash tivesse permanecido sentado, Boone poderia permitir que ele continuasse falando. Em vez disso o general empurrou a cadeira para trás como se fosse correr para a biblioteca e ligar para a Casa Branca. Michael olhou para Boone. Era hora de cumprir as ordens.

Boone fez sinal com a cabeça para os mercenários. Os dois agarraram os braços de Nash e os prenderam na mesa.

– Vocês enlouqueceram? Tirem suas mãos de mim!

– Quero deixar uma coisa bem clara – disse a sra. Brewster. – Sempre considerei você um amigo, Kennard. Mas lembre-se de que todos nós respondemos a um objetivo maior.

Boone foi para trás da cadeira de Nash, abriu o estojo de plástico e tirou a seringa. A toxina estava num frasco de vidro do tamanho de um porta-comprimidos. Ele forçou a agulha na borracha de segurança e encheu a seringa com o líquido transparente. Kennard Nash virou para trás e viu o que ia acontecer. Berrando obscenidades, ele lutou para se libertar. Pratos e talheres caíram no chão e uma tigela de sopa rachou em duas.

– Acalme-se – murmurou Boone. – Tenha um pouco de dignidade.

Ele enfiou a agulha no pescoço de Nash, logo acima da coluna, e injetou a toxina. Nash caiu. Bateu com a cabeça na mesa e a saliva escorreu no canto da boca.

Boone olhou para seus novos senhores.

– Leva apenas dois ou três segundos. Ele está morto.

– Um súbito ataque do coração – disse a sra. Brewster. – Que tristeza. O general Nash era um servidor desta nação. Saudade dos amigos.

Os dois romenos ainda seguravam os braços de Nash como se ele fosse voltar à vida e pular pela janela.

– Voltem para a barca e esperem lá – disse Boone. – Não preciso mais de vocês.

– Sim, senhor.

Able ajeitou sua gravata-borboleta preta, abaixou a cabeça e saiu da sala junto com Baker.

– Quando vai chamar a polícia? – perguntou Michael.

– Daqui a cinco, dez minutos.

– E quanto tempo eles vão levar para chegar até a ilha?

– Umas duas horas. Quando chegarem aqui já não haverá mais nenhum vestígio da toxina.

– Jogue-o no chão e abra a camisa dele – disse Michael. – Para parecer que estávamos tentando salvá-lo.

– Sim, senhor.

– Eu acho que vou beber uma dose de uísque – disse a sra. Brewster.

Ela e Michael se levantaram e foram para a porta lateral que dava na biblioteca.

– Ah, sr. Boone. Mais uma coisa...

– Madame?

– Precisamos de um nível maior de eficiência em todos os nossos procedimentos. O general Nash não compreendia isso. Espero que o senhor entenda.

– Eu entendo – disse Boone.

Ele ficou sozinho com o morto. Puxou a cadeira para trás, empurrou o corpo para a direita. Nash caiu no chão com uma pancada surda. Boone ficou de cócoras e abriu a camisa azul do general com um puxão. Um botão perolado saiu voando.

RIO ESCURO

    Primeiro ia chamar a polícia, depois lavaria as mãos. Ia precisar de água quente, sabão detergente e toalhas de papel. Boone foi até a janela e espiou as árvores do rio Saint Lawrence. A tempestade e as nuvens baixas coloriam a água de prata escura. E as ondas cresciam e estouravam na direção do mar, a leste.

42

Maya atravessou uma escuridão tão absoluta que seu corpo desapareceu. O tempo continuava existindo, mas ela não tinha nenhum ponto de referência, nada para julgar se aquele momento era de alguns minutos ou de alguns anos. Ela só existia como uma centelha de consciência, uma sucessão de pensamentos unificados pelo desejo de encontrar Gabriel.

Ela abriu a boca que se encheu de água. Maya não tinha ideia de onde estava, mas em volta só havia água e não via como chegar à superfície. Desesperada, agitou os braços e as pernas, mas depois controlou o pânico. Seu corpo implorava oxigênio, então ela relaxou e deixou o ar que havia dentro dos pulmões levá-la para cima. Quando se certificou da direção certa, bateu as pernas com força e emergiu no topo de uma onda.

Respirou profundamente, boiou de costas e viu um céu cinza-amarelado. A água em volta dela era preta, com manchas de espuma branca. Cheirava a ácido de bateria, e a sua pele e seus olhos começaram a arder. Ela estava em um rio, sendo puxada de lado pela correnteza. Mudando de posição, subindo e descendo, dava para ver uma margem. Havia prédios ao longe e pontos de luz cor de laranja que pareciam chamas.

Maya fechou os olhos e começou a nadar para a margem. A alça da bainha da espada estava em volta do seu pescoço e ela sentiu que se movia um pouco. Quando parou para ajeitar a alça percebeu que a margem estava mais longe ainda. A correnteza era forte demais naquele ponto. Como um barquinho à deriva, ela nadava em círculos e não chegava a lugar nenhum.

Ela olhou na direção da corrente e viu bem distante a silhueta de uma ponte destruída. Em vez de lutar contra o rio, ela nadou para os arcos de pedra ancorados no leito. A correnteza e as braçadas a impeliram para a frente até colidir com as pedras cinzentas e ásperas. Maya se agarrou por um minuto mais ou menos, depois nadou para o segundo arco. A correnteza não era tão forte ali e ela pôde caminhar num baixio até a margem.

Não posso ficar aqui, ela pensou. Estou exposta demais. Então subiu o barranco da margem e foi para o meio de árvores mortas. Folhas caídas estalavam baixinho sob seus pés. Algumas árvores já tinham caído, mas havia outras encostadas umas nas outras como sobreviventes silenciosos.

A uns cem metros do rio ela se abaixou e procurou analisar aquele ambiente novo. A floresta escura não era fantasia nem sonho. Ela podia esticar a mão e tocar na lâmina seca de capim à sua frente. Sentia o cheiro de alguma coisa queimando e ouvia uma trovoada distante. Seu corpo pressentiu perigo, mas, não, era mais do que isso. Aquele era um mundo dominado pelo ódio e pelo desejo de destruir.

Maya ficou de pé e caminhou com cuidado pelo meio das árvores. Encontrou um caminho de cascalho e seguiu por ele até um banco de mármore branco e uma fonte de praça, cheia de folhas mortas. Essas duas peças pareciam tão fora de lugar na floresta sem vida que ela imaginou se tinham sido postas ali para zombar da pessoa que as encontrasse. A fonte sugeria um parque europeu refinado, com senhores lendo jornal e babás empurrando carrinhos de bebê.

O caminho ia dar num prédio de tijolos vermelhos, com todas as janelas quebradas e as portas arrancadas das dobradiças. Maya mudou a espada de posição para ficar mais à mão para o combate.

Entrou no prédio, passou pelas salas vazias e espiou por uma janela. Havia quatro homens na rua que cruzava o parque abandonado. Usavam botas ou sapatos diferentes em cada pé e uma coleção descombinada de roupas. Os quatro portavam armas feitas em casa, facas, porretes e lanças.

Quando chegaram ao limite mais distante do parque, apareceu outro grupo. Maya esperou uma luta, mas os dois grupos se cumprimentaram e partiram na mesma direção, para longe do rio. Maya resolveu segui-los. Ficou fora das ruas e passou pelas ruínas da cidade, parando de vez em quando para espiar por alguma janela quebrada. A escuridão ocultava seus movimentos e ela manteve distância das chamas de gás que ardiam em canos quebrados. A maior parte das chamas era pequena e intermitente, mas algumas pareciam colunas onduladas de fogo. A fuligem das chamas marcava as paredes e o cheiro de borracha queimada enchia o ar.

Maya se perdeu num prédio de escritórios parcialmente destruído. Quando encontrou a passagem para uma ruazinha transversal, viu uma multidão de homens se reunindo perto de uma chama de gás na rua. Torcendo para que ninguém a visse, atravessou a rua correndo e entrou num prédio de apartamentos que tinha água cheia de óleo fluindo como um rio pelos corredores de concreto. Maya subiu a escada até o terceiro andar e espiou por um buraco na parede.

Cerca de duzentos homens armados tinham se reunido no pátio central de uma construção em forma de U. Havia nomes gravados na fachada do prédio. PLATÃO. ARISTÓTELES. GALILEU. DANTE. SHAKESPEARE. Maya achou que talvez o prédio tivesse sido uma escola um dia, mas era difícil acreditar que crianças pudessem viver naquele lugar.

Um homem branco com tranças no cabelo e um homem negro que usava um jaleco branco rasgado estavam de pé sobre cadeiras, embaixo de uma estrutura de madeira que era uma forca rudimentar. Tinham as mãos atadas nas costas e cordas em volta do pescoço. A multidão rodeava esses dois prisioneiros, ria deles e os espetava com facas. De repente, alguém berrou uma ordem e um contingente separado saiu marchando da escola. Um homem de terno azul liderava esse grupo. Diretamente atrás dele, um guarda-costas empurrava um jovem amarrado ao chassi de uma cadeira de rodas antiga. Gabriel. Maya tinha encontrado seu Peregrino.

O homem de terno azul subiu no teto de um carro abandonado. Ficou com a mão esquerda no bolso enquanto a direita apontava e gesticulava a cada palavra que saía de sua boca.

– Como comissário das patrulhas, tenho orientado e defendido a liberdade de vocês. Sob a minha liderança caçamos as baratas que provocavam incêndios e roubavam nossa comida. Quando este setor estiver finalmente livre desses parasitas, marcharemos sobre os outros setores e dominaremos a Ilha.

A turba aplaudiu e alguns homens ergueram suas armas. Maya olhava fixo para Gabriel, procurando ver se ele estava consciente. Um fio de sangue seco ia do nariz até o queixo dele. Estava de olhos fechados.

– Como vocês sabem, capturamos este visitante do mundo lá fora. Com um interrogatório rigoroso, ampliei meu conhecimento da nossa situação. Meu objetivo é encontrar o caminho para todos nós sairmos desta ilha juntos. Infelizmente, espiões e traidores sabotaram meus planos. Estes dois prisioneiros fizeram uma aliança secreta com o visitante. Eles traíram vocês e quiseram encontrar o caminho de fuga só para eles. Devemos permitir isso? Devemos deixar que fujam enquanto continuamos presos nesta cidade?

– Não! – exclamaram todos.

– Como comissário das patrulhas eu sentenciei esses traidores à...

– Morte!

O comissário moveu os dedos como se uma mosca tivesse pousado na mão dele. Um dos seguidores chutou as cadeiras e os dois prisioneiros sufocaram até a morte, estremecendo na ponta das cordas, enquanto os outros zombavam deles. Quando os dois finalmente pararam de tremer, o líder levantou as mãos e fez a multidão calar.

– Fiquem alertas, meus lobos. Vigiem os que estão perto de vocês. Nem todos os traidores foram descobertos... e destruídos.

O homem de terno azul parecia estar no comando dos lobos, mas mesmo assim ficava virando a cabeça para trás e para os lados, como se esperasse ser atacado. Ele desceu do carro e voltou correndo para a escola com Gabriel e os guarda-costas.

Maya ficou no seu esconderijo, vendo o grupo se dispersar em várias direções. As patrulhas tinham se unido na hora das execuções, mas agora todos se entreolhavam com certo grau de desconfiança. Os dois prisioneiros foram deixados lá pendurados nas cordas e a última patrulha da área ficou por ali tempo suficiente para roubar os sapatos dos mortos.

Quando todos foram embora, Maya atravessou a rua vazia e foi para o prédio vizinho da escola. Algum tipo de bomba havia explodido ali e a escada ficou reduzida a uma estrutura de metal com umas poucas vigas atravessadas. Usando as mãos e os pés, Maya chegou ao último andar e saltou uma distância de um metro até o telhado da escola.

Quando entrou no corredor do terceiro andar, encontrou um homem muito magro, de barba, acorrentado a um aquecedor. Tinha uma gravata verde de seda no pescoço, com o nó tão apertado que parecia um laço.

O homem parecia inconsciente, mas Maya se abaixou ao lado dele e cutucou seu peito com o cabo da espada. Ele abriu os olhos e sorriu.

– Você é uma mulher? Parece uma mulher. Eu sou Pickering, o costureiro das damas.

– Estou procurando o homem na cadeira de rodas. Para onde o...

– É o Gabriel. Todos querem falar com o visitante.

– E onde posso encontrá-lo?

– Lá embaixo, no velho auditório.

— Quantos guardas são?
— Há uma dúzia ou mais no prédio, mas poucos no auditório. O comissário das patrulhas não confia nos lobos dele.
— Pode me levar até lá?

Pickering balançou a cabeça.

— Sinto muito. Minhas pernas não se movem.

Maya balançou a cabeça e foi se afastando.

— Lembre-se do meu nome — disse o homem. — Sou o sr. Pickering. Amigo do Gabriel.

Parada no topo da escada, Maya respirou lentamente e se preparou para um ataque demorado e contínuo. Tanto o seu pai como Madre Blessing sempre fizeram a distinção entre observar e perceber o inimigo. A maior parte dos cidadãos passava a vida observando passivamente o que acontecia à sua volta. Em combate, era preciso usar todos os sentidos e se concentrar no oponente para prever o próximo movimento.

Maya desceu o primeiro lance da escada lentamente, como uma aluna que não queria voltar para a sala de aula. Então ouviu alguém andando embaixo dela e acelerou o passo, descendo dois degraus de cada vez. Um dos guarda-costas do comissário subia devagar e ela o pegou de surpresa, enfiando a ponta da espada entre as costelas dele. Poucos segundos depois ela chegou ao andar térreo e encontrou mais dois lobos. Rasgou o pescoço do primeiro guarda, esquivou-se do golpe de um porrete e esfaqueou o segundo lobo na barriga.

Segurando firme a espada, ela correu para o auditório. Um dos lobos estava perto da porta. Ela o espetou com a espada e pulou para cima do palco. O comissário das patrulhas já estava se levantando para pegar seu revólver. Antes de ele poder mirar, Maya abaixou a espada e decepou a mão dele. O comissário berrou, mas ela fez um movimento com a espada para cima e calou a voz dele para sempre.

Maya virou para trás. E lá estava Gabriel, na cadeira de rodas. Ele abriu os olhos quando ela cortou as cordas que prendiam seus braços.

– Você está bem? – ela perguntou. – Pode se levantar?

Quando Gabriel abriu a boca para falar eles ouviram um barulho de madeira rangendo no fundo do auditório. Quatro homens armados estavam entrando e outros chegaram atrás deles alguns segundos depois. Maya tinha seis lobos diante dela. Sete. Oito. Nove.

43

Gabriel se levantou da cadeira de rodas e deu alguns passos cambaleantes na direção dos homens.

– E a comida? – ele perguntou. – Agora que o comissário está morto vocês podem comer tudo que quiserem. O depósito fica do outro lado do pátio.

Os lobos se entreolharam. Maya achou que iam atacar, mas então o homem que estava mais perto da porta saiu do auditório. Os outros abaixaram suas armas e saíram apressados atrás dele.

Gabriel estendeu a mão, tocou no braço de Maya e sorriu como se os dois estivessem de novo no loft de Chinatown.

– Você está mesmo aqui, Maya? Ou será que estou tendo apenas outro sonho...

– Não é sonho. Estou aqui. Encontrei você.

Maya guardou a espada na bainha e abraçou Gabriel. Percebeu que ele tinha perdido peso. O corpo dele estava frágil e fraco.

– Não podemos ficar aqui – disse Gabriel. – Depois que eles dividirem a comida, virão à nossa procura.

– Então eles são como os seres humanos no nosso mundo? Sentem fome e sede?

– E morrem também.

Maya meneou a cabeça.

– Eu vi a execução na frente do prédio.

– Essas pessoas não se lembram do passado delas – disse Gabriel. – Não têm lembranças de amor, de esperança ou de qualquer tipo de felicidade.

Gabriel pôs o braço no ombro dela, e Maya o ajudou a sair do auditório. No corredor passaram por cima dos dois homens que ela matou.

– Como veio para cá? Você não é uma Peregrina.

– Usei um ponto de acesso.

– O que é isso?

Maya contou a história do relógio de sol do imperador Augusto e da viagem até a Etiópia com Simon Lumbroso. Resolveu não mencionar que a Tábula tinha atacado a Vine House e quase conseguido matar seus amigos Corredores Livres. Haveria o momento para essas revelações, mas não era agora, quando tinham de escapar dali.

Gabriel abriu a porta de uma sala cheia de fileiras de arquivos verdes. Um cheiro de mofo fez Maya se lembrar de livros velhos apodrecendo num porão. A única luz vinha de duas chamas de gás saindo dos canos que tinham sido arrancados das paredes.

– Isso não parece seguro – disse Maya. – Nós devemos sair deste prédio.

– Não há lugar para nos esconder nesta ilha. Precisamos encontrar a passagem para voltar para o nosso mundo.

– Mas ela pode estar em qualquer lugar.

– O comissário das patrulhas disse que as lendas sobre Peregrinos eram sempre ligadas a esta sala. A passagem é aqui. Posso sentir.

Gabriel pegou uma mesa de metal e empurrou contra a porta. Parecia estar ganhando força à medida que encontrava caixas e cadeiras e empilhava em cima da mesa. Maya tinha passado semanas fantasiando esse momento, quando Gabriel e ela estariam juntos naquele mundo estranho. Mas o que ia acontecer agora? Quando Simon Lumbroso falou dos pontos de acesso para ela, enfatizou que ela precisava voltar pelo mesmo caminho pelo qual tinha ido. Maya nunca pensou na possibilidade de que seu único caminho de volta seria perdida no fundo do rio escuro. Será que podia sair dali com Gabriel ou estava presa naquele lugar?

Assim que Gabriel terminou de empilhar coisas na porta, passou correndo pelos arquivos e foi para uma estação de trabalho no meio da sala. De repente, ele parou e ficou olhando para uma estante encostada na parede.

– Está vendo aquela linha preta? Pode ser ali.

Ele pegou um punhado de livros-razões e jogou-os na mesa da estação de trabalho. Então empurrou a estante para o lado e expôs a parede. O Peregrino sorriu para Maya como um aluno resolvendo uma equação difícil na aula de matemática.

– Nosso caminho para casa...

– O que quer dizer, Gabriel?

– É bem aqui. Esta é a passagem. – Ele desenhou a forma com o indicador. – Consegue ver?

Maya inclinou-se para a frente, mas não viu nada além de gesso rachado. E naquele momento ela soube... soube sem palavras... que ia perdê-lo. Voltou rapidamente para o escuro para ele não poder decifrar seu rosto.

– Sim – ela mentiu. – Estou vendo alguma coisa.

Ouviram uma batida na porta da sala de arquivos. Os lobos tinham aberto a porta um pouco e agora se jogavam sobre ela, forçando a barricada para trás.

O Peregrino segurou a mão de Maya com força.

– Não tenha medo, Maya. Nós vamos fazer a travessia juntos.

– Alguma coisa pode dar errado. Nós podemos nos perder um do outro.

– Estaremos sempre ligados – disse Gabriel. – Eu juro, não importa o que acontecer, estaremos juntos.

Ele deu alguns passos para a frente e então ela viu o corpo dele passar pelo gesso como se fosse uma cachoeira com uma caverna escondida atrás. Ele a puxou. *Venha comigo, meu amor.* Mas a mão dela bateu na superfície dura da parede e os dedos de Gabriel se soltaram e sumiram.

Com um empurrão mais forte, os lobos conseguiram abrir a porta. A barricada de Gabriel deslizou para o lado e caiu tudo no chão. Maya correu para longe da estação de trabalho e ficou entre duas fileiras de arquivos. Ela ouvia respiração profunda e vozes abafadas. Um guerreiro teria escolhido um campo de batalha conhecido, mas aqueles homens deixaram a raiva influenciar suas decisões.

Ela esperou o coração bater cinco vezes e então foi para a ala externa. Havia um homem a uns seis metros dela segurando um cano de aço com uma lâmina de faca amarrada numa ponta. Maya voltou para o lugar onde estava antes, entre duas fileiras de arquivos, quando um segundo homem com uma lança apareceu.

As mãos dela se moveram sem pensar e sem forma. Correu para a frente, apontou a espada para os olhos do homem, girou os pulsos, bateu na lança e a lâmina encostou no chão. Ela pisou na lâmina, prendeu-a ao chão e golpeou de baixo para cima, ferindo o homem no peito.

Morto, ele caiu para trás, mas na cabeça dela isso já era passado. Tirou duas gavetas e usou-as como degraus para subir em um dos arquivos. Maya estava no espaço de um metro entre o topo do arquivo e o teto, vendo o terceiro atacante se mover com cuidado pela ala. O tempo passou mais devagar. Ela teve a sensação de estar observando tudo através de dois buracos numa máscara.

Quando o lanceiro chegou aonde estava o companheiro, Maya pulou atrás dele e rasgou sua coluna de cima a baixo. Havia um corpo em cima do outro e estava tudo quieto na sala.

Maya saiu da escola e foi andando pela rua até uma placa retorcida com sinal de parar. A cem metros dali uma enorme chama de gás tremulava como a chama de uma vela perto de uma janela aberta. Maya deu uma volta lentamente e examinou seu novo mundo. Não fazia mais diferença se ia para a esquerda ou para a direita. Os lobos vagavam por todos os cantos da ilha. Ela podia encontrar um lugar para se esconder um dia ou outro, mas seria apenas um intervalo numa batalha interminável.

Dois homens com porretes e facas apareceram no final da rua.
– Aqui! – eles gritaram. – Ela está aqui! Nós a encontramos!

Segundos depois outros homens se juntaram a eles. Deram a volta na chama de gás e pararam na frente da luz.

Ali sozinha, Maya compreendeu o significado da sua escolha. Ficaria presa naquele mundo de raiva e ódio até ser destruída. *Amaldiçoada pela carne.* Sim, isso era verdade. Mas tinha também sido salva?

Maya se lembrou do que Gabriel tinha dito sobre aqueles homens, que eles não tinham nenhuma recordação do passado. Mas ela ainda podia se lembrar da sua vida no Quarto Mundo. Era um mundo de grande beleza, mas também cheio de distrações cintilantes e deuses falsos. O que era real? O que dava sentido à vida? Na iminência da morte, tudo se perdia, menos o amor. O amor nos sustentava, nos curava, nos tornava inteiros.

Os cinco homens estavam conversando, organizando um plano de ataque. Maya sacou a espada e rodou no ar, de modo que a luz da chama refletisse na lâmina.

– Venham! – ela gritou. – Estou preparada para vocês! Venham para cá!

Os homens não se mexeram, Maya endireitou as costas, segurou a espada com as duas mãos e concentrou seu poder nas pernas. *Salva pelo sangue*, pensou Maya.

Ela respirou fundo e correu na direção dos lobos enquanto sua sombra passava por cima da superfície esburacada da rua.

Este livro foi impresso na Editora JPA Ltda.
Av. Brasil, 10.600 – Rio de Janeiro – RJ
para a Editora Rocco Ltda.